HAYMON verlag

Astrid Kofler

Lebenskörner

Roman

AUTONOME PROVINZ BOZEN SÜDTIROL
PROVINCIA AUTONOMA DI BOLZANO ALTO ADIGE
Deutsche Kultur

~kb
südtiroler künstlerbund

Gedruckt mit freundlicher Unterstützung durch
die Südtiroler Landesregierung/Abteilung Deutsche Kultur.

Herausgegeben in Zusammenarbeit mit dem Südtiroler Künstlerbund.
Die Arbeit der Autorin an diesem Text wurde gefördert durch die Südtiroler Landesregierung/Abteilung Deutsche Kultur.

HAYMON verlag
Innsbruck-Wien
www.haymonverlag.at

ISBN 978-3-85218-632-0

Umschlag- und Buchgestaltung:
Kurt Höretzeder, Büro für Grafische Gestaltung, Scheffau/Tirol
Mitarbeit: Ines Graus
Coverfoto: Astrid Kofler

Gedruckt auf umweltfreundlichem,
chlor- und säurefrei gebleichtem Papier

Für Hans Karl, Nathanael,
Rahel und Ruben

Meinen Eltern und Ulli und
denen, die so vieles erzählten

18. April 1927, Ostermontag

Als Giuseppina und Giuseppe Ingannamorte Hochzeit hielten und sich anschickten, einen Sohn zu zeugen

Jetzt können wir unser Märchen beginnen, dachte Giuseppina, nachdem sie die Schuhriemen in einem Doppelknopf gebändigt und sich die Tasche wieder auf den Rücken geworfen hatte. Jetzt können wir unser Märchen beginnen, sagte Giuseppe leise und sie neigte den Kopf, weil sie laut gedacht hatte, und ernst sah sie ihn an und merkte, wie er sie warmen Auges betrachtete, und geradeaus blickte sie wieder und beachtete den Atem an diesem Morgen. Schritt vor Schritt setzte sie und kein Band war mehr lose.

Giuseppina war die vierte Tochter ihres Vaters, sie war die jüngste und jene, die ins sonntagmorgendliche Bett hatte schlüpfen dürfen und mit ihren ungeputzten Zähnen an seinen Barthaaren ziehen, bis ein Stoppel sich löste und sie ihn von der Zunge fischen konnte und betrachten. Giuseppina war diejenige, von der der Alte sich wünschte, dass sie immer bei ihm bleiben solle und wenn schon, dann als letzte gehen. Noch hatte die eine nicht entschieden und die anderen hatten keinen gefunden.

Er würde sie vermissen beim Frühstück. Die Zahncreme, die ihre Tante stets selbst zubereitete, aus zerstampfter Pfefferminze und Blumenasche, aus Schweinefett und weißem Bienenwachs und Olivenöl, hatte sie in der Eile vergessen. Sie war es gewohnt, sich damit die Zähne zu reinigen, obwohl das Gemisch auf den Zähnen klebte und ihre Freundin darob lachte und meinte, sie solle es sich besser ins Gesicht schmieren, um die Haut zu schützen vor Wind und Falten. Nun rieb sich Giuseppina mit dem Zeigefinger die Zähne glatt.

Es war noch nicht ganz hell, die Sonne noch hinter den Hügeln, ein erstes Strahlenbündel warf das Licht voraus, die Bäume rauschten, die Wipfel bewegten sich, die Landschaft gewellt. Knappe zwei Stunden, so hatte Giuseppe gesagt, müssten sie gehen. Da war eine Kirche und ein Frater Minore in klappernden Zoccoli, mit einem kahlgeschorenen Hinterkopf und langem Bart, den er sich schon mehrmals an aufflammenden Kerzen versengt hatte, einer, der bereit war, ihnen die Beichte abzunehmen und den Bund der Liebe vor Gott zu segnen, wo andere Umhimmelswillen das Dorf herbeiriefen und die entsetzten Eltern dazu. Der Wind schmerzte im rechten Ohr und der große Zeh des rechten Fußes schmerzte, die Kuppe war durch das Loch gerutscht, die Strickmasche, die hielt, schnitt ein. Beim Anziehen in Herrgottsfrüh hatte sie das Loch im Strumpf bemerkt, aber einen anderen zu suchen, hätte zu viel Lärm gemacht, die Tür ihres Schrankes quietschte, Zeit und Licht fehlten, es notdürftig zu stopfen. Eine Tasche hatte sie schon tags zuvor hinter dem Baum versteckt, der an der Wegkreuzung stand, Bänder hatte sie so an der Tasche montiert, dass sie diese am Rücken tragen konnte und die Hände frei hatte, sollte er sie halten wollen. Geschlafen hatte sie nicht, Müdigkeit spürte sie keine. Wieder traf ihr Blick sein warmes Lächeln. Das schwarze Kopftuch lag schon über der Stirn, noch tiefer zog sie es, das schmerzende Ohr zu schützen. Am Hügel schöpfte ein Bauer dunkle Erde aus einem Karren, die im Winter mit dem Regen hinab gerutscht war, frischer Mist dampfte in der Morgenluft und die aufsteigende Wärme mischte sich mit dem Nebel, der aus den Tälern kroch.

Giuseppe trug einen Kasten am Rücken, Hausierer war er und gewohnt, weit zu gehen und Schweres zu schleppen. Hier und dort hatte er eine Bettstatt, unter Dach und im Heustadel; bis Kinder da sein würden, wollte Giuseppina mit ihm gehen. Immer schneller wurde er und sie hackte sich unter, sie wollte nicht hinter ihm bleiben, er hatte dem Vater die liebste Tochter genommen. Hinunter blickte sie kurz, ob die Schnürsenkel noch hielten, und sah wieder auf. In eineinhalb Stunden würde Hochzeit gehalten werden, in schwarzer Tracht und schwarzem Kopftuch, Trauzeugen vielleicht, das wusste nur der Frater bislang, ein Händedruck als Dankeschön, Gebäck aus Mandeln und dazu Likör, aus der Speisekammer hatte sie sich gestern eine Blechkanne voll abgefüllt. Salz hat sie eingepackt und eine Schüssel aus Ton. Und Essiggurken, ein Glas Essiggurken. Im Krieg, als keiner die Zeit hatte, die Felder zu bestellen, da waren Essiggurken der tägliche Salat gewesen, im Winter, im Sommer, im Frühling und im Herbst. Dass Giuseppe sie jetzt ansah, das spürte sie, aber nach vorne schaute sie unbeirrt, sah wie die Sonne die Hügelkuppen zum Schimmern brachte, musste lächeln und wurde wieder ernst, denn ernst zu sein, danach war ihr, und ernst zu sein, erschien ihr auch angebracht, che Dio abbia pietà di noi. Das Kopftuch zog sie in die Stirn, das bei jedem Schritt über die frischgewaschenen Haare nach hinten rutschte, der Wollrand um den Zeh schnitt ein und schmerzte. Da drückte sie seinen Arm an ihre Seite und fühlte sich stark wie der Knoten in ihrem Nacken, der vom Kopftuch vor dem Wind geschützt war, und erneut spürte sie den Schmerz im Ohr und ein Kitzeln unter der Nase, sie tropfte ihr stets in frischer Herrgottsfrüh. Es ist nicht mehr weit, sagte er. Durch ein Dorf gingen sie, da standen noch Blumen in Kisten an den Fenstern.

Die hat man wohl vergessen im Herbst in den Keller zu stellen, dringend zurückschneiden müsste man sie und das faule Laub entfernen, dann werden sie sich erholen von Raureif und Frost und im Sommer wieder blühen. Die Mutter stellte immer die Blumen hinunter, zu Allerseelen wurde alles verräumt, auch wenn das Meer noch warm war und der Tag sonnig. Die Mutter machte alles so, wie die Nonna es machte und wie die Urgroßmutter und deren Mutter zuvor. Ich werde dich vermissen, Mamma, und ich werde dich vermissen, Papà. Ich will vergessen, was vorher war, alles, was trennt, will ich vergessen. Lieber Gott, hilf mir, sag mir, dass das nicht falsch ist, was ich tue. Bitte hilf, dass ich damit leben kann, dass Papà heute erwachen wird und Mamma es von ihm zu hören bekommt. Liebe Muttergottes, steh du mir bei, Heiliger Antonius hilf, dass der Vater seine Ruhe findet, und ich auch, jetzt, nicht nur in der Stunde des Todes.

Wenn Kinder da sind, dachte sie sich, als ihr Blick auf den Kirchturm fiel, wenn Kinder da sind, will ich hier ein Haus haben und einen Garten und ein Fenster auf die Straße. Er wird im Frühling Samen verkaufen und im Sommer wird er Schuhe richten, und Messer und Scheren schleifen wird er im Herbst und im Winter. Auch Schirme konnte er flicken, die würde er nach Hause bringen und sie würde ihm helfen. Er wusste stets, wem welcher Schirm gehörte, das hat man ihr erzählt. Er nahm sie mit, und brachte sie nach einem Jahr wieder. Schirme würde er ohnehin nicht oft bringen, zu teuer waren sie und man floh hier nicht den Regen, der viel zu selten kam, man stellte sich hinein und trank ihn und tanzte.

Wenn Kinder da sind, dachte sie sich, als ihr Blick auf den Kirchturm fiel, will ich hier wohnen. Wenn er hier ist, soll er die Glocken läuten, wie sein Vater es tat und der Großvater und der Urgroßvater auch. Da soll er den Altar herrichten für die Messe und vom Boden das Wachs abschaben, das von den Kerzen tropft. Und wenn er nicht hier ist, will ich es für ihn tun. Für ihn, und die Kinder, und für meinen Vater.

Er gab ihr Zeit abends sich umzuziehen und ging diskret aus dem Zimmer. Ums Haus auf die Toilette ging er und zu der Bank unter dem Olivenbaum auf eine letzte Prise Tabak. Sie nahm das weiße Nachthemd aus der Tasche und schüttelte es aus, breitete es auf das Bett und strich es glatt. Nackt zog sie sich aus, war verwundert über so viel Haut, die sie an sich noch nie betrachtet. Sie besah sich den Zeh, der rot war vom vielen Gehen und dem Loch, das ihn schnürte, gedankenverloren massierte sie ihn und rieb ihn, bis der Abdruck des Strumpfes verschwunden war. Dann nahm sie die Waschschüssel, stellte sie etwas tiefer von der Kredenz auf den Stuhl, beugte sich darüber und versuchte, mit hohler Hand etwas Wasser in die Achseln zu schaufeln. Das kalte Nass lief herab über die Seiten ins Hohlkreuz, wo es sich fand und wieder trennte und weiter rann in die Kniekehlen bis hinunter auf den Boden, wo es kleine zitternde Kugeln bildete, die sie an die Blasen eines Hefeteiges erinnerten. Sie rieb sich trocken, fast rot, das war wie eine Sucht, sich an den vorderen Schienbeinen zu kratzen, bis sie fast blutig waren, vor allem im Winter war das so, wenn sie Wollstrümpfe trug. Dann holte sie eine Dose aus der Tasche, öffnete sie und entnahm ihr mit dem Daumen, dem

Zeige- und Mittelfinger vorsichtig ein wenig des weißen Pulvers. Es waren die Überreste einer zermörserten, geweihten Kröte; sie hatte sie einst vertrocknet am Wegesrand gefunden und vorsorglich im Buschen versteckt, den sie mit den Schwestern im vergangenen Sommer zur Kräuterweihe in die Kirche trug. Sie wollte heute noch ein Kind empfangen. Der Mutter eines Sohnes verzieh der Vater gewiss.

Der Sohn, den er in dieser Nacht noch zeugen wollte, das dachte sich Giuseppe draußen unter den Sternen, nach der Trauung und dem Likör und dem Mandelgebäck, der Sohn sollte den Namen eines Sängers erhalten, von dem er einst in der Zeitung gelesen hatte, Enrico hieß er und man hörte seine Stimme auf runden Platten aus schwarzem Schellack.

Enrico Ingannamorte soll einen Tenor haben, nein, einen Bass soll er haben, man wird ihm zuhören, meinem Sohn, wenn er singt im Kirchenchor, man wird ihm zuhören, wenn er spricht, man soll ihn lieben, meinen Sohn. Und reich wird er werden und für Gerechtigkeit kämpfen und ein gutes Leben haben in der Neuen Welt. Und ich werde ihn begleiten, wenn er es will und wenn ich kann, ich werde ihm ein Haus bauen und da sein, wenn er mich braucht. Deine Mutter hat vielleicht andere Namen für dich, aber ich möchte, dass du Enrico heißt. Du wirst in die Schule gehen und im Meer tauchen, vielleicht wirst du einmal einen Schneeball auf die Nase bekommen, hoch oben im Norden, da schneit es oft meterhoch im Winter, ich war einmal dort, mein Sohn, das ist lange her. Du wirst der Liebe begegnen und Kraft brauchen und loslassen lernen. Du wirst die Welt bestaunen und vor ihr zurückschrecken, du wirst Verantwortung übernehmen und du wirst sehen, dass Unglücke an allen Ecken und Enden lauern, und ich werde dich lehren, frohen Mutes weiterzuschreiten und deinem Schutzengel zu vertrauen. Und du wirst lieben, ja lieben wirst du und selber Söhne zeugen. Du wirst ein ganz wunderbarer Mensch, und ich möchte dir in die Augen schauen. Ich möchte dich Kind sein lassen, entschuldige bitte, die Zeiten sind andere geworden.

Das Herz klopfte Giuseppe, es klopfte so sehr, dass er sich strecken musste und den Gedanken zu verscheuchen versuchte, was es denn wirklich war, das ihn in Aufregung versetzte. Giuseppina war nicht die erste Frau, der er sich näherte. Er wusste, was geschehen sollte, und er hatte gelernt.

Giuseppina hatte sich bedächtig angezogen, die Falten ausgestrichen, die Knöpfe an den Handgelenken verschlossen. Sie nahm die Heilige Schrift aus der Tasche, die sie zur ersten Kommunion bekommen hatte. Vor Jahren schon hatte sie sich angewöhnt, das Buch zu öffnen und dort zu lesen, wohin der Blick ihr fiel. *Und wenn ich alle meine Habe den Armen schenkte und wenn ich meinen Leib hingeben würde, um Ruhm zu gewinnen, und hätte die Liebe nicht, so würde mir's nicht nützen.* Das seidene, etwas schütter und fransig gewordene Bändchen, das weiter hinten zwischen den Blättern steckte, zog sie vorsichtig heraus, legte es auf die aufgeschlagene Seite, klappte das Buch aber nicht zu, sondern legte es geöffnet unter die Bettstatt. Lange war dort nicht mehr gekehrt worden, bemerkte sie, als sie sich vornüberbeugte, um das Buch mit der Hand noch weiter hineinzuschieben. Doch für heute war das Zimmer gut und für morgen hatte Giuseppe schon etwas gefunden, noch einige Stunden von hier entfernt, aber nahe dem Meer, hatte er gesagt. Den Strumpf würde sie davor noch stopfen müssen, aber morgen hatte sie Licht und Zeit, und Faden und Nadel hatte sie dabei.

Sie betupfte die Stirn mit Weihwasser, das sie am Morgen noch von dem Pater mit auf den Weg bekommen hatte, es war still gewesen und schlicht und ohne Zeugen, dann legte sie sich leise aufs Bett, die Arme auf der Brust gefaltet, ihre Großmutter hatte man einst so aufgebahrt, fiel ihr jetzt ein.

Wie wird es sein, an das ich so oft dachte? Wie wird es sein, wovon die Mädchen am Brunnen sprachen? Wird man es sehen, an meinen Augen, wird es schmerzen? Die Mutter hat immer gesagt, man würde es erkennen an dem Blick, wenn ein Mädchen kein Mädchen mehr war. Wird man es sehen, auch wenn ich verheiratet bin? Ich werde immer bei dir sein, Giuseppe, ich werde immer mit dir gehen, ich werde immer auf dich warten, ich werde auch hinter dir gehen, aber lieber neben dir, wenn du es erlaubst. Ich liebe dich. Bitte Gott, lass mich sterben, vor ihm.

Links und rechts schwer duftende Blumen, viel Rauch im Zimmer und wenig Luft, die Augen geöffnet, am Grab erst hatte der Großvater die Augen der Großmutter geschlossen, bevor man den Deckel über ihren Körper schob, und über den Sarg dann die schwere Platte. Er selbst hatte sie waschen wollen und anziehen, das war ungewöhnlich gewesen und es hatte ihn mitgenommen.

Bewegungslos lag Giuseppina und wartete auf ihren Mann. Das Leben ist nicht weit weg vom Tode, dachte sie und dankte der Großmutter im Himmel, dass sie sich an sie erinnert hatte. Und die Seelen der Verstorbenen bat sie, stets bei ihr zu sein. Allerseelen war ihr immer wichtiger gewesen als das Fest der Heiligen. Sie freute sich, als es endlich geschah.

8. Dezember 1927

Als Magdalena Vonbun ihr zweites Kind gebar und Kreszenz Strumpflohner die kleine Johanna zur Taufe trug

Ohne Eile kehrte die alte Frau das Laub zusammen, das der Wind ihr vor die Tür geblasen hatte. Die Schwiegertochter hatte noch geholfen, Holz in das Haus zu tragen. Und Wasser hat sie aus dem Brunnen in die Küche geschleppt. Es würde nicht mehr lange dauern, seit dem Morgen hatte sie Wehen.

Wie ein Teppich lagen die Blätter unter dem Baum, der Horizont goldbekränzt, es sah nach Schnee aus heute Abend, der erste in diesem Winter. Viermal hell und sechsmal dunkel läuteten die Glocken im Dorf, der Mesner war zur Holzarbeit nach Amerika, seine Schwestern waren weniger polternd.

Bald würde die Quelle vereisen, von der sie ihr Wasser ableiteten bis zu ihrem Brunnen, bald hieß es wieder Tropfen fangen und Schnee schmelzen am brühheißen Ofen.

Eine volle Stube vertreibt die Flausen, dieses Kind wird jede Erinnerung an ihn löschen. Vielleicht tue ich ihr unrecht, vielleicht hat sie tatsächlich seit ihrer Hochzeit mit Johann nie mehr an ihn gedacht. Sie war ja nicht die einzige, verurteilen darf ich sie nicht. Da kommen sie aus dem Süden daher, und schenken Likör auf und erzählen von einem Meer, das Salz ans Ufer schwemmt, und von Trauben, die so süß sind, dass der Wein keinen Zucker braucht, und schon legen die Mädchen sich ihnen hin und haben dann die Bescherung. Nein, Magdalena fürchtet sich nicht. Sie wäre wohl mit ihm gegangen, hätte sie ihn geliebt, auch wenn es Mut braucht da unten, hier heroben hatte er seine Uniform, die ihn wacker machte und streckte, unten war er wohl nur einer von vielen. Was auch immer war, jetzt wird es gut, vielleicht hat sie tatsächlich nie mehr an ihn gedacht, die Frau meines Sohnes, der kleine Seppl wird endlich einen Bruder bekommen, Hauptsache ein Bub. Und der Johann ist auch nicht mehr der Jüngste. Der Krieg. Und das Aug. Er wird ein guter Vater sein, der Johann, ich kenn das gar nicht, dass ein Vater so mit seinem Sohne spielt, der nicht einmal von ihm ist. Wenn erst einmal der Bub da ist, wird niemand mehr davon reden, dass der Johann nicht der richtige Vater vom Seppl ist. Und niemand wird mehr reden von Gottes Strafe, weil der Kleine sich so lange nicht einstellen wollte. Niemand mehr wird etwas sagen, weil er heute geboren wird, an dem Festtag, als die Gottesmutter empfangen ward. Die Heilige Anna hatte auch lange warten müssen auf das Kind und dann gebar sie Jesus' Mutter. Mir soll es recht sein, wenn der Johann den Seppl studieren lässt. Bei den Patres wird er es gut haben. Das wird wohl das Beste sein. Noch zwei Scheit ins Feuer, kein bisschen Wind heute, es wird Schnee geben heute Nacht.

Kein Tollkirschengift hatte getötet damals, Kreszenz war ins Nachbardorf gerufen worden, als dem zarten Mädchen der Bauch aufging wie ein Germteig. Tränen in den Augen standen ihm, seine Mutter hatte es nicht mehr erkannt, die Wangen, der ganze Körper glühendrot und dampfend und die Hände und Füße eiskalt. Mit den Zähnen hatte sie geknirscht und geschrieen hatte sie und viel Essig und Wasser brauchte Kreszenz, um das Mädchen zu beruhigen, und Kampfer und aufgebrühte frische Minze, um das Gift wieder auszutreiben. Der Balg wollte leben und wachsen in ihrem Bauch und sie wollte ihn mehr denn je, als sie ihn kämpfen spürte, auch wenn eine Nachbarin es besser gemeint und ihr das Gemisch verabreicht hatte und der Pfarrer von der Kanzel schimpfte und den ledigen Müttern drohte mit Hölle und Unheil und Schmach.

Sie war eine schöne Frau, die Magdalena Vonbun. Sie war fruchtbar und fein und belesen für die Handvoll Schuljahre, die sie nur haben durfte, sie las fromme Bücher aus dem Konvent und ging auch mit dem Seppl ihren Weg, diente für kargen Lohn und kein schlechtes Wort kam ihr über die Lippen. Es gab keine sonst, die den Johann mochte, als er aus dem Krieg kam, mit erfrorenen Zehen und humpligem Gang, mit schütterem Haar und einem starren Aug. Er wollte dem Seppl ein Vater sein und aus Dank ging Magdalena am Abend der Hochzeit noch, ging sie am Abend der Hochzeit noch und band sich die Schürze um, und ging, nach den Schweinen zu sehen und dem Vieh im Stall. Ein lediges Kind hat die Frau meines Sohnes, dachte Kreszenz, aber darob wird sie brav sein und bedächtig und fleißig. Aus jedem Rest noch konnte sie etwas kochen, aus jedem Stück Stoff nähte sie ein Hemd, und die Kühe striegelte sie, als gälte es, sie auf dem Markt zum Verkauf anzupreisen. Einen tiefen Glauben hatte sie und Gottvertrauen. Und sie war bescheiden. In aller Früh hatten sie geheiratet, sie hatten in einer Restauration gefrühstückt und waren zum Fotografen gewandert, bei ihren Eltern holten sie den Seppl und nahmen sogleich den Weg wieder zurück in sein Dorf.

Schon tags darauf bürstete und rumpelte sie die Wäsche, brachte sie zum Bach zum Schwemmen und trug sie auf dem Kopfe wieder heim. Eine eigene Quelle hatten sie, das Wasser war von den Steinen rein, sie wohnten oberhalb des Dorfes, die anderen hatten zum See zu gehen zum Waschen. Freilich, im Winter war der Waldbach gefroren.

Ich habe Angst. Ich habe Angst, mehr Angst heute als damals. Ich weiß nicht, was kommt. Ich freu mich auf das, was kommt, und es macht mir Angst. Wie das Leintuch duftet, das Nachthemd, das mir die Mutter zur Hochzeit gab. Nach Sonne duftet es und ist weiß und gebügelt und stark. Ave Maria, gratia plena, Dominus tecum, benedicta tu in mulieribus, et benedictus fructus ventris tui, Iesus. Maria, Gottesgebärerin, steh mir bei. Ich hab so Angst, Heilige Muttergottes, sei bei mir. Sancta Maria, Mater Dei, ora pro nobis peccatoribus nunc et in hora mortis nostrae.

Bei Kreszenz hatte Magdalena schon den Seppl entbunden. Ledige Frauen kamen oft zum Entbinden hierher. Kreszenz war streng, schneidig und spitzzüngig, aber die Wöchnerinnen kamen trotzdem. Keine könne so gut schwingen, hieß es, wenn ein Kind nicht atmen wollte, und sie fragte nie nach dem Vater des Kindes. Und sie fragte auch Jahre später nicht, wenn die eine oder andere wiederkehrte, weil das Kind krank war oder das nächste auf dem Weg.

Wie Früchtestücke auf einer frisch gekochten Marmelade schwammen die Blätter auf dem schon fast gefrorenen See, ein zäher Sirup. Dunkel war er und wappnete sich für den Winter. Sich umgeben mit undurchlässigem eiskaltem Glas, um sich zu schützen vor Fremdem und Bösem, dachte die alte Frau und kehrte die Blätter in Richtung Stall. Wenn es ein Bub wird, dann soll er Johann heißen, wie sein Vater, dachte sie, und wie der Großvater, mein Mann. Wenn es ein Bub wird, wird es für alle leichter sein, dachte sie, lehnte den Besen gegen die Hauswand, holte den Rosenkranz aus der Schürze und ging hinein. Drinnen kochte das Wasser, sie hörte Magdalena in der Stubenkammer beten. Seppl lief durch den Gang, er solle nach draußen gehen, sagte die Alte dem Jungen und reichte ihm ein Stück Brot, er solle nach der Olga schauen, ob sie schon kälbern würde, und warf noch zwei Scheit in den Ofen. Windeln und Tücher lagen auf dem Tisch, sie nahm die Schürze ab, wusch sich die Hände in einer Schüssel, in der sie einen Teil des siedenden Wassers mit kaltem gelöscht hatte, band sich eine frische Schürze um den Bauch, holte das Wehenkreuz aus dem Schrank, nahm sich die Tasche mit Kräutern und Schnaps, mit Klemme und Schere, steckte den Rosenkranz ein und das Fläschchen Weihwasser, entzündete die Kerze vor dem Bild des Heiligen Antonius, ging hinauf ins Zimmer ober der Stube.

Währenddessen saßen in der Kammer neben dem Beinhaus die Schwestern des Holzerbauern und putzten Totenköpfe, reinigten und schmiergelten sie sorgsam und befestigten ein Schild an jedem Kinn, um Vertauschungen vorzubeugen, bis ein grüner Kranz und gemalte Blätter an den Schläfen und ein Kreuz und ein Name an der Stirn den Verblichenen unverwechselbar machten. Im Winter war immer viel zu tun. Solange der Boden noch weich war, mussten Gräber entleert werden, wenig Platz gab es hier in diesem Dorf zwischen Abgrund und brüllendem See. In der kleinen Kapelle hinter dem Friedhof wurden die Knochenköpfe gestapelt, in eckiger Schrift standen Namen darauf und mancher Schädel hatte noch Zähne. Einer lag auf dem anderen und manche lachten und manche bleckten und nebeneinander lagen manchmal zwei, die sich im Lebtag nicht mochten. Der Bruder war soeben gestorben und es war Zeit, dass der Jüngste nach Hause käme, den Hof und das Feld und die Mesnerei zu übernehmen, das Läuten war eines Mannes Angelegenheit. Ledig waren sie alle, die Brüder wie die Schwestern, die zwei Frauen guter Hoffnung, den Richtigen noch zu finden. Sie hörten viel und hatten viel zu erzählen. Im Kamin pflegte es alljährlich zu ächzen und zu jammern, wenn es Winter wurde und kalt und die Rauhnächte nahten. Der Vater, Gotthabihnselig, hatte einst auf der Lichtung im Wald den Hexenkranz von der Lärche gehackt und er war wieder gewachsen wie ehedem. Suppe und Wein bekamen seither alle Bettler, die an ihre Türe klopften, und seit dem Kriege kamen sie häufig.

Ein Herz malte heute die eine und die andere malte dem Schädel ein grünes Blatt auf die Stirn. Es war Feiertag Abend und die zwei Mesnerbäuerinnen hatten zu viele Krapfen verdrückt. Der Schweiß perlte der einen auf der Stirn, die andere hatte verwischte Augengläser. Das Fett glänzte am Kinn und an ihren Mundwinkeln wie das Haar am Scheitel der Älteren. Tresl hatte seit der Kindheit das Haar stets an der selben Stelle geteilt und so straff nach hinten gekämmt und gebunden, dass mittelt am Haupt eine Glatze entstanden war in der Form eines langen dünnen Fingers. Gebräunt war der Scheitel wie die Wangen, sie sah aus, als wäre sie weit zum Predigen gezogen, als hätte sie mehr gesehen als ihre Schwester Kathl, die eigentlich Katharina hieß. Stets zugeknöpft waren beide, unter dem Kinn eine Brosche mit einer Nadel, die bedrohlich aussah, ein dunkles Hemd mit Falten und Rüschen.

Ruhig war der Abend, war die Nacht, das Ausgebackene lag schwer im Magen. Da kam der Seppl gelaufen, etwas verängstigt, da der Mond verdeckt war, die rostbraunen Blätter lagen nass auf den Gräbern, der Friedhof war dunkel. Im Beinhaus flackerte schwach das Licht. Den ganzen Weg her hatte er gebetet, alle Heiligen hatte er angefleht, deren Namen er kannte, den Schutzengel und die Muttergottes. Die Mütze hatte er in der Eile verloren, nur das Hemd hatte er an, den braunen Lodenfleck, und Schuhe, die er ansonsten nur kirchtags trug. Mit den Holzknospen hätte er sich schwerer getan zu laufen.

Die Mesnerinnen mögen doch bitte nach dem Pfarrer rufen, keuchte er, die Mutter habe ein Mädchen geboren. Der Vater würde gleich kommen zur Taufe mit Kreszenz und dem Kind. Wie soll es denn heißen?, fragte die jüngere der zwei Schwestern den Siebenjährigen. Johanna, rief der Junge, das habe die Großmutter so gemeint, sagte er, bekreuzigte sich und lief betend wieder heim. Möchtest du hier nicht warten, rief die ältere Mesnerschwester ihm nach, ich mach dir eine warme Milch. Danke, rief er, ohne sich noch einmal umzuwenden. Sie warf sich den Wollschal um Hals und Schultern und machte sich auf ins Widum zum Pfarrer, dessen Häuserin sie war; die Jüngere aber ging nach Hause in die Küche, um der Wöchnerin aus Mehl und Wasser, aus Salz und etwas Zucker und Germ weißes Brot zu bereiten. Die Truten, das wusste sie bestimmt, würden Wöchnerinnen ersticken und Neugeborene stehlen. Nur mit dem Weißen scheuchte man sie davon.

Die Großmutter wird das Kind bei der Taufe halten, das Vater Johann geschnürt und eingepackt auf dem Leiterwagen zur Kirche zog. Die Räder ächzten, die ersten Schneeflocken glitten vom hellen Himmel herab in die Dunkelheit, der brüllende See lag ruhig.

24. September 1939

Als Luigi und Angiolina Esposito im Norden blieben, um etwas für die Heimat zu tun

Eigentlich waren Luigi und Angiolina Esposito vor zwei Jahren vom Süden hinauf ins Grenzland gezogen, um Geld zu verdienen und zu sparen, um ehestmöglich zurückzukehren und sich in der Heimat ein Haus zu bauen. Ein eigenes Haus wollte Luigi haben in dem kleinen Dorf an der neu gebauten Via Panoramica mit dem Blick hinaus aufs Meer, da wollte er jeden Abend sitzen auf der Terrasse unter der Laube und Wein trinken und Musik hören und hinausschauen in die Weite und zufrieden sein. Er war aufgebrochen, da die Arbeit in der Saline hart war und kaum bezahlt, und nach dem Krieg, der seiner Mutter fast vier Jahre lang den Vater geraubt hatte und seiner Tante und vielen anderen Frauen im Dorfe den Mann in alle Ewigkeit, war sie noch schlechter bezahlt. Er war aufgebrochen, just hinauf in den Norden, weil es da Land gab und Arbeit und tüchtige Leute brauchte, das hatte der Podestà gesagt, hinauf in die Berge, von wo aus der Krieg seine Schatten bis ans Meer geworfen hatte, wo sein Onkel sein Leben ließ, nicht nur sein Onkel, sondern viele Männer des Dorfes auch, in Erfüllung der Pflicht, die eingeschrieben war in ihre Herzen als italienische Patrioten. Durch den Krieg waren die Armen noch ärmer geworden und die Reichen unermesslich reicher.

Soeben erst geheiratet hatten Angiolina und Luigi Esposito, noch war seine Frau nicht schwanger geworden. Trotzdem packte sie Kisten voller Erinnerungsstücke und Gebrauchsgegenstände und Wäsche und Windeln ein, alle Habe, die beweglich war, als hätte sie vor, so schnell gar nicht mehr zurückzukehren. Man weiß nie, das war ihre Überzeugung, die Heimat, sie bleibt, Heimat bis zum Tode, aber manchmal zwingt sie einen fortzugehen, damit man sie sich im Herzen und im Gewissen besser erhalten kann.

Zwei Katzen nahm sie mit und das Aquarium mit dem Goldfisch und dem Schleierschwanz, das war Bedingung gewesen an ihren Mann, etwas Meer, obwohl es Süßwasserfische waren, die sie die lange Zugfahrt bis hinauf auf ihrem Schoße balancierte. Der Mann aber, dessen Vettern als Händler von Koffergrammophonen und Bausätzen zur hauseigenen Zusammenstellung von Tonträgern den Stiefel auf- und abwärts gereist waren und schon da und dort ihre Betten und Tischdecken aufgeschlagen hatten, packte alles an regionalen Schallplatten ein, dessen er nur habhaft werden konnte.

Nach wenigen Tagen schon hatte Angiolina die kleine Wohnung am Rande der neuen Stadt zwischen den langen Ziegelreihen und rotbraunen Schloten in ein häusliches Ambiente verwandelt, die Wäsche flatterte auf der Leine, die sie vom Fenster hinüber auf einen Baum spannte, jeden Morgen neu, da sich mit der Nacht Staub und graue Luft auf den Spagat senkten und auf dem blendenden Leinen schmutzige Ränder hinterließen. Jede Früh duftete es nach gebratener Zwiebel und gebratenem Hackfleisch für die tägliche Pasta asciutta.

Es war alles schnell gegangen, ein Verwandter hatte schon vorgesorgt und Luigi hatte im Nu die kleine Bar an der Kreuzung gepachtet, an der die Straßen sich teilten, die eine, die zur Aluminiumfabrik führte, die andere zum Magnesiumwerk. Bar Maria nannte Luigi sie, es gab keinen Zweifel, dass dies ein guter Name war, seine Mutter trug den Namen Maria, und es würde ihr gefallen, wenn sie ihn besuchen käme, wenn Rosario es gut hieß, sein Vater, dieser hielt nicht so viel vom Verreisen und die Menschen des Nordens mochte er nicht. Bar Maria. Die Madonna hatte die Familie stets sicher aus allen Nöten geführt, eine einzige Schwester nur hatte die spanische Grippe Ende des Krieges mit sich genommen, im Hause des Nachbarn waren es vier Kinder, die die Eltern zu begraben hatten. Er schenkte nur Likör und Wein aus, den er aus dem Süden bezog, und schenkte den vielen Männern, die hier Fremde waren wie er, Geborgenheit und Stimmung und Heimat. Wenn er politisierte und polterte, was in seiner Familie lag, wenn er politisierte und Karten spielte an den runden Tischen neben der Theke, da stand Angiolina in der Küche und füllte entkernte Oliven mit Knoblauch und kochte Caponata di melanzane und Peperonata, die sie auf geröstetes Brot legte, goss Olivenöl darüber und briet roten Salat und Reiskugeln und wurde selbst immer dicker, obwohl sie noch immer nicht schwanger geworden war, und erntete Delizioso und Squisito und devo darti un bacio, Angiolina, und setzte sich manchmal zu den Männern auf eine oder zwei gedrehte Zigaretten. Manchmal baten sie die nach Arbeit und Leidenschaft und Zigaretten riechenden Arbeiter dieses zuzubereiten oder jenes, und sie tat es gerne und nahm viel Zwiebeln, um den Geruch des Schweißes zu übertreffen, junge Männer waren es, nicht unhübsch in ihren schmutzigen weißen Hemden, die geöffnet waren und den Blick erlaubten bis zum Bauchnabel, über gebräunte Haut und dichte Haare, die zu viert und fünft in kleinen Mietswohnungen hausten und zu Hause keine Arbeit, da wo sie herkamen, keine Arbeit hatten und hier keine Frauen und die Mütter in der Ferne. Die Mamma war sie ihnen, Angiolina, die Monat für Monat wartete auf eigene Söhne, und sie briet ihnen Vögel, Lerchen und Wachteln und Ortolane, die sie abschossen oder mit Netzen fingen, und sie lernte auch Polenta zu kochen und würzte die Spaghetti, dass sie auf den Lippen brannten, und sie schwieg, wenn die Männer anstatt auf die enge Toilette ins Freie gingen und hinterm Haus zur Demonstration ihrer Manneskraft den Hosenschlitz öffneten und das Basilikum nur knapp verfehlten, das sie mit viel Liebe pflegte. Origano, das hatte sie bald bemerkt, der blühte hier und verblühte und getrocknet schmeckte er nach nichts. Auch einen gelben Ginster hatte sie in den kleinen Garten gepflanzt, der wie aus dem umliegenden Asphalt und Beton gestochen war. Kleine Zweige pflegte sie abzuschneiden und in ein Glas auf den Tresen zu stellen, wenn er blühte. In Gedanken war sie oft dort unten, an der steilen Küste, wo das Dorf sich an den Berg drängte, wo Verwandte tagtäglich hinaus fuhren ans Meer und die Sonne abends safranrot in die Wellen tauchte, ihre Heimat war dort, wo Luigis Brüder im Wasser standen und das Salz abschöpften und die Hände zerrissen hatten und die Füße zerschunden, aber Heimat war auch überall, wenn man sie aufrecht im Herzen trug und in ein Beet pflanzte, das wie ein Felsen jeder Brandung widerstand.

Berge und Tunnels und schmale Straßen gab es auch da, wo sie herkam, die Berge hier interessierten sie nicht. Den freien Sonntag verbrachte sie in der Kirche, und am Nachmittag war sie daheim und zündete eine Kerze an unter der kleinen Statue des San Antonio und schürte fleißig den Ofen und flickte Socken und Hosen und Hemden und wusch die Tischdecken und Servietten der Woche und füllte das Bügeleisen mit Glut und bügelte die Wäsche des Sonntags zuvor und betete um Gnade und Kindersegen, während Luigi sich auf das Fußballfeld begab und beim Gerangel vor dem Tor des Gegners ganz vergaß, dass er hier arbeiten wollte und Geld verdienen, dass er hergekommen war, weil der Duce dazu aufgefordert hatte, aber glücklich sein wollte er hier nicht.

Dicker war auch er geworden trotz des Fußballspielens, und als ein erster Pokal sein Regal in der Bar Maria schmückte, da war sein Widerstreben gebrochen und er baute an die kleine Bar einen Raum und stellte einen einarmigen Banditen hinein und einen Flipperautomaten und als allererster weit und breit einen Calcetto-Tisch, und als sich das herumgesprochen hatte und seine Bar auch am Sonntag überfüllt war, so dass er sich um eine Signorina umsehen musste, da es der Frau zu viel wurde, kaufte er sich ein Auto, mit dem er an ruhigeren Nachmittagen in den Wald fuhr, um mit Kameraden, die Schichtdienst leisteten wie auch er, Steinpilze zu sammeln, so viele sie tragen konnten, und bald sah man ihn nicht mehr mitspielen am Fußballfeld, aber sitzen sah man ihn und schreien und winken.

Ogni spicchju è spacchju, sagte Angiolina unverdrossen und kümmerte sich um die Männer und warf einen Blick zur kleinen Marienstatue, die auf einer Konsole über der Kaffeemaschine stand, mit handgemachten Blumen umwunden, steifes glänzendes Papier, das aus dem Orient stammen musste. Jede kleine Hilfe war gut, und man musste einander helfen, wollte man ein gottgefälliges Leben führen in so schweren Zeiten.

Eigentlich wollten sie gar nicht so lange bleiben. Eigentlich hatten sie nie wirklich überlegt, wie lange sie bleiben würden. Als aber Mussolini und Hitler im Sommer die Umsiedlung jener planten, die sich nicht anpassen wollten an die neuen Verhältnisse, als Angiolina endlich in anderen Umständen war, als Luigi ein großes Schmierblatt hinter dem Scheibenwischer fand, geh heim, walsche Sau, da gab es für ihn keine Veranlassung mehr in den Süden zurückzukehren, wo sein Geschäft nie florieren würde.

Am letzten Septembersonntag des Jahres sagte er zu seiner Frau, es sei höchste Zeit, dass die Menschen hier den wahren Herren Platz machten, denn schließlich hätten ja sie den Krieg gewonnen und nicht die hier. Er würde ein Ferienhaus am Meer bauen, um den August dort zuzubringen, wenn eh niemand hier war, der sie brauchte.

6. November 1939

Als der kleine Luis ertrank und der Vater entschied weiterzuziehen

Nun ist alles gut, sagte Mariales Vater, nachdem er als einer der ersten unterschrieben hatte, noch lange vor der Frist, die Mussolini und Hitler gesetzt hatten. Wenn sie unter den ersten waren, die gingen, so dachte er sich, dann würden sie einen Hof bekommen, einen der schönsten, einen Hof, der seinen Kindern das Zuhause bot, das sie verloren hatten. Wir sind aus dem Nichts gekommen, wir gehen ins Nichts, was hat das schon für eine Bedeutung, hatte er am Abend zuvor noch zu seiner Frau gesagt, die sich zaghaft erkundigt hatte, ob man sie denn dort würde wollen, ob man sie denn nicht wieder verschicken würde, was sollten sie denn machen dort mit so vielen Heimatlosen, Fremde mochte man nirgends, das Zurückkehren würde schwierig werden, sollten sie nicht doch hier, vielleicht in diesem Dorf, etwas pachten, ein Hof auf der Schattenseite sei frei und viele würden frei werden, wenn die anderen wegziehen. Zurück können wir nicht, sagte Mariales Vater, und er erhob die Stimme, du weißt es, wir können nur nach vorne schauen, hinaus, wir können nur weiterziehen, in ein anderes Leben, das hier ist zu nah.

Seit einem guten halben Jahr schon lebte er mit seiner Frau und den sieben Kindern in Johann Strumpflohners Haus, oberhalb des Dorfes, eine Stunde Fußmarsch entfernt lagen sein eigener Hof und die Scheune und der Stadel. Nur mehr schwarze Mauern standen dort, das Holz war eingebrochen und der Gestank lag noch immer auf dem, was übrig war. Der Ofen war alt gewesen, das Feuer, das man die ganze Nacht für das morgendliche Brotbacken geschürt hatte, war ausgebrochen, es war windig in dieser Nacht und die Flammen sind gesprungen, nur zuschauen konnten sie und die Mutter hielt den Kindern die Hände vor die Augen, damit das Licht ihnen die Sehkraft nicht raube, am Ende des Winters war es gewesen und der Schnee in den Bergen noch nicht getaut und im Tümpel war kaum Wasser.

Es ist nun alles gut, sagte Luis Strumpflohner, des Johanns Vetter, an diesem Vormittag zu seiner Frau. Wir werden gehen in ein Nichts, das mehr sein wird als das, was wir verlassen. Was ist denn Heimat schon, der Brunnen, aus dem wir das Wasser schöpften, das Gehöft, in dem das Vieh verbrannte, die Stube, in der die Kinder spielten, was gibt sie uns schon, das wir woanders nicht finden könnten, dort, wo wir reden können wie eh und je und wo unsere Kinder wieder lernen dürfen in der Sprache, in der man uns das Lesen und Schreiben beigebracht hat. Das Land hier ist nicht mehr unseres, du wirst sehen, Frau, alle werden fürs Gehen entscheiden, werden heim wollen ins Reich, wir werden die ersten sein. Was haben wir von dem Gefühl, Frau, daheim zu sein, wenn die Kinder hungern und die Verwandtschaft unruhig wird. Einen Fluss wird es auch dort geben, der sich durch das Tal schlängelt und die Äcker nährt, einen Himmel gibt es auch dort, es wird auch dort Wiesen geben und Hügel und eine Stadt in der

Nähe und Mühlen und Bäume und Getreide, das reift, und Brot, vielleicht wird es heller sein, oder dunkler, aber sättigen wird es und die Kinder werden wachsen.

Just in diesem Moment, als Luis Strumpflohners Frau begann, sich Gedanken zu machen, was den Mann so aufgeräumter Laune sein und so viel reden ließ, ob er wohl glaubte, was er sagte, weil er so viel sprach, just in diesem Moment erhob sich über ihren Köpfen eine Schar von Wildenten. Sie suchen die zurückgebliebenen Kartoffeln auf den Feldern und Samen und Körner, das was verloren ging zwischen den Stoppeln, dachte sie. Sie schauen sich schon um nach einem offenen Wasser, dachte er, bevor der See gefriert, es ist Herbst und es ist Zeit zu fliegen. Johanns Hof würde im Winter nicht Arbeit für zwei bieten, er ernährte nur eine Familie.

Luis Strumpflohner hatte einmal eine Ente ersaufen gesehen, drei Erpel bedrängten sie und saßen auf ihr und drückten sie unter Wasser, bis deren Kraft sie brach und sie unterging wie ein flacher Stein, von einem Wanderer achtlos ins Wasser geworfen.

Luis Frau bemerkte erst jetzt, dass die Kälber schon seit Tagen zurück waren von der Alm, sie drängten sich an den Zaun und rupften das Gras, und das Ziehen an den Wurzeln wurde zu einem Geräusch, das nach Monaten ihr Gemüt unmerklich wärmte.

Sie sagte nichts mehr darauf. Zu Hause, er hatte Recht, zu Hause gab es nur mehr den Friedhof und des kleinen Luis frisches Grab, zu Hause gab es zu viele Erinnerungen, die sich wie ein Nebel über den Mann gelegt hatten, wie der Rauch, der das Zimmer grau macht und den Atem lähmt, wenn das Wetter drückt und das Holz noch feucht ist, das im Ofen brennt, Erinnerungen, die ihren Mann mitunter trinken ließen und toben und die Hand gegen die Kinder erheben. Bitte, hör auf damit, flüsterte sie leise, lass es vergehen, erheb die Hand gegen mich, es ist meine Schuld, nicht die der Kinder.

Zuerst der Brand und dann Luis. Sie hatten das wenige, das sie mitgebracht hatten, unter Dach gestellt und haben wenig gesprochen und angepackt, wo es ging. An einem der schönsten

Tage des Sommers war Luis ertrunken, am Ufer des Sees, die Frauen hatten Wäsche gewaschen und waren am Steg gekniet und hatten sich hinabgebeugt, um die Wäsche zu spülen, die Kinder hatten geholfen und hatten Kies geschmissen und niemand hatte bemerkt, dass Luis ins Wasser gegangen war, da rief das kleine Mariale Luis!, und Luis schrie Mama, dass sie es nie mehr wieder würde vergessen können, und sie sahen nur mehr ein Strampeln unter Wasser und sahen wieder seinen Kopf und hörten ihn noch einmal rufen und sahen dann seine Hände, die wie aus einem lebendigen Spiegel schauten, und die Mutter eilte hinein, obschon sie nicht schwimmen konnte, und Magdalena kam hinter ihr her und tauchte unter und erhaschte eine Hand noch und ergriff sie und griff nach der Hand der Mutter, die noch Grund hatte unter den Füßen, und die eine zog die andre und die andre zog das Kind und sie schafften ihn hinaus, den kleinen Körper, reglos. Viel zu viel Wasser, so sagte der Arzt später, viel zu viel Wasser hatte er geatmet, sie konnten nichts mehr tun.

Mein Junge, ich hatte die Augen auf die Wäsche gesenkt und hatte mich in Gedanken verloren, als ich das weiße Leinen in Kreisen durch das Blau fließen sah, hatte dich vergessen für den Augenblick. Bei der Taufe hattest du das Kleid der Familie getragen, verziert war es mit blassrosa Spitzen. Du warst nicht der erste Junge, der es getragen hatte, aber lange hatten nur die Mädchen es benutzt, nur bei dir hatte der Vater gemeint, die alte Tradition wieder zu pflegen, dich im Kleid zu taufen, das auch er getragen hatte an jenem besonderen Tage und vor ihm sein Vater. Du hast dich oft beklagt deshalb, verzeih mir, dass ich so schlecht auf dich schaute, schon am Tage deiner Taufe, der der Tag deiner Geburt war, und am Tage deines Todes. Kleiner Luis, jede Nacht werde ich von dir träumen, verzeih mir, Luis, was bin ich für eine Mutter, hätte nur ich sterben können für dich, das Band wird nie reißen, kleiner Luis, und ich werde zurückkehren, wenn die Zeiten es erlauben, ich lass dich nicht allein, ich bin in Gedanken bei dir. Und beschütz du uns, der du uns voraus bist, du bist unser Engel, kleiner Luis, begleite uns, dass wir ein Zuhause finden, begleite uns, dass wir irgendwo bleiben können.

Es ist noch nicht gut, Mann, ich möchte noch einen Bildstock aufstellen am Ufer des brüllenden Sees, sagte Mariales Mutter am Abend vor dem Zubettgehen. Ich möchte noch ein kleines Marterle aufstellen für unseren Luis, kein Holzkreuz, eines das hält, das auch bei Unwetter und Regen nicht verdirbt, eine gemauerte Betsäule mit einem Bänkchen zum Knien davor, mit einer Nische, wo Platz ist für eine Kerze und Blumen, für eine Malerei und seinen Namen, damit die Menschen innehalten, wenn sie vorbeigehen, damit sie an ihn denken und von ihm lesen, wenigstens er soll seine Heimat haben. Das werden wir angehen, gute Frau, sagte Luis Strumpflohner, wir werden uns Ziegel beschaffen und weiße Farbe und wir werden seinen Namen in die Nische schreiben und Johann wird uns helfen und er wird darauf schauen, dass der Verputz nicht bröselt und die Schrift geputzt wird und das Gitter entstaubt, das werden wir tun, auch wenn wir unser letztes Geld dafür geben.

Nunc et in hora mortis nostrae, murmelte da seine Frau und nickte und schluckte ihr Weinen.

Ich habe meiner Schwester geschrieben, sie hat gekündigt bei den Herrschaften im Süden und wird mit uns fahren, sie wird nicht mehr dienen da unten, sie wird bei uns bleiben und uns helfen, sie wird bald da sein, in wenigen Tagen, und wenn sie erst da ist, dann steigen wir in den Zug.

Und wieder nickte sie nur und schlüpfte in das kalte Bett und dachte, wie Luis wohl frieren musste in der groben Erde, und wieder schluckte sie ein Weinen. Du wirst sehen, es wird alles gut, sagte er, als er sich zu ihr in die enge Bettstatt drückte, und spürte, dass sie weich war, erstmals seit Luis' Tod, und dass sie ihn nicht abweisen würde und ihn umfangen, so wie sie es vermochte, es wird alles gut.

1. Mai 1940

Als Seppl und Rosina Strumpflohner in den Wolken lasen

Die Blätter der Birken schlugen noch heftig aufeinander, das Wasser hing an ihnen und hielt sich fest, bis die Schwerkraft es brach, das Gras, die Ähren lagen flach, als hätten sie sich zum Schlafen gelegt. Das erste Sommergewitter war vorüber, die Wolkendecke brach auf. Der Wind hatte sich beruhigt, es dampfte nach Feuchtigkeit und es duftete nach Nadeln und Erde und Holz, es duftete nach Leben und Moder und Sauerteig, es war, als hätten sich die Sabbat haltenden Hexen verzogen.

So dunkel war der Himmel zuvor geworden und so schwer die Wolken, dass Kreszenz glühende Kohle aus dem Ofen genommen hatte, ins Rauchfass gebettet, etwas Olibanum darüber gebröselt und damit hinaus war, ihr Land in heiligenden Duft und Nebel zu legen, Weihrauch gegen die Wetterfront.

Jetzt waren die Berggipfel klar und nah und aus jedem Tal, aus jedem Krater kroch Nebel und löste sich im Pastell. Seppl lag mit seiner jüngsten Schwester Rosina am Abhang, sie hatten Sauerampfer zwischen den Zähnen und betrachteten die Wolken, es war nach den alten Kalendern der Beginn der warmen Jahreszeit, der Stichtag zwischen der Tag- und Nachtgleiche des Frühlings und der Sommersonnenwende. Weiß waren die Wolken wie der Rauch aus Großmutters Pfeife. Das Nass, das durch die Hosen, den Kittel, durch den Loden hindurch aus der Erde bis zur Haut sich saugte, merkten sie nicht.

Ich möchte fliegen, ich möchte mich nicht mehr spüren, ich will fliegen können und nicht fallen, wie Wolken schweben. Wie wird die Welt da oben aussehen, was ist jenseits des Nebels. Hügel, Türme, Schlösser, Luftschlösser. Träume. Ich will fliegen, kleine Rosina, kommst du mit mir, ich werde fliegen, auch wenn es der Krieg ist, der mir das Fliegen schenkt.

Schau ein Hund, sagte da Rosina und deutete hoch hinauf. Ein wolliger Hund, bejahte Seppl und begann zu suchen. Da ein Monster, ein Ungeheuer mit einem großen Maul, ein Schaf, ein

Fisch. Sag Wolke, sagte er zu Rosina. Wolte sagte sie: Rosina kannte schon viele Worte, aber das g und das k konnte sie nicht. Sag Kuh, sagte Seppl, Tuh sagte Rosina.

Woltenballen, Woltentürme, Woltenhäuser, Woltenstraßen, Woltenflüsse, Woltenseen, Woltentreuze, Woltentotentöpfe, Woltenterzen, Woltentnödel, Woltenmus, Woltenhühner, Woltenvötel, Woltenhunde, Woltentermteit, Woltenschleier, Schleiertanz, Hexenleich, Engelsfedern.

Da muss es schön sein, da oben, dachte Rosina.

Es war das erste Mal während des Krieges gewesen, dass sie ein Flugzeug gesehen hatte.

Ein Ozeandampfer wie auf der Postkarte in Großmutters Zimmer, ein Feuerdrache mit großem Maul, ein zum Ausnehmen aufgehängtes Reh, ein Schwan. In Windeseile, gleich verweht.

Seppl hatte die ganze Zeit seinen Arm so liegen, dass sie ihren Kopf darauf lassen konnte und hochschauen, warm und weich. Die Hand war ihm eingeschlafen und er presste die Augenlider aufeinander, als es im Arm zu stechen begann, und er bewegte ihn nur unmerklich, um Rosina nicht zu stören in ihrem Traum mit offenen Augen. Der Einberufungsbefehl war schon da, bald war die Zeit gekommen. Bis dahin will ich noch täglich mit Rosina hinauf in die Wolken schauen, dachte er. Sie dachte an Murmeln und Puppen und Pilze und stinkende Morcheln und Räuber und Feen und Hölle und Himmel.

Er dachte an Weite und Weggehen und kein Gewicht haben und an einen Vater, den er nicht kannte, und eine Mutter, die er liebte, und einen Vater, den er nie enttäuschen wollte.

In der Ferne mähte ein Bauer frisches Gras, einen Rücken voll für seine Hasen. Er mähte mit der Sense von oben nach unten, gebeugt von der Arbeit.

Aus den Ähren wird Schrot und Korn gebrochen, mal ist es fein, mal ist es grob. Der Sensenmann gibt Tod und auch Leben, in sechs Monaten ist Allerheiligen, dachte Seppl, da stirbt die Kraft der Sonne, da wird der Winter wieder König.

Und Rosina stand auf wie schlaftrunken, weil sie merkte, dass ihre Kleider feucht waren von Maitau und Regen.

Am Abend, als die Mutter den Ofen einheizte, um nasse Tücher darauf zum Trocknen auszubreiten, als sie den Ofen einheizte, da es unsicher war, ob das Wetter halten würde, und sie die Wäsche der Nachbarin gewaschen hatte, die ihr achtes Kind zur Welt gebracht hatte, als die Tücher auf dem Ofen zu dampfen und zu rauchen begannen und Rosina schon meinte, es würde gleich brennen, erklärte ihr Seppl, warum es dampft, warum es regnet und wie Wassertropfen zurück in den Himmel steigen. Er erklärte ihr, wie Wolken entstehen. Und Träume.

17. August 1942

Als Pfarrer Dominikus Schrott der Obrigkeit ein Kreuz legte und das Zeitliche mit dem Ewigen tauschte

Mitten in den Krieg hinein starb der Pfarrer, völlig unerwartet, er lag in der Früh des Mariähimmelfahrtsamstages tot in seinem Bett. Und das just an dem Tage, nachdem ein Seiltänzer im Dorf gewesen war und das Seil vom Rathaus hinübergespannt hatte bis zur Schule, mehrmals war er hin- und hergegangen mit seiner Balancierstange und sogar gesessen war er oben und gegessen hat er und geturnt und ein Rad geschlagen und erst zum Schluss war er ins Netz gefallen, das mit ihm schwang, so dass die Zuschauer die Köpfe einziehen mussten und lachten. Geld hat man ihm gerne gegeben, nicht viel, es waren harte Zeiten, aber doch, denn er hatte sie für kurz vergessen lassen.

Mitten im Krieg, an dem Tag, als das Bild eines von einem Panzer überrollten russischen Soldaten die Zeitung schmückte, die im Wirtshaus auflag, völlig unerwartet war Pfarrer Dominikus Schrott gestorben.

Er hatte sich gut arrangiert, der Pfarrer, mit den Örtlichkeiten, war in den Süden gegangen, die Sprache der neuen Landesherren zu erlernen, und war so seiner Gemeinde erhalten geblieben, ob sie ihn mochten oder nicht. Er war kein großer

Redner gewesen, aber Sinn für Dramatik hatte er und eine Leidenschaft für das Umgangsspiel in der Kirche, und als jenes verboten ward und auch die Blasmusik nicht mehr erlaubt, verlegte er die Prozessionsgänge weg vom Inneren des Dorfes, da ihm ohnehin der Weg zu kurz erschienen war, der Weg aus dem Seiteneingang der Kirche hinaus zum Schulhaus, beim Widum vorbei zum Platz mit dem Gasthof und der Handlung und dem Rathaus und dann gleich durch den Friedhof wieder und durch den Haupteingang in die Kirche zurück.

Aus der Prozession eine inszenierte Zurschaustellung aller Heiligenfiguren und Statuen zu machen, die er aufbieten konnte, das war nicht der einzige Grund gewesen, weshalb der Pfarrer sich für eine Verlängerung des Weges entschied, den die Gemeinde abzuschreiten hatte.

Dass gerade gegenüber dem Hauptportal der Kirche sinnlose Sprüche die Häuser zierten, *credere obbedire combattere*, stand auf dem Gasthaus, und am Rathaus gegenüber der Kirche war zu lesen: *una forza divina ci fa marciare e vincere*. Dass gerade gegenüber dem Gotteshause solches zu lesen war, dass eine göttliche Kraft es sein sollte, die marschieren lässt und siegen, hatte ihn ohnehin schon verärgert, und als er diese Sprüche erstmals gesehen hatte, hätte er am liebsten den Schleim gesammelt, der ihm im Halse steckte, und ihn auf die Straße gespuckt, genau dorthin, wo die Carabinieri ihr offenes Auto zu parken pflegten.

Dass sich zudem genau am Platze vor dem Rathaus die Bittgänger jedes Mal stauten, weil der Eingang in den Friedhof schmal war, man aber hier an der Westseite durch den Friedhof musste, um zum Hauptportal zu kommen, dass sich gerade am Platze direkt unter der flatternden Tricolore die Menschen stauten, auch das hatte Pfarrer Schrott schon öfters gestört. Es musste doch aufgefallen sein, so hatte er beschlossen, dem Bürgermeister gegenüber die Verlegung zu begründen, es musste doch aufgefallen sein, dass das Gebet gestört würde durch die Unruhe vor der Kirche und ein Fließen geziemender sei im Sinne der Botschaft als das Drängen und Schieben, das ihn zudem jeweils in Angst und Schrecken versetze, was da wohl passieren könne, wenn einem schlecht würde oder ein Vieh auskomme und in die Menge gerate.

Dass in fast jeder Kirche der Altar im Osten lag, da vom Osten die Erlösung kam, im Westen aber die Sonne unterging, im Westen also das Dunkle, das Böse liege, dass in diesem Dorfe im Westen der Kirche nun das Hauptquartier allen Unheils zu finden war, das hatte er einmal angedacht, darüber weiterzudenken sich aber verboten.

Ein erweiterter Prozessionszug schließlich würde alle Bewohner herbeizitieren, das wiederum beschloss er mit Gott zu besprechen: Dass sie geeint durch die Straßen gingen, Dableiber und Paradiessucher, dazu musste eine lange Straße her, eine die bis hinunter zum See führte und wieder zurück. Da würde dann offensichtlich, wer sich drückte. Beim Aufwärtsmarschieren mit den Figuren auf den Schultern, den Lattengestellen zwischen Hals und Knochen, würde ihnen das Streiten schon vergehen.

Schon vor dem Kriege hatte er sich vorgenommen, alle Figuren wieder auferstehen zu lassen, sie sollten lebendig werden hinter ihrer Schrundigkeit, ihre Geschichten sollte man kennen, wie das Bauchweh der Nachbarin, dass der heilige Josef nicht immer der Landespatron war, dass der heilige Georg einst das Land beschützte, dass der heilige Romedius auf einem Bären ritt und die heilige Notburga auch für die Dienstboten zuständig war und nicht nur für die Bauern, dass der selige Heinrich auf die Holzfäller schaute.

Vor dem Krieg hatte er das Gefühl gehabt, dass Legendenkunde Not täte, dass seine Schäfchen zu wenig wüssten. Nach dem Kriege war ihm klar geworden, dass er über Heiligen- und Märtyrer- und Engelsgeschichten beitragen konnte, sie in ihrer Muttersprache zu beflügeln.

Der Herr Pfarrer war ein Patriot gewesen und war gerne in den Krieg gezogen und hatte die Soldaten gesegnet und getröstet und wieder gesegnet und war ein Patriot geblieben, der unvermindert seinen König liebte: Für das kleine Sterbekreuz und das Kreuz, das er auf Baumstümpfen aufzustellen gepflegt hatte bei den Messen unter freiem Himmel vor der

Schlacht, hatte er einen besonderen Platz eingeräumt nach seiner Rückkehr in dem langen Gang im Widum, von dem aus Türen in die Küche führten, ins Musikzimmer und die Bibliothek, in sein Zimmer und das der Häuserin, das sie aber nur hie und da bewohnte. Einen Holztisch hatte er in den Gang gestellt und darauf die Decke gebreitet, die er während des Krieges mit sich getragen hatte, das Sterbekreuz, das Feldkreuz und dahinter die helle Ledertasche, in der er während der vier Jahre seine Utensilien sicher bewahrte. Und darüber hingen seine Auszeichnungen, fünf Orden hingen da, die er für seine Tapferkeit und Standhaftigkeit erhalten hatte.

Der Krieg hatte ihn aufgehalten, aber schon gleich nach der Heimkehr hatte Dominikus Schrott begonnen, die jungen Männer einzuteilen, wer aufzuräumen hatte im Dachboden des Widums und in jenem der Kirche und im alten Küsterhaus. Vor allem das Küsterhaus hatte es ihm angetan, es war einst der Kornkasten gewesen des Dorfes, dann hatten die Mesner darin gewohnt und als Schule war es benutzt worden, bis der Wirt die Pferde unterstellte und das Haus zur Abstellkammer wurde aller Gegenstände, die man aus der Kirche warf. Überhaupt war die Kirche zu oft restauriert worden in des Pfarrers Augen, immer wieder hat man weggeschmissen, was einst neu war, sogar die Krypta hat man zugeschüttet und den Hochchor niedergeschlagen, den Volksaltar nach hinten versetzt, als würden diesem kleinen Dorfe mit einem Male noch viel mehr Söhne und Töchter geboren. Völlig leeren ließ er das Küsterhaus, und als alles geputzt war und sortiert, ließ Hochwürden wieder einräumen, die Bücher zurück in die Bibliothek und die Bilder und Monstranzen und Votivtafeln und Reliquienherzen in die alten Schulschränke und die Figuren ließ er aufstellen und zudecken mit Leinentüchern, auf dass sie geschützt waren. Allerlei war gefunden worden in dem Gerümpel: der große Schutzengel, der in der Luft schwebte, eine Hand nur auf dem Kopfe eines kleinen Engels ruhend, ein Meisterwerk in der Ausarbeitung, dass der kleine Kopf alleine den großen Engel hielt und ihn auch nicht zum Kippen brachte, wenn vier Menschen das Bildnis trugen und aus dem Rhythmus kamen und abwärts gingen und über Geröll und Holperstein. Die Schmerzenskönigin, mit den sieben Schwertern in ihrer Brust, ein Mantel von einem Blau aus unendlicher samtener Tiefe, ein Beutel am Gürtel mit ihrem Namen drauf, Maria, geschrieben auf zwei Zeilen in einem Quadrat, Ria in der unteren, in der oberen das A und das M so verschränkt, dass sie drei Zacken ergaben, eine Krone oder zwei Fische, ineinander verschmolzen. Eine Pietà und auch ein Schmerzensmann ward gefunden im Gerümpel, in rotem Umhang sitzend, der Herr im Elend, ecce homo hat der Statthalter des römischen Kaisers gerufen, als er dem Volke den gegeißelten und mit Dornen gekrönten Christus zeigte, seht, der Mensch.

Die neuen Machthaber sind an dieses Land gekommen wie Pilatus ins Credo. Es brauchte sie wirklich nicht.

Er war ein Patriot gewesen, der Herr Pfarrer. Er hatte sich oft mehr gedacht, als die Gemeinde wusste, er glaubte auch nicht, dass sie verstehen mussten, was er dachte. Als zwei kleine Statuen gefunden wurden, die die Kinder gerne getragen hätten, weil sie leicht waren und nicht groß, als er verstand, dass es Darstellungen des Anderle von Rinn waren und des Simele von Trient, ließ er sie gar nicht erst putzen, sondern schnell wieder verschwinden, in seinem Dorf wurde nicht der Legende gefrönt, dass die zwei unschuldigen Kinder vor Hunderten von Jahren von Juden ermordet worden wären.

Je nach Feiertag hieß er die Prozessionsfiguren hinuntertragen zum See, die Heilsgeschichte vom Sündenfall bis zur Auferstehung, die Stationen des Kreuzweges Jesu, fünfzehn Figuren hieß er sie schleppen, die leichteren gab er den Kindern und alten Männern, die schweren den wenigen Burschen, die die Einberufung bislang verschont hatte, dem Sohn des Bürgermeisters gab er die schwerste, der unabkömmlich war, weshalb auch immer, die heilige Muttergottes aber hieß er die Frauen tragen, die stark waren und die Schwernis gewohnt, die Haare von Wachsblumenkränzen umfangen, von Kränzen aus Blumen und Blättern und weißgelblichen Perlen, wie viele Stunden waren sie gesessen, die heißen Tropfen aufzufangen und auf Draht zu wickeln und zu binden.

Es war eine Zeit, in der vieles anders ging und man Regeln interpretierte und Auswege und Umwege suchte, um sich treu zu bleiben und seinem Glauben.

Das habe ihm Gott so eingegeben, hatte der Pfarrer dem Commandante gesagt, er sei ihm erschienen und habe gesagt, dass sie zum See gehen sollten, zum brüllenden See, um ihn zu beruhigen. War nicht der Fisch das Symbol von Gottes Sohn, hatte der Pfarrer noch gefragt, bevor er eine Antwort erhalten hatte und ohne auf eine Antwort zu warten. In dem See, da würden Irrlichter gesichtet, immer wieder, auch das hatte er einmal in einem für ihn richtigen Moment bemerkt, das seien Geister, die beruhigt werden wollten.

Er war ein Dableiber gewesen, er hatte, was er dachte, durchaus von der Kanzel gepredigt, er hatte, als ein Geher vor dem Stoffgeschäft der Dableiberin abwehrende Position bezog, sich auf den Dorfplatz gestellt und gewinkt und gerufen, dass alles Leinen reduziert sei und die Frauen bitte Vernunft gelten lassen sollten vor Verblendung.

Nie aber hat er einen Unterschied gemacht, und jede Totenpredigt war schön.

So trug man auch ihn in seinem Sarg hinunter zum See und alle schritten mit und man ging mit ihm entlang des Ufers bis zum Steg, an dem die Frauen die Wäsche zu spülen pflegten, vorbei am Marterle gingen sie, das Fremde hier aufgestellt hatten in Gedenken an ein Kind, das in dem Jahr ertrunken war, als der große Streit ausbrach unter ihnen, als hätten sie es mit den neuen Machthabern nicht eh schon schwer genug. Und voraus gingen Frauen und Kinder und trugen in Körben Korn und Eier und Brot und sogar eine lebende Henne ward gebunden und getragen, das Leben ging weiter nach dem Tod.

Eine Menge Olibanum in granis hatte der Kooperator in Säckchen abgefüllt, fleißig ließ er sie die Ministranten schwenken, ganze Hände voll getrocknetem gekörntem Weihrauch, und des alten Pfarrers Haushälterin Tresl weinte den ganzen Weg und ein Krampf folgte dem nächsten und ihr Körper ward davon geschüttelt und man war überrascht und war stets der Meinung gewesen, ihr Gemüt müsse so erhärtet sein wie die

Knochen der Schädel, die sie mit ihrer Schwester bemalte, und manch einer dachte sich, so ein Geheule würde sich nicht ziemen für die Köchin eines Pfarrers.

Just als sie ankamen am See, begann es zu regnen, zunächst zaghaft fielen schwere Tropfen vom Himmel auf das gekräuselte Wasser, in dem sich vom Wind geblasene und von der Strömung mitgerissene Wellen stritten. Zaghaft begann es zu regnen, große schwere Tropfen, die von der Oberfläche angezogen wurden wie Magnete und wenn die Tiefe sie verschlang, so erschien die Haut wie gelöchert.

Jeder Tropfen war ein Ring und Magdalenas jüngste Tochter Rosina verlor sich in Gedanken an den Kreis, den jeder Aufprall schuf, hunderte Kreise, immer heftiger, unzählige, tausende vielleicht auf dem Wasser, das aussah wie eine endlose Schießscheibe, durchbohrt von Schüssen und Pfeilen, fast weh tat ihr der Anblick, kaum spürte sie, wie das Wasser über die Haare rann und der Zopf immer schwerer wurde und der Regen immer schärfer und der Trauerzug immer schneller und das Beten immer lauter und drohend fast, sie sah die Kreise und die Ringe und jeder Strahl ein Geschoss, fast wie Hagelkörner, so groß waren die Tropfen und so grob und schwer, sie fielen, wie Getreide in der Mühle nach allen Seiten tobt, wenn es gemahlen wird.

Rosina rannen die Tränen herab und sie wusste nicht, warum. Der Herr hat's gegeben, der Herr hat's genommen, hörte sie da den Kooperator sagen, und Hiob preiste den Namen des Herrn, und der Herr segnete das Ende Hiobs mehr als seinen Anfang.

Auch die Carabinieri gingen mit, taten, als würden sie die Menschenschar in Ordnung halten, wiesen die Menschen an, in einer Reihe zu gehen, halfen der einen und anderen Alten über eine Stufe, taten, als wären sie zum Einsatz hier, aber gingen mit und waren froh wie die Kirchengemeinde, als die letzten Worte endlich gesprochen und der Sarg hinabgelassen ward ins Priestergrab nahe der Mauer.

Zu regnen hatte es nicht mehr aufgehört und es war so plötzlich gekommen, dass kaum einer einen Schirm bei sich hatte, und man sah auf den Boden und nicht hinauf, das Kinn vergrub man in der Brust und hätte der Pfarrer es gewusst, dass alle mitgegangen waren, singend zuerst und bedrohlich betend und schweigend am Ende, dass sie so viele waren, dass sie auf den Platz ausweichen mussten zwischen Friedhof und Rathaus, dass sich im Regen der Spruch in Wasser auflöste, *credere obbedire combattere*, dass das Glauben und Gehorchen und Kämpfen in die Pfützen rutschte und die Tricolore am Fahnenmasten hing und sich verklebt hatte wie ein verrotztes Taschentuch, da hätte er still gelacht.

Mitten in diesen Zeiten war dies vielleicht der einzige Tag, an dem man einer Meinung war im Dorfe, dass der Pfarrer wohl hätte ein paar Tage warten können, bis die Erinnerung an den Seiltänzer verschwunden, dass aber zweifelsohne ein besonderer Mensch gegangen war, ob man ihn gemocht hatte oder nicht.

9. September 1943

Als das Schaubild des einen mit dem Konterfei des anderen ausgetauscht wurde und Rosina Geburtstag hatte

Rosina ging etwas schneller heute, fast lief sie, da sie alleine war, auf dem Weg vom Bibelunterricht nach Hause. Die Nachbarskinder waren krank, es hatte bis ins Tal heruntergeschneit, der Wildbach war laut. Schwalben sanken wie brechende Wellen, bald würden sie wieder ziehen. Der Doktor war mitten in der Nacht noch gekommen, die Hunde hatten gebellt, die Großmutter hatte draußen auf der Bank gewartet, ohne Abendbrot gewartet, auch noch als die Spinnweben schon aufgehört hatten im Abendwind zu glänzen, die Hände gefaltet im Schoß, die Schürze mit steifen Fingern auf den Oberschenkeln geglättet. Gelben Maisbrei hatte sie den Nachbarskindern gekocht, Maisbrei für den Wickel, da sein wollte sie, wenn man sie brauchte. Hatte sie doch die Kinder aus dem Bauch der Mutter geholt und längst schon aufgehört zu unterscheiden, wessen Kinder sie waren.

Im Dorf unten war die Stimmung gut gewesen. Es gab nicht viel Unterweisung heute im Zimmer des Pfarrers, er wurde aus der Stunde gerufen und hieß die Kinder, die Muttergottes zu zeichnen, die Mater Dolorosa, nicht die glückliche mit dem Kleinkind in Armen, jene mit den sieben Schwertern in der Brust. In einer Woche feiern wir ihr Gedächtnis, sagte der Pfarrer noch, und bedrohlich hat es gewirkt, und Rosina war froh, dass er es eilig hatte. Daheim musste die Großmutter sie ihr nochmals aufzählen, die sieben Schmerzen Mariens.

Die wenigen Männer, die im Dorf waren, standen vor dem Gasthaus und lachten und einer meinte, dass die Luft schon ganz anders schmecke. Rosina hatte nicht verstanden, was er meinte, sie sah neue Fahnen und die Luft roch wie immer, nach Stallmist und Stroh und Schweiß.

Die Plakate des Duce waren heruntergerissen, und die Mussoliniköpfe, die mit Hilfe von Schablonen auf die Hausmauern gemalt worden waren, hatte man verziert mit Blumen und Blättern und Hörnern, und auch ausgestrichen hatte man sie und das Totenkreuz darüber geschmiert.

Auch das Bild im Klassenzimmer war entfernt, kurz war Rosina dort gewesen, um für den Pfarrer etwas zu holen. Ein neues hing da, etwas schief, das Gesicht hatte sie schon gesehen. In dem Jahr, als so viele abgewandert waren, als es begonnen hatte mit den Streitigkeiten im Dorf, da hatte es Großmutter in das Feuer geworfen. Verräter hat sie gerufen, erbost war sie gewesen, Verräter, von wegen Führer. Bald danach war Seppl gegangen.

Sie hörte Namen, der Mussolini, der Hitler, der Roosevelt, die Namen sagten ihr nicht viel. Der neue an der Klassenzimmerwand gefiel ihr genauso wenig wie der alte noch gestern. Der Kaiser, der war fesch gewesen mit dem gezwirbelten Bart ober den Lippen und den dichten Koteletten, die weich schienen und sorgsam frisiert, der Kaiser mit dem weißen Anzug, dem rotweißroten Band und den vielen Orden. Sein Sterbebild lag in Großmutters Schachtel verwahrt, viele Sterbebilder lagen dort, einige mit einem Foto drauf, fingernagelgroß ausgeschnitten und sorgfältig aufgeklebt, das Papier darunter hatte sich meist verzogen.

Das mit den sieben Schmerzen, das muss mir Kreszenz noch einmal erklären. Es gibt auch sieben Freuden, das weiß ich, aber welche diese sind, warum müssen wir das alles wissen. Und sieben himmelschreiende Sünden gibt es und sieben Kräuter sammelt die Mutter für den Kirchweihsonntag. Es gibt Gutes und Böses, gute Menschen gibt es und böse. Es gibt böse Räuber und böse Hexen, aber es gibt auch gute Räuber, sagt Kreszenz immer, die ihre Beute mit Armen teilen, und es gibt gute Hexen, die vor Bösem schützen und die Kinder warnen. Wie soll ich nur wissen, wer gut ist und wer böse. Was Gott sagt, ist immer gut, sagt sie, und es ist auf alle Fälle besser als das, was der Kaiser sagt oder der Duce und der Führer. Aber wenn sie davon redet, sagt der Vater immer, Es sollt bitte still sein, das ist nicht gut, wenn Es das sagt. Warum soll das schlecht sein, wenn sie das sagt? Wenn ich groß bin, werde ich wissen, was gut ist und was böse. Wenn ich weiß, was gut ist und böse, dann bin ich groß.

Ich muss mich beeilen, dachte Rosina, da hörte sie Rufe und sah hinter einer Anhäufung von Steinen den Mesner, den Gehstock fuchtelnd in der Luft. Befreiung rief er und schlug den Stock hin und her, um zu winken, und einen Jodler ließ er ertönen, der bis zum See hinab hallte. Ein steifes Bein hatte der Mesner und man erzählte von ihm vieles. Er sei in Amerika gewesen, auf Arbeit in einem Kohlebergwerk, und er war im Krieg. Da hat er dann ein Knie gelassen und – wie man im Dorf zu sagen pflegte – einen Gutteil von seinem Verstand. Er rief und winkte und bat sie stehen zu bleiben. Rosina aber grüßte und winkte zurück und sah auf den Boden und lief schnell weiter. Durch den Fliegendraht im Fenster der Stubentür hatte sie gehört, dass er es wohl war, der vor Jahren Mussolinis Bild im Rathaus mit Eselsohren versehen hatte und mit einem Hirschgeweih. Die Eltern gingen ihm aus dem Weg und hatten auch die Kinder geheißen, ihn nur zu grüßen und weiterzugehen.

Es sei nicht gut, mit ihm zu reden, hatte der Vater gesagt. In der Gruft habe man ihn übernachten sehen, in einem Sarg, den er sich nach der Rückkehr gezimmert. Probeliegen habe er es genannt und alle wussten von jemandem, dass ihn jemand anderer da liegen gesehen habe, auf seiner offenen Holzbahre zwischen den verschlossenen Särgen; bis zum Frühmessläuten sei er da gelegen, man habe seine Umrisse wahrgenommen durch das kleine Fensterchen in der Tür, die von außen in den unteren Stock der kleinen Kirche führte, im Winter sei sein Atem aus dem Sarg gestiegen.

Zu oft hatte der Mesner auch Besuch von den Finanzern bekommen. Einmal hätten sie ihm dunkle Flecken geschlagen, weil er Saccharin von drüben herüber trug. Das muss wohl vorher gewesen sein, als er noch zwei gesunde Beine hatte, dachte Rosina, aber Amerika war doch nach dem Krieg gekommen, und die Finanzer auch, überlegte sie. Sie musste den Vater fragen, was denn wirklich war mit dem Knie, oder vielleicht einmal, wenn sie nicht alleine war, den Mesner selbst. Die Großmutter fragte sie lieber nicht, die würde ihr wieder auftragen, nicht so neugierig zu sein.

Auch Rosinas Vater hatte geschmuggelt. Seppl war manchmal mit ihm gegangen, den Berg hinauf und wieder hinunter; manchmal war Seppl auch alleine los, nach der Schule zu Mittag hinauf, mit einem harten Stück Brot in der Hosentasche, von dem er nur abbiss, wenn er wieder hundert Schritte gezählt hatte, und das er langsam aufweichte im Speichel, um es überhaupt kauen zu können. Ohne Zeit zu verlieren, ging er über die Grenze und kaufte ein und versteckte die Packen bei Verwandten jenseits des Passes, wo der Vater sie nächstens holte. Es war ihm nicht recht gewesen, als Rosina und ihre Schwestern ihn eines Morgens mit dem prallen Rucksack sahen, er hatte sich verstecken müssen, im Verborgenen halten eine Stunde, und war so später gekommen als üblich. Das ist nichts für euch, hat er sie angewirscht, geht zurück ins Bett, was macht ihr hier in Herrgottsfrüh. Sie fragten nicht weiter, weil sie wussten, woher er kam, und weil es nichts Schlechtes sein konnte, da viele Männer des Dorfes dies taten, die Kinder hatten und

Arbeit, aber kein Geld. Auch Kreszenz war schon wach gewesen an diesem Morgen, kein Wort, schärfte sie den Kindern ein, kein Wort darüber, sonst wird es euch ergehen wie dem Holzerbauern.

Die Schläge des Lehrers mit dem Haselnusszweig auf den Handrücken waren schon Lehre gewesen, was Schläge waren, wussten sie, und so schwiegen sie auch.

Eines Morgens kamen sie doch, vier Finanzer, drei stürmten hinein, ohne die Schuhe auszuziehen und ohne lang zu fragen, einer blieb draußen und schaute streng, sie drehten die Stube und die Gemächer um wie einen Socken, den man von Stroh befreit und von zerfranstem Laub. In den Kästen sahen sie nach, im Speicher und am Dachboden unter den Betten. Die Dielenbretter rissen sie heraus, als hätte die Mutter darunter Schätze verborgen. Sogar den Garten kehrten sie um und schüttelten ihn wie ein Strohbett. Wenn nur endlich der Mussolini nicht mehr wäre, hatte der Vater einmal zu laut gedacht, und als Rosina ihn ansah, schwieg er. Vielleicht hatte er auch zu anderer Gelegenheit zu laut gedacht oder gar zu viel geredet.

Gesprochen hatte der Vater immer nur wenig, dass die Kinder in der Schule wiederholen, was die Eltern sagen, das mutmaßte er, und es fiel ihm ohnehin nicht schwer, den Mund zu halten, Johann Strumpflohner war ein schweigsamer Mann. Dass die Mädchen die Uniformen tragen wollten, jene fremden heimatverräterischen Kostüme mit dem weißen Kragen, dass sie dafür Böden wischen gingen, um sich das Geld zu verdienen, das litt er nicht, aber er schwieg. Die Kinder würden es so leichter haben, dachte er, und er schluckte auch die Freude, wenn das eine oder andere Konterfei des Duce wieder am Boden lag, und er erstickte den Ausruf der Erleichterung, als einige Jahre später seine Töchter Maria und Klara zur Schultracht und zur faschistischen Feier die verbotenen Kniestrümpfe anzogen, die zum Dirndl gehörten, und sie so selbstverständlich anzogen, als wäre daran nichts Falsches.

Rosina war noch zu klein gewesen dafür, sie hatte Glück.

Wenn der nicht mehr ist, wird ein anderer kommen, sagte manchmal die Mutter, wenn sie abends im Bett lagen, und die

Kinder schlafend wähnten, und er war stolz auf sie, weil sie die Finanzer geheißen hatte, die Bretter wieder auf den Boden zu nageln, und zwar genau so, wie sie die Bretter vorgefunden hatten. Johann war stolz auf Magdalena, weil die drei Männer getan hatten, was sie geheißen, und auch sie selbst hatte lächeln müssen hinter vorgehaltener Hand, weil sie wusste, dass die Männer es getan hatten, weil sie schön war, und sie sich erlauben konnte, was andere nicht zu denken wagten.

Mit geschmeidigen Fingern hatte sie wieder das Stroh in die Säcke gestopft und die Grasbrösel hinaus zur Treppe gekehrt. Die Männer aus dem Süden machten Magdalena Vonbun nicht Angst, auch wenn sie sie verabscheute für das, was sie taten. Es hatte sie schon einmal einer Maddalena genannt und ein Herz hatte er gehabt, das war nicht schlecht. Der Kaiser war auch nicht heilig.

Vielleicht hätte ich doch stehen bleiben sollen und mit dem Mesner reden, der wohl Holz aufschichtete hinter den Steinen. Bringt er doch die Glocke zum Schlagen und läutet er doch bei Wind und Wetter, wenn sich Hühner und Hund verkriechen. Er pflegt auch die Gräber von denen, die niemanden haben. Vielleicht hätte er gewusst, warum die Männer im Dorf so laut lachten, ich könnte es dem Vater erzählen und er würde mir einen Klaps geben und sagen, gut gemacht, Rosina. Einen der sieben Schmerzen empfand Maria, als sie fliehen mussten und sie traurig war, als Jesus lieber im Tempel bleiben wollte als heimkehren, und sie hat sicher geweint, als er gekreuzigt wurde und ihr tot übergeben, einfach so, tot, mit dem Blute und den geschlossenen Augen und den eingefallenen Wangen. Rote Haare soll er gehabt haben, hat der alte Pfarrer einmal gesagt, rote Haare hatten auch die Hexen, früher. Wie viel Schmerzen sind das jetzt gewesen, die Flucht, eins, das im Tempel, zwei, der Tod, drei, die Pietà, vier. Kreszenz muss mir sagen, was die anderen Schmerzen waren. Dass ich gerade heute alleine zur Katechese musste, die Schule hat ja noch gar nicht begonnen, fast niemand war da, ich hätte ja krank sein können wie Zita und Theresa. Der neue Pfarrer nimmt das schon wirklich genau, Kreszenz sagt, er habe Recht, den Herrgott muss man einen guten Mann sein lassen, da gibt's keine Ausreden, die Kinder müssen zur Schule, auch wenn noch Arbeit ansteht am Feld. Wenn ich den Mesner das nächste Mal sehe, werde ich ihm sagen, ich hatte es eilig, ich habe Geburtstag heut.

Weiter lief sie und das Gatter, das die eine Wiese von der anderen trennte, fiel zurück in den Zaun, schnell warf Rosina die Drahtschlaufe um den Pfahl. Hier war sie oft mit Seppl auf dem Gestänge gesessen und er versteckte sich, wenn fremde Wanderer kamen, und sie hatte ihnen das Gatter aufgehalten und frisches Wasser gereicht und sie angelächelt und sich unbändig gefreut, wenn jene ihr ein paar Centesimi schenkten, manchmal waren auch ein paar Pfennige drunter, die der Vater dann brauchen konnte hinter der Grenze. Seit Krieg war, kam niemand mehr.

Der Vater war im Krieg gewesen, im ersten, da war er noch jung und sehr fesch, hatte Kreszenz gesagt. Einen Oberlippenbart hatte er sich stehen lassen, aber der war noch klein gegen den von seiner Durchlaucht; als er zurückkam, waren die Zehen erfroren und ein Lid hatte es ihm über das Auge gezogen und es ging nicht mehr auf. Er schwieg auch darüber. Oft saß er am Fenster und starrte hinaus; wenn einer in die Stube kam und ihn etwas fragte, das nicht mit Arbeit zu tun hatte, das mit Geschichten zu tun hatte und Mutmaßungen, da stand er meist auf und antwortete kurz und klar und humpelte hinaus. Geplaudert hatte er nie, im Gasthaus am Sonntag nach der Messe war er selten.

Der Johann, der einzige Sohn des Andre Hofer, hatte auch gehinkt sein Lebtag lang. Zwei Zehen waren ihm abgefroren, als der Vater auf der Alm gefangen genommen ward und er barfuß im Schnee mit hinunter musste ins Tal. Eine Frau hatte dies einmal erzählt, die früher Lehrerin war. In der Schule hörten sie vom Andre Hofer nichts, der Vater schimpfte über einen solchen Unterricht und erzählte, was er wusste. Da seien auch Fremde gekommen und hätten das Land besetzt, wenigstens die gleiche Sprache hätten sie gesprochen, aber die Kirchen hätten sie geschlossen und die Prozessionen verboten und die Christmette dazu. Jetzt hatte man in der Schule ihre Sprache verboten, aber in die Messe, dahin gingen die Squadristi auch, viele waren es nicht im Dorf, ein paar Schwarzhemden, die mit der Miene wettmachten, was ihnen an Körpergröße fehlte. Niemand ist nur schlecht und niemand nur gut, auch das war einer jener Sätze, die Rosina von Kreszenz gehört hatte.

Johann hieß auch ihr Vater, wie Andre Hofers Sohn, und Johann habe auch der Großvater geheißen. Johann hieß er und der Johann war er, er wurde so auch von der Mutter genannt, er hieß nicht Hans und nicht Sepp wie sein Bruder, der Josef, und nicht Seppl, wie ihr Bruder, der auch Josef hieß wie der Vater der Mutter. Giuseppe, hatte die Lehrerin immer gerufen, wenn sie den Abhang keuchend hochkam, um zu fragen, warum er denn heute wieder nicht in der Schule war. Giuseppe, rief sie schon von weit unten und presste so lange die Lippen zu einem p aufeinander, bis sich eine tiefe Falte von der Stirn bis zur Nase zog. Seppl versteckte sich dann im Stadel und lauschte, wie seine Mutter der Lehrerin in den Weg zu treten pflegte und sagte, Giuseppe sei ein anderer, einen Giuseppe gebe es hier nicht, ob sie denn den Seppl meine, den Josef. Kaum Kinder gab es hier, die die Eltern fragen konnten, wenn sie dieses und jenes Wort im Unterricht nicht verstanden, kaum Kinder gab es hier, denen die Eltern helfen konnten bei Hausaufgaben und Strafarbeiten, Magdalena aber konnte die Sprache der Behörden, sie konnte sie nicht gut, aber sie verstand und sprach sie. Und der Sohn, der niemals ein Wort Muttersprache in der Schule gehört hatte, liebte sie aus ganzem Herzen, wie ein Bub in seinem Alter, ein junger Mann nunmehr, eine Mutter nur lieben konnte. Weil sie das Leben nahm, wie es kam, weil sie ihn nahm, wie er war, auch wenn er nicht zur Schule ging und sie ihm sagte, wie wichtig das sei, auch wenn er Schwierigkeiten ins Haus brachte, manchmal, und die Questurini provozierte, die mit ihren Lastwagen aus der Stadt gekommen waren, nach den Jungen zu sehen, die verbotene Lieder sangen und musizierten, auch wenn er daheim gelegen war und sie ihn pflegen musste, mit Marmelade auf dem Herd und Händen voller Arbeit, nachdem sie ihn erwischt und ihm Rizinusöl eingeflößt hatten, wie es üblich war, um junge Protestler zur Vernunft zu bringen.

Er liebte ihre Geduld, ihren aufrechten Gang, wie sie gerade stand vor der Lehrerin, die es zugegebenerweise nicht einfach hatte mit ihrer Klasse, einmal haben sie alle gleichzeitig die Hand gehoben und sind aufs Klosett gegangen. Und die Lehrerin, Carlotta hatte sie geheißen, war alleine zurückgeblieben. Vier Lehrerinnen in fünf Schuljahren hatte Seppl gehabt, es war für alle nicht einfach gewesen.

Geh heim, wo du herkommst, hatte Seppl im Stroh gedacht, als er hörte, wie die Mutter wieder an die Arbeit ging und die Lehrerin den Hang zurückkeuchte, geh heim, wo du herkommst, und es drückte ihm die Kehle, als er das dachte, und er war wie ohne Luft, weil die Mutter ihm einst gesagt hatte, dass auch sein Vater da herkam, von da unten. Er war wieder zurückgegangen.

Rosina wusste von all dem wenig, dass Seppl ihr Halbbruder war, nur das wusste sie, aber das war so, man sprach nicht darüber, weil es nichts Besonderes war, und wer es nicht wusste, hätte es nie bemerkt.

Nur einmal hatte der Vater Sonntagmittag vom Krieg gesprochen. Er verstehe das schon, sagte er bedächtig zwischen zwei Gabelbissen Knödel und hieb das Brotmesser derart in den Holztisch, dass es senkrecht darinnen steckte, er verstehe das schon, dass der so merkwürdig tut, hatte der Vater zu Mittag gesagt, nachdem er mit dem Mesner-Bauern ausnahmsweise einen Wein getrunken hatte nach der Kirche, weil dieser ihm helfen wollte, einen Zaun aufzurichten. Das sei verständlich, so merkwürdig zu tun, wenn man freiwillig geht und kämpft und der neue König ist der König von den andren. Seid Es nicht der gleichen Meinung?, fragte er Kreszenz, als er sah, wie sie den Kopf zu schütteln begann. Zum Glück, sagte sie nach einer langen Pause, in der alle geschwiegen hatten und gewartet, dass der Vater endlich erzähle, zum Glück hast du nur die Zehen eingebüßt.

Er hat doch Recht, der Vater. Das ist doch wirklich nicht gerecht gewesen, sie haben ja gekämpft so tapfer und sie haben gewonnen, hat der Seppl gesagt, an dieser Front haben sie nicht verloren, gekämpft haben sie hier um jeden Berg. Was kann der Tisch dafür, dass er nun eine Kerbe mehr hat, in der das Mehl des Brotes sich mit der Suppe verklebt, wenn wir zu wild löffeln, wenn es nur eine Schüssel gibt und keine Teller. Da werd ich dann wieder schrubben müssen, den alten Tisch, bis die Krusten zu Teig werden. Wer entscheidet, was gerecht ist. Vielleicht ist er nur traurig, der Mesner, weil er keine Kinder hat und die Toten ausgräbt und mit seinen Schwestern essen muss. Wann bin ich groß?

Das hat Rosina schon verstanden, dass das schlimm gewesen sein muss, wenn man etwas will, und es nicht bekommt, obwohl sie erst sieben war und ab heute acht. Denn jetzt war wieder Krieg und die meisten Männer hatten gehen müssen und sind noch nicht wieder zurück. Der Onkel Sepp ist auch gegangen, er ist der jüngste Bruder des Vaters. Die Großmutter betet seither noch öfter und fällt in die Knie in der Stube vor dem Herrgottswinkel. Über dem Ofen hängt der Luis, der zweite Bruder des Vaters, der im ersten Krieg war und nie mehr gekommen.

Amerika muss weit weg sein, Tage und Wochen weit weg. Die Holzerinnen, die Schwestern des Mesner-Bauern, so hörte sie einst, hätten ihm Geld schicken müssen, damit er wieder zurückkehren konnte. Im Holz arbeiten konnte er hier doch auch und der Platz am Ofen war frei geworden, als sein Bruder das Genick sich brach. Ein kleines Wegkreuz steht dort im Wald, wo ihn das Unglück ereilte, ein einfaches Holzkreuz, mit seinem Namen darauf und Herr, erbarme dich. Die Holzerinnen, die Mesnerbäuerinnen. Eine war auch die Häuserin des alten Pfarrers gewesen, Gottseiihmgnädig, der neue hat jetzt eine junge Köchin, nicht viel älter als ihre Schwester Johanna, Tresl hatte immer genau gewusst, wer in der Nacht kam und Sorgen und Sünden hatte, sie wusste alles, auch wer seinem Leben selbst ein Ende bereitet hatte. Man ging auch den Mesnerschwestern lieber aus dem Weg.

Rosina lief jetzt, der Schulranzen mit der Schiefertafel hüpfte auf dem Rücken. Die Bäume, von Bast und Flechten geschmückt wie der Christbaum von Maschen und Äpfeln und getrockneten Blüten, sahen dunkel aus, sie spürte die Feuchtigkeit durch Stutzen und Schuhwerk, geschüttet hatte es gestern, als müsse der Sommer verwaschen werden wie die getrockneten Malven winters im Tee. Wahrscheinlich wird sie Pilze klauben gehen müssen mit der Großmutter am Nachmittag. Das tat sie immer gern, da erzählte dann Kreszenz von Truten, die Kinder stehlen, und von umherirrenden Seelen, die im Wald von Raubrittern erschlagen wurden und achtlos liegen gelassen. Einmal erzählte sie von schwarzen Männern, die junge Mädchen verschleppen und an arabische Harems verkaufen. Mit Lust und Angst lauschte Rosina dann stets den Worten der Nandl und war abends froh, wieder daheim zu sein. Was ein Harem war und was den Mädchen dort geschah, das wusste die Nandl nicht, oder sie sagte es nicht, es musste aber schrecklich sein. Früher, da sei das bestimmt üblich gewesen, als sie selbst noch klein war, geschah es häufig.

Großmutter Kreszenz war über die Berge am Horizont nie hinausgekommen, die Weiler der Gegend aber kannte sie besser als andere; meist zu Fuß, weil es hier nur bergaufwärts ging und bergabwärts, manchmal mit dem Ross, im Winter oft mit dem Schlitten, kam sie durch die Wälder zu den gebärenden Frauen, einmal, als sie im Hochsommer nach Mitternacht nach Hause ging, da sie dort selbst ein Stillkind hatte, hätte sie mit eigenen Augen Hexen tanzen gesehen und der Himmel leuchtete und am fernen Gipfelkreuz loderte eine blauviolette Flamme. Angewurzelt sei sie gestanden, nur das Weihwasser, das sie stets in ihrer Tasche bei sich trug, schützte sie vor Unheil, bis ein Blitz die Spannung brach und der Donner in ihre Ohren sauste.

Befreiung hallte es in ihrem Kopf und der Jodler kehrte immer wieder wie ein Echo, ein Jodler, der zu hoch angesetzt war für den alten Mann. Von Befreiung hatte sie schon oft gehört. Dass man das Land befreien müsse. Und dass es Freiheit gab, nicht hier, aber anderswo.

Da waren vor Jahren entfernte Verwandte gekommen, als deren Hof abbrannte, das Wohnhaus, der Stadel und Stall, alles, was sie besaßen. Die sieben Kinder, die Eltern waren hergekommen, ein paar Ziegen und Schafe, die zwei Kühe waren tot. Zu dritt, zu viert schliefen sie oben in einer Bettstatt, umarmten sich fest, wenn der Wind die Schneeflocken durch die Ritzen trieb. Manchmal erwischte Magdalena, ihre Mutter, die Kinder, wie sie sich Brot aus der Schublade stahlen. Sie sagte nichts, schaute weg, um nicht zu sehen, wie hungrig sie es verzehrten. Als der Vater der Kinder sie aber kauend fand, versetzte er ihnen mit der Hand schallende Prügel. Das Klatschen von Haut auf Haut hallte durch den dunklen Gang, Rosina erahnte die Konturen der Finger auf den weißen Flächen, ohne die entblößte Rundung zu sehen. Sie sollten dankbar sein, hörte sie den Vater der Kinder keuchen, sie sollten nicht stehlen. Auch die angeschlagenen Äpfel, die Birnen mit der harten Schale, die sie am Wegrand unter dem Hang fanden, hieß er sie wieder niederlegen, den Mäusen und Schnecken und Vögeln zum Fraß.

Untereinander sprachen die Eltern nicht viel, ihre Eltern und die der verwandten Kinder, sie sahen sich stumm an und fast wichen sie sich aus. Vor vier Jahren waren sie dann die ersten, die gingen, mit ganz wenig Gepäck gingen, nicht nur von hier, sondern ganz von zu Hause in eine neue Heimat im Norden. Dorthin, wo es Freiheit gab.

Rosina hatte es leid getan um die Spielkameraden, denn ihre drei Schwestern, der Bruder waren viel älter. Laut ist es hergegangen, davor, der Pfarrer ist manchmal da gewesen und andere Männer auch. Ihre Eltern wollten vom Weggehen nichts wissen, und haben kaum mehr davon gesprochen, nur ganz selten hatte sie etwas gehört, wenn alle glaubten, dass sie schliefe. Mit einem Male war es still, so wie es im Zimmer dunkel wird, wenn man das Licht ausbläst. Da war der Jüngste, der Luis, ertrunken, es war ganz schauderhaft still, aus dem Wasser hatte man ihn gezogen und es war nichts mehr zu machen.

Da blieb es still, bis sie gingen, an einem Abend nur, da war er laut, da hatte er getrunken, der Cousin des Vaters, und seine

Kinder geschlagen, und Magdalena hatte den ihren gesagt, sie mögen in ihrem Zimmer bleiben, verzweifelt sei der Mann, er habe so viel verloren.

Sie waren im Dorf die ersten, die gingen, eine Behörde hatte große Kisten geschickt, sie waren halbleer, als sie damit aufbrachen. Sie waren mit zum Bahnhof, dem nächstgelegenen in dem großen Ort, wo Rosina erst einmal gewesen war, – der Zug, die Lokomotive – als Seppl fortging.

Rosina hatte Sehnsucht bekommen nach Mariale, als ihr jene aus einer fernen Stadt schrieb, ganz kurz nur und mit großen Lettern, dass es im Gasthaus zu Weihnachten eine Puppe gegeben hatte, die aussah wie das Christkind selbst, und dass der Christbaum so hoch war, bis zur Decke hinauf, und dass sie nun bald weiterfahren würden mit dem Zug, das mit dem Hof sei endlich geregelt und es würde alles gut werden, jetzt.

Kaum dass sie weg waren, die Verwandten, da waren die Männer wieder da, die auf den Vater einredeten und meinten, auch er müsse fürs Gehen sein. Und als er ihnen nur zuhörte, sich aber nicht umstimmen ließ, als er keine Lust mehr hatte zu streiten, da begannen sie zu toben, und als sie merkten, dass das Toben ihn nicht berührte, da begannen sie, ihm schön zu tun, sogar zu Heilig Abend kamen noch zwei, um ihn zu beschwatzen, und der Vater war dann verschwunden bis Silvester, versteckt irgendwo, bis die Frist um war, bis er endlich seine Ruhe hatte und den Hass.

Er war unter den wenigen, die beschlossen hatten, zu bleiben, Walsche zu sein, meinetwegen.

Dann war es still, als die Entscheidung getroffen war, nur manche konnten es nicht lassen weiter zu schimpfen und zu schmähen. Man sah sich einfach nicht mehr an, in der Kirche saßen da die einen und dort die anderen, bei den Begräbnissen war plötzlich Platz, da standen nur die einen da oder die anderen, schweigend versammelt zwischen den kriegsvernachlässigten Gräbern, aber Gleichgesinnte aus anderen Dörfern standen dahinter, eine Abordnung sozusagen der gleichen Entscheidung, die einen oder die anderen schauten durch den Spalt der Fensterläden um zu sehen, wer denn da war.

Das mit der Freiheit werden sie sich da draußen auch nur anschauen, hatte der Vater einmal gesagt, verärgert war er gewesen, im Gasthaus, in das er eh nie ging, war er kaum bedient worden und den Tisch habe die Kellnerin dann gründlich geputzt, da wo er gesessen war.

Der Kuckuck und der Esel, das fiel ihr jetzt ein, die hatten einen Streit. Das war das erste Lied, das sie gelernt hatte, drinnen, in der Stube, von einer jungen Frau, die stets mit einem Korb voll Wolle unterwegs war. Gestrickt hat sie nicht, ein bisschen unterrichtet hat sie ihre Geschwister, was auch verboten war, geheim unterrichtet, ein paar Worte schreiben in Deutsch, der Mutter gefiel es wohl, sie gab der Frau stets ein Stück Butter, oder vom Fleisch, das der Onkel aus den Wäldern brachte. Die Schrotflinte hatten die Finanzer nicht gefunden.

Die Strophen waren nicht lang, sie sang noch einmal von vorn, der Hof der Eltern war nicht mehr weit, das Wetterkreuz schon in Sicht. Eine Puppenstube hatte sie sich gewünscht, in der vergangenen Nacht hatte sie den Vater sägen gehört.

Größer sollte sie sein als jene der ältesten Schwester, die weit weg war in der Stadt in einem Stoffgeschäft zur Lehre. Minna nannte man sie dort, obwohl sie Johanna hieß. Eine Johanna gab es schon und eine Anna gab es auch und auch eine Anni gab es, so wurde sie Minna genannt. Oberhalb einer Bäckerei wohnte sie und hatte Kakerlaken in ihrem Zimmer, hatte sie bei ihrem ersten Besuch erzählt. Gemeinsam waren sie auf die Suche nach einem Igel gegangen, das war nicht einfach gewesen, einen zu fangen. In einer Schachtel verpackte sie ihn und nahm ihn mit in die Stadt. Untertags schlief er in der Schachtel unter dem Küchenschrank, nachts hörte sie ihn rascheln und knacken, wenn er die Viecher zwischen den Zähnen hatte. Tatsächlich hatte sie bald keine Kakerlaken mehr in ihrem Zimmer, hatte Johanna geschrieben. Oft schrieb sie nicht, die Briefmarken waren teuer.

Eine neue Schürze, das wäre schon ein Geschenk. Auch ein Stück Stoff würde ihr reichen, sie würde sie dann selber nähen. Die ihre war verwaschen und schon ganz dünn und gestopft und weich. Aber die Mutter würde das anders sehen. Als sie von den zwei Mädchen erzählte, die stets die schönsten Schürzen hätten in ihrer Klasse, mit heller Spitze und steif, da hatte die Mutter gesagt, dass es auf das Brot ankomme, das sich in der Schürze befinde, und sei es auch schon in Brocken und trocken und hart.

Nach Zucker und Mehl hatte die Großmutter bereits in der Früh geduftet, als sie ihr das Haar zopfte und die kurzen Strähnen am Haaransatz mit Speichel aus dem Gesichte strich. Geklebt hatten ihre Finger und der Flaum an ihren Backen hatte süß geschmeckt beim Abschiedskuss.

Kuchen gab es selten zu Hause, nur wenn die Kinder Geburtstag hatten und Kreszenz ihren Namenstag beging; zwei Generationen hatte sie zur Welt gebracht, ihr Gugelhupf war stets gelb und locker und zerbrach nie.

Großmutters Spucke roch säuerlich und war unangenehm nass, ihren Waschlappen fürchtete Rosina. Mit den Fingernägeln fuhr die Nandl ihr ins Ohr, mit einem feuchten Tuch ihr übers Gesicht, wie modrig roch dann die Haut, von der Höll sprach sie dabei und betete das Vaterunser. Johanna war stets zärtlich gewesen, und ganz vorsichtig nur holte sie ihr in der Früh den Schlaf aus den Augen, sie erzählte von guten Feen und Trollen im Wald.

Das mit den sieben Schmerzen, das könnt Es mir auch morgen sagen. Heute nicht, das geht auch morgen früh.

Am liebsten war sie mit Seppl, dem ältesten Bruder, der eigentlich Josef hieß, wie der Onkel Sepp. Sie sah ihm zu bei der Holzarbeit, fühlte sich beschützt und groß, wenn sie helfen durfte, manchmal hob er sie hoch und setzte sie auf die Kredenz, so dass ihre Beine baumelten, und sie spielten Prüfung und Schule. Er wusste viel und war schon ein Mann; sie bewunderte seine schwarzen dichten Haare, die langen Finger, so schlank, die dunklen Augen, so warm. Dicke kurze Finger nur schienen ihr die Männer hier zu haben, auch die Vaters waren kurz und unbehaart und mitunter geschwollen.

Er war der einzige Sohn am Hof. Gleich zu Beginn des Krieges hat er sich gemeldet, er wollte danach etwas getan haben für den Sieg, er wollte fliegen, hatte er ihr gesagt, richtig fliegen wollte er, nicht nur in Träumen und Gedanken. Wunderschön sah er aus in der Uniform. Bei seinem letzten Urlaub hatte er versprochen, ihr zum Geburtstag ein Paket zu schicken. Das war fast ein Jahr her.

Gleich nach dem Morgengebet hatte die Mutter sie heut schon getröstet, der Seppl, der wäre weit weg, der wäre in Afrika, da gäbe es keine Post.

Wieder flog eine Schwalbe tief unten nahe am Boden. Rosina rief, als sie den Hof erreichte, und die Mutter eilte heraus sie zu begrüßen, die Hände trocknete sie in ihrer Schürze. Den Nachbarskindern geht es besser, du kannst sie später besuchen, rief sie, und dann, als Rosina vor ihr stand, sagte sie, das Puppenhaus ist fertig, nur herein, mein großes Kind. Da stand es und duftete, wie frisches Holz eben duftet, eine fingergroße Puppe lag in der kleinen Bettstatt, wohl hatte die Großmutter sie mit Wolle gestopft und genäht. Das mit den sieben Schmerzen musste wirklich nicht heute sein. Zwei Stockwerke hatte das Häuschen, eine Küche war da, eine Speis, zwei Schlafzimmer unter Dach und eine Stube: Dort klemmte, die ganze Breite der Wand einnehmend, eine Postkarte, von Lärchenzweigen umkränzt, wie eine Tapete. Da war ein Mann darauf mit einem Bart über den Lippen, der derselbe war wie jener heut an der Wand in der Schule. Er lächelte nicht, sondern sah streng drein, und der Bart war dunkel und klein und niemals so schön wie jener des Kaisers. Das ist der Hitler, sagte der Vater, der auf der Ofenbank gewartet hatte, und legte noch ein paar Blüten auf den kleinen Bauerntisch. Das ist der Adolf Hitler. Der ist jetzt gekommen, fügte der Vater hinzu, es heißt, der bringt die Freiheit. Vergelt's Gott, sagte Rosina.

3. Dezember 1943

Als Tresl das Schädelmalen sein ließ, um Geschichten für Kinder zu erzählen

Der Alltag änderte sich augenblicklich in dem kleinen Dorfe oberhalb des brüllenden Sees nach diesem denkwürdigen 8. September. Der Wind war immer noch scharf und die Nachrichten, die die Bewohner über das eine und andere Radiogerät erreichten, vermochten nicht darüber hinwegzutäuschen, dass die Söhne nicht mehr zurückkehren würden aus dem Krieg, in den sie gezogen waren, dass die Armen arm blieben und die Reichen reich, dass mit den Soldaten auch die Bomben kamen und das Sirenengeheul und das Fliehen der Menschen aus der Stadt und die Zerstörung.

Noch Ende September war ein Kindergarten gegründet worden, mit einer Köchin und zwei jungen Tanten aus der Stadt. Jeden Morgen schmückten sie im Spielzimmer das Bild des Führers, das ihn in einem offenen Auto zeigte, umringt von blonden Kindern. Jeden Morgen brachten sie frische Blumen und hießen die welken auf den Misthaufen werfen. Dann hatten alle geradezustehen und mit Heil Hitler zu grüßen. Grüß Gott war abgeschafft. Und auch Viva il Duce.

Und Lieder lernten sie, alte Kinderlieder und neue, Zeile für Zeile, die sie wiederholten, eines war aus einem Film, der in den Kinos in der Stadt gelaufen war. Was ein Kino war, wussten sie nicht genau, aber die Vorstellung von einem Kino war mit etwas Besonderem verbunden, vorwärts, vorwärts, sangen sie, vorwärts schmettern die hellen Fanfaren. Sie fanden es lustig, und von den Schulfenstern aus beobachteten die älteren Geschwister sie und beneideten sie mitunter, da sie nur stramm stehen mussten, ein Lied lang, aber nicht stundenlang stramm sitzen, die Hände auf dem Rücken, oder auf dem Bauche ineinander verschränkt. Vorwärts, vorwärts, Jugend kennt keine Gefahren. Offiziere kamen zum Mittagessen in den Kindergarten und den Kleinen passte das gar nicht, da die Tanten keine Augen mehr für sie hatten und sie anherrschten, wenn sie an ihren Schürzen zogen, und sie alleine auf die Toilette schickten, wenn sie dringend mussten. Sie grüßten die blonden Offiziere nicht, grüßten nicht, wie es sich gehörte, und nur zaghaft stimmten sie die dritte Zeile an, die sie an diesem Morgen gelernt hatten, Heimat, du wirst leuchtend stehn, mögen wir auch untergehn.

Es war just ein Freitag, an dem sich die Ereignisse überschlugen, so dass noch am Sonntag nach dem Kirchgang davon gesprochen wurde. Tresl, die Häuserin des verstorbenen Pfarrers, hatte es mit angehört, das Singen vom Mesnerhaus aus, beim Putzen und Polieren der blanken Schädel.

Da war sie unvermittelt aufgestanden und hatte die Haare sich noch einmal gescheitelt und mit ihrem Stock war sie ohne weiteres in den Kindergarten gewandert und mit kurzem Gruß durch die Tür hinein und hatte auf die Tanten nicht geachtet, die sie hindern wollten und zum Gehen aufforderten, und hatte sich hingesetzt und gesagt, das habe man schon alles einmal gehabt, die blauen Dragoner, die reiten, im ersten Krieg, da habe man sogar schon alte Kindermelodien hergenommen und sie mit nichtsnutzigen Texten versetzt, und dann hat sie die zwei hübschen Frauen nicht mehr angeschaut und eine Geschichte begonnen. Es war einmal, so hatte sie angehoben, und die Kinder, angezogen von der alten Frau, die da hereingepoltert war mit großer Heftigkeit, wie es ein Holzstoß im Ofen tut, wenn das Streichholz greift und er sich entzündet, hatten die Tanten gleich vergessen und sich um sie versammelt, hatten gerauft, wo die eine sitzen konnte und der andere und die alte Tresl hat sich nicht beirren lassen und hat die Geschichte erzählt von der Heiligen Maria und ihrem Esel und von der Maria, die ihren Mantel ausbreitet wie ein Zelt, wie ein Schirm, ein Dach, unter dem alle Menschen Platz haben in Not. Nur ein Kind stand abseits und als die Mesnerbäuerin es rief, da sagte es nur, du bist ja eine Hexe, sagte es und lief davon und Tresl stand wohl auf, aber das Kind war viel zu schnell, so setzte sich Tresl wieder hin und das Kind lief beim Schulgebäude hinaus, in dessen Erdgeschoss der Kindergarten eingerichtet worden war, nachdem es keine Unterschiede mehr gab zwischen den Kindern der Geher und jenen der Dableiber und sie wieder gemeinsam zur Schule gingen.

Es lief hinaus und nach Hause und kletterte auf einen Zwetschgenbaum und nur der Vater konnte es herunterholen und es beruhigen, dass es keine Hexen gab, und auch die Mesnerbäuerin war keine, auch wenn es so schien, auch wenn sie die seltsame Freude hatte, Totenschädel zu bemalen.

Unterdessen hatte Tresl ihre Geschichte beendet, weil es bald Mittag war und ihr Bruder, der Holzerbauer, die Glocken ins Schwingen brachte, sie erkundigte sich, wie das Kind wohl hieß und wo es daheim war und zu wem es gehörte.

Als an diesem Tage die Offiziere kamen zum Mittagessen, hatten alle Kinder zugleich ihre Hände im Brunnen, um sie ordentlich zu waschen vor dem Essen, und zugleich rissen sie sie hoch, schön ausgestreckt, wie es sich gehörte, und riefen Heil Hitler und so schwungvoll taten sie es und so ordnungslieb, dass sie die Offiziere nass spritzten und jene nicht wussten, wie erwidern.

Tresl aber ging am Nachmittag in den Laden am Dorfplatz und kaufte dem Kind eine Tasche und brachte es ihm nach Hause und das Kind glaubte nun, dass sie keine Hexe war.

Von diesem Tag an saß Tresl immer, soweit das Wetter es zuließ, auf der Bank vor ihrem Haus und erzählte Geschichten und sang Lieder, die die Kinder manchmal nicht verstanden, unverdrossen aber sang sie, O Himmel, es ist verspielt, und die Kinder umringten sie und lauschten und fanden das alles recht wunderlich und wollten dabei sein, weil es manchmal so schauerlich war und auch die anderen da saßen und hörten. Und sie lehrte sie die alten Kinderlieder und trug ihnen auf, sie im Kindergarten zu üben, die Tanten zu fragen, ob es schon richtig sei das eine Wort und das andere, sie habe nur ihr Gedächtnis, die Tanten aber hätten Texte und Noten.

An diesem Abend hörte man im Dorfe, und die Nachricht verbreitete sich schnell, dass wieder ein Angriff geplant war auf die nahe Stadt zwischen den Bergen, er sollte der letzte sein, keine Etage mehr sollte auf der anderen stehen, nicht nur den Bahnhof wollte man treffen. Eine Nebeldecke habe sich da über die Stadt gelegt und sie verschlossen wie ein Deckel den Kochtopf, kein Flugzeug habe mehr fliegen können und kein Lichtstrahl glitt von unten hinauf und keiner von oben hinunter. Da war man sich gewiss, dass Maria es war, die ihren Mantel über der Stadt schützend ausgebreitet, wie Tresl es just an diesem Tage im Kindergarten beschworen hatte, und man wollte nichts mehr dagegen haben, dass Tresl den Kindern Gutes erzählte und die Kinder sich nun fast täglich vor dem Mesnerhaus versammelten, um Geschichten zu hören von der Bibel und der Heimat.

7. Juli 1944

Als das Stammeskind Moshe über die Wüste zu laufen begann, weil ihm das Gehen zu langsam ward

Nomaden waren gekommen, sie tauschten Felle und Fleisch und Schmuck gegen den Reis und die Hirse, die die Frauen am Flusse anbauten. Datteln nahmen sie mit und Taschen mit Teeblättern, sie tränkten das Vieh und stärkten sich selbst an dem Wasser, das durch das Dorf floss und sich in sanften Mäandern einen Weg zum großen See bahnte. Sie blieben nicht lange, zogen weiter, wie sie gekommen waren. Nomaden haben keine Orte, sie begraben ihre Toten dort, wo sie sterben, sie errichten ihnen Hügel aus Steinen und folgen dem Grün, das dort sprießt, wo es geregnet hat, sagte Moshes Vater, sie sind noch nie bei uns gewesen, ich habe von den umherziehenden Völkern gehört, aber ich habe sie hier noch nie gesehen. Vielleicht sind es die Kämpfe weit weg, von denen sie berichtet haben, oder sonst etwas ist anders geworden, das sie hierher kommen ließ, vielleicht wollen sie sich auch niederlassen.

Moshe wäre gern mit ihnen gewandert, es waren schöne Menschen und groß waren sie, und er wollte sehen, was dahinter war, hinter den schwarzroten Bergen, die zu Mittag glühend heiß waren und wie glattpolierte ölige Häute im Sonnenlicht flackerten.

Er wollte wissen, ob es stimmte, dass es Gegenden gab, in denen der Sand noch röter war und feiner, ob es stimmte, dass es Orte gab, an denen ein Haus neben dem anderen stand und

Menschen darin lebten, die nicht dunkel waren, die weiß waren und rosa im Gesicht, die wussten, wie man die Mücken abwehren konnte und die Fliegen, die ihn abends manchmal nicht einschlafen ließen. Er wollte wissen, ob es stimmte, dass man dort Lichter einschalten konnte am Abend, wenn es dunkel wurde.

Es stimmte, dass in der Stadt, die diesem Dorfe die nächste war, wenn auch noch weit genug entfernt, ein weißrosa Mann saß und einem anderen erklärte, dass die Menschen hier direkte Nachfahren von den Affen seien, dass sie deshalb nicht fähig wären, Türschnallen zu drücken, dass sie sie umklammern würden wie die Äste von Bäumen.

Es stimmte, dass in der Stadt, die diesem Dorfe die nächste war, ein weißrosa Mann saß und erzählte, dass die Menschen hier direkte Nachfahren von den Affen seien, deshalb wären die Ohren nicht auf der Höhe der Augenbrauen, deshalb auch würden sie sich die Nase mit dem Unterarm reiben, deshalb seien die Arme länger als bei unsereiner und ihre Füße platt. Wir, so sagte er, sind von einer anderen Spezies, wir können uns viele Sachen gleichzeitig merken, jene immer nur eine.

Ob dies stimmt, das fragte sich Moshe nicht, da er noch nicht wusste, dass es Menschen gab, die so dachten.

Moshe war ein besonderes Kind. Seit er einmal Flugzeuge am Himmel kreisen gesehen hatte und zwei messerscharfe Schleifen ziehen über ihren Köpfen und in der Ferne auf weiter Fläche aufsetzen, seit ihm der Vater verboten hatte dorthin zu laufen, wo Gebläse und Propeller den Sand aufwirbelten, seit der Vater den Kindern verboten hatte, dorthin zu laufen, weil niemand wusste, was das war und sollte, trug er den Lärm der Maschinen in seinen Ohren, wollte er Kreise ziehen und abheben, wollte er wissen, wie sich die Schnelligkeit anfühlt und das Fliegen.

Es war das erste Mal während des Krieges gewesen, dass er ein Flugzeug sah.

Da er es nicht vermochte, das Fliegen, begann er zu laufen, über Dünen zu laufen und zu springen. Moshe lief immer, er ging nicht, wenn er ging, er lief, weil das schneller war und das Gehen ihm zu langsam. Gehen würde er wieder, wenn er fortgehen würde. Das nächste Mal würde er mit den Nomaden ziehen, über die schwarzroten Berge, zumindest bis zur nächsten Stadt.

11. November 1944, St. Martin

Als der Postbote abends kam und Rosina beinah vergaß, das Brot für die Knödel zu würfeln

Zufällig sah Rosina aus dem Fenster, als der Postbote kam. Ohne sie anzublicken, tauchte er das Taschentuch in den Brunnen, wrang es aus, führte es langsam über Nacken und Stirn, beugte sich dann und trank. Ein Paket habe er dabei, sagte er, noch schluckend, und sah sie an. Ein Kleid trug sie, das schon die Schwestern getragen, zu kurz war es geworden und die Knie waren nackt und zu kalt hatte sie plötzlich und drückte das eine Bein eng an das andere. Ein Paket.

Der Bruder hatte versprochen, ihr Geschenke zu schicken aus der Ferne, wo auch immer er war, und ein ganz besonderes zu ihrem Geburtstag, hatte er versprochen, und der Geburtstag war schon lange vorbei, so trat Rosina nahe an den Boten, näher als sie es wohl durfte. Ob denn sonst niemand zu Hause wäre, fragte der Bote, den sie zuvor noch nie gesehen hatte. Es schüttelte sie am ganzen Körper nun vor Kälte, zwei Schritte zurück machte sie, die Eltern sind fort, sagte sie, und Kreszenz, die Großmutter, war im Bett geblieben heute, es war ihr schwindelig gewesen, der Kopf schmerzte ihr, da sie vor Tagen über die Treppe gerutscht war, ein Schleier habe sich über ihre Augen gelegt. Den Doktor wollte sie die Wunde nicht nähen lassen, er hätte ihre Haare rasiert am Hinterkopf und der Zopf, das wusste sie, würde nie mehr so lange wachsen. Bis über das Gesäß reichten der Nandl die Haare, wenn Rosina sie ihr aufflechten durfte und die Großmutter sie wusch, dann half Rosina sie kämmen, weil der Alten die Schultern schmerzten und sie am Rücken nicht mehr hochkam mit den Armen. Stets hatte sie einen Zopf, mit dem sie auch schlief, und diesen hatte sie zu einem Gunggl geflochten und unter einem Netz gebändigt. Von kurzen Haaren hielt Kreszenz Strumpflohner nichts.

Eine Fliege saß der Großmutter vorhin auf den Lippen, als Rosina nach ihr sah, sie hatte die Augen geschlossen, sie schlief aber nicht und hatte die Kraft nicht, sie zu verscheuchen. Der Mund war leicht geöffnet, der Kopf seitlich, etwas Speichel floss über das Kinn. Rosina tupfte ihr das Gesicht, die Wimpern der Großmutter zitterten leicht, die Fliege setzte sich wieder, wo sie gesessen war, als Rosina das Zimmer verließ.

Es hatte noch nicht bis herunter geschneit, und so waren sie mähen, die Eltern, Sepp, der Bruder des Bauern und Knecht, die Schwestern, mähen, was im Herbst noch gewachsen war. Das sei ein Wetter heuer, sagte darauf der Bote, und so etwas zu Martini, der hat nicht nur seinen Mantel geteilt, dachte er bei sich, er hat auch einen Toten erweckt. Am Abend werde man wieder von Haus zu Haus ziehen mit der Laterne, sagte Rosina, das könne man ja auch noch später tun, die Tage sind nicht mehr lang, es wird früh Abend.

Sie hatte soeben das Brot in Quadrate zu schneiden begonnen und hatte noch nach den Hennen zu sehen. Sie müsse da unterschreiben, sagte der Postbote, und sie begann ihren Namen zu malen, da ihr Name doch jetzt eine Unterschrift sei, stolz und verunsichert malte sie ihn mit allerlei Kringel, und eine Kälte schüttelte sie, die auch Hitze sein konnte, und sie fragte, ob das denn gut sei so und ob er denn auch den zweiten und dritten Vornamen brauche, den der Großmutter und den einer Tante. Der Nachname würde reichen, sagte der Postbote, und das solle sie dem Vater sagen, dass der Pfarrer am Abend kommen würde, und das sei jetzt schon in Ordnung so, und grüßte und ging. Sie wischte die Krümel vom Tisch in die Schüssel, stellte das Paket auf den Tisch und rückte den Stuhl dazu, wollte es aufmachen und tat es nicht.

Ein feiner Faden zog sich von der Tanne vor dem Haus bis hinüber zum Birnbaum, mit dessen getrockneten Früchten sie die Weihnachtskrapfen füllten und der krumm gewachsen war und schon seine Blätter verlor. Es war ein warmer Tag und Rosina hatte die kleinen Fenster geöffnet, damit die Wärme das Haus durchziehe und trockne, was im Winter klamm wurde und kalt. Kreszenz feuchten Strohsack von der Nacht hatte sie auf die Bank vor das Haus gelegt und ihr einen neuen gegeben, ein Specht klopfte und eine einsame Elster schlug sinkend die Flügel, bläulich leuchtete ihr Schwarz. Der Faden erzitterte leicht im Wind und Rosina fragte sich zum wiederholten Male, wie eine Spinne das fertig brächte, einen Faden von hier nach dort zu spinnen, sie könne ja nicht fliegen und auch hüpfen könne sie nicht.

Es stand nicht ihr Name auf dem Paket, Johann Strumpflohner stand da, und nicht der Bruder Seppl hatte den Namen geschrieben, so viel war gewiss. Auch wurden die Briefe stets gemeinsam geöffnet, beim Mittagstisch, meist zuvor oder gleich danach, wenn die Mutter abgetragen hatte und die Großmutter mit dem Lappen die Platte gewischt. Mittag aber hatten sie schon gegessen, bald war Zeit für das Abendbrot, der Bote war spät gekommen heute und er war sogar heraufgekommen, bis hierher zum Hof. Meist ließ er sie unten, die Post, beim Wegkreuz, in einem vom Vater gezimmerten Kasten.

Lange blieb sie sitzen und malte sich aus, was darin sein könnte, eine besondere Sendung, und deshalb so spät, ein Paket, nicht etwa ein Brief. Die versprochene Puppe des Bruders vielleicht, oder Himmelgottwärsmöglich eine Ansichtskarte aus Afrika und irgendetwas, das es hier nicht gab und vielleicht dort. Auch Schokolade konnte es sein; oder ein Bilderbuch. So ein Buch aus Afrika hatte sie einmal gesehen in der Schule, ein Buch mit Soldaten mit hellen Hüten und mit Tieren, mit Elefanten und Affen, die Bananen schälten und aßen. Da gab es andere Früchte als hier, in Afrika, und zu gern hätte sie gewusst, wie Bananen wohl schmeckten.

Rosina vergaß darob, weiter den Laib zu schroten und nach den Hennen und Eiern zu sehen. Sie wiegte das Paket hin und her auf dem Rock zwischen den Knien und schüttelte es und versuchte am Poltern zu erkennen, was der Inhalt wohl sei. Lange saß sie und sah aus dem Fenster. Die Ferner waren zum Greifen nah, fast konnte sie die Gletscherspalten sehen. Erst als der Vater kam mit frischem Gras am Rücken und sagte, die Mutter würde auch gleich da sein, spürte sie, dass es kühl geworden war und der Wind das Wasser im Brunnen zu Wellen warf. Ein Paket ist gekommen, rief Rosina, Vater, ein Paket. Einen kurzen Blick nur warf Johann Strumpflohner darauf, du kannst es aufmachen, sagte er und bürstete sich Kletten und Stroh von den Hosen; mach es ruhig auf, sagte er, da sie zögerte, und stellte die verbeulten Schuhe vor die Tür, und leg es dann auf die Kredenz, sagte er noch, schließ aber die Fenster zuvor, es wird kalt. Eine Wolke schob sich in der Ferne vor das Wetterkreuz, der Vater murmelte etwas und verschwand mit Rechen und Sense um die Ecke. Der Pfarrer will heut noch kommen, rief Rosina ihm nach.

Vorsichtig schloss sie die Fenster, warf zwei Scheit auf die Glut im Ofen, setzte Wasser auf und überlegte, was noch zu tun sei, als ob sie den Moment auskosten wolle, den Moment der süßen Überraschung. Dann aber zerrte sie an den groben Bändern, sie waren steif und feucht und schwer, sie ging in die Küche, öffnete die linke Schublade der Kredenz und nahm das Messer heraus. Sie schnitt das Band durch und öffnete vorsichtig das braune Papier, eine Schachtel darin, sie zerrte den Deckel hoch, das Soldbuch des Bruders. Und Briefe gebündelt, die Uhr des Onkels und die Zeichnung, die sie ihm einst irgendwohin geschickt, den Hof mit den Hennen davor und dem Kirchturm im Tal. Noch ein Brief lag dabei, auf einer Maschine getippt, den legte Rosina beiseite. Das Bild des Bruders sah sie sich an, mit den schwarzen Locken und den dunklen, warmen Augen, dann ordnete sie alles zurück in die Schachtel, sah der Fliege zu, die erfolglos durch das Fenster wollte, und immer und immer wieder anflog, und sie setzte sich hin, das letzte Brot endlich in Würfel zu schneiden.

18. Jänner 1945

Als der Soldat erfahren durfte, was Heimkehr war und Glück bedeutete

Das Blut rann ihm aus der Nase und er fand sich wieder in Kindheitstagen, als er das Verbot der Lehrerin missachtet und zu laut erzählt hatte, während des Unterrichts; sie hatten gelacht und er hatte nicht gemerkt wie die Lehrerin plötzlich hinter ihm stand und alle verstummten. Geh hinaus, hielt sie ihn an, und er hatte sich vor die Tafel zu stellen und sie verpasste ihm eine Watschen, die in der Nasenwurzel schmerzte. Als ihm das Blut aus den Löchern zu tropfen begann, nahm sie ihn an der Hand und zog ihn hinunter zum Brunnen, wusch ihm das Gesicht mit kaltem Wasser und rührte ihn nie wieder an.

Der Fremde lag am Ufer des Sees. Müde wurde er und den Schnee spürte er nicht mehr, die Kälte, die ihm durch die Knochen kroch. Er hatte nach Hause wollen und wusste nicht, wo daheim war. Seine Mutter sei eine Dirn gewesen, hatte man ihm erzählt, er sollte dankbar sein dem Vater, der ihn aufnahm, als er sechs war, der Großbauer, der Land hatte und Kinder, die nicht arbeiten wollten. Sein Bett war jeden Morgen nass.

Am Boden zu liegen, nicht in einem Bett, nicht in einem Haus, das war ihm vorgekommen wie ein Geschenk der Freiheit. Ohne Hose schlief er dann, nachdem sie ihn verlacht hatten, im Stadel über dem Vieh, zugedeckt mit harten Decken, auf einigen Händen voll Reisig, auf dem Bauch lernte er zu schlafen, und der Boden trocknete von allein und die einzige Hose, die er hatte, die war morgens trocken.

Eines Tages hatte er den Mut gehabt zu gehen, und jeder Schritt war ihm von innen heraus Glück gewesen. Schöne Tage waren es, als er mit dem Zug in den Norden fuhr, und er nicht der Außenseiter war, sondern einer von vielen, einer von vielen, die sich gemeldet hatten, um dem Dreck zu entkommen.

Den Schützengraben würde er nie mehr vergessen, jede Nacht kehrte er wieder, die Kameraden regungslos, mit etwas Schaum vor dem Mund, als würden sie schlafen. Ihnen waren die Lungen geplatzt.

Er war einer gewesen, er war einer von ihnen gewesen.

Der Schnee, der ihn umgab, wurde im Halbschatten der hohen Bäume tiefblau. Er merkte es kaum, obwohl er die Farbenspiele der Natur liebte, wenn der Himmel den Tag zudeckte und sich färbte in einen riesengroßen Regenbogen.

Er hatte Diphtherie, er war schwach. Er würde sich nicht mehr erholen, das wusste er. Aus dem Lazarett war er geflüchtet und machte sich auf den Heimweg, sie würden ihn erschießen, auch das wusste er.

Er wollte heim, irgendwie, auf dass sich irgendwer an ihn erinnerte.

Er wollte heim und wusste nicht, wo das war. An der Front, da hatte er sich zu Hause gefühlt, als einer von ihnen.

Am Abgrund rutschte er aus, ballte die Hände, um sich nicht festzuhalten und griff nur in Geröll und Schrot und ließ es geschehen.

Das Gehen war sein Leben. Hier am Ufer des Sees, der gefroren war und unter der Schneedecke schlief, kam er zu liegen. Nicht am Bauch lag er, er lag am Rücken, den Blick gegen den Himmel gewandt, der ihm vorkam wie abgetriebener Rahm. Still war es, so still, dass es fast lärmte, und er hörte die Glocke schlagen in der Ferne und hatte das Gefühl, nicht mehr suchen zu müssen. Hier am Ufer eines Sees, der im Sommer dunkel war und im Winter hell, der vor Regen eisgrau war und nach dem Regen tiefrot, hatte er das Gefühl von Heimat gefunden und wusste damit nichts anzufangen und doch sehr viel.

Ein Vogel zog einen Riss durch die Decke. Der Holzerbauer fand ihn am Abend, als er seinen üblichen Spaziergang machte, um nach dem Marterle des kleinen Luis zu schauen, um nach der Farbe des Sees zu spähen und den in ihm wohnenden Lichtern, um nach Strandgut zu suchen und Wurzeln und gebrochene Äste zu sammeln, die er in Wasser einzuweichen pflegte, um von den Scheiten Späne zu ziehen, Zeitungen waren rar, das Holz wollte sonst nicht gut brennen.

Steif war der Heimkehrer und eiskalt. Der Mesner holte den Schlitten, band den Soldaten darauf fest und brachte ihn den Schwestern, zum Waschen, zum Ankleiden und Herrichten. Er selbst ging in die Kammer neben dem Beinhaus und schrieb auf ein ausgedientes Grabkreuz die Worte: *Er hatte keinen Namen und nur ein Leben. Am 18. Januar des Jahres 1945 verstorben aufgefunden am Ufer des brüllenden Sees. Abiit in somnum pacis.*

30. März 1945

Als Judith überlebte und in Asche und Staub das Gefühl wiederfand

Sie wusste später nicht, was in ihr damals vorgegangen war. Die Ereignisse hatten sich überstürzt und die Sonne schien nicht anders als in den vergangenen Tagen, die Bäume begannen Knospen zu setzen und überall lagen Schutt und Dreck und Geröll. Und voller Staub war auch ihr Mund und spät am Abend erst hatte sie ihn gereinigt.

Es war ein grauenhafter schöner Tag.

Judith war seit bald zwei Jahren hier, zum Roten Kreuz hatte sie sich gemeldet, man hörte sie, wenn sie sprach, und man sprach mit ihr, weil man sah, dass sie hörte. Hier war sie Schwester, hier hatte sie Sinn, hier wurde sie gebraucht und hier hat man ihr auch geschenkt und gedankt und gegeben. Der Krieg war für Judith Glück gewesen.

Hin und her lief sie zwischen dem Lazarett und der Notaufnahme, das Arbeiten war sie gewohnt, die als Kind von Hof zu Hof kam, um sich Brot und Schuhwerk und ein Dach zu verdienen. Hin und her lief sie zwischen dem Lazarett und der Notaufnahme, wenn wieder ein Transport kam mit dem Zug und die Ärzte absonderten, jene, die als erste operiert werden mussten, von jenen, die noch warten konnten, von jenen, bei denen die Schwestern nur mehr sitzen konnten und beten und fragen, wie sie hießen und ob es eine Frau oder eine Mutter oder einen Vater gab.

Im Garten, in dem vor dem Krieg die Studenten Fußball gespielt und ihre Räder geparkt hatten, wurden die Toten aufgebahrt, zuerst in Jutesäcken, und als es die nicht mehr gab, in Papiersäcken, übereinander lagen sie und die Schwestern hatten ihre Habseligkeiten zu verpacken und mit Absendern zu versehen und wenn man die nicht hatte, hatten sie nachzuforschen, ob sich nicht doch noch irgendwo das Soldbuch fand oder die Kapsel, in der sein Name stand und jener der Eltern.

Sie hatten zuzuhören, die Schwestern, sich hinabzubeugen zu jenen, die kaum mehr sprechen konnten, hatten ihnen die

Suppe einzuflößen und Briefe vorzulesen, Verbände zu wechseln und Leibschüsseln zu entleeren, sie hatten Lippen zu netzen und Schweiß abzutupfen, sie hatten mit verklebten Verbänden zu kämpfen und mit Tränen des Schmerzes und mit Schreien der Verzweiflung und mit verstohlenen Händen an den Oberschenkeln und manchmal dazwischen und an der Brust, sie hatten letzte Briefe zu schreiben und den Ärzten behilflich zu sein, wenn geflickt wurde und amputiert, Morphium hatten sie zu spritzen und das Blut zu stillen, Schädel- und Bauchoperationen den ganzen Tag und die Nacht und wenn das getan war, wurden die Toten verscharrt.

Und wenn sie wiederhergestellt waren, die Verletzten, mussten die Schwestern sie ziehen lassen und durften sie nicht halten und durften nicht wissen, ob sie einer Mutter, einem Vater den Sohn gerettet hatten, ob sie einer Mutter, einem Vater das Leben eines Kindes erhalten hatten, oder ob sie zu gut geheilt hatten und der Sohn ein zweites Mal nicht mehr wiederkehren würde von der Front.

Judith erschauerte vor nichts mehr, manchmal nur vor sich selbst. Sie hatte sich einen Ring über das Herz gezogen, um das alles aushalten zu können.

Körper, zerfetzte, Tote, sie würde ihr Lebtag nicht vergessen.

Einer von der Hauptstadt mit Seitenscheitel und blauen Augen hatte sich in sie verliebt, ein Student war er und nicht gleich gegangen, als man ihn noch nicht gesund wieder an die Front schickte. Erschossen haben sie ihn dann, ihn, bei dem sie Abende gesessen, dem sie Abende zugesprochen, den sie aufgerichtet hatte.

Manchmal schrieb sie Tagebuch, aber sehr selten nur, sie hatte kein Licht dazu in der Nacht, abdrehen mussten sie es zur Sicherheit, und vor allem, sie hatte nur selten die Kraft.

Ihrer Bettnachbarin hatte es den Arm weggerissen, als sie selbst hinaus mussten aufs Feld, als die Stadt zur Kampfzone wurde, und bombardiert. Ein Mauerwerk, von einer einschlagenden Granate in die Luft geschleudert, hatte ihr den Arm weggerissen und Judith hatte ihr helfen wollen, sie tragen, die Schulter abzubinden versucht, und hatte zuschauen müssen, wie sie verblutete. Einen Soldaten hatte sie dann achtlos mit ihrem Fuße umgedreht, der reglos mit dem Kopf in Schrot und Morast lag. Als sich ihre Blicke trafen, hatte er leise gefragt, Schwester, haben Sie denn gar kein Gefühl?

Ich glaubte, dass du tot warst. Es tut mir so leid, dass ich dich so achtlos umdrehte. Es tut mir so leid. Ich schäme mich. Ich erschrecke manchmal vor mir selbst, Soldat, und ich hab solche Angst, dass es mir zu viel wird, und ich habe noch mehr Angst, dass ich niemals mehr werde ein Gefühl aushalten können, und dass ich sterbe, bevor ich weiß, was Liebe ist, und ich habe Angst, dass ich vor ihr davon laufen werde, und dass ich niemals werde ein Kind in den Armen halten und ihm über den Kopf streicheln. Es tut mir so leid, Soldat, ich danke dir, dass du mich so angesehen hast. Es tut mir so leid, dass ich geglaubt hatte, du wärest tot.

Im Lazarett lagen sie ohne Unterschied nebeneinander, Verbündete neben Feinden, sie spielten miteinander Schach und Karten und jene, deren Lippen und Hände verbrannt waren von den Flammenwerfern, bastelten sich Drahtgestelle, um zu rauchen. Es gab sie auch, die schönen Momente.

Mit Typhus hatte sich Judith angesteckt, vor einem halben Jahr, und einem jungen Arzt, der dort Dienst tat im Lazarett, wollte sie es verdanken, dass sie noch lebte. Er hieß sie immer wieder, sich mit eiskaltem Wasser den Körper abbürsten, die Brüste, die Beine, die Arme, er selbst bürstete sie ab, gnadenlos fuhr er über ihren Rücken, ihren Körper, bis er selbst nach Atem rang und sie zusammenbrach; Typhus, das sind auch Geschwülste, und Typhus bedeutet Tod, wenn das Blut nicht mehr zirkuliert.

Heute früh war das Lazarett bombardiert worden, ein neuer Transport mit Verletzten war gestern gekommen, noch hatten sie gar nicht die Namen derer aufgenommen, die gebracht worden waren. Als die Sirene erklang, schickte sie der Oberarzt in den Keller, in einem Winkel verkroch sie sich und umarmte eine junge Frau, die erst seit kurzem hier war, komm, ich schütze dich, hatte Judith gesagt, ich halte schon einiges aus, hatte Judith gesagt, und bebend vergrub sich die junge Frau in ihren Armen, lass uns beten, hatte Judith gesprochen. Ihr könnt es, ich weiß es, lasst uns beten, Sancta Maria, Mater Dei, ora pro nobis peccatoribus nunc et in hora mortis nostrae.

Es hatte nicht lange gedauert, und die Balken stürzten herab, und das Wasser platzte aus den Leitungen, der Lärm betäubte, das Licht ging aus, und man sah nichts mehr und hörte nichts vor Stille und Lärm und Judith wollte um Hilfe schreien und brachte keinen Ton heraus, der Mund war voll Sand und sie in einem Trümmerhaufen. Den Kopf der jungen Frau hob sie hoch, bewusstlos war sie und sollte ihr nicht ertrinken in dem Wasser, das stieg. Das Gefühl hatte sie, als ob jemand singen würde, und sie horchte hin und spähte, aber da konnte niemand sein, der sang, es verging viel Zeit, und sie wusste nicht wie viel und sie wusste nicht mehr, was Zeit bedeutet, und als man ihnen von außen einen Weg grub, ließ sie den Kopf der jungen Frau nicht aus und zog sie heran und kroch, sie am Bauch wiegend und sich mit den Füßen stützend und schiebend, rücklings durch den Schutt, den ganzen Weg die junge Frau mit sich schleppend, die tot war.

Draußen stand sie dann auf, als sie die Blicke der Sanitäter sah, auf sich gerichtet, auf die Frau und wieder auf sich, sie stand auf und merkte, dass sie nur Kratzer hatte und dass Augen und Nasenlöcher brannten, sie sah hoch und sah wenig, sah, dass der Himmel jetzt grau war und der Staub sich noch nicht gelegt hatte. Eine Bombe hatte das Lazarett beschädigt, die ganze Südwand war wie abgeschnitten, war in den einstigen Schulhof gestürzt, im zweiten Stock schwebte ein Bett über dem Abgrund und im offenen Zimmer hing ein Soldat an der Decke an seinem Knöchel und versuchte zu schwingen und zappelte wie ein Fisch. Sie selbst noch hatte ihm gestern spätabends den Fuß hochgebunden, da das Bein gebrochen war und kein Gips mehr vorhanden, eine Kugel noch trug er in sich, kein Organ hatte sie getroffen, nur oberflächlich schien sie zu stecken.

Mit einem Pulsieren im Bauch, das den ganzen Körper ergriff, den Brustkorb flattern ließ und den Kopf und die Hände und die Knie und das Becken zittern, stieg sie über die Mauerreste und Trümmer und ging die Treppe hoch, die nicht beschädigt war, ging zum Soldaten hoch, der an der Decke hing, nahm die Schere aus ihrer Schürze und schnitt das Band ab, an dem er hing, wurde von seinem Gewicht erfasst und rollte mit ihm auf den Boden. *Und wenn ich alle meine Habe den Armen gäbe und ließe meinen Leib verbrennen, und hätte die Liebe nicht, so wäre mir's nichts nütze.* Er war benommen wie sie und es war, als würden sie in diesem Moment erfahren, was geschehen war, erfahren, dass sie lebten, und sie hatte seinen Vornamen vergessen und er wusste den ihren nicht, und sie krallte sich fest an ihm, hielt ihn und ließ sich halten, und sie lachte und zerrte an seinem Hemd und zerriss sich das ihre, Tränen strömten über das verschmierte Gesicht, sie keuchte und wollte schreien und hustete Staub, sie spürte ihr Herz wieder und ihre Gefühle, und sie wollte ihm danken und ihn schütteln und mit ihm verschmelzen, mit ihm verschmelzen, bis es weh tat, und sie weinte aus Freude, als es schmerzte, und sie lag noch lange auf ihm und küsste seine Wunde und er küsste den Staub aus ihren Wimpern und sie wünschte, dass dieser Tag nie mehr enden würde.

10. Juli 1945

Als Peregrin den Blick der Mutter spürte und über die Grenze ging

Noch einmal Aug, waren die ersten drei Worte gewesen, die er zusammenfügte, hatte ihm die Mutter immer aufs Neue erzählt. Noch einmal Aug. Sie hatte ihn an sich gedrückt und mit den Wimpern seine Wange berührt, hatte blinzelnd ihn gestreichelt. Er hatte gejuchzt und ganz in ihr verschwinden mögen.

Da war es plötzlich, das Gefühl, und er wusste nicht warum. Da stand er und spürte ihre Wimpern an Wange und Nase und Kinn, spürte ihren Atem am Ohr und ihre weiche und warme

Brust. Da stand er und hatte wieder Lust zu laufen, wollte ein Augenpaar sehen und gehalten werden, wollte sich vergraben und nichts mehr spüren müssen, wollte sich vergraben und nur mehr fühlen, wie eine Hand ihm über den Rücken streicht und ein Finger sanft in seinem Nacken kreist.

Es war die Zeit, in der ihm schwindlig wurde, vielleicht weil er müde war vom stundenlangen Auf-den-Boden-Schauen. Die Zeit der Dämmerung war die Zeit, da er unsicher wurde, die Augen manchmal sich in der Unschärfe verirrten. Da blieb er stehen, um Blick und Kopf zu beruhigen, das viele Gewicht im Nacken zu lockern. Der letzte Schnee leuchtete hell, das Gras viel grüner bei diesem Licht. Weit unten ein Haus. Von irgendwo das Gebimmel von Schafen, wie ein regelmäßiges Zupfen an einem verstimmten Saiteninstrument. Der Rauch aus dem Kamin fiel ab, legte sich wie ein Schirm übers Dach. Die aufsteigende Wärme zitterte über den Schindeln und breitete sich über den dunklen Wald im Hintergrund. Vielleicht hatte eine Spinnwebe ihn gestreift. Doch jetzt, mitten im Sommer.

Peregrin hatten sie ihn getauft, so hatte der Vater des Vaters geheißen und der Urgroßvater und Gott weiß wie viele Väter zuvor. Wanderer waren sie gewesen, alle Männer in seiner Familie, und auch er hatte nicht mehr warten können, sobald es ihm erlaubt war zu gehen, in die Ferne immer, diesmal aber nur noch heim, hatte nicht mehr warten können, bis die Züge wieder fuhren und ein Dokument ihm den Heimweg erlaubte. War gegangen, allein, sich nicht mehr kümmernd, ob ein anderer mit ihm wollte, nicht gegangen, gelaufen zuerst, gehetzt. Erst als die verhornten Blasen der letzten Jahre wieder zu schmerzen begannen, nahm er sich Zeit, setzte Schritt vor Schritt, wenn der Mond es zuließ bei Nacht, wenn die Wälder atmeten und die Bäume rauschten, wo jedes Krachen im Unterholz laut war und der eigene Schatten ihn erschreckte. Untertags ruhte er, wenn er wusste, die Nacht würde das Gehen erlauben. Untertags versuchte er seine Sehkraft zu schärfen, versuchte zu erspähen, wo es Essbares zu holen gab, zu erbitten oder auch zu stehlen.

Mit dem Blinzeln auf der Wange war auch das Brot da gewesen, der Geruch nach Kümmel und Zigeunerkraut, nach fein gemahlenem und grob geschrotetem Korn, nach Mutters Haut; vor dem Brotbacken war sie stets in den Wald gegangen und in ihren Garten, was sie an Kräutern fand, hat sie in den Teig geknetet, kein Brot war wie das andere, es hatte geduftet, den Waldhang hoch, bis hinauf, wo die Kinder Steine zusammenzutragen pflegten und Mauern bauten, Mauern gegen Ritter und Eindringlinge und Räuber und Hexen, befestigt mit Ästen und Moos.

Da trieb es ihn weiter, als er Schüsse hörte in der Ferne, und sah, wie zwei Männer hinter einem Mann herjagten und ihn stellten und banden und hinabführten ins Tal.

Ob das Brot noch schmeckt wie damals, ob die Mutter es noch immer bekreuzigt, bevor sie es bricht. Ob ihre Wimpern noch so dunkel sind und dicht, die Brust rund und weich. Ich möchte nach Hause, ich möchte, dass sie sich keine Sorgen macht, ich möchte neu beginnen und all das vergessen.

Aus dem Schritt war er gekommen, eine Lust hatte er zu laufen und sich zu verkriechen, wandern wollte er und doch die Augen schließen und nur fühlen und erinnern und hoffen.

Nie gewöhnt hatte er sich an die Angst, die ihn traf aus dem Irgendwo. Sie war unbeschreiblich gewesen, als sie aufbrachen ins Unbekannte, sie überfiel ihn im Schützengraben wie der Kübel von Wasser, den ein Schulfreund einst vom Klassenzimmer in den Hof auf den Lehrer geschüttet. Und jetzt die Angst, ob er sie je vergessen würde, die Scheiben Brot, die nach Moder schmeckten, in dem Teller salzigen Wassers, in dem keine Augen schwammen. Und ob Mutters Brot je wieder schmecken würde, auch wenn es schmeckte wie einst.

An der Ostfront hatten sie Rinden gegessen, um irgendetwas zwischen den Zähnen zu haben.

Als sie sich gesammelt hatten vor Jahren, an einem Bahnhof schon hoch oben im Norden, gesammelt um ins Geschehen zu fahren, als sie noch gute Kleider hatten und auch noch Kraft und noch viel Hunger, der immer weniger werden sollte mit den Rationen, da hatte eine graue Schwester dunkles Brot verteilt, das geduftet hatte, das ihn hatte wissen lassen, dass Brot absolut war, dass die Menschen überall es kannten, dass es den Hunger stillte und die Sehnsucht, der Pumper des Nikolaus, hatten die Kameraden gewitzelt, kein Mehl, kein Germ, nur grobe Körner mit Wasser und Salz und Apfelkraut, sonst gar nichts. Er hatte die dunkle Scheibe zwischen den Fingern hin- und hergedreht, schwer war sie und feucht und duftete stark nach Erde, und er hat sie hin- und hergedreht und wie ein Sinnbild des Lebens war sie ihm erschienen, wie man die Scheibe auch warf, sie landete doch immer wieder auf dem Bauch, jedes Korn eine kleine Welt, jedes Leben ein Rosenkranz an Körnern, die eines das andere ergaben und aufeinander klebten und nur durch einen Riss war Teilung möglich. Hin und her drehte Peregrin sein Pumpernickel, keine Kruste hatte es und es war weich und doch so derb zugleich, und als die Kameraden nochmals erklärten, das wäre ein Furz des Nikolaus, das wäre die wahre Bedeutung, da war ihm nicht zu lachen zu Mute und er merkte, wie sie schauten, als er auf der Scheibe, auf dieser einzigen Scheibe ein Kreuz schlug, bevor er sie brach.

Vor wenigen Tagen hatte er frühmorgens verfaulte Saatkartoffeln von einem Misthaufen geholt. Eine Frau fütterte die Hühner, sie hatte die Schürze hochgebunden und hatte wohl Krümel darin und Essensreste. Euch kann ich füttern, hatte sie geraunt, für meinen Willi kann ich nichts mehr tun. Ob die Seine schon geweint hatte um ihn, ob sie Kunde hatte, dass er noch lebte? Er wusste nicht, wie es sein würde, zu Hause, in der alten Heimat in dem fremden Land. Er hatte keine Vorstellung mehr. *Sie freut sich nicht über das Unrecht, sie freut sich vielmehr an der Wahrheit. Sie erträgt alles, sie glaubt alles, sie hofft alles, sie duldet alles. Die Liebe hört niemals auf, während doch das prophetische Reden aufhören wird und das Zungenreden aufhören wird und die Erkenntnis aufhören wird.* Liebe, wird sie heilen?, fragte er sich, schrie es fast. Er wird sie nie erzwingen, wie der Vater es tat, er wird eine Frau nie zwingen.

Als der Wind das Spiel einer Ziehharmonika herauftrug und das Jaulen eines Hundes, rutschte ein Fuß ab und lockerte aus dem Geröll einen Stein. Eisige Kälte stieg aus den Spalten hervor, der Bart der Bäume war lang und silbergrün. Ob wohl Moos war auf den Steinen, die sie aufgeschichtet hatten, als Kinder, fragte er sich nun und wunderte sich über die Frage. Der Stein kam tief unten zum Liegen, das Echo ließ ihn nochmals fallen, immer tiefer. Angst und Erinnerung hatten Peregrin heute aus dem Wandern geworfen; neben einen Felsen, wo der Boden etwas fester war, kauerte er sich, um hier die Nacht zu verbringen; die Schuhe zog er nicht aus, er lockerte sie nur und tastete nach dem Säckchen, das er eingenäht hatte, vor langer Zeit, weit drüben, wo es in der Früh schneller hell war und am Abend früher dunkel. Das Säckchen spürte er schon lange nicht mehr, die Schuhe waren steinhart geworden von Nässe und Morast.

Schrittweise nur kam er zu Sinnen, am nächsten Morgen. Vorsichtig setzte er Fuß vor Fuß, und kaute lange, was er noch hatte, und erschrak nicht, als er Schüsse hörte, hinter sich: Er war über der Grenze, er war daheim, was auch immer das war.

Einem Schmuggler begegnete er, der ihm Tabak gab und Papier und Anweisung für den Weg ins Tal. Bei Einbruch der Dunkelheit stand er vor einem kleinen Haus, schwach beleuchtet die Küche, der alte Mann, der aus dem Stall kam, musterte ihn und holte ihn murmelnd herein. Die Tochter Mena, die schmale Augen hatte und ein lachendes Gesicht, behielt den Mund offen nach dem Gruß, das Kinn leicht vorgeschoben und die Unterlippe über die Zähne gelegt. Sie setzte Kaffee auf und servierte einen Gugelhupf, wie Peregrin in seinem Leben noch nie einen besseren gegessen hatte. Er habe von medizinischen Experimenten nichts gehalten, sagte der Vater und schaute Mena nicht an. Mena könne nähen, sagte er, und in der Küche helfen könne sie auch, nur alleine für sich sorgen, das könne sie nicht. Die Nachbarin, die Egghofmutter da weiter oben, habe zweiundzwanzig Kinder großgezogen, elf habe seine erste Frau gehabt und das elfte habe sie nun selber auf die Welt gebracht, alle so zart und kränklich und klein, das konnte der Herrgott doch nicht wollen. Gleich war sie schwanger geworden, als der Bauer wieder zurückgekommen war, vor dem Ende heimbeordert wegen einer Versehrung, bei fast allen Geburten war seine Frau zum Helfen dabei, auch jetzt sei sie oben, selber habe sie ja nur mehr eines, die Mena.

In diesen Tälern ist jeder mit jedem verwandt, sagte der Mann, da gibt es schon öfters Kinder, denen die Zunge heraushängt über die Unterlippe, das habe nicht so viel zu sagen, Mena spüre genau, worum es gehe und ob ein Mensch gut sei oder schlecht. Die zwei der Egghofmutter habe man geholt, fügte er noch hinzu, man hat nie mehr etwas von ihnen gehört. Dann verstummte er und sah Peregrin an und fuhr ihn an auf einmal, er habe Glück gehabt und er will nur hoffen, dass er sich dieses verdient habe, und sich Gott erkenntlich zeigen möge er, dass er am Leben sei, zu Gott beten und allen Schutzengeln dazu.

Und dankerfüllt solle er sein, wenn er nichts getan habe, dessen er sich sein Leben lang schämen müsste. Zwei Stiefsöhne der Egghofbäuerin haben sich versteckt, sagte er, sie waren einfach nicht eingerückt und der Ortsvorsteher hat sie angezeigt und den Großvater hat man geholt und die größeren Kinder, in die Stadt wurden sie gebracht in ein Lager und die Kühe haben geschrien im Stall, dass man es bis herunter hörte, weil noch ein Säugling und die Zwillinge an Mutters Kittelfalte hingen, und alleine hat sie es kaum geschafft, sie zu melken, und zu helfen hat sich niemand getraut, weil mit dem Lager hat man gedroht und zwei Schwestern sind in ein Hotel gekommen, in der die Besatzung nun wohnte. Putzen mussten sie und die Männer trösten, trösten nennt man das, und wer tröstet nun sie? Hunderte, vielleicht tausende Frauen haben herhalten müssen, das sei das Trösten gewesen, einfach festgenommen hat man sie auf der Straße und in Bordelle gesteckt, das hat man immer so gemacht.

Die Viecher, das sind die Menschen. Dann sagte er nichts mehr, deutete der Tochter, den Mann zu begleiten, und stieg die Treppe hinauf, ins Dunkle. Die Rauchküche befand sich gleich neben der Eingangstüre, das ganze Haus war schwarz.

Ein Bett gab ihm Mena für diese Nacht und warmes Wasser und ein sauberes Hemd, so dass er aussah nach jemandem, und wo ihr Vater denn war, als die Kühe der Egghofbäuerin geschrien hatten, und was mit den zwei Söhnen geschah, die sich versteckten, das wollte er wissen, aber er unterdrückte die Fragen, denn sie lächelte unentwegt und kniff die Augen zusammen.

Kleine Füße hatte sie, das fiel Peregrin auf, kleine, zierliche Füße, am liebsten hätte er sie in seine Hände genommen, gestreichelt, geküsst.

So dass er aussah nach jemandem, wenn er durch die Stadt kam am nächsten Morgen. Ein Gemüsehändler nahm ihn von dort mit, warf die Plane über ihn, der sich verkroch und sich der Schuhe entledigte. Angst hatte der Mann zunächst gehabt, zu oft ward er bestohlen. Als Peregrin aufladen half, winkte er mit den Augen.

Als wären die Füße beim Fahren gewachsen. Als er abstieg, tat er sich schwer sich wieder einzufinden im Schuhwerk zwischen den Bändern, die steif in den Ösen steckten und dem Schuhbett, das Herrgottsooft aufgeweicht war und sich stemmte gegen Hornhaut und Fersen. Er würde sie nicht mehr ausziehen bis daheim, auch wenn sie zu schmerzen begannen, wie die erste Zigarette auf der Zunge brennt nach langer Zeit. Schneller wurde er und wieder langsamer, als es aufwärts ging die lange Heide hinauf, schneller wieder, als er zum See kam, dem hellen, fast zugewachsenen von Schilf und Stroh, ein Tümpel nur mehr mit auffliegenden Vögeln, und wieder langsamer, je näher er kam, sein Heimathaus war das erste, gleich beim See lag es, gleich neben der Schule, noch unter dem Friedhof und der Kirche; er sah die Frauen das gemähte Heu ausbreiten und den Kümmel aufsammeln, er sah das Vieh auf den unendlichen Weiten am Fuße der Berge. Freude und Angst ließen Luft ihn holen und keuchen und er vergaß, dass er sich vorgenommen hatte, sie bewusst zu atmen, wenn er je da sein würde. Der Hund kam als erster, er schnauzte ihn an, duckte sich und legte den Kopf auf den Boden, die Hühner gackerten wie immer, die Schuhe zog Peregrin sich aus und ging, sie im Arm haltend, über den Flur, die Mutter kniete vor dem Ofen, die Brust war flach geworden, das Kopftuch der Nouna bedeckte ihr Haar, sie war ins Alter gekommen, eine Großmutter zu sein. Er vergaß, ihr auf die Wimpern zu schauen, legte ihr kurz die Hand auf den Nacken, verbeugte sich leicht, ergriffen und unfähig, sie jetzt zu umarmen, nahm den rechten Schuh und behielt den linken unbeholfen in der Achsel, zog an dem Faden, der ihm das Säckchen all den Marsch lang bewahrte. Noch einmal Aug, sagte er, noch einmal von vorne. Behutsam öffnete er den Knoten und leerte Roggenkörner auf den Küchentisch.

27. Juli 1946

Als Johanna zu Besuch kam und Gott sich anschickte, Maria zu holen

Seit sie die Lehrzeit beendet hatte und etwas Geld verdiente, um sich den Bus zu zahlen, verbrachte Minna den Urlaub daheim bei den Eltern. Stets im Sommer kam sie, wenn das Heu einzubringen war und die Menschen aus der Stadt flüchteten, weil es heiß war und in den Stoffgeschäften nicht viel zu tun.

Kreszenz war im Frühjahr gestorben. Ganz langsam war sie dahingegangen, wie ein Nebel sich zusammenzieht und immer dichter wird und mit einem Windstoß verschwindet. Langsam war sie erblasst mit ihren schönen langen Haaren, eine Strähne hatte Magdalena ihr abgeschnitten und in Seidenpapier in ihrem Schrank bewahrt. Lange gelegen war sie und nach Urin roch es im Zimmer, der graue Star hatte sich auf ihre Augen gelegt, kaum mehr unterschied sie den Tag von der Nacht, todähnlich schlief sie in den Vormittag und abends standen die Augen weit offen. Gott wird mich doch nicht vergessen haben, flüsterte sie immer wieder, sie sei nun die letzte ihrer Geschwister, Gott werde sie doch nicht vergessen. Vielleicht habt Es hier noch etwas zu tun, hatte dann Rosina gesagt, die ihr nun zwei Zöpfe flocht, und einen über die linke Schulter und Brust legte und den anderen über die rechte. So war es angenehmer zu liegen, der Knoten im Nacken sollte die Großmutter nicht drücken. Vielleicht habt Es hier noch etwas zu tun, sagte sie noch einmal, Gott hat uns nicht vergessen, das wisst Es doch. Als der Krieg aus war, war Kreszenz die erste gewesen, der Rosina erzählte, dass sie nun in der Schule wieder Grüß Gott sagen durften. Dass ihr die neue Lehrerin einmal die linke Hand auf den Rücken band, damit sie endlich mit der rechten schriebe, das sagte sie der Großmutter nicht, sie sagte ihr, dass sie nun schreiben lerne, so ganz richtig. Kreszenz nickte ihr durch den Nebel zu.

Bald nachdem Kreszenz gestorben war, hat Rosina an Johanna geschrieben und verblüfft war Johanna gewesen, wie gut sie schreiben konnte.

Nach dem Pfarrer hatte sie drei Tage zuvor verlangt, bevor sie gegangen ist, ganz wach war sie und der Geist war klar und ganz anders als in der letzten Zeit. Sie hat sich die Ohren salben lassen, Stirn und Füße und Innenhände, und hat ihn dann hinausgeschickt. Wir waren alle verwirrt, liebe Johanna, aber wir haben natürlich gehorcht. In tiefem Schlaf ist sie dann gelegen, als der Pfarrer nochmals ins Zimmer ging, Dose und Kerze und Flasche zu holen. Die Dose hat er nicht gefunden, ich werde es ihm wohl beichten müssen, dass ich sie unter der Decke fand und vor Schreck im Schrank versteckte, die ganze Blechdose mit dem Krankenöl hat sie ausgeleckt, stell dir vor, nichts hat sie übrig gelassen, als ob es Essen wäre. Es ist Olivenöl, hat der Pfarrer mir dann erklärt, ich werde es ihm wohl sagen müssen. Die Kommunion hat sie auch immer so gekaut, als ob es Brot wäre, so ein hartes Stück Brot, und als ob sie keine Zähne mehr hätte. Wenn sie gewusst hätte, dass wir sie immer nur Kreszenz nannten, wenn wir von ihr sprachen, das hätte sie geärgert. Jetzt gibt es niemanden mehr im Hause, der Es sagt, ich glaube, wir sind in einer anderen Zeit. Ich vermisse sie sehr, unsere Nandl, und ich vermisse auch Dich, liebe Johanna, bitte komm uns wieder besuchen, ich umarme Dich, Rosina.

Ganz still war Kreszenz gegangen, eingetrocknet war sie und als sie tot war und das Kinn ihr auf das Brustbein rutschte, war ihr alle Strenge aus dem Gesicht gewichen. Rosina war dabei gewesen und Maria und Klara auch, auch Magdalena war hier und Johann und Sepp, ihre Söhne. Sie waren bei ihr und hielten sich an den Händen und so ruhig war es, dass sie die Fliegen summen hörten und gegen die Fensterscheiben schlagen. Wirst du jetzt fliegen, Großmutter, wirst du fliegen wie der Seppl?, dachte Rosina. Werde ich auch alleine fliegen können ohne euch, ohne ihn?. Und Magdalena hatte die Nachbarn geheißen zu beten, die bald danach gekommen waren Abschied zu nehmen und nach alter Manier das Vaterunserausspielen begonnen hatten, wer am längsten das Beten mit ausgestreckten Armen durchzuhalten vermochte; hatte sie geheißen zu beten eine Kerzenlänge und mit dem Wetten aufzuhören, nicht an allen Bräuchen dieses Dorfes hatte Magdalena Gefallen finden können.

Einmal im Jahr kehrte Minna zurück, und da der Hof der Eltern über dem Dorfe lag, ging sie meist durch den Friedhof, bevor sie hochstieg, atmete die Luft des Verstorbenen und versuchte sich zurechtzufinden. Sie kam von hier, aber sie war hier nicht mehr zu Hause, das glaubte sie, sie war stolz darauf und bekümmert zugleich.

Den Gedanken, dass Heimat dort war, wo man zuallererst den Friedhof besuchte, wies sie von sich.

Da lag die Großmutter unter einem Erdhügel, frische Blumen waren gepflanzt und ihr Name auf dem geschwärzten Eisen hob sich hell ab gegen den des Großvaters, der vor so langer Zeit verstorben, dass man sie in sein Grab legen konnte und seinen Schädel herausnehmen. Neben ihr das frische Grab der einen Holzerin, wer würde denn ihre Schädel bemalen dereinst, wenn das Fleisch verfault war und die Haut, jetzt war nur noch eine übrig und ihr Bruder, der Mesner, und Minna lächelte, dass sie gerade hier zu liegen kam, denn Kreszenz hatte die ganze Holzerbauerfamilie nie sonderlich leiden können.

Und auch die Namen der Helden aus den zwei Kriegen las sie, obwohl sie sie schon oft gelesen. Es waren nicht viele in diesem kleinen Dorf, der Bruder war der jüngste gewesen, sein Bildnis in Ovalform auf der Kirchenmauer, es war das erste Mal, dass sie es sah, der Mörtel war noch frisch und grau.

Und unter ihm zwei Brüder, die mit dem Vater gegangen waren bei der Option, gegangen und gleich eingezogen hinter der Grenze, und die Mutter war geblieben, hochschwanger, mit den fünf Kleinen. Der jüngere, er hatte ihr gefallen, freilich, fast ein Kind war sie noch, als er ging.

Mit zärtlichen Fingern fuhr sie über die Lettern seines Namens und mit noch mehr Zärtlichkeit berührte sie die eisernen Buchstaben des Bruders, dann ging sie weiter, sich abzulenken, lesen, was es inzwischen Neues gab.

Einmal, Seppl, will ich dahin fahren, wo du starbst, einmal möchte ich an deinem richtigen Grab stehen, Rosina wird mich sicher begleiten.

Direkt an der Kirchenmauer darf niemand begraben werden, hatte ihr einst der Vater erklärt, zu viel Wasser steigt von den verwesenden Körpern in die Mauern und beschädigt das Gotteshaus. An der Kirchenmauer befänden sich nur die Epitaphien derer, die weit weg ihren Körper dem Herrgott gaben.

Der Kranewittbauer sei wieder heimgekehrt, hatte ihr Rosina geschrieben, der Vater der gefallenen Brüder, keinen Vorwurf habe ihm die Frau gemacht, im Rollstuhl sitze er und stehe sich selbst im Weg.

Die Liebe ist langmütig und freundlich, die Liebe eifert nicht, die Liebe treibt nicht Mutwillen, sie bläht sich nicht auf, sie verhält sich nicht ungehörig, sie sucht nicht das Ihre, sie lässt sich nicht erbittern, sie rechnet das Böse nicht zu, sie freut sich nicht über die Ungerechtigkeit, sie freut sich aber an der Wahrheit; sie erträgt alles, sie glaubt alles, sie hofft alles, sie duldet alles.

Rosina, die Jüngste, dachte Minna, ist jetzt auch schon groß.

Da war das Grab eines Namenlosen, verstorben aufgefunden am Ufer des brüllenden Sees, und das frische Grab zweier Kinder, beim Schafehüten auf einem Bunker gestorben, zerrissen von einer Handgranate, die die Soldaten verloren hatten, oder weggeworfen oder vergessen, das Mädchen war neun, der Bruder war sieben Jahre alt. Nicht ein Spielzeug sind die Granaten, für die Kinder nicht und nicht für die Großen. Was für ein Spruch, dachte sich Minna, als sie ihn unter den Namen und dem Sterbealter der Kinder las, wie absurd der Spruch und wahr zugleich.

In der Stadt, in der Minna der Arbeit nachging, gab es einen Kreuzgang neben dem Dom, und Geistliche lehnten dort versteinert an den Mauern, mit Tüchern und wallenden Gewändern und Doppelkinn und kurzen Fingern und an beiden Daumen einen Ring.

Wer mag da wohl reineren Gewissens sein, dachte sie, und wandte den Blick von den Kindergräbern und trat ins Beinhaus und schwenkte die Augen über die Schädel, die übereinander lagen, schwach erleuchtet von wenigen Kerzen, mit Augenhöhlen und kurzem Nasenbein, mit einem Loch anstatt der Nasenspitze, das Kinn abgebrochen oder verschoben festgemacht mit Draht, die letzten Schädel mit schwarzem Kreuz nur, einfache grüne Blätter hatten die verbliebene Mesnerschwester und ihr Bruder, der Holzerbauer, auf die Stirndecken gemalt, statt der Namen nur Initialen, kein Todesdatum und keines der Geburt, keine Lorbeerkränze mehr und keine Eichenäste und Efeuzweige, müde schienen die Knochen und noch müder schienen die Hände gewesen zu sein, die sie aushoben und putzten und im Schoße im Lichte der Lampen drehten. Die Farbe war abhanden gekommen, dachte Johanna und verglich die neuen mit den alten, da liegen sie, Mann und Frau und Kind und Feind und Freund und sind sich alle gleich, ein einziger Kopf nur stach heraus wie eine frische Wunde, Knospen darauf leuchtend rot und viel zu dick aufgetragen, wenig erbaulich erschien ihr die Gruft heute und eilends verließ sie den Kirchhof, ließ die Tür hinter sich zufallen und sah über den Platz und hatte verzichtet, den Finger ins Weihwasser zu tauchen.

Alimentari stand nun über der Tür des Ladens, in dem eine Dableiberin einst Stoffe verkauft hatte.

Auch früher schon, als sie jeden Morgen zur Messe ging, hatte sie nur ungern den Finger in den Weihbrunnen getaucht, da war die Schale meist schlüpfrig und glatt. Nicht alles mitmachen musste sie, was sie nicht wollte, das hatte sie in der

Stadt gelernt, da war es freier als hier, auch wenn die Bergluft ihr Gedanken schenkte.

Stoffreste hatte Minna im Rucksack und Zeitungen, alte Zeitungen in zwei Sprachen. Rosina las gern darin und es war ihr einerlei, ob die Notizen von gestern waren oder uralt. Die Zeit vergeht hier anders, dachte Minna und lief den Hang hoch mit gemischten Gefühlen. Ist das nicht die Johanna, rief eine Frau mit einem Ballen Heu am Rücken, der hoch über den Kopf in den Himmel ragte. Guten Tag, sagte Minna, und Grüß Gott, sagte die Frau, und Minna blieb stehen für einen Augenblick und ging dann doch weiter, sie war jetzt wohl doch fast zu Hause.

Es war der Tag, an dem sich Maria die Strümpfe nicht mehr anziehen konnte, der rechte Fuß gab keinen Widerstand mehr und auch stehen konnte sie nicht. Im Dorf waren zwei an der Grippe gestorben, aber die spanische, die damals nach dem ersten Krieg sieben Menschen mit sich nahm, fünf von einem einzigen Hofe, die war es nicht.

Als Minna kam, war niemand auf den Feldern und sie fand sie alle im Haus, alle in der Stube, die Mutter, den Vater, die drei Schwestern. Maria saß auf der Ofenbank und hatte Fieber, steif saß sie da, mit Polstern und Decken im Rücken, steif, als hätte sie einen Stock verschluckt. Und Minna fühlte sich fremd und all die Gedanken überfielen sie wieder, die sie schon bei der Herfahrt gedacht, sie wusste nicht mehr, wo sie hingehörte.

In der Stadt, da lagen noch Trümmer und Ziegeln und Mauerwerk, und auch ihr Zimmer hatte einen Sprung abbekommen und das Tuchgeschäft stand noch im Gerüst, weil es umgebaut wurde nach der Bombardierung. Sie hatte sich gefreut, hierher zu kommen, aus den Trümmern und aus dem Staub, sie hatte sich gefreut, ganz besonders nach Rosinas Brief hatte sie sich gefreut, aber sie hatte auch Angst gehabt und nun standen sie alle hier, und schauten sie an und durch sie hindurch und darauf war sie nicht gefasst und es erschien ihr plötzlich eng in dieser Stube und sie hätte am liebsten weggewollt in das Zimmer mit der Toilette auf dem Gang mit dem großen Lichthof, in das Zimmer mit der Tür, die sie schließen konnte und mit einem Schlüssel versperren. Wie oft war sie einsam gewesen in der Stadt, wie sehr sehnte sie sich jetzt nach der Einsamkeit.

Hier wohl kannte sie die Toten und hier kannte sie die Menschen und ihre Geschichten, doch schien es ihr mit einem Male, als wolle sie lieber gar nichts wissen, als wolle sie umkehren an der Schwelle, als wäre sie den anderen nur eine Erscheinung gewesen.

Dich schickt der Herrgott, rief da die Mutter, Johanna, dich schickt der Herrgott. Irgendwie schien sie kleiner geworden, die Mutter, und auch der Vater saß gebeugt am Stubentisch, dünnes Haar nur hatte er auf dem Kopf und das offene Auge flatterte über die Tischplatte. Ob sie denn müde sei von der Reise und ob sie Hunger habe und Durst und ob sie denn einen Doktor kenne in der Stadt, der Maria helfen könne, Maria kann nicht mehr stehen.

Hinter der Tür stand Onkel Sepp und in dem Moment spürte Minna, dass es ernst war, dass sie jetzt nicht mehr gehen konnte. Wenn Onkel Sepp, der Knecht, nicht auf dem Feld war und im Stall, so war er im Wald, er kannte all die Hirsche und Böcke im Umfeld, er wusste, welches Kitz zu welcher Geiß gehörte, er wusste, welches schwach war und den Winter nicht würde überleben, und zog manchmal auch eines außerhalb der Jagdzeit am Geweih nach Hause.

Ob sie denn einen Doktor kenne in der Stadt, der Maria helfen könne, rief da nochmals die Mutter, und Minna erschauerte, als hätte man sie geweckt. Der Doktor hier könne nichts machen, er habe ihnen gesagt, man könne da nichts machen, man könne nur zuschauen und beten.

Maria hatte die Grippe gehabt vor wenigen Tagen, und das mitten im Sommer. Fieber hatte sie und Gliederschmerzen und Halsweh und Schnupfen, es sei schon alles wieder besser gewesen, da sei es wiedergekehrt, das Fieber, und jetzt könne sie nicht mehr gehen. Schlecht war ihr auch und erbrochen hatte sie und steif und schwach war sie, die Beine hielten nicht mehr.

Rosina umarmte Minna und Minna ging endlich die Mutter grüßen und den Vater und den Onkel und Klara und Maria, und die Sonne stand nun tiefer und ein Strahl bahnte sich an der hohen Kiefer vorbei den Weg durch das Stubenfenster ins Innere des Zimmers. Magdalena holte unter der Decke die Leibschüssel heraus und ging hinaus auf den Gang, um den Inhalt in den Ofen zu werfen, der von außen beschürt wurde, der Kot, das hatte Kreszenz oft gesagt, den Kot soll man verbrennen, der Kot ist auch krank.

Ora pro nobis peccatoribus, sagte Magdalena leise und sah in die Flammen und Johann war hinter sie getreten und sagte, jetzt und in der Stunde unseres Todes, Amen. Kniend nahm sie seine Hand und zog sich hinauf und fühlte sich so schwer mit einem Male, dass sie sich lehnen musste an ihren humpelnden Mann.

Kreszenz hat so viel gewusst, sagte sie an ihn gelehnt, vielleicht hätte sie gewusst, wie gegen dieses Fieber kämpfen, wann hört es endlich auf, das Sterben.

Am Abend konnte Maria kaum mehr atmen, am nächsten Morgen war sie tot. Es war, als hätte ihr eine Lähmung das Herz gestreift, tot lag sie da, und die Mutter war keinen Moment von ihr gewichen. Zwei Kinder in nicht zwei Jahren, schreien wollte sie, einfach nur schreien, und sie saß da in sich zusammengesunken und brachte kein einziges Schluchzen heraus.

Der Vater drückte Maria die Augen zu und faltete ihre Hände und küsste sie auf die Stirn und ging dann wortlos in den Stall nach dem Vieh zu sehen, das man zu versorgen hatte und mit dem man zu reden hatte wie mit den Menschen, jeden Tag.

Nachdem auch Minna ihre Schwester geküsst hatte, schickte sie Klara und Rosina zur Nachbarin, die einen Bruder hatte unten im Tal, der Zimmermann war, und sie sandte sie dann zum Pfarrer, und nachdem sie alle fort waren und das Haus schweigend, nahm sie das weiße Bahrtuch aus dem Schrank und entfaltete es und schüttelte es und prüfte, ob in all den Jahren keine Motten Löcher in das Tuch gefressen hatten. Das weiße Bahrtuch war nicht oft benutzt worden, Gottseidank, dachte sie, meist war das schwarze üblich, meist entfaltete man jenes über dem Sarg. Das weiße aber hatte in Jugendjahren die Mutter der Großmutter gestickt, mit rotem Faden hatte sie ein Herz aufgestickt und Dornen, die sich darum rankten, das ganze Tuch hatte sie mit einem roten Blumenmuster umrandet, für Jünglinge und Jungfrauen, stand darauf in säuberlich gestochener Schrift. Viele hatten es ihr gleichgetan im Dorfe, Jünglinge und Jungfrauen sollten nicht von einem schwarzen Tuch umhüllt zur Bestattung begleitet werden, das Unschuldsweiß war ihre Farbe, und unschuldig bist du gewesen, Maria, wenn ich gewusst hätte, das du heute gehen wirst, dann wäre ich eher gekommen.

Warum der Vater der Schwester nicht nur den Mund, sondern auch die Lider zugedrückt hatte, das hatte Minna nicht verstanden, aber sie fragte nicht, sie brachte der Mutter heißes Wasser mit etwas Schnaps und Tee und fragte leise, ob sie ihr behilflich sein dürfe, beim Waschen und Schmücken der Leiche. Nur den Alten hatte man doch stets die Augen geschlossen, jene Marias waren so hell gewesen und groß.

Nachdem sie Maria hergerichtet hatten und ihr mit Minnas Puder sogar die Wangen betupft, dass sie wunderhübsch aussah und lebendig, nachdem sie die ganze Nacht gewacht hatten und gebetet und die Luft schon stickig geworden war im Raum, nachdem sie Abschied genommen hatten von Maria und die Männer gekommen waren sie holen, nachdem sie sie umgebettet hatten in den Sarg und das weiße Tuch mit dem roten Rand, auf dem sie gelegen war, über die Holztruhe gelegt, nachdem die Familie gegangen war hinter den Männern mit Kerzen und Rosenkranz, war Magdalena in ihr Zimmer hinauf. Sie ging nicht mit, sie ging in ihr Zimmer und stellte einen Stuhl vor die Tür und war dankbar, dass man sie ließ und nicht drängte, und blieb zwei Tage dort, bis sie beschloss, dass es so nicht sein konnte.

Es war der Tag, an dem Rosina beschloss, Hebamme zu werden. Sie wollte gesunde Kinder auf die Welt bringen und mehr lernen als nur das. Sie wollte zur Stelle sein, wo der Doktor versagt.

Es war der Tag, an dem Johanna nicht mehr Minna heißen wollte.

28. Februar 1947

Als Peregrin wieder auszog und die Mutter ihn den Schutzengeln empfahl

Aus dem Flachs hatte der Weber im vergangenen Winter neue Tücher gewoben, sie selbst hatte die Hände offen und geschwollen gehabt vom Schlagen und Brechen der Fasern, bis sie weich genug waren, um verarbeitet zu werden. Ausgebreitet lagen die Tücher nun auf den Tafeln, sparsam verbröselte sie darauf noch Samen und Kerne und grob gemahlenen Schrot. Einen ganzen Tag lang hat sie ihn quellen lassen, damit er das Brot gschmackig mache und feucht und weich. Peregrin sah ihr lange schweigend zu, als sie portionenweise den Teig auf den Tüchern verteilte, trug dann die Bretter hinter den Stall, wo das kleine Backhaus stand. Es ist dein Roggen, Peregrin, hatte sie gesagt, es ist der Roggen, den du mitgebracht hast, er ist so gut geworden.

Bald würde er den Hof verlassen und als Wanderhändler gehen. Pagliaccio non son, das hatte sich eingeprägt von der wunderbaren Arie in einem Gastlokal, in dem er als Soldat gewesen. Ein Grammophon stand da auf einem Flügel, der zugedeckt war von einer schwarzen Decke, die aussah wie ein Bahrtuch, und darauf drehte sich eine Platte aus Schellack, Enrico Caruso sang die Arie, das wusste er noch, und dass es ihm die Tränen in die Augen trieb, das wusste er auch noch, und er dagegen nichts machen konnte, bis ein Kamerad ihm auf die Schulter klopfte und fragte, ob es ihm denn gleich gegangen sei mit seinem Mädchen. Es trieb ihn hinaus, auch wenn er nicht gern ging, er wollte wandern, es war der Hof des ältesten der Brüder und es war ihm recht so. Nicht nur die Arie hatte ihn berührt, die Stimme hatte sich eingeschrieben, die Oper an sich. Sollte er einmal Söhne haben und Töchter, würde er sie in den Kirchenchor schicken. Sollte er einmal das Geld haben, würde er ein Grammophon kaufen.

Etwas Kostbrot sollte er mitnehmen, sagte die Mutter, das bringt Glück. Mit den teigigen Händen wischte sie sich eine Strähne aus dem Gesicht und lächelte ihm aufmunternd zu, wo bist du denn schon wieder mit deinen Gedanken. Große Augen hatte sie, nicht waagrecht schienen sie geschnitten, an den Schläfen hin fielen sie ab die Lider und auch die Augenbrauen wuchsen tief hinunter, fast bis zum Ohrenansatz. Ihre Haare waren ergraut, aber die Wimpern, sie waren immer noch lang und dicht und dunkel. Peregrin Tschugguel kannte kein Gesicht der Welt, das gütiger ausgesehen hätte als das seiner Mutter. Als das erste Brot fertig war, holte er es mit einem langen Stock aus dem Ofen, wälzte es im Mehl und schichtete es in einen Korb. Sie bekreuzigte einen Laib und brach ihn und gab Peregrin ein Stück, er erinnerte sich daran, dass er als Kind gerne zu viel gegessen hatte vom warmen Brot, mit Nüssen darauf und Samen und gestoßenem Korn. Es wäre ihm im Magen gelegen und es musste auch reichen eine Zeitlang, viermal im Jahr nur wurde gebacken.

Ich habe gestern Gerste geröstet, sagte sie, wenn du sie in Wasser quellen lässt und sie aufkochst, gibt das einen guten Kaffee, nimm dir auch davon.

Am nächsten Morgen schnallte er sich den Kasten mit den vielen Schubladen auf den Rücken, suchte die Mutter im Garten, nahm ihr Gesicht und küsste sie auf die Wangen und richtete es so ein, dass die Wimpern ihn streiften. Er umarmte den Bruder auf dem Feld und ging. Die Mutter sah ihm nach, bis er hinter den Bäumen verschwand.

Versprich mir, mein Sohn, dass du glücklich wirst. Versprich mir, dass du wiederkommst, jedes Jahr einmal, jeden Winter, wenn kein Bauer einen Saatguthändler braucht. Ich möchte einmal, nur einmal möchte ich alle meine Kinder um mich versammelt haben, einmal alle am Tisch. Peregrin, du kannst wandern, du kannst sie besuchen, deine Geschwister, bitte lade sie ein, sag ihnen, dass ich sie liebe, auch wenn ich sie weggeben musste. Sag ihnen, sie sollen kommen, sag ihnen, dass sie hier Platz haben, jetzt, die Zeiten sind anders geworden. Sag ihnen, dass ich hier bin und auf sie warte, ich möchte so gern euch alle einmal an meinem Tisch haben, in unserer Stube.

Dreizehn Kinder hatte Rosa, Peregrins Mutter. Als Kaiserjäger war vor langer Zeit ihr Mann in ihr Dorf gekommen, das damals nur jenseits der Berge lag, aber noch nicht jenseits der Grenze. Die Teilung des Landes in zwei kam erst später, ein Jahr nach ihrer Heirat mitten im Krieg. Fast alle ihre Brüder waren nach Amerika gegangen, nur der älteste war geblieben am kleinen Hof, sie war Lehrerin und liebte die Kinder und war angetan von seiner stattlichen Figur und dem schönen Schnurrbart und ging mit ihm und litt, als Krieg und Geschichte zwischen sie und die letzten Verwandten einen Strich zogen.

Als er sie wenige Tage nach der Hochzeit gebeten hatte, ihm Polenta zu kochen, war sie entsetzt gewesen, bei ihr daheim hatte das nur das Vieh bekommen. Inzwischen kochte sie es wöchentlich, es war nahrhaft und billig zu tauschen, anfangs hatte sie oft nicht gewusst, was ihnen kredenzen, den kleinen Mäulern, die Hunger hatten. Es war nicht so, dass es nach dem Krieg gleich viel mehr gab als währenddessen, der Hunger war das täglich Brot.

Dreizehn Kinder hatte Rosa, die Mutter des Peregrin. Ein Missionar war wohl einst im Dorfe gewesen und hatte einen Vortrag gehalten, dass es Tage gäbe, an denen die Frauen fruchtbar wären und solche, an denen sie nicht fruchtbar seien. Dreizehn Kinder hatte Rosa, die manchmal nicht wusste, was ihnen Warmes kochen.

Als ihr Mann starb, mit dem sie nicht reden konnte über fruchtbare und unfruchtbare Tage, hatte sie die mittleren Kinder weggeben müssen, zu anderen Familien. Die großen konnten schon helfen im Stall und auf den Almen, die kleinen hingen an ihr.

Dass ihr Mann reden konnte, das wusste sie. Er hatte ihr oft von seinem Hof erzählt, damals als fescher Kaiserjäger, hatte ein Leben ausgemalt, das besser sein musste als jenes, welches ihre Brüder weit über das große Meer getrieben hatte. Dass er schwieg, wenn sie ihm zu erklären versuchte, dass sie müde war, dass sie Kraft sammeln musste, hatte sie oft daran gehindert, zu essen, obwohl sie Hunger hatte. Zu schweigen, obwohl man reden konnte, das war schwer zu verzeihen. Nur wer nicht reden konnte, wer nicht ist, der durfte schweigen.

Als sie sagte, dass sie müde war und der Tag schon so lang, tat er, was er sonst auch tat, wenn sie schwieg, er kam über sie und sie ließ es geschehen.

Eine Frau hatte Kinder zu haben, das war ihre Pflicht, und je mehr sie hatte, desto mehr galt sie und desto mehr galt ihr Mann Pir. Aber was nützte es ihr, wenn sie sie weggeben musste, als er starb und die großen im Krieg waren und bei jedem einzelnen brach es ihr fast das Herz, als sie sie schreien hörte beim Weggehen und nicht wusste, ob sie es denn wirklich besser haben würden an einem fremden Hof. Ob das Zuhause nicht wichtiger war als das Paar Schuhe und die tägliche Suppe und das tägliche Brot, die Frage hatte sie sich oft gestellt und sie hätte wohl die Antwort gefunden, wenn Liebe nähren könnte.

Ihr werdet aus dem Bauch geboren, sagte Rosa stets ihren Kindern, und bevor es sich nicht anfühlt, als müsstest du sterben, bevor du das nicht glaubst, wirst du das Kind nicht kriegen, sagte Rosa zu ihren Töchtern.

Kinder sind nicht mit den Mücken geflogen, Kinder werden auch nicht vom Pfarrer aus dem Bach gefischt und zur Aufbewahrung in den Krautzuber gesteckt. Bevor du nicht glaubst, dass du stirbst, bevor du das nicht glaubst, wirst du das Kind nicht kriegen. Kinder werden auch nicht aus dem Teich gefischt und auch nicht aus einer Lacke und nicht aus einem Brunnen. Beim dreizehnten Kind hat es genauso geschmerzt wie beim ersten. Kinder werden auch nicht aus einem Baum geholt, nicht aus einem hohlen und nicht aus einem faulen. Es gibt Tage, an denen die Frauen fruchtbar sind, und solche, an denen sie es nicht sind. Kinder werden auch nicht von der Hebamme in der Tasche gebracht, nicht vom Storch kommen sie und nicht vom heiligen Nikolaus. Es gibt Pflichten, die die Frauen zu befolgen haben. Kinder werden auch nicht aus Steinen gewonnen, nicht aus dem Knottn da oben und aus dem Findling dort drüben.

Zwei Kinder sind Rosa gleich verloren gegangen, eines war schon ganz blau und seit Tagen tot, das andere war mit dem Kopfe oben gelegen und die Nabelschnur war um den Hals gewickelt und kein Drücken und Massieren der Hebamme half, es zu befreien, tot gebar es die Mutter und kein Schütteln und Schwingen half, es für die Taufe zu wecken. Als die Hebamme dem Kind eine Feder unter die Nase legte, damit diese sich doch noch bewege, damit dies ein Zeichen sei, dass noch Atem war in dem Säugling, als die Hebamme dem Kind eine Feder unter die Nase legte und diese sich tatsächlich bewegte, als die Hebamme dann rief, dass es nicht zu spät sei für die Taufe, dass das Kindlein könne gerettet werden, dass die Mutter sich freuen solle über das Englein im Himmel, da hatte Rosa nur müde lächeln können. Sie war es gewesen, die geblasen hatte, weil sie an Gottes Schicksal nicht immer glauben konnte. Rosa war fromm und sie war gehorsam und gläubig, aber was ihr geistlos schien, das befolgte sie nicht.

Kinder kommen auch nicht vom Himmel und nicht von der Luft und nicht vom Christkind und nicht von der Muttergottes. Pir aber hatte kein Einsehen und sie ging zum Pfarrer zur Beichte, wenn sie mit dem Gatten geschlafen an einem unfruchtbaren Tag. Kinder findet man nicht im Straßengraben und man kauft sie nicht am Jahrmarkt oder bei einem Hausierer. Zwei Rosenkränze trug der Pfarrer ihr auf und als der Mann starb, so schmückte sie den Grabhügel mit frischen Kiefernsprossen und malte mit den Zweigen ein Alpha und ein Omega auf die dunkle Erde und der Pfarrer fischte ihr kein Kind mehr aus dem Bach und holte keines mehr aus dem Zuber. Kinder stammen vielleicht vom lieben Gott, vielleicht schickt er sie und macht, dass Kinder entstehen, aber kommen tun sie aus dem Bauch der Mutter. Bevor du nicht glaubst, dass du stirbst, bevor du das nicht glaubst, wirst du das Kind nicht kriegen.

Auf dem Emailbild am Friedhof sah Pir selbst aus wie ein Prediger, mit seinem hellen, gekräuselten, im Alter unter dem Kinn spitz zulaufenden Bart und den hohen Wangenknochen und den langen Koteletten, die sein ohnehin schmales Gesicht noch länger machten. Er war ein fescher Mann gewesen, bis zuletzt, und sie hat ihn gemocht, ob es Liebe war, das wusste sie nicht zu sagen. Die Kinder mochte sie anders, nach ihnen verzehrte sie sich.

Kein einziges, auch das sagte Rosa ihren Kindern, kein einziges von euch würde ich missen wollen. Ich würde euch alle wieder empfangen und auch auf die Welt pressen würde ich euch wieder, jeden einzelnen von euch, auch die zwei, die gestorben sind, möchte ich nicht missen, Liebe wird mehr, je mehr wir sind.

Da alle vier Söhne aus dem Kriege heil zurückgekehrt waren, hatte Rosa, die Witwe, die keine fruchtbaren Tage mehr hatte und keine unfruchtbaren, vor kurzem ein Pflegekind aufgenommen als Zeichen des Dankes, und sie kümmerte sich um jenes, als ob es das eigene wäre. Genoveva hieß es, und es war dreizehn Monate alt, als es zu Rosa kam. Seine Mutter war Rot-Kreuz-Schwester gewesen und war Dienstmagd und stammte von da, wo Rosa her kam, wo Sitten und Bräuche und Dialekt der Menschen gar nicht so anders waren als hier. Das Kind sollte es gut haben, hatte sie gemeint und hatte lange gesucht nach einem guten Platz, zu viel erzählt hatte man ihr von Pflegemüttern, die schreiende Kinder frisch gebadet ohne Häubchen ans offene Fenster legten. Das war vielleicht früher so, hatte Rosa sie zu beruhigen versucht, aber die Mutter des Mädchens war ernst. Das Kind hat nur mich, und ich habe nur das Kind, sagte sie, der Rest ist Staub, ich möchte im Alter eine schöne Erinnerung haben an das Kind und das Kind soll eine schöne haben an seine Kindheit.

Rosa hatte schon einen Enkelsohn am Hof, Romedius hieß er, der erste Sohn ihres eigenen ersten Sohnes, der den Namen Severin trug, und die Schwiegertochter war wieder in guter Hoffnung, und Peregrin wunderte sich über die Kraft und den Willen, der in seiner Mutter steckte. Vielleicht wollte sie erfahren, dass man auch ein fremdes Kind lieben könne wie ein eigenes; vielleicht wollte sie wissen, dass es auch ihren Kindern gut ergangen war bei den Fremden.

Und wenn ich prophetisch reden könnte und wüsste alle Geheimnisse und alle Erkenntnis und hätte allen Glauben, so dass ich Berge versetzen könnte, und hätte die Liebe nicht, so wäre ich nichts. Paulus schrieb aber auch an die Korinther, dass der Mann ein Abbild Gottes sei und die Frau nur ein Abbild des Mannes. So hat es der Pfarrer immer wieder gesagt. Das kann ich nicht verstehen. Denn wir stammen von Gott und die Männer werden von den Frauen geboren. Männer haben keine Schmerzen und keine Kinder im Bauch.

Peregrin hatte Genoveva in den Armen gewiegt, hatte ihr vorgesungen, hatte Clown gespielt und Bariton. Und hatte ihr zugeschaut, wie sie an den offenen Schrank gekrabbelt war, sich hochgezogen hatte, auf ihren runden Sohlen balancierte, wie sie an den Schubladen seines Schulterkastens zog, sie zu öffnen versuchte, mit neugierigen Fingern das Holz befühlte. Das war der Moment, der ihm bewusst machte, dass er sein Wandern nicht mehr würde aufschieben dürfen. Er nahm vorsichtig alle Laden heraus, entfernte mit einem Pinsel die Eier der Motten, spülte jede Ecke mit Essigwasser, stellte die Laden in die Sonne zum Trocknen, holte seine Samensäckchen aus dem Dachboden, sortierte sie und ging, um der Mutter von seinem nahenden Aufbruch zu erzählen.

Als er noch klein war, und der Vater noch lebte, und die meisten seiner Geschwister noch kleiner waren als er, hatte Rosa, seine Mutter, manchmal das Bedürfnis gehabt, jedem der Kinder etwas zu geben, für jedes Kind einen Augenblick da zu sein, einen Augenblick nur zu zweit sein, das Kind mit der Mutter. Manchmal legte sie sich mit den Kleinen ins Bett und hielt sie mit Armen und Beinen, da sie zwei Hände nur hatte, versuchte mit Armbeuge und Knie und Gesäß jedes irgendwie zu berühren. Manchmal aber ging sie alle der Reihe nach ab, wenn sie schliefen, legte ihnen für lange Sekunden die Hand auf den Kopf, küsste sie auf die Stirn und bat die Engel, die Kinder zu beschützen und zu segnen und zu begleiten an diesem Tag und auch am nächsten.

Jede Früh dankte sie den Schutzengeln und gab jedem einzelnen ein Kreuz auf die Stirn, wenn die Kinder sich auf den Schulweg machten, auch wenn es nur wenige Schritte waren. An Geister glaubte Rosa nicht, sie vertraute den Engeln und verehrte die Muttergottes. Am Gedenktag der Lourdesmutter, am 11. Februar, war sie geboren worden.

Das alles ging Peregrin durch den Kopf, als er am späten Vormittag den Hof der Kindheit wieder hinter sich ließ. Rosa hatte ihm alle Segenswünsche mit auf den Weg gegeben, fesch sah er aus mit dem weißen Hemd und den hellbraunen Dreiviertelhosen und der dunklen Jacke, eine Frau wird dich lieben, eine Frau wird dich noch mehr lieben, wenn du sie nicht zwingst, lass sie auch müde sein, Peregrin, du bist es manchmal auch, Gott beschütze dich, auf allen deinen Wegen. Einmal im Jahr, vor der Aussaat, da würde er wiederkehren, das versprach er. Peregrin war der Zweitälteste und er war der Sohn, in dem sie sich selber wiederfand, vieles von sich und auch ihrem Vater, er war der Sohn, mit dem die Mutter am liebsten sprach.

18. September 1949

Als die Glocke das letzte Mal geläutet ward und Peregrins Heimat im See versank

Das Jahr hatte so gut begonnen. Severin, Rosas Ältester, hatte im Sommer noch einen Erben bekommen oder eigentlich gleich noch zwei zu Romedius und Josef dazu. Zwillinge gebar die Bäuerin, ein Mädchen endlich und dann den Bub, der kleiner war als das Mädchen, sehr blass und wenig hungrig und schwach, aber sie würden ihn schon aufpäppeln, Rosa, die Nouna, sie würde ihn schon hochbringen mit dem weichen Brot, das sie in Ziegenmilch tauchte und ihm in den Mund schob, die Schwiegertochter mochte sie gerne und Rosa war zufrieden mit ihr.

Von einem der abziehenden Soldaten aus Übersee, die vorübergehend Ruhe ins Land gebracht und den Schulkindern Kaugummis geschenkt hatten, hatte Severin einen Jeep erstanden. Er ließ ihn umschreiben, vom Zweiachser zum Vierachser, konnte einen Anhänger befestigen und ihn für die Landwirtschaft gebrauchen, durch hüfthohes Wasser konnte er ihn lenken und auch ins größere Nachbardorf konnte er fahren, das an der Hauptstraße lag zu Pass und Grenze, nicht unweit von hier, am Rande prächtiger Wiesen und ebener Felder. Auch einige Almwiesen bergaufwärts hatte er und es war viel Arbeit im Sommer, das Heu und das Getreide einzubringen und das Vieh nach oben zu treiben.

Es war nicht einfach gewesen nach des Vaters Tod und nach der Rückkehr, die Familie hatte sich erst wieder finden müssen nach dem Krieg, Kind für Kind hatte die Mutter sich zurückgeholt, die sie hatte in Kost geben müssen bei besser gestellten Bauern, Kind für Kind war zurückgekehrt, wenn auch nur, um versöhnt ein zweites Mal ins eigene Leben zu ziehen.

Dieser Sommer war gut gewesen und Severin auch ein Geschäftsmann.

Das Petroleum war billig und die Investition eine Sensation für Familie und Nachbarschaft. Natürlich, es war schon ein Vermögen, das er ausgegeben hatte, aber der Krieg war vorbei und so schnell würde keiner mehr einen beginnen. Es würde sich lohnen, dachte Severin, und er hatte tatsächlich Gespür und Nase.

Den Jeep und den Anhänger würde Severin in diesem Jahr noch öfters brauchen, als ihm lieb war. Arbeiter kamen und begannen, eine Staumauer zu errichten, und das Wasser in den Seen begann zu steigen, die die Dörfer von der Straße trennten, und aus den drei Seen wurde ein einziger, und eine neue Straße wurde oberhalb des alten Dorfes gebaut, und gesprengt wurde, und gestaubt hatte es und die alten Häuser und das Vertrauen der Menschen erschüttert. Das Wasser begann zu steigen, das Schulhaus war das erste, das überschwemmt wurde, dann kamen manche Höfe, dann kam die Kirche und als die Bagger am Friedhof auffuhren und ein Grab nach dem anderen aushoben und hinaufbrachten auf den Hügel, auf dem die Kapelle der Heiligen Anna stand, da wussten alle im Dorf, dass kein Protest half und kein Schreiben an den Papst und kein Zusammenbrechen vor der Ungerechtigkeit.

Die Arbeiter hatten begonnen, uniforme Häuser am Hügel aufzubauen, aber sie waren noch lange nicht fertig, als das Wasser immer höher stand, und in Baracken mussten Hab und

Gut und Betten und Truhen gebracht werden und die jungen Männer, die keine Bräute hatten und keine Felder und keine Aussicht auf eine Zukunft, die gingen, gingen über die Grenze und verdingten sich dort.

Mit dem Jeep fuhr Severin auf und ab und verlud, was ging, und half den anderen zu verladen, was nicht morsch war oder gemauert. Das Stroh nahmen sie vom Dachstuhl und Ziegel und Balken und alles nahmen sie mit, was irgendwann vielleicht noch dienen konnte. Manch Alter wollte sich weigern zu gehen, und nur mit Gewalt zogen sie einen aus dem Fenster des ersten Stockes, weil aus der Tür kein Entkommen mehr war.

Das Vieh und die Katze waren das erste gewesen, das Severin hinaufgebracht hatte ins neue Haus, das noch unverputzt war und ohne Scheiben. Das Vieh war geblieben, die Katze aber war immer wieder davongerannt und saß am Ufer und jaulte, wenn der Wind die eine oder andere Welle auf ihre Schnauze peitschte.

Stanislaus, der alte Nachbar, nahm sich das Leben. Die erwachsenen Söhne fanden ihn, wie er da lag im baren Stadel, aus dem sie das Heu schon weggebracht hatten, im Sonntagsanzug und mit der dunklen Hochzeitskrawatte, glatt rasiert und den Rosenkranz zwischen den Fingern. Jaheiligerstrohsack, ist er denn völlig verrückt, hatte der eine im ersten Moment geschrien. Er lag am Boden im Erbrochenen und krümmte sich vor Schmerz und Kälte und Lähmung und hatte wohl Zyankali geschluckt und Goldregen und was er sonst noch gefunden hatte, wer weiß wo, an Schädlingsbekämpfungsmitteln und Rattengift. Er war schon der Ohnmacht nahe und zog verkrampft nach Luft, die Söhne, als sie begriffen hatten, setzten sich zu ihm und hielten seinen Kopf und ließen ihn gehen, ohne zu rufen und ihn aufzuhalten, weil dies sein Wunsch gewesen war und das Wort des Vaters entscheidender war als der Versuch und die Pflicht, ihn und sich selbst vor Schande und Todsünde und Gerede zu retten. Er habe ein Elmsfeuer gesehen an der Turmspitze, ganz oben, wo das steile Dach der St. Nikolauskirche in das Kreuz übergehe, das mit dem Wind stehe und manchmal nach da schaue und manchmal nach dort, da habe er ein Leuchten gesehen, hatte er vor Tagen den Söhnen berichtet, der Blitz werde sie treffen, hatte er noch geraunt.

Rosa, die zeitlebens nie ohne Beschäftigung gesessen war, hockte an diesen Tagen auf einem Melkschemel vor dem Erdreich des neuen Hauses, aus dem ein Garten werden sollte. Sie tat nichts, sie tat nichts von dem, was sonst ihre Art gewesen war. Sie lief nicht hin und her, mit nassen Händen, die sie an der Schürze trocknete, mit dem Abfall für die Schweine, mit den Krumen für die Hühner, mit Küchenmesser und Korb, sie saß mit dem Strickzeug im Schoß, hatte die Kinder um sich versammelt, erzählte ihnen, was sie selbst von ihrer Nouna gehört hatte, erfand allerhand Märchen von Prinzen und Prinzessinnen, die dem Wasser entsteigen, sprach mit dunkler Stimme und machte es ihnen leicht, das Fortziehen von einem Hofe, der seit Generationen der Familie ihres verstorbenen Mannes gehörte, machte es ihnen leicht, das Ankommen, indem sie sie Wasser hertragen hieß und sie bauen ließ mit der dunklen teigigen Erde, Schlösser und Häuser und Straßen für die Murmeln. Es gab hier keine Wellen und kein Wasser, das steigen und überfluten und zerstören konnte, es gab höchstens Wind und manchmal die eine oder andere Kuh, die am Abend beim Heimweg in den Stall einen Haken schlug und die Stadt der Kinder zertrat.

Manchmal schaute Rosa nach oben, zu den Baumwipfeln und durch sie hindurch. Wenn sie himmelwärts schaute, dann hielten die dichten Wimpern das Nass, wenn sie nach unten schaute, dann drohten die Tränen zu kippen.

Es war nicht mehr möglich gewesen, die elf Kinder in der alten Stube zu vereinen, alle waren gekommen, der Reihe nach, aber nicht zugleich, Severin hatte den Tisch bereits weggebracht, an dem man schon vor zweihundert Jahren gesessen war, und Speck und Kerben geschnitten hatte und manches Glas Wasser und Wein verschüttet. Es musste einerlei sein und es war auch einerlei, die Mauern mussten warm sein, egal ob der Verputz schon verblichen war oder frisch. Das Leben, das sind wir selbst, dachte sie.

Eine kleine Kapelle auch hatte der Konzern gebaut, der verantwortlich war für den gestauten See. Eine Kapelle mit eckigen Fenstern und spitzem Dach, und Rosa wollte es nicht erwarten, bis wilder Wein und Bäume sich rankten, dass sie sie nicht mehr sehen konnte, die Kapelle, die ihr wehtat, ihrem Glauben an das Runde, das Raum lässt für freie Gedanken. Rosa konnte nicht ausstehen, was spitz und kantig war, für die neue Küche hatte sie sich einen runden Tisch gewünscht und verwunderte Blicke ignoriert.

Es war Sonntag, der Tag des Heiligen Lambert, der mahnte, die Kartoffeln zu ernten, dem Boden das Gerippe zu lassen, man darf nicht nur nehmen, das sagte auch Rosa stets, man muss auch geben der Sommererde, damit sie ruhig werde im Winter. Der schwere Hammer würde heute ein letztes Mal auf die Glocke niedersausen, die Glocke, die umsonst Sturm geläutet hatte, als das Wasser das erste reife Gras im Juni flachgelegt hatte, die Glocke, die man in der Stadt nicht hören wollte, in der man all dies beschlossen hatte, sie würde ein letztes Mal vom Hammer geschlagen. Morgen sollte sie geholt werden und am Dienstag wurde die Kirche gesprengt, die Mauern waren blank, Seitenaltäre und Fresken abgenommen, weiß stand sie da wie eine verputzte Ruine. Kinder waren mit den Booten bei der einen Tür hinein gerudert und bei der anderen hinaus, hatten mit verkohlten Holzstücken ihre Namen auf die Mauern gemalt und Herzen und dass der Isidor und die Lena verliebt seien und die Katharina und der Ossi ein Paar. Der Spaß war gefährlich, der Sand unter dem Wasser hielt nicht, es musste gesprengt werden, alles was gebaut war von Menschenhand, auch das gewaltige Haus des liebevollen St. Nikolaus, des Patrons der Seeleute und Flößer, nicht nur der Bauern, der Feuerwehr und Korn- und Samenhändler, der Kinder und Reisenden, auch die weitum sichtbare Kirche des Heiligen von Myra musste fallen, der angerufen wurde bei Wassergefahr und Seenot.

Gerade er, hatte Rosa gedacht, gerade er muss untergehen, der Schutzpatron vor dem drohenden See, hatte sie gedacht und sich erinnert, dass auch er selbst Tempel hatte niederreißen lassen, jenen der Diana, einer heidnischen Göttin, wie sie es im Religionsunterricht gelernt hatte.

Der Motor des Jeeps war noch warm und im Anhänger waren Kisten, die verstaut gehörten, bevor es anfing zu regnen, als Severin seine Frau rief und Rosa und Genoveva, die vier Kinder und seine drei Geschwister, die noch am Hofe wohnten, Gertrud war noch ein Mädchen, und die Brüder hatten sich noch nicht entschieden, ob sie auswandern wollten oder bleiben.

Und Gott sprach: Es sammle sich das Wasser unter dem Himmel an besondere Orte, dass man das Trockene sehe. Und es geschah so.

Gemeinsam gingen sie hinunter, in Richtung Kirche, suchten sich im Freien vor dem Hauptportal einen Platz, von dem aus sie den Pfarrer sahen und das Allerheiligste und die Ministranten, die Fahnenträger und die Frauen in den Schnürmiedertrachten und die Männer in den weißen Hemden, die ihr Schicksal teilten, und jene des Nachbardorfes, die bald dasselbe Schicksal ereilen würde. Rosenkranz beteten sie und sie sangen und dann erst begann der Gottesdienst, eine lange vermisste Stille lag über den nackten Häusern und der Pfarrer blätterte in der Bibel und hub an zu lesen: *Der HERR ist mein Hirte, mir wird nichts mangeln. Er weidet mich auf einer grünen Aue und führet mich zum frischen Wasser. Er erquicket meine Seele. Er führet mich auf rechter Straße um seines Namens willen.*

Wenn wir darauf vertrauen, können wir neu beginnen, sagte Severin zu seiner Frau, nachdem sie zitternd die Zunge herausgestreckt hatten zum Erhalt der Heiligen Kommunion und aus den gefalteten Händen wieder in die Ferne schauten. Und Rosa dankte Gott, dass ihr Mann schon lange verstorben war und nicht sehen musste, wie sein von Groß- und Urgroßeltern ererbtes Haus im Wasser versank. Der Rahm wird auch im neuen Haus zu Butter werden, und den Hühnern wird es einerlei sein, wo sie ihre Eier legen.

9. November 1949

Als Moshe zu gehen beschloss, weil ihm Neues notwendig schien

Es gab für ihn nichts Schöneres, als im Himmel zu lesen, stundenlang lag Moshe auf seinem Rücken im Sand, schaute nur hie und da nach links und rechts zu den Ziegen und schaute hinauf, beobachtete die Vögel und Wolken, prägte die Farben sich ein und hörte dem Wind zu und der Luft, lernte in die Luft zu hören und zu riechen, ob das Wetter umschlug. Mit dem Vater war er in der Stadt gewesen, der Vater hatte Felle mitgenommen und zwei Ziegen und drei Schafe und Moshe hatte seine Taschen voller Steine und Fossilien, karmesinrosa Kobaltblüten, versteinerte Muscheln und Korallen, Amethystdrusen und Wüstenrosen, auch Münzen von den vorbeigezogenen Soldaten hatte er gefunden, herzeigen wollte er sie, er war nicht willens, sie zu tauschen, es waren Botschaften einer weiten Welt.

Die Felle getauscht und die Ziegen und die Schafe hatte der Vater in der Stadt und dafür einen Sack Reis und zwei Säcke Hirse bekommen, um die nächsten Monate seiner Familie zu sichern. Sie waren friedliche Bauern am Rande des ewigen Sandes, Stoppelgras wuchs, wo sie lebten, und auch Hirse und Reis wuchsen dort und saftige Sträucher, wenn nicht fliegende Heuschrecken über sie hinwegfegten wie ein Sturm und Äcker und Bäume hinterließen, als seien sie die nackten Zeugen einer Totenstadt. Seine Palme war ein Skelett geworden dieses Jahr, die Ernte des Herbstes war gefressen, weil ein Schwarm sich verirrt hatte auf dem Weg der üblichen Plage.

Einmal waren sie in eine Moschee gegangen, hatten sich die Schuhe ausgezogen und die Füße gewaschen und waren hinein zu einem Gebet, waren gekniet und gelegen auf Lagen von Teppich, derer die Mutter viel buntere webte, mit Fäden und Farben, wie sie sie fand, wie das Leben sie bot. La Ilaha illa Allah wa Muaammad Rasuluhu, La Illaha il-Allah wa Muaammad Rasuluhu, la ilaha illallah muhammadur rasulullah, Moshes Gestammel ging unter im gemeinsamen Glaubensbekenntnis, er würde nie eine Schule besuchen, den Beginn des Korans aber hatte er auswendig gelernt. Als sie wieder hinausgingen und in ihre Schuhe schlüpften, regnete es. Bei euch regnet es wohl seltener, sagte ein Mann zum Vater, der den Vater wohl kannte, uns bringt das Meer auch anderes Wetter, eures ist immer gleich.

Nachts ist es kalt und untertags ist es warm, manchmal gibt es Wolken am Himmel und hie und da regnet es, dachte daraufhin Moshe, doch das Wetter in der Wüste, fand er, ist deswegen nicht gleich.

Er wusste, was Wind bedeutete und dass er den Sand pflügte und Dünen trieb und Hütten und Pfade begrub, er wusste, dass der Sand frühmorgens eiskalt war und grau und zu Mittag glühend heiß und blassgelb und am Abend tieforange und lebendig und blendendweiß bei Vollmond, er wusste, was ein Sandsturm war, der die Luft rosa färbte und violett und den Tag zur Nacht machen konnte und die Erde mit dem Himmel verschmolz, er wusste, wie die Schulter schmerzte und der Nacken am Morgen, wenn er nachts die Knie zu den Ellebogen zog und die Oberschenkel im Bauch vergrub, weil die Kälte unnachgiebig war, er wusste, was es hieß, sich in Decken zu hüllen und Schleier, um in der Hitze nicht zu gerben.

Er wusste, dass die Sonne eine Meisterin war, sie entwarf Bilder und schwang Monumente. Nicht unweit des Ortes, an dem seine Familie die Zelte aufgeschlagen hatte, ragten schwarze Felsen wie Kamelrücken aus der Landschaft, die Wind und Wasser und Gewalt und stetes Liebkosen des Sandes vor langer Zeit getürmt hatten und ausgehöhlt. Jeden Tag saß hier Moshe und beobachtete, wie Licht und Schatten Figuren zeichneten und Formen, Ungeheuer und Menschen erhoben sich aus den Felsen und entflammten seine Leidenschaft für nicht enden wollende Geschichten, die über Welten führten ohne Anfang und Ende.

Am Morgen der Torso einer sitzenden Frau, am Boden zusammengekauert, den Fladenteig knetend, die Schultern knöchern, eine Wildkatze, den Kopf vorgestreckt zum Tanze, ein zahnloser Fisch, das Maul geöffnet, ein Löwe im Schrei, eine Schildkröte, und zu Mittag bei steilem Lichte all dies eine

Herde von kleinen Männchen, ein jedes gebeugt vom Hunger und der Last der Einsamkeit, am Abend diese Herde lebendig und zum Aufbruch bereit, eine jede Figur gedehnt von innerer Kraft, die Füße zum Sprung bereit und die Hände gestreckt nach der greifbaren Ferne, das Murmeltier des Morgens ist am Abend ein Drache.

Moshe wusste vieles, und als er glaubte, dass er hier nichts mehr würde lernen können, als er glaubte, irgendwo anders Dinge zu erfahren, denen er in diesem Nichts auf jeder Landkarte niemals würde begegnen, wurde sein Wunsch zu fliegen zu einem Wunsch wegzugehen.

Der Vater hatte ihm ein uraltes Fahrrad gekauft, auf hartem Boden ging es gut und Moshe trat in die Pedale, bis sein Gesichtsschleier sich löste und hinter ihm her wehte wie der Mantel eines königlichen Reiters. Und trieb ihn der Wind von hinten, sah er bald nichts mehr, das Tuch flatterte ihm vor den Augen, das seinen Mund und seine Nase verdecken sollte, nicht nur, um vor der Hitze zu schützen und vor dem Sand, sondern vor den Geistern der Toten, die über Körperöffnungen einzudringen pflegten, um die Lebenden zu besetzen.

Moshe, der niemals würde lesen lernen, war es gewohnt, sich auch ohne Sicht zurechtzufinden.

Am Tage seines vierzehnten Geburtstages bat er den Vater, ihn in die ferne Stadt am Meer zu begleiten, er wollte die Erinnerung mitnehmen und alle erdachten Geschichten, er wollte lernen und Menschen sehen, die mit Luftschiffen kamen, und noch andere lebendige Felsen, er wollte sehen, wie sich die Wolken über dem Wasser fanden und entlang der Küste in Strömen ergossen.

11. August 1950

Als Peregrin mit Klara auszog, um den Segen zu erbitten

Die ganze Nacht hindurch hatte es geregnet, gegen Morgen klärte sich die Luft. Zwischen den Bergen lagen Wolken, das Auge, das sich sonst im trüben Gestein verirrte, nahm Wellen und Täler wahr, von denen es sonst wenig ahnte. Eine melierte Landschaft, das Dunkel der Bäume, das Weiß des Nebels, der aus den Abgründen trieb, ein Waldstreifen, ein Tal, wieder und wieder, durch das Licht markiert, das sich in den Mulden fing, die Berge, die sich erhoben, zerklüftet, Schatten und Halbschatten, Wände dazwischen. Namen hatten sie, die Täler und Gipfel, und die Gipfel meist nach den Almen, die darunter lagen, die Seen und Flüsse, die sich seit Jahrhunderten Wege schlängelten zwischen Anfang und Ende, er sah sie nicht, die Umrisse und das Blau und Grün, Namen waren ihm heute einerlei. Peregrin hatte sich verlobt.

Noch vor Morgengrauen begab er sich mit seiner Braut auf Wallfahrt; weißes Brot hatte er eingepackt und frischen Käse und Wasser. Eine leere Flasche, um sich den Segen mit heim zu nehmen.

Die Kapelle auf einer Anhöhe, vor dem Altar die Quelle. Die Mesnerin, die Mutter von unzähligen Kindern, derer drei in der Jugend das Sehen verloren hatten. Sie haben sich die Augen gewaschen mit dem Wasser der Quelle, die verbunden war in jedem Moment mit dem Kreislauf und der Mündung und dem Meer, der Lauf des Lebens sei dies, erzählte die Mesnerin den trauten beiden, das Wasser sei heilig und heilend, der Herrgott habe es so gewollt.

Eine Holzkelle tauchte Peregrin ins Wasser und reichte sie seiner Braut, die Augen wusch sie sich, die Lippen, dann das ganze Gesicht, er tat es ihr gleich. Die leere Flasche holte er aus dem Rucksack und füllte sie vorsichtig mit Wasser, die Tropfen, die den Hals herunter rannen, fing sie mit den Fingern auf und führte sie zum Mund.

Klara heiße seine Braut, erzählte Peregrin der Mesnerin, und heute feiere sie ihren Namenstag. Klara, die Leuchtende, sagte die Mesnerin, und Peregrin sah Klara an und ihre goldblonden hochgebundenen Zöpfe, und just in dem Moment, wo er sie ansah, neigte sie den Kopf wie es reife Ähren im Sommer tun. Zwei ihrer Schwestern seien bei den Klarissen, und sie werde diesen schreiben, für das Hochzeitspaar zu beten und für ein langes Leben voller Licht, auch das sagte die Mesnerin.

Meine jüngste Schwester hätte auch Klara geheißen, sagte sie dann noch, und lud das Paar ein, in ihre Stube zu treten, wo ein Webstuhl stand und die Alte begonnen hatte, Geschichten und Fäden zu verweben, damit aus Altem Neues wurde, doch bei der Geburt starb die Jüngste mit der Mutter und das Begräbnis war ihre Taufe und mit der Mutter liegt sie begraben unter einem Kreuz ohne Namen. Wenn ihre Geschwister nicht mehr sind und ihre eigenen Kinder, wird sich niemand ihrer erinnern und sie wird tot sein, als wäre sie nie geboren. Das war nicht leicht gewesen für den Vater, in der Nacht zuvor der alte Bauer und am Tag darauf die Frau und das Kind. Ein Doppelbegräbnis, oder eigentlich ein Begräbnis für drei, das eingefatschte Neugeborene im Sarg mit der Mutter.

In den Postbus stiegen Peregrin und seine Braut, nachdem sie ihr die Hand gegeben und sich verabschiedet hatten mit den Worten, sie würden wiederkommen, in die Stadt fuhren sie, um von dem wenig Ersparten Kannen zu kaufen, Pfannen, etwas Werkzeug und Essgeschirr. Die Töpfe am Hof hatte bereits die Großmutter benutzt und darin unzählige Male heißes Wasser gekocht und Wäsche für die Wöchnerinnen. Die Glocken in der Stadt schienen lauter und Klara spähte in die Geschäfte und blickte wieder geradeaus. Ob denn der Fotograf auf den Hof kommen würde, so wie früher, oder ob sie in die Stadt kommen sollten, das wollten sie noch erfahren. Dann besuchten sie Rosina im Schwesternheim, die lernte, um später lernen zu dürfen, was sie werden wollte, und sie suchten Johanna und fanden das Geschäft, in dem sie nun diente; Knöpfe verkaufte sie und Stoffballen rollte sie auf in Windeseile, es war nicht groß mit dem kleinen Schaufenster zur Geschäftsstraße hin, viel kleiner als jenes, in dem sie gelernt hatte; aber einladend war es und warm und die alte Dame, der das Geschäft gehörte, war ledig geblieben und war von Herzen vernarrt in sie und wünschte, dass Johanna bleiben würde für immer. Zur Hochzeit werde sie kommen, sagte Johanna, schon ein paar Tage früher, wenn das letzte Heu eingebracht wird. Die Haare trug sie jetzt kürzer, sie waren offen und schulterlang und am Hinterkopf toupiert, Johanna hieß sie und niemand sagte mehr Minna.

Als die Sonne sich hinter den Bergen duckte, kehrten sie heim, auf den Hof ihrer Eltern. Die Glocke bimmelte leise, sie wanderten durch den Friedhof hinauf. Meine Schwester liegt da, erzählte ihm Klara, meine Großeltern, und das hier ist mein Bruder und gemeinsam werden sie dort ruhen, dereinst, in der Grablege, da werden wir dann alle zusammen sein, die Köpfe aufgetürmt auf der Stellage, die Gebeine geschichtet. Es ist kein schlechtes Dorf, fügte die Braut hinzu, als sie das Gitter des Kirchhofes hinter sich schlossen, es ist eng hier und steil, und der See, der brüllt und manchmal leuchtet er, aber glaub mir, es ist kein schlechtes Dorf. Ich bin so froh, dass du hierhergekommen bist, Peregrin, mögen die Saatkörner, die du uns brachtest, auch unsere Ehe wachsen lassen und mit Früchten segnen.

Zwei junge Frauen sah Peregrin sorgsam die abgeschnittenen Ähren aufklauben, jeder Kern ist eine Gabe Gottes, dachte er. Auch Gerste haben wir heuer eingebracht, sagte Klara, der Vater mahlt sie und die Mutter röstet sie ihm für den Kaffee. *Und Gott sprach: Es lasse die Erde aufgehen Gras und Kraut, das Samen bringe, und fruchtbare Bäume auf Erden, die ein jeder nach seiner Art Früchte tragen, in denen ihr Same ist. Und es geschah so.*

Mit dem Rauschen der Dämmerung kehrten sie ein, Johann Strumpflohner war noch im Stall, ein Krug Wasser stand auf der Stubenbank, die Mutter schöpfte Suppe aus dem Topf in eine Schüssel. Löffel waren aufgedeckt, einige Gläser, Brot, Teller gab es keine. Wenn erst wieder Kinder im Haus sind, ist der Tisch zu klein für so viele Teller, sagte Magdalena, wir sind es so gewohnt, gemeinsam aus einer Schüssel zu essen, wir haben es dabei belassen, auch wenn wir nur zu dritt waren, in letzter Zeit. Gerstensuppe hat sie gekocht. Peregrin Tschugguel dankte und sah aus dem Fenster, wo Wellen und Täler und Berge verschwammen. Es ist kein schlechtes Dorf, dachte er, habt aufrichtigen Dank, und er faltete die Hände zum Tischgebet.

6. April 1953, Ostermontag

Als Giuseppina und Giuseppe Ingannamorte sich nochmals trauten

Jetzt wollen wir unser Märchen richtig beginnen, dachte Giuseppina und war beschwingt und aufgeregt und hatte das Gefühl, wieder Mädchen zu sein. Sie sah Giuseppe an und merkte, wie er sie betrachtete, so wie damals und immer in den vergangenen Jahren, und sie sah wieder geradeaus und beobachtete ihren Atem und überlegte, was diesen Morgen unterschied von jenem. Hier haben wir unser Leben verbunden, dachte sie nun und setzte Schritt vor Schritt und marschierte zuversichtlich, weil sie noch nie so sehr wusste, dass sie damals das richtige getan hatte.

Der Vater hatte sie vermisst, damals beim Frühstück. Und er hat gebrüllt und getobt und ist gestorben, bevor er die Möglichkeit hatte, ihr und sich selbst zu verzeihen. Er war gestorben, bevor seine vier Töchter verheiratet waren, dass er einen Enkelsohn hatte, Enrico mit Namen, das hat man ihm im Dorfe sicher erzählt. Er war gestorben, bevor seine vier Töchter verheiratet waren, sein Motorrad war in den Zug geraten, die Schranke hatte sich nicht geschlossen. Sein Körper war wie ein Trümmerhaufen, der Schädel zerfetzt, das Blut eine Bremsspur auf den Schienen. Man band ihn mit Draht wieder zusammen und hatte Mühe, ihn in einen Anzug zu stecken.

Es war noch nicht ganz hell, die Sonne noch hinter den Hügeln. Knappe zwei Stunden, hatte Giuseppe damals gesagt, müssten sie gehen. Da waren eine Kirche und ein Pater, der bereit war, ihnen die Beichte abzunehmen und den Bund vor Gott zu segnen, wo andere Umhimmelswillen das Dorf herbeiriefen und die entsetzten Eltern dazu. Sie würden mehr als zwei Stunden brauchen, heute, dachte Giuseppina und hakte sich unter, um ihn mit sich zu ziehen. Eine Tasche hatte sie schon tags zuvor gepackt, eine kleine Tasche nicht allzu schwer. Bänder hatte sie so an der Tasche montiert, dass sie jene am Rücken tragen konnte und die Hände frei hatte für ihn, sollte er sich bei ihr stützen wollen. Geschlafen hatte sie gut heute und als sie sich nach rechts wandte, um zu sehen wie es ging mit seinen Augen, ob sie müde waren und gerötet, trafen ihre Blicke die seinen und sie tauschten ein Lächeln und wie ertappt schaute er weg, seine Lider waren geschwollen wie immer, nicht weniger als sonst, aber auch nicht mehr. In zwei Stunden wurde nochmals Hochzeit gehalten, in schwarzer Tracht und schwarzem Kopftuch, aus feinerem Stoffe freilich wie damals, als Trauzeugen die erwachsenen Kinder und am Kirchhof ein Gebäck aus Mandeln und dazu Likör, und Blumen und Gedichte des ersten Enkels. Sie wollte sich vermählen mit ihrem Mann und mit ihm den Weg gehen, solange er noch rüstig war und es konnte, per l'amore di Dio! Seit kurzem hatte er sich angeschickt, Gedanken zu verdrehen und Worte und Fakten, Gottbewahre, und er hatte kaum zu verstehen vermocht, dass die Frau, die er liebte seit Jahren, dass die Mutter seiner Kinder nicht seine Frau sein sollte nach dem Gesetz des Staates. Die Ehe, damals ohne Väter geschlossen, hatte eine Gültigkeit vielleicht vor der Kirche, Herrgottseidank, aber vor dem Präsidenten und der Hauptstadt galt dieses Bündnis nicht.

Da drückte sie seinen Arm an ihre Seite und fühlte sich stark und fest auf dem Boden, wie sie es all die Zeit gewesen war, als er hausieren ging mit seinem Kasten auf dem Rücken und dem Flickzeug für Pfannen und Schirme und Töpfe. Messer hat er geschliffen und Scheren und viel wusste er stets zu erzählen und viel hat er ihr mitgebracht an Kenntnis und Können und Menschenerfahrung. Es ist nicht mehr weit, sagte sie. Durch ein Dorf gingen sie, das sich ihr anders eingeprägt hatte, an einem Fenster nur standen erfrorene Blumen, in den Gärten standen Häuschen aus Glas und aus gebeultem Wellblech und faulem Holz und die Blumen verbrachten dort den kurzen Winter. Ich will nicht vergessen, was war, dachte sie, ich werde nie vergessen, was uns zusammenhielt.

Als die Kinder kamen, das fiel ihr ein, als ihr Blick den Kirchturm streifte, als die Kinder kamen, haben wir hier eine Zeitlang gewohnt, es war eine schöne Zeit, grazie a Dio, aber das Haus war zu klein geworden und die Kinder sollten zur Ausbildung in die Stadt. Da hatte sie dann keinen Garten mehr, aber den Friedhof durfte sie pflegen und die Hostien durfte sie holen, bei den Schwestern, die in Klausur beschaulich lebten. Und als die Mutter starb, zogen sie zurück an den Fuß des Vulkans, denn die Schwestern hatten keine Kinder und das Haus war herrschaftlich und groß und die Erde dunkel und fruchtbar. Da gab es auch eine kleine Kapelle und Giuseppe konnte wieder die Glocken läuten und wenn er das durfte, ging es ihm gut.

Es ist schon sonderbar gewesen, auch für mich, das alte Haus zu betreten. Du warst ja nie da, Giuseppe, zuvor, der Vater hätte dich nie empfangen. Mein Zimmer war so, wie ich es verlassen hatte, und ich war zu Hause und war es nicht, als ob die Mutter etwas gutmachen wollte, indem sie so tat, als wäre ich noch hier. Sie hätten ja alles entfernen können, was an mich erinnerte, und sie hatten es nicht getan, da bin ich selbst es gewesen, die die Fenster aufriss und weggab, was trostlose Erinnerung war. Dass die Spieluhr noch funktionierte. Heut kann ich es dir ja sagen, Giuseppe, Angst hatte ich schon, dass in diesem Haus die Vergangenheit über uns hereinbricht.

Vor der Kirche warteten schon die Kinder und geleiteten die Eltern zum Altar, ein Pater war da und er trug Schuhe aus Leder und die Sohlen waren leise und keine Zoccoli klapperten am kalten Boden aus glattem Stein. Das Mittagessen nach der Trauung nahmen sie im Freien, im Gasthof, in dem sie ihren ersten Sohn empfangen, frisch gestrichen war es und hatte eine ausgedehntere Terrasse, und auch im Garten konnte man nun speisen im Schatten hoher Mandelbäume. Eine verstaubte Kröte lag auf der Straße, plattgedrückt von einem Reifen. Giuseppina hob sie auf, wickelte sie in eine Serviette und legte sie in die Tasche, um sie dort zu begraben, wo all die anderen Tiere lagen, die die Familie eine Zeitlang begleitet.

Ein Sohn war es geworden, aber der alte Vater hatte ihr und sich nicht verziehen und den Kleinen nie im Arm gehalten. Eilig hatte es Enrico gehabt, einen Monat früher war der Kleine gekommen als erwartet, just als alle in der Kirche waren, die Geburt des Christkinds zu feiern.

Der Strumpf hatte sich nicht gerne stopfen lassen, am zweiten Morgen des Weges, damals, sie hat ihn dann aufgetrennt und neu gestrickt. Ob sie denn wirklich nie mit ihm geschlafen habe, vor der Hochzeit, hatten die Kinder gefragt. Die Kinder müssen nicht alles wissen, Geheimnisse bewahren heißt sich Märchen bewahren, heißt Kraft bewahren, heißt sich die Zärtlichkeit bewahren. Die Kinder müssen nicht alles wissen, gerade dann, wenn nichts war, vielleicht gerade deshalb, weil nichts war.

18. Juni 1956

Als Enrico Ingannamortes Leben mit dem Zwölfuhrläuten neu zu schwingen begann

In diesem Land gibt es Menschen, die eine andere Sprache sprechen. Enrico Ingannamorte hatte das gehört, aber bewusst gewesen war es ihm nicht. Als er ausstieg aus dem Zug und in den Bus und aus dem Bus und mit seinem Köfferchen den Berg zur Pension hinauf wanderte, in der die Finanz ihre Zimmer bezogen hatte, wunderte er sich immer mehr. Blaue Schürzen trugen die Männer und Strohhüte und Stoffmützen und Hüte mit Gamsbärten und Kopftücher trugen die Frauen und Arbeitskittel, wie daheim bei ihm auch, aber bunter waren sie, kariert oder weiß mit Blumen darauf, und hellblau und grün, und auch die Alten trugen gemusterte Kittel, und die Tücher waren hell, obwohl das Haar darunter schon grau schien und schütter. Man hatte es ihm wohl gesagt, dass es im Norden des Landes Frauen gäbe, die schön waren, und Menschen, die nicht seine Sprache beherrschten, sein Vater war während des Krieges hier gewesen, auf Durchreise oder auch stationiert, und er hatte gehört, dass es im Norden des Landes Menschen gäbe, die wohl seine Sprache beherrschten, aber sprechen wollten sie sie nicht. Aber sein Vater sprach wirr und verdrehte die Dinge und war hilflos geworden, seit Mamma gestorben war. Und solange sie lebte, hatte er nie viel erzählt von seiner Zeit im Norden, Mamma hatte es nicht gewollt.

Buon giorno, grüßte er freundlich und blickte in verschlossene Gesichter. Dass man ihn nicht verstehen sollte, das konnte er sich nicht vorstellen.

Dove è il cimitero, erkundigte er sich bei einem Mann, der am Straßenrand stand und sich mit einem anderen unterhielt. Sie musterten ihn und deuteten schweigend Richtung Kirche. Resti o vai a casa, hörte er in seinem Rücken, als er sich entfernte, er verstand nicht recht, was damit gemeint war, das walsche Sau nahm er erst gar nicht wahr. Enrico Ingannamorte ging weiter mit seinem Köfferchen, das Aufwärtsgehen war streng, warm wurde ihm dabei, aber die Wangen waren kalt von Luft und Wind. Albergo Pensione Genziana, da stand sie, am Dorfeingang die Pension, die Landsleute führten und wo das Büro der Finanz sich befand und sein Schreibtisch stehen musste, und wo es ein zweites Haus geben musste mit seinem Balkon und seinem Zimmer. Es war Montag kurz vor Mittag und niemand war da. So stellte er die große Tasche hinter das Empfangspult und ging nur mit der kleinen zum Dorfplatz Richtung Kirche. Enrico Ingannamorte war ältester Sohn des Giuseppe Ingannamorte und der Giuseppina Cadamuso. Sein Vater war Mesner des Dorfes, aus dem sie stammten, und der Vater des Vaters war Mesner gewesen und der Urgroßvater und Gott weiß wie viele Väter zuvor.

Namenlesen von Verstorbenen, das hatte er immer gern getan, und sich ausgerechnet, wie alt sie geworden waren und woran sie vielleicht gestorben sind und wer mit wem verwandt sein konnte. Angesichts der vielen Namen hatte er immer das Gefühl, nicht mehr suchen zu müssen, da stand alles, um das es im Leben ging, mehr war eigentlich nicht wichtig, nachträglich gesehen. Und so begann er zu buchstabieren, lauter Namen, die ihn fast schmerzten am Gaumenzäpfchen. Strumpflohner las er immer wieder. Seppl Strumpflohner. Maria Strumpflohner. Kreszenz Strumpflohner. Er wiederholte die Namen laut, bis sich sein Kehlkopf wehrte. Es war ein wunderlicher Friedhof, das merkte er schnell. Grabkreuz stand neben Grabkreuz, kaum für einen Atemzug Platz boten die Wege dazwischen, geschweige mit beiden Füßen nebeneinander am knirschenden Kies zu stehen. Gleich groß waren sie alle und eines an Form kaum schöner als das andre. Jeder schien hier im Tode tatsächlich gleich zu sein. Nur bemalt waren manche und andre verrostet. Jesu Leichentuch war auf der schwarzen Eisentafel, die die Lötstelle verdeckte, wo der Querbalken des Kreuzes den Längsbalken traf, oder ein Totenkopf und der Heilige Geist oder ein in hohen weißen Lettern geschriebener Spruch. Las man den Namen, so lag der Grabhügel dahinter, auch das hatte Enrico sein Lebtag noch nie gesehen. Da, wo der Blick hinfiel, dort musste Osten sein, aber wer konnte das schon wissen, jetzt, wo die Sonne hoch stand und keine Schatten warf.

Liebevoll gepflegt schien ihm der Friedhof nicht, manches Unkraut wuchs hier und manch ein Grab war ohne Blumen, viel Grünzeug war da und viele Sträucher, aber an irgendetwas fehlte es, das glaubte er sicher zu spüren. Ein Grabkreuz trug gar keinen Namen, Gras war darüber gewachsen und Löwenzahn, und beherzt beugte sich Enrico und pflückte Blüten bei den Nachbarn und verstreute sie andächtig darauf. *Er hatte keinen Namen und nur ein Leben. Am 18. Januar des Jahres 1945 verstorben aufgefunden am Ufer des brüllenden Sees. Abiit in somnum pacis.* Enrico verstand nicht, was seine Augen entzifferten, nur des Lateinischen war er mächtig, ein wenig, er ging in den Schlaf des Friedens, das hatte er auch zu Hause gelesen. Und auch das RIP kannte er, das Requiescat in pace, und das JHS las er für Jesus und auf dem Querbalken des H fand er häufig ein Kreuz oder eine brennende Kerze und das Monogramm war manchmal von Weinblättern und Ähren umkränzt und von schmalen segnenden Händen. Ich muss mir ein Wörterbuch besorgen.

Wenn es etwas gab, das er zutiefst verabscheute, dann war es die Beliebigkeit, wie sich Nachkommen um die Toten bemühten, wie Lebende ihre Toten vergaßen. Er war auch nicht zu verzeihen bereit. Wenn der Tote keinen Lebenden hinterließ, dann sollte ein anderer um das Grab sich kümmern. Die Toten dürfen nicht vergessen werden, sonst haben sie umsonst gelebt. Die Toten müssen wie Lebende behandelt werden, wer weiß denn, ob sie tot sind.

Weiter ging er und sah das Beinhaus mit der Tür weit offen und sah eine Wüste von Knochen da liegen und den Turm der Schädel und dachte, dass er das schon einmal gesehen hatte, in seiner Heimat, in einer Gruft in der Stadt der Tanten, abgestorbene Frauen und Männer und Kinder, angetan in verstaubten Kleidern, hutzlich und zerknittert und ausgelaufen wie gedörrte Birnen. Es ist nicht schlecht, das eigene Sterben stets vor Augen zu haben, dachte er sich, just in dem Moment, als das Zwölfuhrläuten begann und die dunkle Glocke hinter den Querbrettern des Turmfensters hin und her schwang und ihn aufwühlte und ergriff, dass er unwillkürlich die rechte Hand auf den Brustkorb legte, unter der sein Herz wie im Takte zu pochen begann und er es zu schützen versuchte und zu beruhigen. Das Schlagen aber erfasste seinen Körper und ihm schien, als sei er an Land gegangen, nach einer Reise auf bewegter See.

Voller Ehrfurcht sich bekreuzigend betrat er die Kirche, um zu sehen, wer es denn war, der so kräftig an den Stricken zog, dass das Läuten ein Dröhnen war. Seine Dienste anbieten, das wollte er, am Feiertage läuten, wenn er frei hatte, bei Sturm läuten, wenn andere sich nicht auf den Friedhof getrauten, die Wachsflecken am Kirchenboden würde er entfernen und um die Heiligen Hostien würde er sich kümmern, wie seine Mamma es tat, und wenn es nötig wäre, würde er auch dem Pfarrer den Messkelch reichen, so wie er es getan hatte, als er noch klein war und die Schule besuchte. Und beim Kirchenchor mitsingen würde er und mit dem Klingelbeutel sammeln in den Reihen.

Das Licht fiel schräg durch die hohen Fenster in den Raum, der viel größer war, als er es vermutet hatte. Stummer Weihrauch erfüllte das Gotteshaus, reglos stand er und erstrahlte, wo die Sonne in weichen Linien durch die schmalen Scheiben glitt. Helle Bündel, die direkt vom Himmel auf den kühlen Boden führten, Licht, das herabfiel, das Dunkel zu erleuchten. Er stellte sich hinein, der Finanzer, stellte sich so, dass das blendende Hell seine Augen traf.

Wie ein Gnadenstrahl, dachte Enrico, der wusste, dass seine Schwestern ob seiner Sentimentalitäten zu lachen pflegten, doch sie waren nun weit und er musste seine Schwäche nicht verbergen. Das musste ein guter Ort sein, an den es ihn verschlagen hatte, sein Herz konnte sich so nicht täuschen. Mit sichtlicher Zufriedenheit bemerkte er, dass man auch hier, wie in seiner Heimat, den Brauch hochhielt, die Seitenaltäre mit handgemachten Blumen zu schmücken, wie Rosen sahen sie aus und wertvoll schienen sie zu sein, in Liebe gefertigt aus glänzendem steifen Papier, wie man nur im Orient verstand es zu machen, das wusste die Mamma gewiss. Doch staubig waren sie und auch Spinnweben entdeckte sein Blick.

Keinen Menschen konnte er sehen, umso verwunderlicher erschien ihm der träge duftende Nebel, es sah nicht so aus und es war auch die Uhrzeit nicht, als wäre soeben die Heilige Messe gelesen worden. Hinter den Hochaltar ging er, dort wo er das Seil der Glocken vermutete. Auf eine Zeichnung fiel sein Blick, Ordo incensationis Altaris, las er, des Lateinischen nicht sehr kundig, und eine Skizze des Altares war abgebildet mit vielen Engeln, die darüber schwebten, und drei Querbalken waren über die Skizze gelegt und drei Längsbalken in der Form von geöffneten Schriftenrollen. Die Nummern eins und drei und fünf trugen die Bahnen, die von oben nach unten führten und der zweite, der vierte und der sechste Schwenk waren von links nach rechts mit dem Rauchfass auszuführen.

Eine zweite Skizze hing in Glas gerahmt daneben. Eine Hostie und der Kelch waren auf der Tafel zu sehen, drei Kreise, drei end- und anfangslose Ringe umfuhren sie, mit den Nummern sieben und acht und neun waren sie gezeichnet. In qua continuatur Ordo Incensandi Oblata per modum circuli. Dass das Räuchern gewissen Regeln oblag, das wusste Enrico, Tafeln aber, an denen er lesen konnte, wie genau die Handlung zu befolgen war, hatte er noch nie gesehen.

Als er ein Poltern hörte im Chor über sich, in dem eine gewaltige Orgel stand und wo sich die Holztreppe zweigte, die hinaufführte in den Turm, grüßte er nach oben und rief, ob denn jemand seine Hilfe brauche, nahm all seine Stimme zusammen und versuchte laut zu rufen, damit man ihn auch höre. Ha bisogno di aiuto, rief er und vernahm nur ein weiteres Poltern und ein einziges Wort. Befreiung, hörte er, und eine Krücke sauste schnurgerade die Treppe herab und zielte direkt auf ihn. Enrico sprang beiseite, hob sie vom Boden auf, wiederholte fragend, ob er denn helfen könne, und stieg die Treppe hoch, die bei jedem Schritte knarrte. Libertà.

Er war hierhergekommen in ein ihm fremdes Land, das auch das seine war, und er hatte beschlossen, es anzugehen, und nicht müde zu sein und faul.

Neben der Orgel, dort, wo die Treppe in den Chor überging, lag auf der rechten Schulter ein Mann, die rechte Hand auf dem Herzen, die Augen leicht verdreht. Wie das Wasser in einer Schleuse sinkt, wenn es abgepumpt wird, so war ihm das Blut aus dem Gesicht gewichen. Ein steifes Bein schien er zu haben und Enrico Ingannamorte, der nicht wusste, was zu tun, reichte ihm grüßend die Krücke. Der Alte aber starrte ihn an und starrte durch ihn hindurch und langsam nur erfasste der junge Finanzer, dass er tot sein musste. Er wusste auch jetzt nicht was tun und nicht ahnend, wo sich hier ein Sterbeglöckchen befinden könnte, lief er die Treppe hoch und zog wie wild an den Seilen, die sich soeben wieder gefangen hatten und nur mehr leicht pendelnd da hingen. Bald wusste das ganze Dorf, dass der Holzerbauer, der alte Mesner, gestorben und ein neuer Südländer gekommen war, der es liebte, sich auf dem Friedhof zu ergehen.

23. Februar 1958, Holepfannsonntag

Als Enrico mit Rosina ging den Winter austreiben und den Frühling locken

Enrico hatte es sich angewöhnt zu den Familien zu gehen, die einen Todesfall zu beklagen hatten. Er tat vieles, um die Sprache zu lernen, um mit den Menschen reden zu können im Dorf, er blätterte in der Zeitung und hörte Radio und bestellte den Kaffee in der Bar auf Deutsch und las Reklametafeln und versuchte genau hinzuhören, wenn er die Bevölkerung nach der Heiligen Sonntagsmesse zusammenstehen und sprechen sah. Er ließ sich nicht beirren von verschlossenen Gesichtern und Türen.

Rosina war gestern die erste gewesen, die sich wirklich gefreut hatte über seinen Besuch. Zumindest hatte sie sich nicht gleich bedankt und ihn wieder hinausgeschoben, sie hatte den Finanzer eingeladen hereinzukommen, sie hatte ihn eingeladen, in der Stube Platz zu nehmen, ihm ein Sterbebildchen des Vaters in die Hände gedrückt und gemeint, der Vater hätte ein schönes Leben gehabt und dass er an einem Aschermittwoch gestorben sei, das habe ihm Gott zurechtgelegt, Johann Strumpflohner war stets ein frommer Mann. Er hätte den Krieg überlebt und Gott habe ihm einen Schwiegersohn gesandt, der den Hof nicht schlechter führte, als ein Sohn ihn hätte führen können. Er habe zwei Kinder verloren, aber nie den Glauben.

Enrico hatte gleich gefragt, ob dieser Schwiegersohn denn ihr Mann sei und sie hier die Bäuerin. Rosina hatte lächelnd geantwortet, dass ihre Schwester die Bäuerin sei und dies der elterliche Hof. Es konnte ihm doch nicht entgangen sein, hatte sie still bei sich gedacht, er war nun doch schon seit zwei Jahren hier. Es war ihm nicht entgangen gewesen.

Ganz unangestrengt waren sie dagesessen in der Stube, sie gefiel ihm vom ersten Moment an, wie sie zierlich die Hände im Schoße faltete, und eine Gütigkeit und eine tiefe Ruhe aus ihren hellen graublauen Augen strömten. Sie hatte ihn zunächst nicht angeschaut, hatte seine Hände betrachtet, die zuerst in den Rocktaschen nestelten, die er dann verschränkte, die schließlich flach auf der Tischplatte zu liegen kamen, als hätte er es ihnen befohlen, feine, lange Finger. Er hatte schnell gemerkt, dass ihr Anblick ihn ins Wanken brachte, wie das Schwingen der Glocke ihm zugesetzt hatte, am Tage seiner Ankunft.

Ob er denn zum Essen bleiben wolle, hatte dann Rosina gefragt, als drei Mädchen die Stube stürmten und Brot auf den Tisch legten und Löffel. Enrico hätte fast ja gesagt und hatte sich dann doch nicht getraut. Ob er denn morgen mitkommen wolle, hatte dann Rosina gefragt, morgen sei Holepfannsonntag. Morgen würde man den Winter austreiben und den Frühling wecken, man würde eine Hex' anzünden und Holzscheiben ins Tal schlagen, er würde sich etwas wünschen dürfen, und das würde vielleicht in Erfüllung gehen.

Enrico war leicht mit den Fingern über die hellen, weichen Haare der Mädchen gefahren und hatte etwas umständlich Bonbons aus der Tasche seines Rocks geholt, Magenzuckerlen, die er von zu Hause nicht kannte und die es ihm hier angetan hatten nun schon all die Zeit. Er hatte dann Rosina angeschaut und gesagt, ja, ich komme sehr gerne.

Dann seien Sie pünktlich, wenn es dunkel wird, hatte sie gesagt und er hatte salutiert, weil ihm nichts Besseres eingefallen war, hatte sich vor der Tür wieder die Schuhe angezogen, die nass gewesen waren vom geschmolzenen Schnee, und war gegangen. Und sie war ihm noch hinterhergelaufen, er hatte das Sterbebildchen des Vaters vergessen. Und er hatte es absichtlich liegen gelassen, um das Gespräch wieder aufnehmen zu können, ein nächstes Mal.

Den ganzen Sonntag lang war Enrico nervös, Sodbrennen hatte er und der Magen war unruhig. Er holte seine Langspielplatten aus dem Glasschrank, legte sie auf den Teller, hörte hinein, nahm sie vom Filz, legte eine andere auf. Er bürstete seinen Rock und sah, ob die Knöpfe fest saßen, er machte Ordnung auf dem Schreibtisch und überlegte, was er denn anziehen sollte. Es war Sonntag, und er beschloss in Zivil zu gehen, holte das Bügelbrett und bügelte die Falten der wollenen Hose. Man hatte ihn noch nicht oft in seiner bürgerlichen Kleidung gesehen, sie machte ihn unsicher und verlegen, der steife Kragen seiner Uniform gab ihm das Aussehen, das er gern hatte, weil es nicht seines war, weil es ihn unangreifbarer machte und respekteinflößender. Militärischer.

Er wünschte sich eine Scheibe ins Tal zu schlagen. Er stand in der Reihe und sah zu, wie die jungen Männer die Scheiben ins Feuer hielten, bis sie glühten und brannten, er sah zu, wie die Scheibenschlagenden den Stock in das Loch in der Mitte der Holzscheibe steckten, sie aufhoben und schwangen und zum Fluge brachten. Hinab ins weite Tal. Er hörte, was sie sagten, und verstand nicht alles. Er hörte, dass man munkelte, über das, was sie sagten. Rosina, flüsterte er und rief einen

Spruch ins Tal, im Dialekt seiner Familie. Niemand verstand ihn und er hatte es eigens so angestellt, dass niemand ihn verstünde. Kümmere dich um mein Grab, wenn ich tot bin, dachte er nochmals, als seine brennende Scheibe am Boden aufkam und die Funken in der Wiese versprühten.

Was sucht denn der hier in Zivil, hörte er den einen den anderen fragen, es war so laut und so deutlich gesprochen, dass der eine wohl wollte, dass Enrico es vernahm. Er ist doch in Ordnung, hörte er den anderen und hätte so gern gewusst, wer das war, lass ihn doch, er ist in Ordnung, in der Masse mag ich sie nicht, aber der ist menschlich in Ordnung. Enrico beschloss, dass er nicht wissen wollte, wer da sprach, und dachte bei sich, dass er Johanns Sterbebildchen noch als Trumpf hatte und somit ein Thema zum Anknüpfen, und trat vom blendenden Licht zurück und blickte sich um.

Es wurde heißer Tee gereicht und Glühwein, man stand beim Feuer und tauschte sich aus. Er sah Rosina im Lichte der brennenden Hex' und überlegte, ob es ihr unangenehm war, hier mit ihm zu sprechen. Da ging sie auf ihn zu, als sich ihre Blicke trafen, just in dem Moment, als ein brennender Ast vom Gestänge krachend zu Boden fiel und Funken so groß wie Stecknadelköpfe über der Glut tanzten und schmolzen wie Schneeflocken im nicht gefrorenen See, sie ging auf ihn zu und machte sich darob keine Gedanken und grüßte ihn und bedankte sich, dass er gekommen war, und sagte, dass sie des Vaters Sterbebildchen in der Tasche hätte, und fragte, was er sich denn gewünscht. Dass ich hier glücklich werde, antwortete er nach einigem Zögern, dass man mich mag.

20. Jänner 1960

Als Angiolina ein Auge zudrückte und ihren Mann Luigi mehr trinken ließ, als der Gesundheit zuträglich war

Zufrieden stiegen Angiolina und Luigi Esposito die Treppen des Gerichts hinab und die Mutter zog Antonino an der Hand, der gerade fünfzehn geworden war und sich die Skulpturen auf dem faschistischen Gebäude anschauen und schon längst nicht mehr von der Mamma an der Hand genommen werden wollte. Das Urteil war gesprochen worden, und auch in zweiter und dritter Instanz würde sich nichts mehr ändern, dessen waren sich die Eltern sicher, Sohn Felice war gerächt. Erschossen hatte man ihn, den blutjungen Carabiniere, im Wald, eine verirrte Kugel solle es gewesen sein, aus dem Lauf eines Jagdgewehrs, aber der Staatsanwalt wusste es besser, geplanter Mord aus Hass, weil der Carabiniere für Zucht und Ordnung zu sorgen versuchte in dem Dorf, in dem noch niemand beherzigen hatte wollen, dass seit vierzig Jahren andere Fahnen wehten. Erst vor kurzem wieder hatten die zwei mit dem jüngeren Sohne den Flecken Erde gesucht, wo Felice gelegen war in einer Lache Blut. Neben den längst zerronnenen Kerzen war ein Vater gestanden oder ein Mann, jedenfalls mit Kindern, von denen eines Romedius hieß, soviel hatte Angiolina verstanden, Romedio hieß einer ihrer Onkel dort, woher sie stammte. Wütend war sie geworden über die Dreistigkeit des Mannes mit den Kindern, da zu stehen, wo ihr Sohn ermordet worden war, wie Mörder schienen ihr der Mann und die Kinder, die an den Tatort zurückkehren, gewiss wollte der Mann den zwei Buben den Ort des Triumphes zeigen, wo sie italienisches Blut vergossen hatten, via da qui, schrie auch Luigi, andatevene assassini, rief er, und da er sehr dick geworden war und behäbig, musste Angiolina sich selbst beruhigen, um ihn zu bitten, sich nicht aufzuregen, der Anstieg hier herauf sei schon anstrengend genug gewesen für sein Herz. Und als Severin Tschugguel, Rosas ältester Sohn, ohne weiteres Zögern seine Söhne an den Schultern fasste und sie fortschob und ihnen erklärte, dass assassini Mörder seien, hatten sie den Platz für sich, breiteten eine Decke aus und setzten sich darauf, für die umgeknickten Schwarzbeerstauden darunter keinen Gedanken, und Antonino sammelte Steine und schichtete sie zu einem Häufel auf, in das er ein breites Kreuz steckte, auf dem ein Name zu lesen war und ein Satz in zwei Sprachen, damit vor allem jene verstanden, die sich für die Tat schämen sollten: Felice Esposito, carabiniere, 1940–1959. In questo posto hanno ucciso il nostro bravo ragazzo e chi l'ha fatto è un animale. An diesem Orte wurde unser guter Sohn ermordet und wer es tat, ist ein Tier. RIP. So lasen es einige Tage später Josef und Romedius, des Severin Tschugguel älteste Söhne. Es sei kein Meuchelmord gewesen, sagte ihnen der Vater am selben Abend, wohl ein Unfall, eine verirrte Kugel, was weiß ich, so kann es eben passieren, die Jagdsaison sei nicht die Zeit durch den Wald zu streifen, aber einer weniger immerhin, einer weniger, und vielleicht werden sie jetzt endlich kapieren, dass sie das so nicht machen können mit uns, einer weniger ist immer gut, auch wenn jetzt noch mehr heraufkommen werden. Was aber passiert mit dem August, hatten die Söhne gefragt, sie kannten ihn gut, den Sohn des Nachbarn. Er wird freikommen, er muss frei kommen, sagte Severin, sie können ihm nichts beweisen, es war ein Unglück, kein Mord, er habe den Carabiniere ja kaum gekannt, weshalb sollte er ihn erschießen wollen, ein Jäger war er und der Carabiniere selber schuld, wenn er ihm in solchen Zeiten vor die Flinte rennt.

Das Urteil an jenem Tag, als Angiolina und Luigi Esposito das Gericht verließen, lautete auf zweiundzwanzig Jahre Haft für August.

Luigi Esposito war dann in seine Bar gegangen, auf Bar Nazionale hatte er sie vor etlichen Jahren umgetauft, da er gemerkt hatte, dass Bar Maria nicht mehr zog, er sperrte bedächtig die Tür auf und drehte das Schild hinter dem Glas um, so dass nun aperto zu lesen stand, zur Juke Box ging er, die in den vierziger Jahren die erste ihresgleichen gewesen war in der ganzen Region, und wählte ohne zu suchen eine Platte aus, O patria mia erklang aus dem Kasten. Seinem Sohn trug er auf, die Papiergirlanden aus dem Schrank links oben in der Vorratskammer zu holen und die Theke zu schmücken. Es ist doch nicht Fasching, wandte Antonino ein, aber der Vater befahl zu feiern heute und öffnete einen dunklen schweren Rotwein, den er sich hatte aus seiner Heimat liefern lassen. Denen haben wir es gezeigt, sagte er nach einem kräftigen Schluck, die werden keine Unschuldigen mehr erschießen, die werden büßen, jeder einzelne wird hier büßen, der nicht versteht, wer der Herr ist im Lande, du wirst sehen, wenn es zur Berufung kommt, wird er noch länger sitzen, das wird ihnen eine Lehre sein, nicht einmal ein Glas Wasser geb ich mehr einem, wenn er nicht weiß, wie man ordentlich darum fragt.

Papà, trink nicht so viel, sagte Antonino, als die ersten Gäste kamen und Luigi ihnen die Gläser randvoll aufschenkte und jedem versprach, oggi offro io. Babbo, sagte jetzt Antonino, weil er das immer sagte, wenn er hoffte, seinen Vater würde die Wärme beeindrucken, wenn die Härte es nicht tat, babbo, sagte er zärtlich, trink nicht so viel, du weißt, die Mamma mag das nicht, der Tag war schon aufregend genug und dein Herz ist nicht das stärkste, sie wird dir Vorwürfe machen, die Mamma, wenn du den Wein gratis aufschenkst, und es tut dir nicht gut. Gar nichts wird mir die Mamma sagen, feiern wird sie mit mir, da Felice endlich gerächt ist, sagte der Vater, wir haben nur mehr dich, Antonino, das darfst du nicht vergessen, und er füllte nach.

Antonino war froh, dass der Mörder seines Bruders verurteilt worden war. Er hatte ihn lange betrachtet, wie er während der Verhandlung da saß, mit dem karierten Blazer und dem weißen Hemd mit dem gestickten Monogramm unter dem gestärkten Kragen, AS, die Hände in Handschellen und Ketten. Wenigstens einen dunklen Anzug hätte er sich leisten können, hatte Antonino gedacht, ein dunkler Anzug, das macht Eindruck, dessen war er sich gewiss.

Während Luigi Esposito in der Bar Nazionale die Verurteilung des Mörders seines Sohnes feierte, weinte seine Frau Angiolina zu Hause, wie sie es täglich tat seit Felices Tod. Sie hatte eine Kerze entzündet unter seinem Foto, hatte die vier Katzen gefüttert und die Fische im Aquarium und sich darin bestätigt gefühlt, dass Tiere besser seien als Menschen. Einzeln rief sie die Verwandten an am anderen Ende des Stiefels und erzählte ihnen die Nachricht am Telefon, freute sich mit ihnen und weinte wieder, bereitete eine frische Mayonnaise zu, schnitt dem Toastbrot die Rinde ab, schälte die harten Eier, die sie in der Früh noch gekocht hatte, packte die Tomaten aus dem Eiskasten in die Tasche, warf einen prüfenden Blick über Küche und Speisekammer, ob sie denn nichts vergessen habe, blies die Kerze unter Felices Foto wieder aus, versperrte die Tür und ging mit den zwei Taschen die Straße hinunter in die Bar, in der ihr Mann Luigi inzwischen sein drittes Glas getrunken hatte. Ich werde ihm nichts vorwerfen, heute, dachte sie am Weg dorthin, vorausahnend, dass dies eine lange Nacht würde, auf die morgen ein schmerzendes Erwachen folgte.

Meglio vivere un giorno da leone, che cento anni da pecora, das war sein Lieblingsspruch, seit sie ihn kannte, lieber einen Tag als Löwe leben, denn hundert als Schaf, das sagte er immer, wenn ihm sonst nichts einfiel.

Es war der Tag, an dem Antonino beschloss, in die Geschichte seines Bruders zu treten und aus ihr heraus und Carabiniere zu werden, auf dass kein Unrecht mehr geschehe in diesem Land.

Es war der Tag vor dem Tag, als Antonino in hervorbrechender Trauer meinte, nun sei auch der Vater zu rächen, und nicht nur der Bruder, auch den Vater hätten sie umgebracht, das meinte bis zu jenem Augenblicke, als die Gefühle ihn übermannten und er lernte, dass es zwischen Feind und Freund noch andere Möglichkeiten gab.

Der trunkene singende glückliche babbo war das Bild, das sich Antonino einprägen und das ihn von nun an begleiten würde, da es das letzte Bild des Vaters war, bevor er seine Frau noch nach Fisch geschickt und selbst an den Herd gegangen und aufgekocht hatte und in der Nacht darauf für immer entschlief, auf Lippen und Wangen das Lächeln eines selig träumenden Kindes.

14. Februar 1960

Als Peregrin das Wandern hinausschob, um auf die Ankunft des Sohnes zu warten

Die Nachbarn hatten schon gelacht hinter hohler Innenhand und gewitzelt, weil Peregrin und Klara nur Mädchen hatten, gekommen war zuerst eines und nach mehreren Jahren kamen drei bald hintereinander, und gesund waren sie alle vier. Stillschweigend hatte er gemerkt, dass diesmal der Bauch etwas runder war als sonst, und Klara hatte weniger Flecken auf Nase und Stirn. Die Gabel, die ihm gestern aus der Hand gefallen, hatte sie ihm mit der rechten Hand gereicht. Vielleicht wird es diesmal ein Sohn, dachte Peregrin, aber so wichtig war es ihm nicht.

Er trug ihr an, für sie die Wäsche an die Leine zu hängen, sie sollte nicht mehr die Arme strecken. Kinder werden aus dem Bauch geboren, hatte seine Mutter stets zu ihren Töchtern gesagt, und bevor du nicht glaubst, dass du stirbst, bevor du das nicht glaubst, wirst du das Kind nicht kriegen. Peregrin hatte es gehört und wich keinen Schritt von seiner Frau, wenn sie in den Wehen lag. Er hatte auf seinen Wanderungen viel vernommen, und er hatte gelernt in anderen Häusern und aus jedem etwas mitgebracht. Er hatte bei sich beschlossen, wenn es ein Sohn würde, auf Wallfahrt zu gehen mit den Kindern und der Frau und nach Mena zu schauen, dem Mädchen mit der Zunge auf der Unterlippe, das ihm nach den Nächten auf der Flucht das erste Bett beschert hatte im Frieden, dem Mädchen, das den besten Gugelhupf gebacken, den er je gegessen hatte, das Mädchen, um das sich der alte Vater kümmern musste, weil sie nähen konnte und in der Küche helfen, nur alleine für sich sorgen, das konnte sie nicht. Er war auch bei den vier Töchtern auf Wallfahrt gegangen, doch alleine, und zweimal von Klaras Schwester begleitet. Und jedes Mal besuchte er am Heimweg seine Mutter.

Das erste Kind hatte eine Frau aus dem Süden entbunden, die seit kurzem Hebamme war im Dorf nebenan. Sie konnte die Sprache nicht, war geschminkt und trug ein Parfum, das ihr die zumeist zudringlichen, frei umherlaufenden Hofhunde vom Leibe hielt, was sie selbst allerdings nicht wusste, was aber dem Postboten auffiel, der sich daraufhin nolens volens zum Kauf eines Männerduftes entschied, auch wenn es ihm widerstrebte.

Just als Klara vor der zweiten Niederkunft stand, kam Rosina zurück aus der Stadt jenseits der Grenze; einige Stunden von hier entfernt hatte sie bei Nonnen gewohnt und im Krankenhaus die Schule besucht und im Kreißsaal gelernt. Mit dem Zug war sie gekommen und mit so vielen Büchern und Gepäck, dass sie manchmal stehen bleiben musste und durchatmen, vor allem bei dem letzten Stich vom Dorf hinauf zum Hof der Eltern. Der Onkel hatte ihr die Bücher dann hochgetragen und sie geneckt, ob denn die Stadtluft ihre Lungen verdorben habe.

Auch Taschen mit Zeitungen hatte sie dabei und Stoffreste, die die Schwester schon zugeschnitten hatte, nach allerneuesten Modellen. Johanna hatte das Geschäft der alten Dame in Pacht genommen und sie hatte gestrahlt hinter dem großen hölzernen Ladentisch und sich gefreut, dass Rosina den Umweg vom Zugbahnhof zum Autobusbahnhof nicht scheute und bei ihr vorbeischaute. Ein Lehrmädchen aus der Heimat solle sie ihr doch schicken, hatte Johanna ihr noch aufgetragen, sie denke viel an zu Hause und besuche brav jeden Sonntag die Messe bei den Bettelbrüdern, die es sommers stets hinauf verschlug bis auf ihren Hof, die sie ja auch kannten. Und sie bete immer für alle. Das Band sollte nicht abreißen, nie mehr abreißen, hatte sie zum Abschied Rosina auf die Wange gemurmelt.

Peregrins fünftes Kind wurde ein Sohn, so wie das fünfte Kind seiner Mutter nach vier Söhnen endlich eine Tochter war.

Nach dem Großvater wurde er Johann genannt und Johann wurde er auch gerufen und nicht Hans oder Hons oder sonst wie. Peregrin nahm die Plazenta seiner Frau, wie er es immer tat, und vergrub sie draußen im Feld. Ein Stück Weißbrot brachte er und er ging in den Hühnerstall, dem schönsten Huhn den Hals umdrehen.

So viel Milch hatte Klara stets, dass sie ihr aus dem Busen tropfte, wenn sie sich vornüber beugte; die Mädchen hatten Spaß daran, drückten ihr Blechtiegel an die Brust und warteten, bis es zu rinnen begann, und wenn der Boden bedeckt war, brachten sie sie den Hennen zum Trinken.

Man aß aus einer Schüssel und der Vater war in der Runde immer der letzte, der sich nahm. Manchmal legte er Klara den Arm um die Schultern, manchmal legte er ihr leicht die

Hand auf den Kopf. Sie schüttelte ihn ab und hatte sich insgeheim gefreut. Sie hatte ihn nicht gut gekannt, als sie sich entschied, auf seine so bald gestellte Frage einzugehen, sie hatte ihn immer mehr lieben gelernt und einen guten Mann gefunden, wie sie keinen zweiten in der ganzen Gegend sah, einen liebenden Vater und fleißigen Bauern. Man sah sie gerne an, wenn sie gemeinsam zur Messe gingen, dass sie sich mochten, das spürte man und empfand es als schön und war beseelt, wenn man sie sah, und schnell verstummten böse Reden, dass er nach dem Hofe getrachtet hätte und nicht nach Johann Strumpflohners Tochter.

Du bist wahrlich ein Hahn unter Hennen, hatte sie in letzter Zeit des Öfteren gesagt, als sie mit den vier Töchtern und Magdalena bei Tische saßen und Onkel Sepp unterwegs war, wie meistens, im Wald. Der Hahn lockt auch immer die Hennen und isst erst, wenn sie satt sind, sagte Peregrin lachend.

Am Abend, wenn das Vieh versorgt war und das Geschirr verräumt, traf man sich zum Reuegebet, keine Ausreden ließ Peregrin gelten und auch keine Grippe. Der Rosenkranz wurde täglich gebetet, Peta nannten die Kinder die mit kleineren und größeren Perlen versehene Schnur zum Abbeten der Ave Maria und des Vaterunser, Peregrin nannte sie Paternosterschnur, wie er es auf seinen Wanderungen gehört hatte, Roasner hatte Kreszenz gesagt, möge sie ruhen in Frieden, und Magdalena pflegte vom Poter zu sprechen. Sie machten sich einen Spaß daraus und redeten kreuz und quer mit Absicht, um dem täglichen Ritual damit einen besonderen Beginn zu geben.

Wenn ein Kind hinaus musste auf das kalte Klosett am Ende des Balkons, wenn es länger wegblieb als nötig, hatte es vorzubeten. Aussegnen aber hatte sich Klara nur nach der ersten Tochter lassen, am Hintereingang der Kirche an der Schwelle hatte sie auf den Pfarrer gewartet. Es widerstrebte ihr, um Gnade zu bitten, weil sie ein Kind empfangen hatte, es widerstrebte ihr, um Gnade zu bitten, um wieder die Heilige Messe zu hören. Nach dem zweiten Kind schon ging sie durch den Haupteingang in der Kirche und unbeweglichen Blickes widerstand sie dem Pfarrer, der sie von der Kanzel herunter maß. Beim dritten Kind schon ließ sie es sich nicht nehmen, bei der Taufe dabei zu sein.

Bei der Hochzeit war Klara bereits aufgerichtet gewesen. Da sie zierlich war wie ihre Schwestern, hatte sich nach wenigen Wochen schon unter ihrer Brust das Ungeborene gewölbt. Eine dunkelblaue Tracht hatte sie getragen, ein Tuch mit Fransen um die Schultern und einen hellen Schurz über den Hüften. Den Kranz hatte sie der Pfarrer vom Haupt zu nehmen geheißen, der von schwangeren Frauen mehr verstand, als es genehm schien, der Bräutigam hatte darauf das Myrtensträußchen aus der Jacke gefingert, das ein paar Nachbarskinder für ihn gebunden. Seit dem Abend zuvor hatten sie gefastet, für den Empfang der Heiligen Kommunion musste man nüchtern sein, mit leicht zitternden Knien und flauem Magen hatte sie sich an Peregrins Arm gelehnt, es war halb acht in der Früh.

Am Tage von Johanns Geburt schien die erste Frühlingssonne auf das Tal, den See und die Häuser, die gewürfelt an den Ausläufern des Berges lagen. Sie brannte herab und löste den Nebel auf, der sich in Spalten und Tälern verfangen hatte. Es war die Zeit, in der Peregrin aufzubrechen pflegte, seinen Schulterkasten hatte er schon vor Tagen gefüllt, den Rucksack am Kasten festgeschnürt. Auf die Geburt des Kindes nur hatte er gewartet, am Abend noch ging man ins Dorf zur Taufe, wickelte das Bündel in Tücher und band es fest an der Rodel. Die Wöchnerin ging mit, sie war eine starke Frau und sie würde in der Nacht mit dem Kind an der Seite ruhen.

Peregrin war immer gegangen, im Februar, wie es die Wege erlaubten, ein, zwei Tage nach Lichtmess meist, wenn die Böden noch gefroren und Jauche und Mist schon ausgebracht waren, die Weidenruten gesammelt und gebunden und zum Trocknen aufgehängt, wenn der Saft aber in den Bäumen zu steigen begann und die Tage schon länger wurden, wenn Elementarwesen und Naturgeister erwachten und wiedergeboren aus der Erde stiegen, er war immer gegangen, früh genug, um den Bauern der umliegenden Dörfer spezielle Körner und Samen zu bringen, für die nächste Ernte, die Fasnächte lagen spät in diesem Jahr, er würde seine Ware an den richtigen

Tagen verkaufen, wenn das Leben überquoll, die Fruchtbarkeit über Erstarrung und Askese siegte. Er würde länger ausbleiben diesmal, sich auf die Suche begeben nach dem kleinen Gehöft nahe der Grenze, wo er nach seiner Heimkehr aus den Gefechten Aufnahme gefunden hatte für eine Nacht und ein weißes Hemd und wärmende Worte, er würde diesmal länger ausbleiben, weil er in die Gegend wollte, in der man solche wie ihn Krumer nannte, wo er hier doch der Kromer war.

Peregrin hatte nie von den Kindern verlangt, dass sie Es zu ihm sagten und Ihr. Der Du ist er immer gewesen und auch Klara war eine Du und was bei ihnen üblich war, das wurde auch in anderen Familien zunehmend so gehalten.

Zum Abschied schenkte er den Töchtern diesmal vier Puppen, wie die Orgelpfeifen war je eine größer als die andere. An den langen Abenden bis zu Johanns Geburt hatte er aus gut getrockneten Holzscheiten die Köpfe geschnitzt und sie angemalt, Klara hatte aus Stoffresten Kittel genäht und diese an den Hälsen festgebunden.

Einen Schlitten hatte er ihnen im vergangenen Jahr gebaut, aber sie waren damit wenig gefahren, denn nachdem er aufgebrochen war, hatte es kaum mehr geschneit. Versunken war er im brüchig und weich gewordenen Schnee und meist stritten sie sich, wer darauf sitzen durfte. Als die Mutter sie undankbar schalt, gab es ihnen zu denken, doch wenn zu streiten war, war das Denken vergessen.

Zu Weihnachten wurde gebetet, Pakete aber gab es immer, wenn Peregrin Abschied nahm und meist gab es auch Pakete, wenn er nach Hause kam nach langer Reise: Vorigen Sommer hatte er einen Plattenspieler gebracht und Opern in kartonierten Hüllen, von Caruso war eine dabei, Enrico Caruso, sagte er betont, und wenn er besonderer Laune war, legte er sich eine Hand auf das Herz und sang mit und im Dorf dachte man sich, das ist wieder eine seiner Spinnereien, die er mitgenommen hat von den Märkten im Süden, und ließ es sich wohl gefallen, der Einladung nach dem Abendbrot zu folgen und Krapfen mitzubringen und im Kreise andächtig zu lauschen.

Ihr seid jetzt alle große Schwestern von einem kleinen Buben, hatte er heute vor dem Aufbruch gesagt, wenn ich wieder komme, möchte ich euch singen hören im Kirchenchor.

Ein Schwarm Dohlen kreiste über dem See. Als Peregrin ihnen nachsah, zog ein Flugzeug durch den blauen Himmel und hinterließ zwei messerscharfe Spuren wie eine Fahrbahn, die zwei Wege öffnet, Wege in Gedanken, die er nur wandernd fassen konnte, durch die Stille hindurch in den möglichen Sinn.

20. August 1961
Als die Tschugguels sich zum Familienfeste trafen

Sonntag, eine Kiste mit Speck und Frühkartoffeln und Kuchen in ein Tuch geschlagen und Rosa strahlend, mit einem dunklen Laib Brot auf dem Schoß und in ihrem Festtagsgewand. Auf Reisen begab sie sich heute, in ihren alten Tagen, in Severins neuem Auto, weil der Jeep nicht mehr fahren wollte, hinten hineingepfercht Severins Frau und die Kinder, und übereinander und untereinander saßen sie und schlecht wurde ihnen bei den Kurven hinunter und den Kurven wieder hinauf und immer wieder stehen bleiben musste Severin, weil eines der Kinder Luft holen musste oder sich übergeben. Die Reifen ließ er quietschen, belustigt, weil Rosa blass wurde und ihn bat, dies bleiben zu lassen, aber ausgestiegen war sie nicht, wie angewurzelt saß sie mit dem Brot und Herrjesusmaria murmelte sie, als hätte sie Angst, das Ziel nicht zu erreichen.

Zwei Wochen würde sie Urlaub machen, was auch immer das war, sie würde Peregrins Familie sehen und seine Klara und seine Kinder, und heute würde sie auch noch ihre Kinder sehen, fast alle wollten kommen, sie würde, nicht in ihrer Stube, aber in jener des zweiten Sohnes, sie alle umarmen können, die so viele waren, dass sie den einen oder anderen Geburtstag vergaß. Fein säuberlich übertrug sie jedes Neujahr Festtage und Jubiläen und Hochzeits- und Namens- und Todestage von dem alten in den neuen Kalender, aber manchmal verging ein Tag, ohne dass sie die Zeit gefunden hätte darauf zu blicken.

Viele Finanzer sahen sie auf den Straßen und Polizei und Carabinieri, aber sie kümmerten sich nicht und fuhren und die Bäume verschwammen und die Kilometersteine und Straßenschilder und der brüllende See war nicht mehr weit und sie sangen, um sich abzulenken von der Hitze im Auto, und kamen endlich in das Dorf, das sich eng an den Berghang drückte, in dem Rosa erst einmal, zu Peregrins Hochzeit, gewesen war. Das Albergo Pensione Genziana stand da, die Kirche, eine Polizeisperre. Und ein Haufen mit Ziegeln und Trümmern und Schrott.

Aus dem Auto kletterten die Kinder, das musste Freiheit sein, Luft schnappen und sich strecken, so eng waren sie gesessen und manch ein Fuß war eingeschlafen und manch ein Ellebogen im Gesicht eines anderen gelandet. Ein Mann aus dem Süden hatte hier vor kurzem einen Laden eröffnet, wo der Dorfbäcker viel zu jung verstorben war. Alimentari hatte er gleich über die Handlung gepinselt, das war schon einmal da gestanden vor vielen Jahren, da hatte schon einmal einer sein Glück versucht und war schnell wieder gegangen.

Und heute Nacht war er in die Luft geflogen, der Eingang des Ladens und mit ihm die Aufschrift und die Fenster des Gasthauses und der Totenkapelle. Zu den Strumpflohners wollten sie, sagte Severin zu Enrico Ingannamorte, der den Führerschein prüfte, weil Severin keinen Ausweis hatte. Zu den Strumpflohners, wiederholte Enrico und war mächtig stolz, wie das Wort ihm fehlerfrei über die Lippen glitt, die sind nicht die ersten, die heute nach dem Weg fragen, dachte er sich. Hinter dem Haus dort gehe es hinauf. Warum so viele Polizisten hier sind, wollte ein Kind des Severin wissen und ein anderes wollte in den Löffelbagger steigen, der am Dorfplatz stand, um der Spurensicherung einen Weg zu bahnen, so einen modernen hatten sie noch nie gesehen. Da ist heute Nacht eine Bombe explodiert, sagte Enrico. Auch hier, dachte Severin, der in der Zeitung gelesen hatte, dass landauf landab Masten gesprengt wurden und Stromleitungen als Protest gegen die Politik der Hauptstadt. Vor Monaten hatte man sogar den marmornen Duce vom Ross geholt, das war eine Heldenleistung, hatte er sich damals gedacht, stürzt einfach den Mussolini nochmals symbolisch, Enrico gegenüber sagte er nichts, bedankte sich für die Auskunft, scheuchte die Kinder zurück ins Auto und drückte auf das Fahrpedal.

Enrico Ingannamorte hätte zu gerne gewusst, was denn gefeiert würde bei den Strumpflohners, und dank seines Amtes hätte er auch die Möglichkeit gehabt, dieses zu erfahren. Aber neugierig sein wollte er nicht, er hatte zu tun heute, mehr als genug, und er fühlte sich wichtig und freudig erregt. Die Explosion hatte den Totenkopfturm in der Gebeinkammer zu Sturz gebracht und am Boden lagen die Schädel kreuz und quer, uralte neben relativ frischen, zerbrochene und ganze.

Es gab niemanden, in dessen Zuständigkeit es gefallen wäre, dieses Malheur wieder gutzumachen. Enrico freute sich darauf und unterdrückte die Frage, die sich ihm seit einiger Zeit aufzudrängen begann, ob er verrückt sei oder anders halt, so wie die Mesnerbäuerin, die die letzte war von vier ledigen Geschwistern aus einer Familie, die wohl sonderbar gewesen sein muss, schon seit Generationen. Sie hatte ihn eingeführt in die Kunst des Bemalens. Unterdessen fuhr Severin weiter und kam zu Postkasten und Wegkreuz und sah Kinder im Garten spielen und sah den Bruder am Eingang, der einem Bettler ein Glas Wein reichte und ein belegtes Brot.

Da gibt es viele von denen, sagte Peregrin nach einem kräftigen Handschlag, von drüben kommen sie und auch von hier, ausgediente Knechte, die sich niemand mehr leisten mag.

Du kannst ihn doch nicht so ziehen lassen, meinte Rosa, hat er denn eine Unterkunft, und sie schämte sich, ob des verknitterten Rockes, und versuchte ihn glattzustreichen, um den wahren Grund ihrer Aufregung zu verbergen. Peregrin nahm ihr Gesicht, wie er es immer getan hatte, und küsste sie auf die Wangen und sah ihr auf die Wimpern und nahm sie an die Hand und rief die Kinder, die im Haus waren, und seine Frau und Rosina und die behinderte gute Mena, die er zu sich genommen hatte, als ihr Vater für sie nicht mehr sorgen konnte.

So viel Mühe hast du dir gemacht, Peregrin, ich bin dir so dankbar, sagte seine Mutter, aber nein doch, Mutter, das waren die Klara und die Rosina und die Mena und die Kinder, ich habe nur eingeladen, Mutter, ich bin ja auch erst vor drei Tagen von meiner Wanderschaft zurückgekehrt.

Eine riesengroße Tafel war aufgebaut und das Tischtuch flatterte im Wind und Rosina band es fest mit dünnem Spagat, damit der aufgeblasene Stoff die Gläser nicht von der Platte fegte. Das ist vor allem ein Festtag unserer Mütter, sagte Klara, und Rosa musste neben Magdalena sitzen bleiben und die Kinder durften die Namen aufsagen und wie alt sie seien und was für Noten sie im Zeugnis hätten.

Auch der Heinrich war da, der sich nur selten sehen ließ, und Rosa konnte das Glück nicht fassen und Hermann und Berta und Frieda, sogar Berta und Frieda waren da, die als Dienstbotinnen in die Hauptstadt gegangen und nur zu allen heiligen Zeiten heraufgekommen waren. Wie schien es der einen ungewohnt, mit der Familie am Tisch zu sitzen, seit Jahren hatte sie mit dem Personal in der Küche gespeist, die andere hatte einen Mann gefunden, der aber hatte die weite Reise gescheut. Fast alle waren sie versammelt und Rosa glättete ihren Rock auf den Knien wie ein Tischtuch und wusste gar nicht, mit wem reden, und sie wusste nicht mehr, wem was wünschen und wen was fragen, und wo sie denn alle schlafen würden und ob es denn der Magdalena nicht zu viel würde und so viele Kinder, und Geschenke habe sie keine.

Mein Gott, dass ich das erleben darf. Wie hat es mein Sohn doch gut getroffen, so eine Frau, so herzige Kinder. Wenn ich doch wenigstens ein paar Lire hätte für die Kleinen, wenn ich doch Geschenke hätte für sie, wem soll ich nur danken, es ist alles so ordentlich hergerichtet, wie lange habt ihr denn gekocht und vorbereitet, seit wann seid ihr schon da, wie geht es deinem Mann, sind die Menschen auch gut zu dir, bei denen du arbeitest, stimmt es, dass die Hausfrauen gar nicht kochen können und sich nur in Seide kleiden, du musst nur einmal umsteigen, das ist ja wunderbar, du hast das Meer gesehen, das muss schön gewesen sein, du sprichst ja schon ganz anders, wann wirst du wiederkommen, sie ist bei der Geburt fast gestorben, ich sag es ja, ein Kind wird aus dem Bauch einer Frau geboren,

Genoveva ist auf Sommerfrische gegangen, mit der Familie, bei der sie das Schuljahr über wohnt, sie wird eine wunderbare Lehrerin werden, Serafin hat zu Weihnachten geschrieben, in einer Reederei arbeite er jetzt und er sehe die weite Welt und schön ist es und gesund ist er und er vermisst uns und eine Frau hat er, die spricht unsere Sprache, aber ganz anders, wir würden sie nicht verstehen, ja der Vater, der hat den Serafin und den Severin auch immer verwechselt, der Adolf ist doch lange schon tot, er ist ja eh achtzehn Jahre alt geworden, zum Schluss war er auf einem Auge blind, so einen roten Krebs hatte er da, unter der Lerche hat ihn der Severin begraben, wie all die andern Hunde zuvor, die Katzen sind ja immer irgendwo verloren gegangen, heutzutage werden so viele überfahren, es ist schon unglaublich mit dem Verkehr, die Täfelchen mit den Namen der Hunde wollten die Kinder mitnehmen hinauf, aber die Hunde selbst, sie liegen jetzt unter dem See, wenn dein Vater das wüsste, das war schon eine Katastrophe, zum Glück hat er das nicht mehr mitbekommen, Hebamme, ist das ein schöner Beruf, heute wissen ja die jungen Frauen besser wie verhüten, ob das gesund ist, unsereins hat noch jedes Jahr ein Kind bekommen, ist das hübsch, hast du das selbst genäht, und wer bist du, ist das ein schöner Name, und wie heißt denn deine Puppe, das musst du mir wiederholen, wie bitte, also pass auf, ob ich es jetzt richtig sage, Pippilotta Viktualia Rollgardina Pfefferminz, wer hat sich denn so einen Namen einfallen lassen, das Buch hat euch der Serafin geschickt, na dann lest brav die Wörter und merkt euch, wie man sie schreibt, ich kann nicht so gut schreiben und eure Eltern haben das Schreiben in Deutsch gar nicht gelernt, früher war vieles anders, Kinder, da hatten wir nicht so viel auf dem Tisch, mein Gott, der Wind, hoffentlich hält das Wetter, ich weiß gar nicht, wem ich danken soll, habt ihr das alles schön hergerichtet, danke Magdalena, dass du meinem Sohn so eine gute Mutter bist, ich hab immer so gut reden können mit ihm, er war immer derjenige von meinen Söhnen, der am meisten geredet hat mit mir und mir am meisten erzählt, die Lehrerin hat gemeint, er würde schwätzen, chiacchiera continuamente, hat sie gesagt, das ist alles so lange her, ja bitte schneidet den Kuchen auf im Korb, ich hab ihn ja eigens gemacht, dass der Johann jetzt auch schon über drei Jahre tot ist, ich hab ihn ja nur bei der Hochzeit gesehen, manchmal ist es eine Erlösung, ja, ich nehme gern sein Sterbebildchen mit, wie die Zeit vergeht, hab ich schon lange keine Ziehorgel mehr gehört, dieses Stück hat mein Mann auch oft gespielt, er ruhe in Frieden, früher haben wir viel musiziert im Winter, früher hat man die Särge noch auf dem Rücken hochgetragen, das war bestimmt eine Erlösung, da ist einmal einer mit der Materialseilbahn abgestürzt, als er den Sarg nicht hoch tragen wollte, ja, bestimmt eine Erlösung, pass auf, da ist eine Wespe im Glas, dass du sie nicht schluckst, Gertrud ist von den vierzehn die Jüngste, sie ist jetzt im Norden und geht dann nach Afrika, eine Ausbildung macht sie noch zu Ende, ein paar Jahre, ich weiß es nicht genau, sie war immer schon zäh, sie wollte nicht einfach nur Nonne werden, sie wollte Missionarin sein, ja, zwei Löffel Zucker bitte, Milch gerne, stopp, nicht so viel, Schwester Blandina, ein bisschen italienisch klingt das schon, die war eine Märtyrerin, die Patronin der Dienstmägde, Gertrud war schon als Kind ganz besessen von der Idee, eine schwarze Schwester zu werden, sie hat sich immer Tücher um den Kopf gewickelt, sie ist die Jüngste von den elfen, die überlebten, und nur drei fehlen heute, die Zita ist in guter Hoffnung, es sind nur mehr ein paar Tage, ich versteh das schon, dass sie da lieber zu Hause bleiben wollte, es ist ja doch weit und so umständlich jetzt, seit sie die Grenzen gesperrt haben, wohin das nur führen wird, da wartet man ja Stunden auf das Visum, hat mir Severin gesagt, der ist aber stark, der Kaffee. Gertruds Zopf haben wir zu Hause aufbewahrt, ich war schon gerührt, als sie sagte, sie wolle ins Kloster gehen, ich muss ihn verglasen lassen, bevor ihn die Motten fressen, am Boden ist sie gelegen in der Stube vor dem Herrgottswinkel, als die vier Brüder im Krieg waren, ich war ganz erschrocken, als ich sie da das erste Mal fand und dachte, sie wäre tot, ich wusste gar nicht, dass dir auch zwei Kinder gestorben sind, das tut mir sehr leid, meine Söhne sind alle zurückgekehrt aus dem Krieg, mir sind zwei Kinder tot geboren worden, man hat sie doch geliebt und einen Platz haben sie immer, was, und ihr Blondschöpfe seid alle beim Kirchenchor, das ist ja eine gute Idee, wie schön, da wird bestimmt auch zu Hause immer viel gesungen, ach, sogar Opernarien, tatsächlich, Mohntorte, das tut jetzt gut, Mohn klärt den Geist nach dem Essen, da müsst ihr hernach eine Arie vorsingen, das will ich hören, na gut, singt mir sie morgen vor, wenn wir allein sind, nein, Severin muss gleich wieder zurück, wir haben ja das Vieh im Stall, sonst hätte seine Frau nicht mitkönnen heute, ich mag sie, als wär sie meine eigene Tochter, acht haben sie inzwischen und ich glaub, dabei bleibt es, am Nachmittag übernehmen die zwei Großen das Melken, der Romedius und der Josef, aber mutterseelenalleine lassen kann man sie noch nicht, ja, früher war das anders, da ist man schon mit acht zum Hüten auf die Alm und in den Dienst von anderen Bauern, das ist zum Glück vorbei, eine Kindheit müssen die Kinder schon haben, fünf hat der Peregrin jetzt, die vier Töchter und dann den Sohn, Klara strahlt, als wäre sie wieder in Erwartung, ich hatte ja noch gar keine Zeit, mit ihr zu reden, ja, ganz ein bisschen, nur einen Zentimeter, aber halt, halt, nicht so viel, bist du narrisch geworden, da musst du abtrinken, das ist ja viel zu viel Schnaps für mich.

Enrico hatte derweil die Aufräumarbeiten auf dem Kirchplatz den Kollegen der Stadt übergeben und sich an das Aufschichten und Katalogisieren der Totenköpfe gemacht. 37 mit einem Edelweiß auf der Stirn, 18 Kleeblätter, 27 Enzian, 13 Rebblätter, 51 Herzen, 52 Eichenblätter, 38 Efeuzweige, 63 Lorbeerkränze, 19 Blumen, von denen er keine Ahnung hatte, welche sie sein sollten, Disteln und Blaubeeren und Hagebutten und Wacholder und Alpenrosen und Veilchen und Trauben und Hirschgeweihe und Latschenzweige und Pilze. Er vermisste die Blumen aus seiner Heimat und beschloss, in nächster Zeit Orchideen zu malen und Callas und Bougainvilleas und Olivenzweige und Edelrosen und Zitronen und Mandelblüten und Klatschmohn und Rosmarin und Lavendel und Salbei und Akanthus und Ringelblumen und Schwertlilien und Rauten und barocke Kirchen und Tempel und dem Mesnerbauern, der demnächst exhumiert werden sollte, dem würde er einen Vulkan auf die Stirne pinseln, so wie der gepoltert haben muss in seinem Leben.

Der Himmel war verhangen und stockdunkel war es, als Severin beschwingt mit der Bäuerin und den zwei jüngsten der Kinder nach Hause fuhr. Die Zwillinge und die mittleren hatten bleiben wollen, die zwei ältesten waren zu Hause geblieben. Die hatten bei Peregrins Hochzeit Blumen gestreut und Gedichte aufgesagt und allerlei Segenswünsche.

Ein Carabiniere stand vor der beschädigten Handlung und im Gebäude neben der Totenkapelle brannte Licht, unheimlich war Severin zumute und als er fest aufs Fahrpedal drückte und die Reifen quietschten, war es ihm selbst zu dumm.

24. Juli 1964, St. Christophorus

Als Genoveva am Tag der Autoweihe erfuhr, wer ihre Mutter war

Kurzerhand auf einen Sonntag hatte der Pfarrer die Autoweihe verlegt, auf einen Sonntag im April; im Hochsommer, am Tage des Heiligen Christophorus, da sei die Zeit nicht gut, hatte er gesagt, da sei die Heuarbeit zu leisten und die Männer wären auf der Alm.

Der Pfarrer war nicht jung in dem Dorfe, das nun oberhalb des Stausees lag, der manchmal wunderschön war und ruhig und königsblau und manchmal eine graue Lacke mit brüchigen Sandbänken an saftlosen Ufern, als wäre es eine vertrocknete Flusslandschaft, als wäre der Hang in die Tiefe gebrochen und verschluckt. Der Pfarrer war nicht der jüngste in dem Dorf, dessen Vergangenheit am Grunde des Morastes lag und dessen Stallgeruch zu den uniformen Häusern nicht passen wollte, das auch eine neue Kirche hatte, deren Verputz schon zu blättern begann, aber er hatte wohl wegen des Alters und der Erfahrung für sich entschieden, dass es notwendig war kreativ zu werden, seine Schützlinge hatten die Sehnsucht nach etwas, das ihnen Halt gab und Sicherheit, wenn sie es brauchten, und nicht, wenn sie es nicht brauchen konnten, er wollte diese Rolle übernehmen, er wollte ihnen etwas schenken in den raren Momenten, in denen er die Möglichkeit hatte, das Orthodoxe zu umgehen. Nach dem, was geschehen war, konnte er nur mehr an einen Glauben appellieren, der manchmal auch nachgiebig war, nicht immer starr, nach dem, was geschehen war, erließ er es den Kirchgängern, um Erlaubnis zu bitten, wenn sie am Sonntag lieber Heu und Korn einholten, weil von den Bergen her Wolken drohten, als die Messe zu besuchen und dann vor dem faulen Nass zu stehen und Herrgottmariawasjetzt zu rufen.

Genoveva war an diesem Aprilsonntag da gewesen, sie stand kurz vor der Prüfung und hatte sich morgens auf eine Lichtung gesetzt und gelernt. Anfang Jänner war sie achtzehn geworden, und sie war größer gewachsen als die jungen Frauen im Dorf und ihre Haare schimmerten leicht rot, und sie lachte viel und war offen und gern unter Menschen und der Sonntag im April, der war ihr im Gedächtnis geblieben.

Ob sie mit ihnen ginge, hatten Severins älteste Söhne gefragt, die gleich alt und nur wenig jünger waren als sie, so hatte sie die Bücher zugeklappt und war mit ihnen am Bühel gestanden und hatte zugeschaut, wie ein Auto neben dem anderen Platz nahm, wie die Perlen auf eine Schnur gereiht. Gemeinsam hatte man gezählt und gerechnet, um wie viel mehr es waren als im vergangenen Jahr. Siebenundzwanzig Autos waren es heuer, fast alle waren sie weiß und mit Blumen und Bändern geschmückt. Die Musikkapelle spielte und der Kirchenchor sang und den Rosenkranz betete man und es war erhebend, gemeinsam unter dem Frühlingshimmel, und der Pfarrer schritt die Wagen einzeln ab und sprenkelte Weihwasser auf die Kühlerhauben und schwang großzügig das Weihrauchfass. Und damit es auch im Freien gut aussah, hatte er viel Salbei untergemischt und Beifuß und Kirschbaumharz, das dampfte grau und hob sich ab gegen die klare Luft und floss mit dem Wind, der hier stets blies.

Manch Alter hatte den Kopf geschüttelt und ging weiterhin zu Fuß, auch wenn sich die Gelegenheit bot, mitzufahren und bequemer ans Ziel zu kommen. Die meisten aber hatten gestaunt, und den jungen Burschen, die ein Auto hatten und noch keine Braut, denen waren Anerkennung und Achtung gewiss.

Viele junge Leute waren an diesem Tage im April zusammengekommen, auch Burschen und Mädchen aus anderen Dörfern, um zu sehen, wer denn ein Auto besaß und wie es aussah. Genoveva hatte manch einen seit Jahren nicht mehr gesehen, es war ihre Unterhaltung gewesen, in dem einen und anderen Mann den Spielgefährten von einst zu erkennen, es war ihr nicht sonderlich wichtig gewesen, aber aufgefallen war es ihr doch, dass man sie angeschaut hatte und dass sie gefiel.

Einer hatte sie gefragt, ob er sie wiedersehen würde im Juli, bei der Autoweihe im Dorf am anderen Ende des Sees. Vielleicht, hatte Genoveva geantwortet, sie unterhielt sich gern und liebte den Augenblick. Etwas zu versprechen, das so weit weg war, das stand ihr fern.

Drei Monate waren schnell vergangen, es war Sommer und Genoveva hatte Ferien und wusste nicht, warum sie nicht hingehen sollte, zur Autoweihe im Dorf am anderen Ende des Sees.

Ob sie denn hingehen könne, das fragte sie dann auch an diesem Freitagmittag die Großmutter. Es sei der Tag des Heiligen Christophorus, und die Musikkapelle würde aufspielen und die Landstraße sei frisch geteert, sie könne mit dem Fahrrad fahren und sei ja auch Frau genug, ohne Romedius und Josef zu gehen.

Rosa war stolz auf Genoveva.

Sie hatte die Lehrerbildungsanstalt in der Stadt mit Bestnoten bestanden und würde im Herbst beginnen mit dem Unterricht. Ledige Mädchen kamen oft hoch hinauf, in kleine Weiler, wo ausgediente nicht mehr sein wollten, weil die Abende einsam waren und dunkel und die Menschen in ihren Höfen. Dass sie sich unterhalten mochte, das konnte Rosa verstehen.

Genoveva las die Zeitung und interessierte sich für Politik, sie wollte jetzt schon wissen, wen sie wählen würde, sobald Wahlen anstanden und sie volljährig war.

Genoveva hatte mit ihren Schulfreundinnen und einer Lehrerin Häftlinge besucht, die Flugblätter verstreut hatten und Sprengsätze gezündet und auch getötet. Genoveva hatte Brieffreunde in ganz Europa und wollte einmal zu Schwester Blandina nach Afrika, Rosas jüngste, die den Pfad der Mission gewählt hatte, noch war sie nicht dort, aber sobald sie dort sein würde und Genoveva gespart hätte, würde sie fahren. Pass nur auf, hatte Rosa einmal gesagt, das Helfen kann süchtig machen, helfen darf man nur, wenn man nicht glaubt, dem anderen etwas vorauszuhaben, wir lernen von jedem und am meisten von denen, die alt sind und krank und arm. Das klingt ja nach Rumpelstilzchen, hatte Genoveva darauf gelacht, ich weiß etwas, das du nicht weißt, du weißt etwas, das ich nicht weiß. Entschuldige, Genoveva, hatte dann Rosa gesagt, du kannst sie ja besuchen, wenn sie unten ist, und du kannst natürlich helfen, das musst du dann auch, aber wir brauchen dich hier, und Rosa hatte an Judith gedacht, an Genovevas Mutter.

Ob sie sich denn verliebt habe, fragte nun Rosa an diesem Freitag und befürchtete, dass Genoveva das Zittern hören konnte in ihrer Stimme. Ich will mir doch nur die Autos anschauen, komm, ich bin doch kein Kind mehr, Großmutter, meinte da Genoveva, du stellst dich doch bei den anderen auch nicht so an, es ist Sommer, es ist warm und es wird getanzt.

Rosa war seltsam zumute, das Herz klopfen fühlte sie in ihrer Brust und sie hatte mit einem Male die Gewissheit, dass das der Augenblick sei, dass sie es ihr sagen dürfe. Dass sie dies tun solle, wenn sie meinte, es sei der richtige Augenblick, das hatte ihr Judith mehrmals gesagt.

Du kannst gern fahren, wenn du mir nicht zu spät nach Hause kommst, begann Rosa, aber ich möchte mit dir zuvor reden, Genoveva, du bist achtzehn geworden und bist eine Lehrerin und es ist Zeit, dir etwas zu sagen.

Kinder werden aus dem Bauch einer Mutter geboren, sagte Rosa dann flüsternd, sie kommen nicht mit den Mücken geflogen und keine Hebamme bringt sie in der Tasche und kein Nikolaus im Sack und kein Storch in einem Tuch. Kinder werden aus dem Bauch einer Mutter geboren, in den ein Mann neun Monate zuvor seinen Samen setzte.

Sie müssen nicht verheiratet sein, der Mann und die Frau, Kinder kommen, wenn sie wollen, wenn der Mann und die Frau sich lieben.

Und Genoveva lauschte und es schien ihr, als würde Rosa laut denken und gar nicht mehr zu ihr sprechen, sie wusste längst schon, was Rosa ihr nun sagen würde.

Ich bin nicht deine Großmutter, Genoveva, wie du mich manchmal nennst, weil mich hier alle so nennen, auch Severin. Und ich bin auch nicht deine Mutter, Genoveva, und du weißt das, auch wenn du mich nie gefragt hast. Ich kenne deine Mutter, Genoveva, und du kennst sie auch. Sie stammt aus dem gleichen Dorf wie ich, jenseits der Grenze, weit, ganz weit entfernt sind wir miteinander verwandt, aber deine Mutter ist nicht meine Tochter. Du hast mich nie gefragt und ich war froh, dass ich nicht habe lügen müssen, gelogen hätte ich auch nicht. Du bist das Kind einer solchen Liebe und deine Mutter ist jene Frau mit den hellroten Haaren, die im Spätherbst immer kommt, wenn die Felder brach liegen und die Wanderer ausbleiben, wenn man sich der Toten besinnt und ihnen Kränze windet für den Winter, es ist jene Frau, die dir die Puppe brachte, die damals fast größer war als du, mit den vielen Stoffflecken und den gestreiften Strümpfen, jene Frau, die mit dir so viel am Boden gesessen ist und gespielt hat, als du klein warst. Judith ist deine Mutter und sie war einmal gekommen, dich zu holen. Endlich hatte sie Wirtsleute gefunden, die es ihr erlaubt hatten, dich bei ihr zu haben, vielleicht kannst du dich noch daran erinnern, mein Kind, sie war hereingestürmt und hatte dich begrüßt und gesagt, jetzt kommst du mit mir, mein Kind. Als sie dich aber entdeckte, da saßest du am Boden und spieltest mit Severins Kindern, zogst sie an und aus wie Puppen und die deine saß mittendrin und war die Frau Lehrerin und du hast dich so unbeschwert bewegt auf den Wiesen und im Haus, du warst so frei hier und daheim, sie hat es nicht fertiggebracht, dich dem zu entreißen, du hättest nur nachts bei ihr sein können, wenn sie hochkam die zwei Stöcke aus der Gaststube mit den auffliegenden Eulen, und morgens beim Hahnenschrei, untertags aber wärest du nach der Schule alleine gewesen oder bei ihr in der Küche auf eine kurze Umarmung mit Fettfingern und von Zwiebel tränenden Augen. Sie hat das für dich getan, Genoveva, und du bist ganz ihr Kind, Judith ist eine tapfere Frau. Ich habe auch Kinder weggeben müssen, weil ich sie nicht hätte ernähren können, ich habe sie so vermisst und habe sie doch weggegeben und ich weiß nicht, wie ich es mir verdiente, dass sie alle wiederkamen. Du bist mein Kind, aber du bist auch ihres.

Genoveva war still, sie war nicht erschüttert, nicht zornig, nicht traurig, sie war still. Sie hatte es gewusst, natürlich, sie wusste, dass Rosa nicht ihre Großmutter war und noch weniger ihre Mutter, trug sie doch allein schon einen anderen Namen, aber es war so gut gewesen und so hatte sie nie gefragt und wer sie kannte, der hätte sich wundern müssen, denn Genoveva fragte viel. Dass Judith, die mit den rötlichblonden Haaren, die sie offen trug, damit das Kind sie frisieren konnte, dass Judith ihre Mutter war, das war ihr neu und sie war glücklich.

Dass Rosa es nicht war, das hatte Genoveva auch gewusst, weil sie Sommersprossen und eine weiße Haut hatte und ihr Schopf einen Farbton, wie es keinen zweiten gab all die frisch gelackten Kirchbänke reihauf und reihab, weil ihr die Alte manchmal zwei Gutenachtküsse gab und den Enkeln, mit denen Genoveva zu schlafen pflegte, nur einen, da musste mehr dahinter sein.

Warum sie nie gefragt hatte, darüber wollte sie später nachdenken, wenn der Kopf frei war, sie hatte ein Gespür dafür, wann der Augenblick da war für etwas.

Und mit einem Male war Genoveva stolz auf alle.

Weißt du denn etwas über meinen Vater?, fragte sie plötzlich. Das musst du deine Mutter fragen, sagte Rosa, sie hat von ihm nie erzählt, du bist ein Kriegskind, Genoveva, wie eigentlich alle Menschen auch, es gibt kein Leben, in dem es keine

Erinnerung an den Krieg gibt. Du aber bist das Kind einer Liebe im Krieg.

Weißt du denn, wo sie wohnt?, fragte sie dann, nachdem sie die jüngsten Kinder des Bauern aus der Stube geschickt hatte, die drinnen spielen wollten, weil Wind aufgekommen war und die sich aus den Zöpfen gelösten Strähnen vor die Augen legten und an der Nase kitzelten, sie aus der Stube gebeten hatte, indem sie ihnen erlaubte, die Hühner zu füttern, eine Extraration, es sei ein besonderer Tag, morgen würde sie ihnen eine ganze Geschichte lesen und zusammen zeichnen würden sie dann, nein nicht heute, morgen, versprochen. In einem Gasthaus arbeitet sie, jenseits der Grenze, immer noch im selben seit damals, sagte Rosa, da geht es ihr gut und das Geld für ein Häuschen hat sie sich gespart, im Bachbett wohl, das wollte niemand haben, aber glücklich ist sie dort und es ist ihr Königinnenreich, hat sie gesagt, über den Pass müssen wir und durch den Zoll und durch Tunnels, aber mit einem Auto ist das nicht so wie früher, als du noch klein warst.

Ich werde uns einen Pass besorgen und das Visum, sagte Genoveva, ich werde jemanden suchen, der uns hinführt, wir werden eine Reise machen, Rosa, nein, du bist nicht zu alt, du warst immer so lieb, Rosa.

Ich war nicht mehr dort, seit ich hierher kam, Genoveva, ich war seit siebenundvierzig Jahren nicht mehr dort. Dann ist es höchste Zeit, dass du siehst, wie es dort ausschaut, Rosa, ich möchte doch auch wissen, woher du kommst, ein bisschen komm ich ja von dort auch, und von dort, wo ich geboren wurde, wo bin ich geboren worden, Rosa?

In einem Mütterheim kamst du zur Welt, sie hatte kein Zuhause, ihre Mutter war eine Dienstmagd, so wie Judith auch. So fahren wir zu dir nach Hause, wo du geboren wurdest, und wir fahren mit Judith dorthin, wo ich geboren wurde, Rosa, ich bin nicht dort zu Hause, ich bin hier zu Hause bei dir, darf ich das sein, für immer?, fragte Genoveva und umarmte sie und begann zu weinen.

Ich bin schon so lange hier, sagte Rosa, meine Kinder sind hier und meine Enkel und du bist hier, das ist jetzt mein Daheim, aber noch einmal das Grab meiner Eltern sehen und den Hof meiner Kindheit, Genoveva, ja natürlich wird das immer dein Zuhause sein, daran wird sich nie etwas ändern, dann geh schon zur Autoweihe und pass auf dich auf, suche jemanden, der Zeit hat, uns zu begleiten, aber bitte pass auf dich auf, mein Kind, ich kann es nicht mehr. Genoveva löste sich von ihr und sagte danke.

11. September 1965
Als Rosa und Genoveva über den Pass fuhren, um ihre Kindheit zu suchen

Als sie den Moorsee sahen dunkel schimmern hinter den Fichten, da umklammerte Rosa mit beiden Händen den Griff über dem Beifahrersitz, jetzt sei es nicht mehr weit, sagte sie. Feucht sei die Gegend hier und Schwarzfeiler heiße der Berg und s'Mösele ihre Heimat, weil alles auf faulem Grunde liege. In der Früh im Herbst würde die Gegend dampfen und nur der Kirchturm rage manchmal aus dem Nebel empor, als sei er auf Luft gebaut. Schwarz vom Moos seien die Bäume, schwarz wie die Erde sei auch die Madonna, die kleine handgroße in der Monstranz am Seitenaltar, Pilger kämen ihretwegen von weit her. So viele sollen es einst gewesen sein, dass sie schwarz wurde von den Kerzen, die die Menschen fürs Gebet entzündeten, so schwarz, dass man sie irgendwann unter die Glashaube stellte, aus Angst, der Rauch könne sie verbrennen. Kreuzritter hatten sie gebracht vom fernen Orient, sie ist schwarz, da sie ganz anders ist als wir, fern in ihrer Größe, von irgendwoher, unerreichbar für uns, sie ist nicht schwarz von den Kerzen, sagte Rosa, die fromm war und nicht alles glaubte, was der Pfarrer sagte, die schwarze Madonna ist die Göttin aus dem Hohelied und sie hat ihren Sohn unter Schmerzen geboren wie wir die unseren Söhne und Töchter auch.

Einen Fahrer und ein Auto hatte Genoveva aufgetrieben und endlich waren sie gemeinsam gestartet, Rosa und Romedius, des Hoferben Severin ältester Sohn, sein frisch erstandener Führerschein war zum Abstempeln in der Stadt und seit Monaten nun lag er dort, sein Bruder Josef und zwei seiner Schwestern waren dabei und auch Gertrud, Rosas Jüngste, die wenige Tage Urlaub hatte, um nach der Rückkehr in die Mission zu gehen. Sie hatte den großen Abschied schon genommen, hatte den Koffer gepackt und alle Fahrkarten gelöst.

Wie eine Wallfahrt auf vier Rädern, hatte sich Genoveva im Stillen gedacht, als sie nach einer Stunde Fahrt schon an der Kirche zu Maria Lourdes direkt an der Straße die erste Pause einlegten und auf Votivgaben und Metallherzen, auf Tafeln und Wandbildern von Gebetserhörungen lasen und von Rettung in letzter Stunde. Kerzen entzündeten sie und ein paar Lire warfen sie in den Opferstock und weiter ging es die Heide hinauf und weiter bis zur Grenze, wo sie zu warten hatten und die Grenzbeamten nur Genovevas Passbild studierten. Die Bäche hier flossen in Mäandern in den Süden und den Norden, bergabwärts ging es weiter durch eine Schlucht und durch Tunnels und unter überhängenden Felsbrocken dann wieder hinauf, einen Abstecher zu einem Benefizium wollten sie machen, wo ein ausgedienter Pfarrer sich um die Belange von Reisenden kümmerte und um zwölf Uhr an den Seilen der in Kriegsjahren gegossenen Zinkglocke stets so kräftig zu ziehen pflegte, dass der Turm zu wackeln begann und der Klöppel sich aufstellte und kopfüber in der Mitte verharrte, wie um Zeit zu gewinnen, bevor er wieder fiel. Ein paar Schillinge warfen sie auch hier in den Gabenstock und dem Pfarrer gaben sie einen Schein für das Essen, das dessen Haushälterin ihnen aufgetischt. Gleich nach der Grenze in einem kleinen grauen Haus, das aussah wie ein Würfel, hatten Josef und Romedius das Geld gewechselt. Während Genoveva den Blick hin- und herwarf zwischen dem Pfarrer und der Haushälterin, die auf ihrem Haar einen Witwenschleier trug, so selbstverständlich, als würde sie jenen schon sehr lange tragen, um aus deren Blicken zu erforschen, ob sie etwa mehr verband als Dienstverhältnis und vereinsamtes Leben, während der Chauffeur, ein Freund des Romedius, der sich in Genoveva verschaut, aber nie ein Wort gesagt hatte, nur kurz rasten wollte und eingeschlafen war, überredete der Geistliche die Brüder zu einer kurzen Kegelpartie und zeigte ihnen hernach, wie er die schweren Steine der Uhr aufzuziehen hatte, tagtäglich, damit der Zeiger auch richtig ging. Dann mussten sie aufbrechen, damit es nicht zu spät wurde für die Einkehr am Abend.

Die Straße war schmal und die Schlucht war eng und doch hatten sie das Gefühl, als sei alles weiter hier und frei.

Und am späten Nachmittag, der See, der schwarze See. Schon malten sich Genoveva und Severins Töchter dem Zeitvertreib halber Drachen aus, die hier des Nachts dem feuchten Moor entstiegen, als sie nach zwei, drei Kurven den Kirchturm sahen des Dorfes, in dem Rosa zur Schule gegangen war und wo sie die Erste Heilige Kommunion empfangen hatte. Ihr Geburtshof lag etwas außerhalb, ganz einsam an einer Lärchenwiese, die orangegelb leuchtete im Herbst und blass im Winter. Dahinter die Fichten, dunkel und fast bedrohlich mit Flechtenbärten, die geisterhaft an den Zweigen hingen. Fast alle Geschwister waren fortgegangen, fünf Brüder nach Amerika, es war ein Abschied ohne Hoffnung, sich wiederzusehen, es war ein Umarmen gewesen, so fest, dass es schmerzte, es war kein Bleiben möglich gewesen und auch das Gehen war unmöglich erschienen, es war keine Wahl und schlussendlich kein Aufhalten mehr.

Bilder tauchten auf, als würde Rosa in einem Album blättern. Die Emailportäts ihrer Eltern in der Nische der Arkaden, da es ein Grab nicht mehr gab, die Mutter in ihrer Tracht mit der schwarzen Filzhaube und dem Halbschleier vor den Augen und der breiten Schleife unter dem Kinn, der Vater mit Walrossbart und Strohhut. Die Geschwister, eins nach dem anderen, manche gleich groß, weil die Mädchen schneller wuchsen als die Buben. Maria, ihre jüngste Schwester, hatte die zwei Kinder alleine groß gezogen, in die Stadt war sie gegangen, als der Vater ihrer Zwillinge eine andere heiratete und sich um sie nicht mehr sorgte. Im Haushalt einer reichen Familie habe sie gearbeitet, um vier ist sie aufgestanden und hat vorgekocht und geputzt und gebügelt für Sohn und Tochter und das Frühstück hat sie ihnen hergerichtet und nach der Messe direkt in die Schule zu gehen, hat sie ihnen aufgetragen. Dann sei sie zu den Herrschaften und hat gekocht und geputzt und gewaschen und gebügelt und die Kinder versorgt und am Abend ist sie nach Hause, hat gekocht und genäht und die Aufgaben der ihren kontrolliert und mit ihnen gebetet.

Die Gottesmutter hilft, sagte Rosa, als sie am Platze vor dem kleinen Gasthaus hielten und in die Kirche gingen und Genoveva schnell ins Gasthaus lief, um zu fragen, ob sie denn Zimmer hätten für den Fall, dass beim Mösele, dort, wo Rosa Kind gewesen war, kein Platz sein sollte.

Dass sie kommen würden, das hatten sie Rosas Schwägerin geschrieben, denn Rosas Bruder, der Hoferbe, war lange schon tot, und dass sie willkommen waren, das hat man ihnen zurückgeschrieben, ob es aber recht war, dass sie alle dort schliefen, das wussten sie nicht.

Nachdem auch hier Rosa einige Münzen in den Opferstock geworfen und eine Kerze angezündet hatte, fuhr man weiter, vorbei an Totenbrettern aus Holz, die einem Lattenzaun ähnlich am Wegrand standen. Früher, da ist man nicht in einem Sarg begraben worden, erzählte Rosa, früher da hat man die Menschen auf Brettern aufgebahrt und sie in Tücher gewickelt und auf diesen Brettern zum Friedhof getragen, man hat die Bretter mit hinabgelassen ins Grab oder hat sie angeschürt oder wieder verwendet, hier aber hat man ein spitzes Dach daraufgenagelt und hat sie aufgestellt, hier hat man immer schon, gleich nach dem Ableben eines Menschen, allerlei Gedichte und Lobgeschichten über den Verstorbenen auf das Holz geschrieben, um es dann aufzustellen, das Brett, eines neben dem anderen, am Wegrand. Damit man sie nicht vergisst, die Verstorbenen?, fragte Genoveva, weil über die Straße muss man und auf den Friedhof nicht. Das war vielleicht so, damit man den Tod nicht vergisst, sagte da Schwester Blandina.

Man hatte schon gewartet auf sie, Rosas Schwägerin verließ das Haus kaum mehr und rührte gerade Polenta auf dem Ofen für die Schweine, Maismehl bekam nur das Vieh, hier, jenseits der Grenze, die Menschen aßen es nicht. Die Hände wusch sie sich, als die Gäste eintraten, und sie trocknete sie an der Schürze, ich bin die Paula, sagte sie, der Veit, der Bauer, wird auch bald da sein, nehmt doch Platz, sagte sie und holte sogleich einen Rührkuchen aus der Kredenz und stellte ihn auf den Tisch und schnitt ihn in Scheiben, mit Honig sei er gemacht. Der dritte Sohn, Rufus, sei Imker seit Jahren, und so hätten sie Honig und Wachskerzen und Propolis genug im Haus. Es sei schön, den Bienen zuzuhören.

Acht Kinder hatte Paula gehabt, jetzt waren es noch sechs, ein Mädchen war an einer Lungenentzündung verstorben, den Zopf verwahrte sie mit einer von Wachsperlen umkränzten Fotografie hinter einem goldenen Holzrahmen mit Glas.

Genau dort, an der Bank, über der das Bild hängt, hat sich damals der Veit verbrannt, ich hab einen Topf hingestellt mit brühheißem Wasser, wie konnte ich nur so etwas tun, er ist auf der Ofenbank herumgeturnt und ist dann ausgerutscht und mit der Hand direkt ins Wasser hinein, das habe ich mir nie verzeihen können, sagte Paula, und dann hab ich auch noch das Verkehrte getan und ihm Mehl aufgelegt und die Haut ist dann ganz rissig geworden und die Wunde wässrig und tagelang hat er geschrien, der Arme, die Kinder haben ihre Köpfe im Heu vergraben, um ihn nicht schreien zu hören, aber gehört haben sie ihn trotzdem. Die Haut hat lange gespannt und die Hand ist nie mehr schön geworden, es ist schon in Ordnung, sagt er immer, aber wenn es Herbst wird und windig und trocken, dann schmerzt die Narbe.

Noch einen Kaffee stellte Paula auf die Herdplatte zum Wärmen, am Vormittag schon hatte sie ihn vorbereitet, dann verdünnte sie Himbeersirup mit Wasser für Severins Töchter. Und der Älteste, der Vitus, der ist im Krieg geblieben, das wisst ihr ja, so ist der Veit der Bauer, seit der Vater nicht mehr ist.

Auch Paula bekommt manchmal Post aus Amerika, aber die Brüder sind schon fast alle tot und so werden der Nachrichten immer weniger.

Am Abend gab es Suppe mit Mehlknödeln, so wie sie Rosa einst gegessen hatte und man sie hier auch kaum mehr aß, weil die Zeiten nun bessere waren. Da kam eine Schüssel auf den Tisch mit den Knödeln und getrennt davon der Topf mit der

Brühe, die Paula wohl viel kräftiger gekocht hatte als Rosas Mutter einst, mit frischem Gemüse und Rind. Zu zweit teilte man sich dann ein Holzbrett, auf das man die Knödel legte, sie dort mit dem Messer in Stücke schnitt und in den Teller schob.

Greift zu, es ist genug, nehmt, so viel ihr wollt, ich hab draußen auch noch Knödel im Wasser, da ist der Schöpfer für die Suppe, Veit, reich ihn weiter bitte, da gießt ihr jetzt auf, so viel ihr wollt, das Salz, das steht da hinten, solltet ihr nachwürzen wollen, ich hab auch Pfeffer im Haus, den Schnittlauch hab ich in der Küche vergessen, einen Moment, ich werde ihn holen.

Die Brüder, so fügte Rosa hinzu, als Paula schnell in die Küche ging, die spielten immer Schiffe versenken mit Suppe und Brocken, das spielten sie auch, als sie davon sprachen, nach Amerika zu gehen, die Mutter fand das nicht lustig.

Das ist jetzt nicht das nobelste Essen, um euch willkommen zu heißen, aber ich dachte, das passt so, sagte Paula, stellte den fein gehobelten Schnittlauch auf den Tisch und fing mit dem Löffel einen Knödel, den sie aufs Holzbrett legte und teilte, sie waren halt ergiebig damals und man konnte sich etwas anderes nicht leisten, wir haben sie auch oft gegessen bei uns daheim, als ich klein war, mit Kräutern hat die Mutter sie abgeschmeckt, nur eben teilen kann man sie nicht, weil sie hart sind, versucht man sie in der Suppe zu teilen, dann springen sie wie Bälle und der ganze Tisch ist nass. Hätte man nicht nur ein einziges Holzbrett nehmen können, das war doch viel Arbeit, der ganze Abwasch, fragte da Genoveva, oder gleich die Stücke servieren im Topf. Es waren ja viele Kinder da, die spülten, sagte da Rosa, da hatte jeder seinen Dienst, die Buben wie die Mädchen, bei uns haben auch die Buben in der Küche geholfen. Und als sie es sagte, warf Romedius einen Knödel in die Brühe und machte die Probe aufs Exempel. Der Knödel floh und die Suppe spritzte und sie lachten, sie lachten alle und hätten früher nie alle gelacht.

Morgen Mittag gibt es Gulasch und Speckknödel, sagte Paula, nachdem sie Erinnerungen aufgetischt hatten an Zeiten, in denen auch Kinder kaum einmal ausgekommen sind von der Arbeit und die Stunden gezählt waren, in denen sie unbeschwert im Wald mit Ästen Haus und Stall bauen konnten und aus Tannenzapfen Kühe machten und aus zu Figuren geschnitzten Rindestücken sich selbst.

Rosa kannte Paula seit ihrer frühesten Kindheit, sie waren Nachbarn gewesen, zweimal hatte einer von hier hinüber geheiratet und von drüben hierher.

Wird das mit den Totenbrettern noch immer so gemacht?, fragte da Josef, dass man sie da aufbahrt und offen zum Friedhof trägt. Aber nein, sagte Paula, ein paar Menschen kümmern sich darum, dass der alte Brauch nicht verloren geht, es sterben ja nicht so viele hier, dies ist nur ein kleines Dorf, aber wenn einer stirbt, so bekommt er ein Brett am Wegrand aufgestellt und das mahnt jeden, der es sieht, dass er morgen der nächste sein kann, auf den Tod muss man immer gefasst sein, und die Verstorbenen soll man nicht vergessen.

Lange saßen sie abends noch draußen, es war die letzte schwüle Sommernacht und Genoveva betrachtete die Früchte eines Ahornbaumes in ihren Händen und drehte sie wie Propeller zwischen Daumen und Zeigefinger und dachte ans Fliegen. Gegen den immer dunkler werdenden Himmel hob sich vor dem Schwarzfeiler die Laurentiusspitze ab, die ihren Namen so trug, das erklärte Rosa, weil um Sankt Laurentius das Vieh heraufgebracht wurde, auch hier die Almen zu weiden. Ob sie fallende Sterne sehen würde, was sie sich wünschen könnte, wenn sie einen sah, dachte Genoveva.

In der Ferne tanzte das Wetter, es leuchtete der Himmel und es ward wieder finster, die Nacht warf Schatten. Am frühen Abend ging ein Schauer nieder, Schrotkörner in der Größe von Kirschen hagelte es, in den Wegen, die der Regen sich bahnte, würden sie liegen bleiben bis morgen Früh.

Morgen Früh würden sie Judith besuchen, in dem kleinen Häuschen am Bach. Wie jedes Jahr war sie auch im vergangenen kurz vor Weihnachten gekommen, um Mariä Empfängnis, als auch Genoveva nicht unterrichten musste, kurz vor Weihnachten letzten Jahres haben sie sich bei Rosa daheim getroffen, vor den Feiertagen, als auch das Gasthaus geschlossen hatte, in dem Judith unverdrossen ihre Arbeit versah. Die Busfahrt von der Stadt, in der sie lebte, bis zu Rosas Dorf hatte Genoveva nachgedacht, ob sie sie nun Mutter nennen sollte, da sie es jetzt ja wusste, und sie hatte gedacht, dass sie nie fähig sein würde, dies zu sagen, weil ihr Judith eben Judith war. Und als sie so beieinander gesessen waren, als wären sie jeden Tag so gesessen, da hatte Genoveva Mama gesagt und es war ihr erst aufgefallen, als sie es schon ausgesprochen hatte, und sie hatte sich keine Gedanken mehr gemacht und hatte die drei Tage lang Mama gesagt, wenn es sich aufdrängte, und wenn es nicht sein wollte, dann sagte sie Judith wie ehedem.

Judith war aufgeregter gewesen, sie hatte sich damals, vor Monaten, nicht nur die Busfahrt von dem Dorf, in dem sie lebte, bis zu Rosas Dorf Gedanken gemacht. Seit Rosa ihr geschrieben hatte, dass das Kind es wusste, hatte sie sich Abend für Abend gesorgt, dass die Tochter ihr bös sein könnte, sie hat nicht mein Kind gesagt und nicht meine Tochter, sie hat es nicht gesagt, obwohl sie es immer gedacht hatte, sie ist bei Genoveva geblieben.

Jedes Jahr war sie über die Grenze gefahren, ihre Tochter zu sehen, sie zu spüren und zu halten, ohne dass jener es auffiel. Bei keiner Fahrt zuvor aber waren ihr derart viele Momente aus der Vergangenheit wieder aufgestiegen wie an jenem Tag im vergangenen Dezember, als sie über die Grenze gen Süden fuhr, um erstmals Genoveva als Tochter zu begegnen. Die Rückkehr nach dem Krieg fiel ihr wieder ein, das Sich-nicht-vorwerfen-Können, was damals in dem halbzerbombten Lazarett geschehen war, das Gefühl, dass sie damals, umgeben vom Staub und Geruch des Todes, das Leben intensiver gespürt hatte als je zuvor und wie niemals wieder.

Sie wollte ihrem Kind ein Zuhause mit Liebe geben, ein Zuhause, das sie selbst als Tochter einer ledigen Magd nie hatte erfahren dürfen. Als sich die Frauen zur ersten Heuernte anschickten und jede Kraft gebraucht wurde, da die Männer noch nicht zurück waren aus der Gefangenschaft und viele nicht mehr heimkehren würden, war sie zurückgekehrt und man hatte ihre Arbeit geschätzt und man hatte ihr auch angeboten zu bleiben, dort, wo sie als junges Mädchen schon im Dienste war, um sich Kost und Kleider zu verdienen, man mochte sie gerne, das hat man ihr immer wieder gesagt, doch für das Kind wollte hier niemand Platz haben, für dieses Kind mit dem fremden Vater, wo man für die eigenen kaum Zeit hatte und Geduld. Und irgendwann hatte ihr eine Frau von einem Mütterheim in der Nähe der Grenze erzählt, wo sie das Kind entbinden konnte und wo man für sie sorgen würde in der ersten Zeit. Und irgendwie war einmal das Gespräch auf die Rosa vom Mösele gekommen, die jenseits der Grenze wohnte, nicht zu weit weg und doch weit genug, und irgendetwas hatte ihr das Gefühl geschenkt, dass Genoveva dort Kind sein durfte in Liebe.

Judith hatte nie Schuldgefühle gehabt, sie hatte ihr Kind nie als Schande empfunden. Vielleicht konnte Genoveva deshalb das Leben annehmen und das Glück, dachte sie, als sie nach Mariä Empfängnis letzten Jahres vom Süden wieder gegen Norden zurückfuhr. Meine Tochter.

Genoveva, Judiths Tochter, ging als letzte zu Bett an diesem Abend, alle waren lange gesessen, länger als üblich, Genoveva wollte noch sitzen bleiben, ein paar Minuten. Man hatte ihr und Severins Mädchen ein Lager hergerichtet unter Dach, einst waren da Rosa und ihre Geschwister gelegen, Himmelvater, wie hätten sie denn nur glauben können, dass man nicht Platz habe für die eigene Familie, hatte Paula geschimpft, als Rosa zaghaft meinte, man könne auch im Gasthaus am Platze Quartier beziehen. Josef und Romedius und sein schüchterner Freund, dem das Auto gehörte, hatten beschlossen, im Heu zu schlafen, und Rosa und ihre jüngste Tochter, Schwester Blandina, bekamen ein Bett in der Nähkammer neben der Stube, da beheizte der Ofen vom Gang aus gleich zwei Zimmer, da waren einst Rosas Eltern jeweils mit den Kleinsten gelegen.

Morgen werde ich ein Stückchen Kindheit geschenkt bekommen, zu meiner Kindheit dazu, dachte Genoveva vor dem Einschlafen, morgen wird mich meine Mutter *mein Kind* nennen.

Dienstag, 1. Juli 1969

Als Johanna nach Hause fuhr, um ihre Tochter zu entbinden

Lange sah es so aus, als würde Johanna ledig bleiben, wie die alte Dame, deren Geschäft sie übernommen hatte und die sie nun an den freien Tagen ausführte, wie anno dazumal die alte Dame, als sie noch jung war, ihre Tante ausgeführt hatte und jene Tante, als sie noch jung war, wiederum ihre Tante. Alle waren sie ledig geblieben, alle hatten sie eine Nichte aufgenommen und ihr das Geschäft verpachtet und schließlich vermacht, nur Johanna war keine richtige Nichte, aber fleißig war sie und wurde angenommen, als wäre sie eine, und sie kümmerte sich um den Laden, als wäre er jener der Schwester der Mutter.

Zwischen Knöpfezählen und Kirchenbesuch war keine Zeit für Männer und Flausen.

Lange hatte Johanna Minna geheißen, dann war der Krieg, dann der Verehrer, der sie einlud, mit ihm einen Ausflug auf einem Motorrad zu machen, einen Beiwagen hatte er an der rechten Seite des Wagens und den ganzen Tag wollte er mit ihr unterwegs sein, das Wetter versprach herrlich zu sein. Eine neue Passstraße war erst eröffnet worden, die auf der hiesigen Seite hinauffuhr und ganz oben über Zollkontrolle und Pass und auf der anderen Seite hinab, über einen Berg, der sich um Grenzen und Grenzsteine nicht scherte, seit Jahrtausenden waren hier die Menschen übergegangen und die Schafe pflegten auf der einen Seite den Winter zu verbringen und auf der anderen Seite sich im Sommer das Fell durchzulüften und Fleisch anzusetzen.

Johanna hatte an dem Tag keine Zeit, eine Prozession wurde gefeiert, es war der Tag des Gelöbnisses an das Herz Jesu, sie musste die alte Dame stützen, die mitgehen wollte, weil sie noch immer mitgegangen war. Eine Freundin fuhr an ihrer statt mit Johannas Verehrer und er fuhr schnell und der Verschluss seiner Lederhaube öffnete sich und klatschte ihm an den Hals und der Beiwagen hob ab in einer Rechtskurve und die Straße war rutschig und er riss das Motorrad mit und sie überschlugen sich und landeten tief unten im Abgrund. Der Tabernakelpfeiler, den die Verwandten an der Unfallstelle errichten ließen, war das erste Marterle an dieser Straße, die eine Herausforderung war für Erbauer und Fahrer und ein neues Wahrzeichen für ein Land, das geteilt worden war.

Johanna hatte sich lange nicht erholt von Trauer und Gewissensbissen und nicht denken wollen, dass sie Glück gehabt hatte. Ein Witwer, der ein Geschäft mit allerlei Lederbändern und Flecken und Gürteln betrieb, hielt um ihre Hand an und sie willigte ein, obwohl er schon alt war, und kam in gute Hoffnung, was man auch ihr nicht mehr hatte zutrauen wollen.

Den hier seltenen Namen Frauenschuh trug er, er passte zu ihm, es war ein zierlicher Mann, ein Schriftdeutsch sprach er, seine Vorfahren kamen von einer Ebene jenseits der Berge. Zwei erwachsene Kinder schon hatte er, sein Haar war voll und schneeweiß, geheiratet hatten sie in kleinstem Kreise in einer Kapelle im Dom.

Zum Entbinden war Johanna eigens aus der Stadt gekommen und der Tag der Ankunft am Hof ihres Schwagers wurde in der Erinnerung der schönste ihres Lebens.

Nur die Frauen des Italienischlehrers und des Carabiniere waren zum Entbinden ins Krankenhaus gefahren. Der Frau des Italienischlehrers war das Kind in Steißlage gerutscht, die Frau des Carabiniere wollte gar nicht erst beginnen, Kontakte zu knüpfen im Dorf, sie zählte die Tage, bis sie von hier wieder wegkam.

Einige werdende Mütter hatte Rosina energisch ins städtische Spital geschickt, da sie befunden hatte, nur ein Kaiserschnitt würde ein sicheres Gebären ermöglichen.

Der Gemischtwarenhändler, der die Bäckerei übernommen hatte am Platz, war schnell wieder abgereist, bevor der gesprengte Eingang wieder hergestellt und das sogleich nachbestellte Alimentari-Schild beim Eisenwarenhändler bezahlt war und abgeholt, er war abgereist, bevor seine Frau das erste Kind überhaupt empfangen hatte.

Die Frauen des Dorfes waren zufrieden mit der Hebamme im Ort. Einmal in der Woche lud sie die Schwangeren zur Gymnastik in den Turnsaal der Schule, und die Alten gleich dazu, damit sie nicht steif würden in Geist und Gelenk. Sie redeten darüber, wie ein Kind entsteht und was man tun kann, um schwanger zu werden oder auch nicht. Sie sprachen über Kinder und über Männer, die an der Ofenbank liegen und sich nicht aufsetzen, wenn Frauen die gewaschenen Windeln darauf zum Trocknen ausbreiten und den Rücken dehnen müssen, um über die Männer zum Speckstein zu greifen, die Zigaretten rollen und ihre Pfeife stopfen und mahnen, nun auch endlich schlafen zu kommen, während Frauen noch Kinderstrümpfe stopfen und den Gang kehren und Holz holen für den Morgen und Brot würfeln für die Knödel und spinnen für die Wolle und die schlafenden Kinder abgehen und ihnen mit dem in Weihwasser getauchten rechten Zeigefinger ein Kreuz auf die Stirn schlagen.

Am Ende jeder Gymnastikstunde wurde ein Lied gesungen, und da es bis nach draußen drang, hatten die Männer keinen Verdacht zu schöpfen, auch wenn sie nicht verstehen wollten, was die Frauen denn jeden Mittwochabend unbedingt anzugehen hätten.

Johanna vertraute das Geschäft zwei Nichten Peregrins an, die sich freuten, dafür in die Stadt zu dürfen, das Kind sollte auf einem Hof geboren werden, warm und geborgen sollte es auf die Welt kommen, ohne Kühlschrankluft und Lampen und Nummernschild am Handgelenk.

Johannas Vertrauen in Rosina war ohne Wenn und Aber.

Schon die Ankunft war denkwürdig und blieb unverwischt. Der Himmel war dunkel und rotes Licht lag auf den Kreuzen am Friedhof, den sie nur kurz besuchte, die Berge waren nah und scharf, als hätte man das Glas eines Fernstechers über sie gelegt, die Schwester lief ihr nicht gleich entgegen, als sie kam, Nichten und Neffen umringten sie und legten vorsichtig ihre Hände auf der Tante Bauch, ein Mann trat dann aus der Tür, zog die Mütze, Enrico Ingannamorte, stellte er sich vor, er verbeugte sich und ging.

Was denn der Mann bei ihr gewollt habe, fragte Johanna Rosina, die mit prüfenden Augen ihre Gesichtsfarbe maß und den Bauch und den Gang und meinte, das sei jetzt aber höchste

Zeit gewesen zu kommen. Ja, aber was der Mann denn bei ihr gewollt habe, fragte Johanna noch einmal, als Rosina zum Waschbecken ging und sich die Hände einseifte und lange in die Schüssel mit dem heißen Wasser tauchte, der ist doch jetzt wirklich nicht schwanger, der Mann, versuchte sie noch humorvoll anzufügen, als ein Schmerz sie von den Füßen bis zum Scheitel durchfuhr, keine Angst sagte Rosina, es wird bald losgehen, verkrampf dich nicht, lass dich gehen, und atme zum Schmerz hin, jedes Baby ist noch geboren worden.

Setz dich doch hin, wenn du magst, sagte sie nach einigen Minuten, als Johanna wieder zu lächeln versuchte, setz dich hin, aber steh wieder auf, wenn dir danach ist, du bist nicht krank, du kannst liegen, aber du musst nicht.

Viel Mutterkorn und Nelken und Muskat rieb Rosina dann der Schwester in den Kaffee, sie wickelte ihr Tücher um Füße und Stirn, als jene nicht mehr herumgehen wollte und lieber rasten, als jene das Gefühl hatte, als würde der Bauch ihr platzen und mit dem Bauch auch ihr Kopf und ihr ganzes Leben bis dahin; der Mann ist der Finanzer hier im Dorf, er ist ein sehr netter Mann, er kümmert sich um den Friedhof und spielt Ziehharmonika und hat dem alten Mesner einen Vulkan auf den Schädel gemalt, und er leidet unter schrecklichen Hühneraugen.

Und jetzt kreise dein Becken und denk dir, du würdest Nüsse zu Brei malmen mit deinem Hinterteil, wie nennt ihr das in der Stadt, Pobacken, Popohälften, Johanna, stell dich nicht so an, jedes Kind wird aus dem Bauch einer Mutter geboren, das schaffst du schon, Johanna, du bist stark, du bist doch unsere Größte. Er ist bislang der einzige Mann, der zu mir zur Behandlung kommt, aber Frauen kommen schon viele, er duftet immer nach Tobacco, das ganze Zimmer duftet dann, nein, nicht Zigaretten, auch nicht Zigarren, das ist ein Rasierwasser, ein Aftershave, das müsstest du doch besser wissen, Johanna, hör schon auf damit, ich weiß es halt, ich hab ihn gefragt, wonach er duftet, weil es eben gut duftet, und er hat es mir gesagt, nichts weiter. Konzentrier dich, atme, nicht so hektisch, atme durch die Nase ein und jetzt langsam aus, durch den Mund, sag einfach Aaaa, hab keine Angst Johanna, dein Schutzengel wacht über dich, du musst nur daran glauben, du darfst daran glauben, Johanna, wir haben alle einen Schutzengel und haben auch zwei und drei.

Rosina sprach nicht immer so viel, sie schwieg, wenn sie fühlte, dass die niederkommende Frau das Bedürfnis hatte nach Ruhe, aber Johanna, das schien ihr, wollte reden und zuhören, wollte abgelenkt werden, damit das Pulsieren des Körpers, die Aufregung und Angst sie nicht mit sich nahmen.

Geburten gibt es nicht mehr so viele wie früher, so hab ich begonnen, Hühneraugen zu behandeln und Füße zu massieren, manch eine kommt auch das Herz auszuschütten, erzählte Rosina, oder ich gebe ihr Empfehlungen, was sie tun könne gegen einen Hexenschuss oder gegen Schlafstörungen und gegen kalte Füße. Das hat die alte Dame auch immer, kalte Füße, sagte Johanna, in einer der letzten Pausen.

Sie soll die Füße in ein Schaffel mit lauwarmem Wasser stellen und du bröselst zerriebenen Rosmarin hinein und Salz, dann soll sie warme Wollsocken anziehen, du wirst sehen, wie das hilft, das kommt vom niedrigen Blutdruck. Ich werd es dir dann aufschreiben. Danke Klara, für das Wasser, bitte stell noch einen Topf aufs Feuer und wirf Holz nach.

Rosina und Johanna sprachen von diesem und jenem und Johanna erzählte, dass die Nachbarin Gicht habe und die Nacht in nassen Tüchern verbringe, wie die Schrothkur es empfehle, der Arzt sie aber rüge deshalb, und Johanna erzählte ihr dieses und jenes und vor allem von Krankheiten sprach sie und wurde nicht müde, Rosina zu fragen, ob sie denn wirklich nie den Mann gefunden habe für sich oder ob sie einfach keinen wollte, ob der Finanzer sich nicht schäme wegen der Hühneraugen zu ihr zu kommen, er sei ja auch nicht von hier, ob man ihn nicht auslachen würde, so unter Männern, und was sie sich denke, so mit fremden Männerzehen in ihren Händen. Früher hat man ihm die Reifen seines Autos aufgeschlitzt und einen Kübel Kot vor die Tür geleert, einmal richtigen Menschkot, sagte Rosina, jetzt hat man ihn akzeptiert, glaub ich, vielleicht lächelt manch einer über ihn, weil er dem Streit aus dem Wege geht, er wird jetzt auch schon zehn Jahre hier sein, vielleicht auch schon länger, ein bisschen ein Relikt ist er inzwischen, ja, manche lachen über ihn, aber ich glaube, es macht ihm nichts aus, er hat eine Seelensgeduld, als würde er oft nicht verstehen, um was es geht, es macht ihm nichts aus, das ist eine Gabe und eine Kunst, das ist Glück, glaub ich.

Johanna presste und es presste sie und sie bestimmte den Rhythmus und Klara war auch da, die gute, die das so oft mitgemacht hatte, und sie lächelte und dachte, es ist immer wieder ein Wunder, und Johanna ließ sich gehen und schrie und unterdrückte das Schreien und hielt sich fest an ihren Schwestern und als sie glaubte, es würde ihr den Bauch zerreißen, war das Mädchen da und nur langsam zertrennte Rosina das Band, das Mutter und Tochter neun Monate hielt, und Rosina legte ihr die Kleine auf den Bauch und drückte ihr liebevoll Ohren und Nase, Mund und Backen zurecht, und so warteten sie auf die Nachgeburt. Grazie sorella, sagte Johanna, dann nahm Rosina das Kind mit in die warme Küche zum Baden, fatschte es mit weichen weißen Tüchern von den Zehen hoch bis zum Kopf und brachte das Bündel Johanna zum Stillen. Fast wie ein Brotwecken siehst du aus, dachte Johanna zärtlich.

Kein Schreien machte Rosina nervös und kein Wehklagen des werdenden Vaters, der beim Brechen der Fruchtblase das Beten begann, als läge die Frau im Sterben, kein Blutfluss, der wie ein Strahl herausspritzte, und kein Dammschnitt in letzter Minute. Manchmal lag das Kind schon zwischen den Beinen der Mutter, lag da unter der Decke in Schmiere und Blut, wenn sie kam. Da brauchte es sie gar nicht mehr, um beim Gebären zu helfen, dann war sie da für alles danach. Und manchmal brauchte es den Arzt.

Wie die Großmutter einst, so pflegte auch sie sich in Ruhe vor jeder Geburt eine frisch gestärkte weiße Schürze um den Bauch zu binden und badete ihre Hände eine Minute in fast kochend heißem Wasser.

Jetzt tust du mir aber folgen, auch das pflegte sie wie einst Kreszenz zu sagen, und auch zu ihrer Schwester Klara hatte sie es gesagt, als das zweite Kind fünf Kilo wog und mit seinem großen Kopf einfach den rechten Weg nicht finden wollte. Bei Johanna hatte sie es unterlassen, Johanna hatte gelernt, wann sich nicht wehren, Rosina hätte sich auch nicht getraut.

Und immer brachte sie einen Kuchen mit, wenn sie eine Wöchnerin besuchte, wenn sie ihr die Haare kämmte und die Tränen trocknete. Einen hellen Gugelhupf für die Kindbetterin und das Kleine und auch für die größeren, soweit es sie gab, und Ohren und Augen, die sahen, wo es nottat und wo es sie brauchte, auch das Geschirr wusch sie manchmal, schweigend, das sich am Tische türmte, und sie kehrte das Zimmer und öffnete die Fenster, um die verbrauchte Luft mit frischer zu tauschen, und hielt dem Manne eine Standpredigt, wenn sie das Gefühl hatte, dass die Frau jetzt Verständnis benötigte und Ruhe und keinen Mann, der auf ihr liege und in sie dringe, ohne Gefühl, in die blutende Wunde. Seelenhirtin und Anwältin war sie und kein Wort über andere kam ihr über die Lippen. Und wenn die Nichten fragten und Neffen, was es denn heute geworden sei und wie das Kind denn heiße, da sagte sie stets, sie habe ganz vergessen zu schauen.

Johanna aber empfand Glück und bat eine Nichte, gleich morgen Früh zur Post zu laufen, ihrem Mann zu telegraphieren, das Kind sei schon da und es sei ein Mädchen, sie möchte es nach seiner, Ruhesieselig, Mutter Anna taufen. Gesund sei es und sehe ganz aus wie er. Direkt ins Geschäft solle sie ihm das Telegramm schicken, da erreiche es ihn bestimmt.

Rosina aber ging in die Küche und begann ein Brot vorzubereiten und gab etwas von dem roten Salz hinein, das Peregrin manchmal von seinen Wanderungen brachte, rotes festes gutes Salz, das sie waschen musste, trockenreiben, im Ofen rösten, auslegen und im Mörser zerkleinern. Johanna mochte lieber Brot als Kuchen, schon als Kind hatte sie das Saure immer lieber mögen als das Süße. Einmal hatte sie so ein Salz auch mit den Kapuzinern getauscht oder den Franziskanern, sie tat sich immer schwer zu unterscheiden, die Brüder, die einmal im Jahr kamen Feldfrüchte tauschen und Körner und Eier gegen Ringlein und Salz und Tücher, die Klarissen gewebt und bestickt hatten, mit Herzen und allerlei Segenssprüchen in

Latein. In mit Kalk gefüllten Behältern würden die Eier ein Jahr lang halten, hatte ihr einst ein Paterbruder erzählt, sie hatte genickt und ihm alle gegeben, die sie fand.

Gutes Salz für Johanna, frisch gemahlenes helles Mehl und Eier von gestern Morgen.

Hat es jemals Glück und Freude ohne dich gegeben, ich kann mich nicht mehr erinnern, mein Kind. In der Früh sind wir noch im Bus gefahren und ich wusste nicht mehr wie sitzen mit dir in meinem Bauch und bin aufgestanden und hab mich wieder hingesetzt und wollte nur mehr liegen am Boden. Jetzt bist du da, bist einfach gekommen und bist jetzt da und mein Bauch ist schlaff und die Füße brennen. Ob du auf mich gewartet hast, ob du gedacht hast, jetzt komme ich, da meine Mutter daheim ist. Du bist so hübsch und gleichst doch gar nicht deinem Vater, wenn du so schläfst, du träumst und bist so klein und die Hoffnung wird mir vor dir so groß, die Ungerechtigkeiten, der Hunger und der Krieg überall und die Gemeinheiten und die Bosheit zwischen den Menschen, sie werden so klein, wenn ich dich seh, wir können nur Liebe verschenken, mein Kind, ich liebe dich so, kleine Anna, hat es denn eine Zeit vor dir gegeben, mein Kind, wenn ich dich sehe und dich so leicht schnaufen höre, dann fällt alles ab, was mir einst im Genick saß, und alles vergesse ich und ich spüre nur unendliches Glück.

Rosina hatte Johanna gesagt, dass das Ammenmärchen seien, dass man Kinder in einen Stubenwagen betten müsse, da man es im Bett der Eltern erdrückt, ein Kind gehört an den Körper der Mutter, hatte Rosina gesagt, alle sieben hätten zwischen Klara und Peregrin geschlafen, es gäbe gar keine Wiege im Haus, die ganz alte nur, aus ihren Zeiten, da schlafen die Puppen drin.

Johanna lag da und war kein bisschen müde, sie betrachtete das Bündel in ihren Armen, das leicht atmete, mit einem Geräusch, als würde es piepsen oder grunzen oder schnurcheln.

Ich hoffe, der Name gefällt dir, dachte Johanna, ich habe meinen Namen erst wieder lieben lernen müssen, ich werde dich nicht nur Anna taufen lassen, du sollst auch den Namen meiner Mutter tragen, Anna Magdalena, Anna Magdalena Rosina Frauenschuh, alles Leben vor dem heutigen Tag ist Erinnerung und Vergangenheit, es ist, als hätte mit deinem Geburtstag auch mein Leben wieder begonnen, deine Nase ist so kühl und deine Lippen sind so warm und deine Finger so stark, so fest schon, wie sie mich umklammern. Es ist, als hättest du ein Licht in mir zurückgelassen. Schlafe gut mein Kind, in den zweiten Tag deines Lebens hinein.

Als Klara in der Nacht aufstand, da eines ihrer Kinder weinte, und nach Johanna sah und bemerkte, dass jene immer noch mit offenen Augen im Bette lag, fast angestrengt, um über ihr Kind zu wachen, da ging sie in die Küche und goss heißes Wasser zu einem Kamillentee, und als Rosina sie hantieren hörte, erhob auch sie sich und nahm den Schlafrock und ging zu Johanna und mahnte, dass sie jetzt schlafen solle, sie müsse sich ausruhen für das Kind, für die Milch, und sie rührte den Tee, den Klara brachte, damit er kühler wurde, und beruhigte ihre Mutter Magdalena, die nun auch aufgestanden war aus Sorge ob der Geräusche und an die Tür klopfte und fragte, ob alles in Ordnung sei, und sie beruhigte sie und sagte, danke Mutter, danke von uns allen, geh wieder ins Bett, Mutter, wir holen dich schon, wenn wir dich brauchen, und geh auch du wieder schlafen, Klara, und sie setzte sich ans Fußende des Bettes und massierte Johannas Ballen und zog an den Zehen und zwirbelte ihre Finger an den Knöcheln und fuhr ihr mit der geballten Hand zwischen Fußbett und Ferse hin und her. Morgen bekommst du ein richtig gutes Mittagessen, sagte sie noch. Johanna schlief ein, an diesem erinnerungswürdigen Tag, mit einem Polster zwischen den Knien, das hatte sie sich so angewöhnt, weil der Bauch sie lange schwer nach unten drückte. Sie schlief ein, obwohl sie nicht einschlafen wollte und gerne wach geblieben wäre.

24. Dezember 1970, Heiligabend

Als Enrico gar nicht in Erwägung zog, Rosinas Gebäck zu essen, und die Nacht mit den Toten verbrachte

Seine Hände kneteten an der Zuckertüte, bis die Kristalle das Papier löcherten und es riss. Er ging langsam durch das Dorf, spähte durch die Fenster. Die Finger klebten und es war ihm, als läge etwas Zähes auf seiner Brust. Möglicherweise war es eine Erkältung, die ihn nun anzufallen drohte, da er zwei Tage dienstfrei hatte. Vor dem Stadel eines Hofes war der Schnee rot. Vor wenigen Tagen hatte hier der Bauer ein Schwein geschlachtet. So laut geschrien hatte es, dass Enrico nahezu unverrichteter Dinge von seinem Friedhofgang nach Hause kehrte und die Holzläden seiner Fenster schloss. Er wohnte nicht mehr in der Pension, in der er die ersten Jahre verbracht hatte. Er hatte ein Stockwerk bezogen oberhalb der einzigen Handlung im Dorf, mit eigenem Aufgang und eigenen Blumen am Fenster. Mehrmals war er gefragt worden, ob er eine Versetzung wünsche, mehrmals hatte er abgelehnt, dann hatte man beschlossen, es ruhen zu lassen. Enrico Ingannamorte war ein Glücksfall für den Staat und für das Dorf.

Wenn ein Schwein geschlachtet wird, das hatte ihm einmal eine Bäuerin erklärt, dann geht es nicht nur ums frische Fleisch, noch wichtiger sei das Schmalz, alles Fett würde deshalb vom Fleisch abgelöst, auch wenn es dann nicht mehr so saftig sei, für das Mus brauche man es, das man jeden Morgen aß zum Frühstück, Brennsuppe und Mus, für den Sterz im Ofen, vor allem aber für die Bratkartoffeln.

Am Abend, als er die Läden und das Fenster wieder geöffnet hatte, da er sich auf das Einheizen noch immer nicht verstand und eine atemlähmende Rauchwolke aus dem Ofen qualmte, hatte er gehört, wie der Bauer die Kinder Blutrühren hieß, wie ein Kind sich falsch angestellt hatte, wie der Vater zu schimpfen begann und den Kindern ein wurstloses Weihnachten androhte. Eine Blutwurst hatte Enrico im vergangenen Jahr geschenkt bekommen, er hatte sie unter einen Strauch gesteckt und gehofft, die Hündin des Nachbarbauern würde sie finden, die zu ungewohnter Zeit läufig geworden war und seit Tagen zusammengerollt vor der Eingangstür lag und vor Bauchschmerzen und Einsamkeit weinte.

Sein Nachbar brüllte viel mit den Kindern und unangenehm war das Enrico und er hatte schon begonnen, sich nach einer neuen Bleibe umzuschauen, um seine Ruhe zu haben vor der Wortgewalt. Als die Bäuerin eines Nachts schrie und jaulte vor Schmerzen und weinte, da war Enrico zum Dorfarzt gegangen und hatte es ihm erzählt und der Dorfarzt hatte sich bedankt und gemeint, das sei Enricos Sache nicht, das müsse sich die Frau mit dem Manne selbst ausmachen, das sei die Sache eines Finanzers nicht. Kurz darauf wagte die Bäuerin nicht mehr, Enrico anzusehen, und ging geschlagen an seinem Haus vorbei, und Gsindel, sagte der Bauer, wenn er ihn sah und verpasste keinen Moment, der Hündin einen Fußtritt zu erteilen.

Ohne es zu beschließen ging er auf seinen Friedhof, der Himmel war sternenklar, der Mond schob sich soeben hinter den Bergen hervor, wenn man ihm zusah, konnte man spüren, wie schnell die Erde sich drehte.

Die Überzeugung, dass der Friedhof ein wenig der seine war, hatte ihn noch immer leicht gemacht und froh. Heute war er hell erleuchtet, auf den Grabhügeln steckten unzählige Kerzen, nach links geneigt und nach rechts, kaum eine stand gerade, es war warm gewesen in den vergangenen Tagen und der Schnee verharscht. Windstill war es und ruhig flackerten die Flammen. Am Grab des Fremden stand keine Kerze. Rosina würde es ihm verzeihen und ihn verstehen, wenn er die Möglichkeit haben würde, es ihr zu erklären. Vom Grab ihres Vaters nahm er ein Windlicht, so viele standen dort, selbstgegossen und gekauft, eine einzige würde hier nicht fehlen. Eine kleine Mulde kratzte er aus mit bloßer Hand, biss sich auf die Fingerspitzen mit den warmen Zähnen und genoss den Schmerz, stellte die Kerze aufs Grab. Wer der Mann wohl gewesen sein mag, den man gefunden hatte am Ufer des brüllenden Sees, fragte er sich, wer sein Grab dereinst pflegen würde, würde er jetzt sterben, hier, wo alle unter sich bleiben und feiern und niemand mit ihm. Seit Jahren hatte er am Holepfannsonntag seine brennende Scheibe mit dem stets selben Wunsche ins Tal geschlagen.

Beim Schnapstrinken gestern in der Bar, da hatte er noch zwei Runden ausgegeben, da in zwei Tagen, morgen inzwischen, sein Geburtstag war. Ein Achtmonatskind sei er gewesen, manche meinten, dass es Glückskinder seien, die auf die Welt kommen, bevor man sie erwartet. Doppelt Glückskind, der 25. Dezember anno 1927 war auch noch ein Sonntag gewesen.

Gestern Vormittag hatte ihm Rosina einen Teller mit Lebkuchen auf die Station gebracht. Ein weißer Keramikteller mit weichen, in eine Leinenserviette gehüllten Lebkuchen. Pan pepato, panforte, die Übersetzungen, die er im Wörterbruch fand, trafen den Sinn dieser Kekse nicht, pan di vita, Lebensbrot, das würde es eher treffen, Leben, leben mit einer Frau, für sie. Ob es nur eine Geste gewesen, oder war es mehr, er konnte es nicht wissen und würde sie in einer Schachtel aufbewahren, essen würde er sie nicht. Und den Teller würde er nach den Feiertagen zurückbringen.

In der Bar hatte ihm Rosinas Schwager auf die Schulter geklopft. Wird schon werden, hat er gesagt, und Enrico Ingannamorte begann unter der Kopfbedeckung zu schwitzen, nahm sie ab und strich sich durch das Haar, dessen Wurzelansatz feucht war und seine immer noch dunklen Locken nach oben stellte.

Rosinas Schwager hat viel gesehen, ein peregrino, er könnte ihn einladen zu sich nach Hause, hinunter in den Süden, wo sein Papà uralt geworden war und Schwestern und Brüder nicht aufgehört hatten, Ausschau zu halten nach einer Verlobten, damit er endlich heimkehre in die alte Provinz.

Drei Wochen lang könnte Peregrin da unten auch Messer schleifen und Schirme richten, auch wenn es Schirme da unten kaum brauchte, er könnte Saatkartoffeln mitnehmen und Tomatensamen, auch wenn Tomaten hier heroben kaum wuchsen, er könnte noch andere besondere Samen finden, solche, die man nicht weitläufig verstreute, solche, die man pflegte, die im Gemüsebeet aufgingen, neben dem Haus am Rande des Ackers.

Er könnte ihm zuhören auf der langen Fahrt hinunter, und er könnte mit ihm reden die lange Fahrt hinauf. Enrico vermisste einen Freund, mit dem er reden konnte, nicht über Politik und Steuern und Ungerechtigkeiten, nein, über das Leben in ihm, über Gefühle, das Saatgut des Lebens.

Man hatte ihn schon lange nicht mehr gefragt, daheim im Süden, warum er nicht zurückkehre, man hatte ihm schon lange nicht mehr gesagt, im Norden, dass er zurückkehren solle, man akzeptierte ihn da wie dort, wie einen der fremd geworden war und einen der fremd blieb, der hilfsbereit war und gar nicht ungut war und freundlich, wäre er bloß nicht aus dem Süden gekommen, wäre er bloß nicht in den Norden gegangen.

Einige aber hatten ihn ganz still in ihr Herz geschlossen, so dass Enrico selbst es kaum merkte, oder so tat, als würde er es nicht merken, da es ihn gerührt hätte und da er sich inzwischen daran gewöhnt und daran auch Gefallen gefunden hatte, der Andere zu sein. So mochte ihn der Pfarrer sehr gerne, der auch nicht von hier war, sondern aus einem ganz anderen Tale, in dem Wein angebaut wurde und die Menschen reich und begütert waren. Mit ihm spielte Enrico Schach, mit ihm unterhielt er sich gut, aber eben nicht über die Essenz des Seins.

Von den Gehältern seines zweiten Arbeitsjahres hatte sich Enrico eine Ziehharmonika gekauft, keine große, eine rote mit zweiunddreißig Knöpfen und sechzehn weißen und zehn schwarzen Tasten. Er übte viel, täglich übte er, wie fleißige Spinnenbeine suchten seine langen schmalen Finger den richtigen Ton. Einmal hatte sich Enrico spielend vor den Spiegel gestellt und war ganz fasziniert gewesen von den wie losgelassenen fröhlichen Händen. Wie kleine Zappelmänner, jeder Krabbelfinger voll Leben. Als die Hündin des Nachbarn zu jaulen begann, weil sie das Ziehharmonikaspiel genauso wenig mochte wie die Zwölf-Uhr-Sirene, die nach Luftangriff klang und der Bevölkerung bedeuten sollte, dass es Samstagmittag sei, ließ er es bleiben und musizierte still. Nur einmal noch, Jahre später, sollte er voller Kraft in die Tasten greifen, dass alle es hörten, dass er lauter war als die Hündin, da er anders nicht konnte, als alle teilnehmen zu lassen an dem Glück, das er spürte.

Gestern hatte es einen riesen Tumult gegeben im Dorf. Der aufgeweckte Sohn des Wirtes hatte im Süden seine Militärzeit verbracht und sich wohl richtig verliebt. Im Herbst sei er wieder heraufgekommen, zwei Briefe in der Woche, das erzählte man auf dem Postamt, hatte er hinuntergeschickt, Giulia Malatesta stand auf dem Kuvert, Signorina Giulia Malatesta. Vor ein paar Tagen war sie ins Dorf gekommen und hatte sich im Gasthof das kleinste Zimmer genommen, heiraten wollten die zwei, so schnell wie möglich. Da war eine Stimmung seit Tagen wie frühsommers, wenn die Zikaden zirpen. Man schaute unverhohlen und hätte gern gesehen, wie sie aussah, ob sie dunkel war und feurig, wie die Frauen des Südens wohl waren, man hatte draußen zu tun, im Vorgarten, auf dem Kirchplatz, obwohl die Weihnachtszeit ganz anderes verlangte. Und gestern platzte dann die Sensation wie ein alter Schlauch, der dem Druck des Wassers nicht mehr standhält. Giulias Vater stand mit einem Male da, um sie zu holen, da gingen Gläser kaputt in dem Gastlokal, und er brüllte am Kirchplatz und Enrico war mittendrin, als Übersetzer eher denn als Finanzer. Erst die Carabinieri konnten den Vater beruhigen. Ein Bräutigam warte schon zu Hause, sagte der Vater, sie könne nicht einfach gehen, wann es ihr passe, eine einzige Unschuld nur habe sie, ihr natürliches Pfand für eine standesgemäße Zukunft, unbezahlbar, und wenn einmal, dann für immer verloren, und sie sprachen in einem Dialekt, den niemand verstand. Es war Enrico sonderbar vorgekommen, hier, in diesem Dorfe, wo Dohlen kreisten und Tag und Nacht das Muhen der Kühe nicht verstummte, wo blutrote Blumen in kleinen Vasen steckten, mit rostbraunen Blättern, die die Größe von Fingernägeln von Kindern hatten, wo Blumen die Tische im Gasthaus zierten, die den Norden und die Höhe und Kälte mochten, es war ihm komisch vorgekommen, hier in seinem Dialekt zu sprechen und es wäre ihm peinlich gewesen, hätte Rosina ihn gehört.

Der Vater war dann wieder abgefahren, als die Tochter sagte, sie habe keine Unschuld mehr, sie habe sich vom schweren Hort befreit, diese Tochter sei nicht mehr die seine, hatte er noch gesagt, sie brauche nicht wiederkommen, eine Zigarre hatte er noch dem Finanzer geschenkt, was die Wirtsleute ihrem Sohne gesagt haben, das wusste Enrico nicht. Was schlecht sein sollte an dieser Bindung, darüber dachte er nach, was zwei Menschen eindicke und haltbar mache wie Zucker und Zitrone die Marmelade.

Als das Taxi endlich gekommen war und Giulias Vater wieder gefahren, da war Enrico bald nach Hause gegangen, um zu musizieren. Er suchte die Tarantellas aus den Packen Noten heraus und übte die schwierigen Akkorde wieder und wieder. Er tat sich schwer heute, im Rhythmus zu bleiben, meist musste er Luft holen, bevor ein Takt zu Ende war, das Öffnen des Faltenbalgs machte ihm Mühe, mit dem Schließen war er zu schnell.

Und besonders leise spielte er heute. Giulia war dem Manne einfach hinterhergereist, um bei ihm zu sein, und er hatte die Seine vor der Haustüre fast und traute sich nicht.

Man muss das Leben auch ergreifen, dachte er und regte sich nicht, Rosinas Schwester war schon Witwe geworden, nach so wenigen Jahren, aber ein Kind hatte sie, das sie ans Leben gemahnte, das hatte sie sich geschenkt, er hatte nur das innere Beben.

Auf einen nagelneuen Alfa Romeo der Carabinieri war Herr Frauenschuh gekracht, auf der Fahrt hierher, um sie und die Kleine nach langen Ferien zu holen. Johanna war tapfer, er eigentlich schon zu alt, um noch mit dem Auto zu fahren. Aber er habe es so gern getan. Es war wohl ein Herzinfarkt.

Atemlos wie sein Spiel waren auch seine Gedanken, sie sprangen von diesem zu jenem, hoffentlich würde das Dorf hier nun das Wirtshaus nicht meiden, hoffentlich behandelte man sie gut, die Neue aus dem Süden, er fühlte sich ihr verbunden.

Der Friedhof lag still unter der weißen Decke, manch eine Flamme war inzwischen verblasen oder erstickt. Enrico schüttete vorsichtig bei der einen und anderen Kerze das Wachs aus der Mulde, drückte den Docht fest und entzündete sie neu. Er mochte schreien, er mochte rufen, er mochte, dass sie sein Herz schlagen hörte. Er sah zum Himmel, unendlich klar war er und die Sterne funkelten wie Kerzen. Er ging zum Grab des Fremden, nahm das brennende Windlicht, presste die Lippen zusammen, als das heiße Nass auf die Finger spritzte, und stellte es vorsichtig zurück an Johann Strumpflohners Grab. Er würde dem Soldaten morgen sein eigenes bringen. Es war Heiliger Abend.

Donnerstag, 8. Juni 1972

Als Rosina sich anschickte zu heiraten und die Schwarzwälderkirsch verschwand

Die Schokoladeblättchen hatten sich behauptet gegen Wärme und Zeit, waren der Sahne auch nicht zu schwer geworden. Aufgerichtet standen sie da auf den steifen Häubchen, reckten die Kanten empor und widerstanden Ratlosigkeit und Aufregung. Jetzt wäre es wohl an ihrer Zeit gewesen, später Nachmittag bald vorüber. Die Schwiegertochter der Wirtin, die sich einst auf das Herstellen von Mandelgebäck verstanden hatte, wie sie es in Kindertagen in der fernen Heimat gelernt, hatte sich Mühe gegeben, die Nacht, den Tag davor, Stock für Stock, von dem einen Durchmesser hin zum nächstkleineren. Eine Torte, nach oben sich verjüngend einer Pyramide gleich, garniert mit Schokoladeblättchen und in Likör getränkten Kirschen, die noch glücklicher machen sollten und auf der Zunge zergehen, eine Torte, nach oben sich verjüngend einem Prachtbau gleich, bedeckt mit süßer Bauernsahne, die all jene vereinen sollte, die davon kosteten. Nicht irgendeine Torte, eine Hochzeitstorte stand da auf Enricos Tisch, und noch dazu eine, die aussah, als sei sie Schneewittchen in Zucker. Jetzt wäre es wohl an ihrer Zeit gewesen, später Nachmittag bald vorüber.

Alleine essen konnte er sie unmöglich. Zu gern hätte er sie Peregrins Kindern gegeben, die immer singen mussten beim Butterschlagen, damit sich ja kein Finger in den Rahmtopf verirrte. Süßes schleckte auch er sehr gerne, aber heute, heute war ein Tag, da er sich freute und traurig war zugleich, und das Herz klopfte seit siebzehn Stunden im Hals.

Nachts war eingebrochen worden im Gasthof nahe der Kirche. Durch ein geöffnetes Fenster war der Dieb ins Innere gedrungen und hatte reiche Beute gemacht. Zehn Flaschen Likör nahm er mit, zehn Pakete Zigaretten, vier Kilo Kalbfleisch und vier Kilo Käse. Und die Hochzeitstorte fehlte, für das große Festmahl. Eine saure Suppe nach der Trauung, damit wären Dorf und Braut zufrieden gewesen. Aber ein Festmahl sollte es sein, da wollte doch der sich überlegen glaubende Polterbursche aus dem Nachbarsdorf den Hiesigen etwas zeigen.

Das Dorf selbst hätte sich dies gefallen zu lassen, obwohl eine Hochzeit mitten unter der Woche, an einem Donnerstag, das war die Schnapsidee eines Mannes, der wohl meinte, etwas Besseres zu sein, das war unter manchen Bürgern in der Stadt so üblich, nicht aber am Land.

Am Kirchhof wurde laut geschwätzt, als der Diebstahl bekannt wurde und die Folgen, die er nach sich zog, den ganzen Tag rissen Gelächter und Ratlosigkeit und Aufregung nicht ab. War es ein Dieb oder waren es mehrere, kein Bargeld, aber die Hochzeitstorte.

Enrico konnte nicht mehr widerstehen, schade um die Schokoladeblättchen, dachte er sich, die langsam die Kraft zum Stehen nicht mehr hatten und umfielen und im Sahnebad ertranken. Mit den Fingern begann er zarte Löcher zu tupfen, so nahm er schließlich ein Messer und schnitt sich eine Scheibe ab, und eine zweite und bei der dritten konnte er partout nicht mehr schlucken.

Der Tag, an dem der Pfarrer Rosinas Aufgebot von der Kanzel herab das erste Mal verkündete. Einen Namen nannte er von einem Bräutigam, den hier im Dorfe nie jemand gehört. Rosina hatte in seiner Schwester Haus ein Kind entbunden.

An den zwei nächsten Sonntagen ging Enrico nicht zum Hauptgottesdienst, er besuchte die Frühmesse, obwohl er gerne länger schlief an den Wochenenden. Rosinas Namen zu hören, von der Kanzel herabgerufen, das wollte er sich ersparen. Er verbrachte die Nachmittage am Friedhof, schnitt mit der Schere vorsichtig die verblühten Blumenköpfe ab, harkte die Erde zart mit dem Rechen, lockerte sie und gab ihr Luft.

Um sechs Uhr früh schon hatte man den Diebstahl bemerkt. Enrico Ingannamorte hatte kein Auge zugemacht und war schon angezogen, als man ihn holte. Die Tür zog er schnell hinter sich zu, hastig und erschöpft, so stark war das Pochen und Klopfen in seinen Adern die ganze Nacht, dass er an Schlaf gar nicht hatte zu denken gewagt. Seinen Hut zog er sich an und seine Uniform, obwohl er heute dienstfrei hatte, und auf die Lippen biss er sich am Kirchhof, weil sein Übereifer ihn vielleicht verraten konnte.

Ein Lackel stand da, etwas anderes konnte er nicht sein. Da stand er und wartete mit hoch erhobenem Haupte und je länger er stand, und je länger er wartete, desto kleiner wurde er und desto größer und strammer der Finanzer. Zu glauben begann er und zu hoffen und eine Ahnung erfüllte ihn, die das Klopfen in seinem Halse noch verdächtiger machte. Den Kragen stellte er hoch, das Barett zog er tief in Seite und Nacken, das Pochen, das musste sichtbar sein, glaubte der Finanzer Enrico Ingannamorte.

Die Gäste kamen und sie gingen wieder, weil die Braut nicht erschien, Trachtenröcke rauschten und hinter vorgehaltener Hand wurde gehustet und Blicke wurden getauscht und man hörte betretenes Räuspern. Mädchen in Erstkommunionskleidern, die zu kurz waren oder zu lang, in weißen Schuhen, die zu groß waren oder drückten, mit Kränzchen aus Wachsblumen am Haupt und mit Rosenblätterkörbchen am Arm, standen brav vor der Kirche und sahen den Schwalben nach und hüpften von einem Bein auf das andere.

Rosina hatte eigentlich Gefallen gefunden an dem Mann, der Ordnung ins Dorf bringen sollte und nach dem Friedhof sah. Aber dass er begonnen hatte, was die Holzerinnen einst taten, dass er begonnen hatte, die Totenschädel zu bemalen und zu schmücken, dass er sie immer bunter machte und Zitronen daraufpinselte und Oliven und Akanthus und sich bei den Namen sogar verschrieb, das hatte sie gerührt und bedrückt zugleich. Und er war nicht von hier und sie wusste nicht, wie es bei ihm zu Hause üblich war, er hatte sie immer nur angeschaut, aber gesagt hat er nichts, und so mochte sie sich wohl getäuscht haben in seinem Blick und beließ es beim Schweigen. Und er war just gekommen, als die Schwester sie brauchte, die ein Kind nach dem anderen gebar, der Augenblick war nicht der richtige gewesen und er war ihr gewohnt geworden, wie ein Freund, mit dem man sich so versteht, dass man kaum spricht. Und der andere, den kannte sie wohl kaum, doch er hatte sie gleich gefragt. Und Klaras vier Töchter und die drei Buben, die waren aus dem Gröbsten schon heraus und sie hatte einfach ja gesagt. Und er war, er war ... es sprach eigentlich nichts gegen Enrico. Es war ihr zu spät eingefallen, oder doch noch früh genug, der Einbruch war, wer weiß, ein Wink von oben.

Rosina hatte die Hochzeitstorte am Tag vor dem Festtag gesehen. Kurz im Gasthof war sie gewesen, gestern, nach einer langen Geburt; sie war gekommen, um Myrtensträußchen auf die Tische zu legen, da war die Tür aufgegangen und sie sah Giulia mit hochgekrempelten Ärmeln die während des Bestreuens abgestürzten Schokoladeblättchen von der Platte aufsammeln. Sie war so hoch, so majestätisch, es war kein Kuchen, eine Torte war es mit Stockwerken, stolz und keck. Ein Gugelhupf wäre mir lieber gewesen, hatte Rosina gedacht und überlegt, ob es Unglück brachte, die Torte schon vorher zu sehen, so wie es Unglück bringen sollte, wenn der Bräutigam das Hochzeitskleid sah, und abends war sie noch daran gegangen, Brechnusssamen mit etwas Kamille und Fenchel im Mörser zu zerkleinern, gegen das Sodbrennen und den Kater der Gäste nachher. In kleine Schälchen wollte sie das grobe Pulver verteilen und auf den Tisch stellen, als Medizin und als Schmuck zugleich, zum Knabbern während des Essens. Das Mahl hatte der Bräutigam bestellt und sie war sich keiner Sache mehr sicher und war unglücklich beim Gedanken, dass dies die letzte Nacht sein sollte am elterlichen Hof.

Kurz nach sieben Uhr früh hatte Rosina vom Einbruch in den Gasthof gehört. Sie war schon angekleidet und Klara hatte ihr soeben den Kopfschmuck befestigt. Onkel Sepp brachte die Botschaft, er war bei der Frühmesse gewesen, der gute Onkel, der hätte einmal heiraten können und Bauer werden und er hatte beschlossen, es nicht zu tun und Knecht zu bleiben und bar jeder Verantwortung.

Magdalena, die Mutter, kam ins Zimmer, setzte sich auf den Stuhl vor dem Spiegel und betrachtete durch den Spiegel ihre Tochter. Die nahm sich das Myrtenkränzchen aus dem Haar, faltete den weißen Schleier und legte ihn wieder zurück in den Schrank, das glänzende Tuch zog sie sich von den Schultern, das aus dem gleichen Stoffe genäht war wie die Schürze. Das Kleid knöpfte sie auf und ließ es fallen.

Schade nur, dass dich niemand so gesehen hat, sagte da die Mutter, so wunderschön.

Rosina lächelte, der Onkel kann ja Bescheid unten geben, sie stieg aus dem Kleid, das am Boden lag, hob es auf und breitete es vorsichtig über die Bettkante. Ich werde heute nicht aus dem Haus gehen, sagte sie, außer eine Geburt steht an, obwohl, das fügte sie noch hinzu, die Frau hatte gemeint, sie würde damit warten, wo doch heute mein Hochzeitstag sei.

Rosina nahm das Arbeitsgewand aus dem Schrank, schüttelte es einmal durch, stieg hinein und zog es hoch, knöpfte es zu, band sich die Werktagsschürze um und ging in die Küche. Es ist schon alles richtig so, Mutter, er wäre nicht der Richtige gewesen, ich gehöre hierher, das weißt du ja. Und sie überlegte, warum sie nicht auf den Gedanken gekommen war, es ihm selbst zu sagen.

Eine scharfe Aschenlauge hatte sie gestern noch zubereitet, über Nacht war das Wasser gestanden. Die Asche seihte sie ab, die Lauge stellte sie zum Kochen auf den Herd, sie spritzte etwas Weihwasser hinein und etwas Schweinefett und ging daran, die blutige Wäsche von gestern einzuweichen und bereits getrocknete sorgfältig zu bügeln. Erst gestern ist eine Bäuerin niedergekommen, und zwei stehen kurz davor, im Herbst, rechnete sie, wenn die größte Ernte eingebracht ist, haben die Bauern wieder Lust zu säen.

Als sie diese Arbeit verrichtet hatte, ging sie hinauf unter Dach und füllte ihren Bettsack mit frisch duftendem Stroh. Etwas Johanniskraut tat sie dazu, getrocknete Ringelblumen und Melisse, Thymian und Holunderblüten. Es war nicht an der Zeit, es war zu früh, aber zufrieden drückte sie in die Mitte des Sackes einige flache Kulen und freute sich darauf, am Abend im Dufte ihrer Kräuter zu lesen.

Enrico hatte inzwischen noch zwei Stück Torte gegessen, das Sodbrennen stand ihm zwischen Kehlkopf und Gaumen, und er beschloss, in Dienstkleidung spazieren zu gehen, da er erschlagen war von der Aufregung der letzten Stunden. Er sah zufrieden, wie der Bräutigam tobte und ins Auto stieg und die Torte verfluchte und die Hochzeit an sich und die Zicken der Frauen, und amüsierte sich, dass der Lackaffe nicht den Mut aufbrachte, einfach hochzufahren zu Rosina und zu fragen, was los sei, er richtete es so ein, dass er vorbeikam an Rosinas Heimathof, eine Ausrede würde ihm schon einfallen, würde er sie treffen, es war tatsächlich Zeit, mit seinen Hühneraugen wieder zu ihr zu gehen. Er könnte auch sagen, dass er die Strumpflohners aufpoliert habe am Friedhof anlässlich ihres Hochzeitstages, alle Strumpflohners habe er aufpoliert, nicht genau wissend, welche zu ihr gehörten.

Klaras jüngste Söhne sah er, wie sie draußen spielten, mit frisch gewaschenen Haaren und weißen Hemden, sonst sah er niemanden, zum Glück, dachte er sich mit einem Male, das mit den Hühneraugen wäre wirklich nicht passend gewesen, nur sie nicht treffen, er würde rot werden und sie würde ihn durchschauen.

Beim Auspacken bemerkte indes Rosina, dass sie den Koffer nur halbherzig gefüllt hatte, keineswegs so, wie eine Braut es täte, die sich anschickt auszuziehen und bei ihrem Mann zu bleiben.

Als sie ihre Kleider wieder verteilt hatte in ihrem Schrank und die Habseligkeiten verräumt, war es schon später Nachmittag. Sie nahm ihre Hebammentasche und überprüfte sorgfältig den Inhalt, das hölzerne Hörrohr, die Kräuter und Tücher, die Schürze, den blechernen Sterilisationstopf, den Weinbrand und den Franzbranntwein, Bohnenkaffee und schwarzen Tee, Himmelschlüssel und Johanniskrautöl, Frauenmantel und Schweineschmalz, Lourdeswasser, Klemme und Schere,

Bänder, die Sturmlampe und das Klistier. Alles befand sich am rechten Platz.

Dann vermischte sie Kümmel-, Fenchel- und Anissamen und zerstieß sie in einem Mörser, füllte das Pulver in kleinen Gläsern ab, fügte zerschnittenes Gänsefingerkraut hinzu, gab etwas Öl darauf und stellte es ans Fensterbrett. Als es wirklich nichts mehr zu tun gab und Dorf und Friedhof in Ruhe und Dunkelheit lagen, verschloss sie ihre Kammer.

Bedächtig strich sie wohlriechende Salbe über ihren Busen, hinauf den Hals entlang und wieder hinunter, die Füße massierte sie sich und das Nachthemd zog sie sich über und machte mit Kraft auch den allerletzten Knopf unter dem Halse zu. In den Spiegel sah sie, jung und weich und nicht jungfernhaft schien ihr das Gesicht, und sie war stolz und zufrieden damit, dass es nur ihr gehörte. Sie zog sich bedächtig all die Spangen aus dem Haar, schüttelte es und ließ es über die Schultern fallen. Das tat sie nicht oft, weil sie immer bereit sein wollte zum Aufbruch.

Nun aber bleiben Glaube, Hoffnung, Liebe, diese drei; aber die Liebe ist die größte unter ihnen.

Sorgfältig legte sie das Band auf die Seite des Paulusbriefes an die Korinther, schloss die Bibel, die sie zur Firmung bekommen hatte, und legte sie unter ein anderes Buch auf ihrem Nachtkästchen. Dann öffnete sie das Fenster, drehte das Licht aus und dankte, dass sie hier bleiben durfte, bei der Schwester und dem Schwager, der Mutter und den Kindern, wollte weiterhin Tag und Nacht da zu sein, wenn eine Gebärende sie brauchte. Und kurz vor dem Einschlafen beschloss sie, Fahrstunden zu nehmen und den Führerschein zu machen und Enrico gleich morgen Früh aufzusuchen, um ihn zu fragen, ob er denn einen Verdacht habe, wer die Hochzeitstorte gestohlen hatte.

Der aber sollte den nächsten Tag verschlafen. Denn mitten in der Nacht hatte er Fleisch und Likör – die Schwarzwälder nicht – und Käse und Zigaretten so im überdachten und von Anschlagszetteln vollgenagelten Wartehäuschen der Bushaltestelle aufgetürmt, dass man es bald finden und mutmaßen musste, dass der Täter auf der weiteren Flucht gestört worden war und mit der Torte in Händen das Weite suchte. Enrico war von Gewissensbissen gequält gewesen, nicht des Diebstahls, sondern des Wissens wegen, dass die Lebensmittel verderben würden. Essen ist kein Spielzeug, hatte Mamma Giuseppina immer gesagt, wenn die Kinder das weiche Brot aus der Rinde schälten und es in Olivenöl schwenkten, um weiche Murmeln zu rollen. Und es wäre aufgefallen, hätte er nicht, zusammen mit der Tageszeitung, auch seine täglichen nazionali geholt.

Gut verpackt hatte er alles unter das Dach gestellt und auch zugedeckt hatte er es mit einigen Holzklötzen, damit kein Hund und kein Fuchs daran kämen. Dass die aufgeschichteten Scheite seine Finte von der gestörten Flucht Lügen straften, das verstand er wohl, aber er wollte nichts mehr zu tun haben damit und seinen Diebstahl glimpflich büßen und schon der Gedanke an Schokoladeblättchen auf Sahne bereitete ihm ein Schaukeln im Magen, als hätte er Rizinusöl verschluckt statt Zwieback und ungezuckertem Tee.

19. April 1973, Gründonnerstag

Als Genoveva und Klara erfuhren, was andere dachten über den Umstand ihrer Hoffnung

Es war der Tag, an dem wie jedes Jahr nach dem letzten Abendmahl das Ewige Licht in der Ampel gelöscht wurde, der Kandelaber hing an den drei Ketten über dem Tabernakel und keine Flamme flackerte mehr in den kleinen Glasfenstern, als die Kirchgänger das Gotteshaus verließen. Es waren Schulferien und Genoveva war ins Dorf gefahren und mit Rosa in die Kirche gewandert. Fast achtzig war Rosa, sie hielt sich auf der einen Seite an Genovevas Arm fest, auf der anderen an dem der Schwiegertochter. Eine helle Brosche trug sie auf der Brust, sie verschloss die Bluse, die ohnehin bis oben zugeknöpft war. Ein frisch gebügeltes Kopftuch, das Festtagsgewand, gleich nach dem Mittagessen schon hatte sie einen gesalzenen Krapfenteig mit Anis zubereitet, ausgerollt und in Streifen geschnitten, um diesen nach der Abendmesse ins heiße Öl zu legen. Auch den ersten Frühspinat hatte sie schon im Garten gesammelt, der unter dem Glasverschlag die Winter überstand, hatte ihn sorgfältig gewaschen, um die Blätter von der Erde zu befreien, hatte ihn gedünstet und passiert.

Nebeneinander saßen sie in der Kirchenbank und knieten auch nebeneinander, obwohl Rosa die Hüften schmerzten und Genoveva das Kreuz, es würde nicht mehr lange dauern, sie erwartete ein Kind.

Es war nicht einfach für Genoveva, den Worten des Pfarrers zu folgen, unwillkürlich legte sie die Hand auf den Bauch und spürte, wie das Kleine in ihr sich bewegte.

In der Landeshauptstadt jenseits der Grenze haben dein Vater und ich letzten Samstag den allerschönsten Kinderwagen gekauft, den wir uns vorstellen können. Sogar dein Vater, der auf solche Dinge sonst nicht viel Wert legt, musste mehrmals feststellen, es sei der schönste, den er jemals gesehen hat. Dann sind wir noch durch die Stadt gebummelt, haben uns in ein Kaffeehaus gesetzt und einen Kuchen bestellt und der Kaffee schmeckte ganz anders als bei uns und dein Vater hat gemeint, das sei gefärbtes Wasser. Über die Straßen sind wir gegangen und niemand hat uns angeschaut und ich fühlte mich frei und in eine Kirche sind wir gegangen, in der ein Held begraben liegt, von dem ich viel gehört hatte und dein Vater bislang wenig. Wir haben viele junge Eltern gesehen in dieser Stadt und Kinderwägen, und immer wieder fiel mir auf, dass sie hässlich waren im Vergleich zu deinem. Natürlich sagt man so etwas nicht, das wirst du auch noch oft hören müssen; man sagt nicht: Das ist hässlich, das ist schlecht, das mag ich nicht. Man darf höchstens sagen: Ich finde das weniger gut. Aber am allerbesten schweigt man über die Dinge anderer und freut sich nur ganz im Geheimen, dass man es gut hat.

Wir haben uns dich so sehr gewünscht, und du bist dann auch gleich da gewesen. Und wir haben nicht gewartet, bis seine Mutter mich akzeptierte, und so sitze ich heute da und dein Vater ist in den Süden gefahren mit ihr und den Erinnerungen an seinen Vater, er begleitet sie hinunter, um ihr behilflich zu sein und ihr die Taschen zu tragen, weil sie ihre Bar verkauft hat und wieder heim will, sie mag mich nicht und ihre Familie wird mich nie mögen, er hat es nicht einfach, dein Vater, weil ich in dem Dorf aufgewachsen bin, aus dem der Mörder seines Bruders stammt. Sie mögen mich nicht, obwohl sie mich nicht kennen, und viele, die mich kennen, mögen ihn nicht, wegen seiner Uniform, und weil ich nicht deutsch rede mit ihm, und sie verstehen nicht, dass auch er verletzbar ist und weint und betet und isst und schläft und lacht mit Freunden und liebt.

Auf dem Weg in die Stadt hat es geschneit an der Grenze und wir sind im Zug gefahren, es war wie ein Fliegen durch das Weiß, es war, als säßen wir in einem Schiff, das sich einen Weg durch die Wolken bahnt. Da war der Himmel auf einmal gar nicht mehr nur weiß, er war auch grau und blau und gelb, er hatte alle Farben in Pastell.

Du wirst noch viele Farben kennen lernen, rote, ockerfarbene, afrikanische Erde. Dein Vater und ich hatten schon beschlossen, gemeinsam zu verreisen, bevor wir uns richtig kannten, genaugenommen an dem Tag, als wir uns kennen lernten. Da standen wir in der Bar im Gericht, ich hatte frei und wollte die Rede des Advokaten hören, und gegenüber von uns hing ein Kalender mit Tieren der Wildnis und die Blicke trafen sich, weil wir beide dorthin geschaut und gespürt hatten, das ein zweites Augenpaar auf dem Bilde verweilte. Er wolle keine Pistole mehr tragen, hatte er euphorisch gesagt, Gerechtigkeit gäbe es keine, dass der Tod des Bruders ein Unglücksfall sei, das möge der Advokat endlich aufhören zu behaupten, nach über zehn Jahren hatte er neue Beweise vorgebracht und Zeugen gefunden, das glaube doch niemand mehr, die waren bestochen worden, warum haben sie sich bisher nicht gemeldet, warum nur können sie keine Ruhe geben und es Mord sein lassen, kaltblütigen Mord. Ob er sich nicht noch einmal das Bild anschauen wolle, habe ich ihn dann gefragt, da wäre so viel Ruhe drin, nach dem Kampf, der Löwe am Rücken, die vier Beine in der Luft, entspannt nach dem Mahl.

Da hatte sich sein Gesicht aufgehellt und er hatte mich angeschaut und gefragt, ob ich denn mit ihm gehen würde, und ich habe ja gesagt. Wunderschön war er, als er da so stand, und ich habe ja gesagt, ja, ich würde mit ihm gehen, aber heiraten müsse er mich zuvor.

Ich liebe das Reisen sehr, mein Kind, obwohl ich noch kaum verreist bin, und ich bin jetzt nicht bös, dass wir den Mut noch nicht gefunden haben, alles aufzugeben und zu gehen.

Ich glaube nicht, dass es unrecht ist zu träumen, solange man Träume träumt, die erfüllbar sind, anstatt Unerreichbares zu träumen und deswegen gar nichts dafür zu tun, dass der Traum kein Traum bleibt.

Spätestens, wenn du groß genug bist, um aus dem Autofenster zu schauen, werden wir fahren, nach Afrika, wir werden dort Löwen sehen, Zebras, Giraffen und vielleicht, wenn Gott will, werden wir dort wirklich leben und Tiere pflegen und die Weite sehen, die kein Berg bricht, und Laute hören, die wir noch nie vernommen haben, und alle gemeinsam Fremde sein, nicht nur dein Vater wird einer sein, obwohl er schon hier geboren wurde, anders als ich, die von jenseits der Grenze stammt, die Tochter eines Soldaten, von dem sogar meine Mutter nur den Vornamen weiß und welcher Armee er angehörte, und dass er bald gestorben ist, an Fieberschauern, die ihn schüttelten, bis seine Kraft versagte. Zugelächelt hatte er ihr, wie durch einen Nebel, der sich erst lichtete, als ich geboren war.

Das war wohl deines Vaters Idee gewesen, das mit dem Weggehen, sofort, eine ungewöhnliche Regung: Eigentlich findet er, alles muss sich entwickeln und fügen, was ich wohl auch finde, und seine Mutter mag er noch nicht alleine lassen, obwohl sie es ist, die jetzt wieder geht, was mir recht ist, ich geb es zu, und etwas Geld möchte er noch auf die Seite legen, bevor wir fahren. Er heißt den Tag willkommen nach dem Morgenkaffee und der Zeitung und begegnet ihm dann. Planen, eine Reise für das nächste Jahr oder so, das ist ihm zu weit weg. Er glaubt nicht, dass man für Träume kämpfen muss. Er glaubt nicht, dass man sie auch erfüllen kann, wenn man etwas dafür tut.

Aber für dich entschieden hat er sich und er hat keinen Moment gezögert, als ich meinte, ich möchte ein Kind, Antonino, auch wenn die Voraussetzungen nicht die sind, die sie gemeinhin sein sollten, ich möchte ein Kind, Antonino, weil deine Mutter dann unserer Ehe den Segen gibt und dein Vater sich nicht mehr im Grabe grämt, ich möchte ein Kind, Antonino, weil ich mich am ersten Tag in dich verliebte. Und er hat zugestimmt, ganz einfach, und dass er das getan hat, auch das ist es, warum ich ihn liebe.

Nachdem die Hostie im Mund zergangen war und Genoveva sich mit der Zungenspitze ein Stückchen vom Gaumen geholt hatte, das festkleben wollte, nachdem sie die vor dem Gesicht gefalteten Hände wieder in den Schoß gelegt und das Gebet beendet hatte, als sie sich wieder zurückgesetzt hatte an die Banklehne, die steil war und so gebaut, dass man leicht gebeugt und nicht gerade sitzen konnte, als noch nicht wieder Ruhe eingekehrt war, weil manche erst wieder ihre Plätze suchten, drehte die Frau sich um, die vor ihr im Kirchenstuhl saß, und sagte nur einen Satz, aber sagte ihn so laut, dass er wie ein Pfeil durch das Hauptschiff flog bis hoch zum Chor und zwischen den Säulen widerhallte und Genoveva in die Seite traf, die sich ihr Lebtag nie um das Gerede gekümmert hatte und mit einem Gemüt gesegnet war, das jeden Tag freudig zu begrüßen pflegte. Hure, sagte die Frau, die vor ihr in der Kirchenbank saß, mit einem Walschen, schäm dich, dich so vor den Herren zu wagen!

Am selben Tag, fast zur selben Stunde, ging einige Bergrücken und Landstraßen und Täler weiter Peregrin mit Klara nach Hause, er stützte sie und sie war außer Atem. Dominus vobiscum, hallte ihr noch in den Ohren. Onkel Sepp, erzählte sie ihrem Manne, habe im Dorf gehört, dass sich manche den Mund zerreißen, weil wir noch ein Kind bekämen, die Größten seien schon außer Haus und wir hätten noch immer nicht genug, ist man denn zu alt für die Liebe?, fragte sie ihn. Was machst du dir für Gedanken, Klara, es gibt doch nichts Schöneres, als einem Menschen das Leben zu schenken, meinte Peregrin, und Onkel Sepp ist nicht mehr der Jüngste, er hört doch schlecht, wie will er das gehört haben. Wir sind auch alt geworden, sagte Klara, es ist nicht, dass es mich stören würde, dass die Leute reden, wir hatten immer so viel Frieden und Freude in unserem Haus, es ist nicht das, was mich beunruhigt, ich mache mir Sorgen, ob ich das Kind auch werde großziehen können, ob ich da sein kann für das Kind wie für die anderen, ob ich es begleiten kann, hinaus ins Leben, bis es alleine steht in der Welt. Unser Kind wird es einfacher haben, sagte da Peregrin, ich werde mehr zu Hause sein und es wird in andere Zeiten schauen, in denen vieles schwerer, aber vieles auch leichter sein wird, mach dir keine Sorgen, Klara, es wird Geschwister haben, die uns helfen, wir zwei haben es immer noch geschafft, Klara, was machst du dir für Sorgen, ich werde heute noch den Kinderwagen vom Dach holen und bürsten und die Räder ölen, wie es sich gehört, und du wirst es in den Halbschatten stellen wie die anderen auch, und wirst mit ihm spazieren gehen, mehr noch als mit den anderen, und Rosina wird da sein und du wirst nicht in das Krankenhaus gehen, wenn du nicht willst, ich werde ihm einen Puppenwagen zimmern oder einen Leiterwagen, wie den Großen auch, wir werden ihm ein Pony schenken, wenn es laufen kann. Danke dir, sagte Klara, dann verstummte sie und auch er sagte nichts mehr, da er merkte, dass es anstrengend war für sie, das Aufwärtsgehen und das Reden zugleich.

Wir haben dich wollen, mein Kind, wir haben es angenommen, als Gott noch einmal sein Füllhorn über uns ausgeschüttet hat und zuließ, dass du entstehst, im Bauch deiner Mutter, wir haben uns dich gewünscht. Ich habe Sorge, dass ich vielleicht nicht die Kraft für dich habe und am Stock gehen werde und dich nicht hören werde, wenn du erst groß bist, aber zugleich spüre ich, kleines Kindl, dass genau du mir die Kraft geben wirst, immer wieder alles loszulassen, zu vergessen und zu verscheuchen, was sich auf mein Gemüt legt.

Dass ich dir Geschichten erzähle aus den Gegenden, in die ich wandere, dass ich mit dir auf meinem Rücken durch die Stube krabble, für dich im Garten ein Häuschen baue, dass wir uns immer wieder glücklich machen, durch Lächeln, durch Nähe, durch Streicheln, durch Liebanschauen und kleine Gesten, kleine Nettigkeiten, kleine tägliche Geschenke, eine Hilfe, eine Aufmerksamkeit, das Zusammenstehen, ja, das hoffe ich. Und dass du ins Leben lachst, dass du ganz einfach ein Mensch wirst, der um sich Freude erlebt und Freude versprühen kann, ja, das hoffe ich, dass ich dich dabei begleiten darf, dass ich stark bin für dich.

An dem Abend, an dem kein Feuer brannte in der Ampel über dem Tabernakel, sagte Peregrin zu Klara und sagte Rosa zu Genoveva, dass das Licht auf die Erde kam, um hier ewig zu scheinen, um sich immer wieder neu zu entzünden. Und die zwei Frauen legten sich in die Badewanne in der warmen Küche, im Wasser Zinnkraut und Ringelblumen und Lavendel, und betrachteten glücklich den Bauch und die Wölbung darunter, die sich sanft unter den Wellen hin- und herbewegte. Und beiden war es unangenehm, an einem Gründonnerstag in der Küche zu liegen im Zuber, aber beide versanken in der Betrachtung der wogenden Insel und waren plötzlich ruhig und gefasst und zuversichtlich, dass ihr Kind inmitten der Lebensstürme stets das leuchtende Korn finden würde.

17. November 1973
Als Moshe erneut aufbrach, um mit Schwester Blandina zu gehen

Moshe war weit gereist, zu Fuß und mit dem Fahrrad, auf dem Dromedar war er geritten und mitgefahren in Autos und Jeeps, er war durch Steinwüsten gezogen und Sandwüsten und Meere ohne Wasser, er hatte gesehen und nie genug davon bekommen. Im glühenden Sand hatte er Pita gebacken, mit etwas Mehl und Wasser und Salz, hatte mit den Händen eine Grube geschaufelt, mit Zweigen und getrocknetem Kamelkot Feuer entzündet und lange gewartet, bis die Scheite in leuchtende Asche zerfielen, hatte sie mit etwas Sand gemischt und die

Fladen daraufgelegt, sie zugedeckt mit einer Prise Erde und dann erst mit Glut, damit sie nicht verbrannten, hatte gefächert, damit das Flackern nicht verglühte, hatte inzwischen grünen Tee gebraut und ihn gezuckert und seinem Lastentier beim Rupfen der Grasbüschel gelauscht, hatte die Fladen herausgezogen und umgedreht und wieder zugedeckt und wieder gefächert und seinem Begleiter beim Blinzeln zugeschaut, diese langen Wimpern, die vor Sturm und Austrocknung schützen, die Zeit vergessen und sich wiedergefunden in plötzlicher Kühle und Dunkelheit, hatte den Teppich ausgerollt und gebetet. Als die Fladen fertig waren und schön hell und weich und innen hohl, hatte er Staub und Asche vom Brot geklopft und es mit Andacht gegessen, das weiße Brot, nirgends schmeckte es so gut wie in den Dünen, der Sand, so fein wie Gries, fiel vom Brot und knirschte nicht zwischen den Zähnen.

Jahrelang hatte Moshe als Mechaniker gearbeitet, nahm Motoren auseinander und baute sie wieder zusammen, wechselte Zündkerzen und Öl und Räder, glättete Beulen und setzte Fenster ein und überprüfte Bremsen und Lenkung, war fasziniert von Antrieb und Wirkung, hatte Autofahren gelernt und nie ein Fahrzeug besessen, war wieder von Sehnsucht erfasst worden und gegangen, in die Wüste und in die Heimat, war wieder weiter und hatte neu begonnen, hatte sich zuletzt als Tankwartsgehilfe verpflichtet in einem Dorf an einer Straße zwischen Stoffen und Farben und Düften und Friedhof, wo nur Steine aufgeschichtet waren auf den Gräbern, ohne Namensschilder. Mopeds schlängelten sich zwischen den Fußgängern hindurch, Autos zwischen Kutschen und Eseln und offenem Essen am Fahrspurrand.

Wenn sie kamen, die Kraftwagen und Motorroller, und wieder fuhren, liefen die Kinder ihnen in Staub und Abgas hinterher, solange sie konnten, und sie winkten, bis der letzte Rauch verweht war. Wenn es regnete, hinterließen die Reifen Spuren und der Morast klebte an den Sohlen, dass die Schuhe schwer wurden und hart und ungelenk wie Kothurne, die Babuschen blieben manchmal stecken und ein Schritt ward bar getan, bis Hirn und Fuß zurückschnellten und sich den Hausschuh wieder holten. Fliegen auf dem ausgebluteten Fleisch, der Fisch am offenen Feuer, Dampf in roten Augen, Datteln und Orangen und Kinder mit Süßwaren auf Tellern, Schlangenbeschwörer und Wahrsager, Webspindeln, die zwischen den Hauswänden aufgespannt waren.

Seit Monaten arbeitete Moshe in dem kleinen Dorf mit der einen Straße und er sah den Menschen in die Augen, die ihre Fahrzeuge bei ihm auftankten und er nahm sein Geld von Tag zu Tag, um gehen zu können, wenn es ihn rief. Es war just an einem Donnerstagabend, als ein Auto an der Zapfsäule hielt und nach langem Zögern erst der Motor zum Stehen kam und ein Mann sich eine Zigarette anzündete und aus dem Auto sah und ihn grüßte und sich erkundigte, wie es ihm ginge, und ihn bat vollzutanken, und drei Klosterfrauen waren im Auto, zwei auf dem Rücksitz und eine vorne, mit einem Hidschab über ihrem ordenseigenen Schleier, um Nase und Mund vor Trockenheit und Fahrtstaub zu schützen, um den Mund zu bedecken, der in manchen Gebieten als unrein galt, und auch in ferner Heimat noch waren sie groß geworden mit der Angewohnheit, sich beim Sprechen die Hand vor den Mund zu halten, da man dem anderen nicht die Zähne zeigen sollte. Sie saßen hinter Linnen und Baumwolle wie hinter befestigten Türmen, mit Karten und Kartenskizzen und einem Kompass auf dem Schoß, sie waren seiner Sprache nicht mächtig. Wir haben die Tonne nicht gefunden, sagte der Mann, die die Abzweigung markiert, die Memsaabs müssen in die Stadt, wir finden den Weg nicht. Moshe, der nie lesen und schreiben gelernt, aber sich sämtliche Wege eingeprägt hatte, der einige Worte in vier Sprachen kannte, gerade genug, um das Wichtigste zu verstehen und zu sagen, der sah auf die Karte, ohne sie zu verstehen, fragte, wie es ihnen denn ginge, weil es üblich war, dies zu fragen, und sagte, dass es vielleicht regnen würde heute Nacht und dass es da vorne Zimmer gebe, und wenn sie wollten, würde er sie morgen begleiten, er kenne den Weg in die Stadt.

Und Schwester Blandina, die in die Stadt musste, weil unter Druck und in der Not zu beschließen war, aus welchen Ländern man endgültig ging und wo es neue Missionen brauchte und Schwestern in Schulen und Krankenhäusern und beim Brunnenbau und auf Feldern, Schwestern, die Menschen lehren sollten, dem Alltag zu begegnen, und Schwester Blandina, die noch immer vergaß zu fragen, wie es ginge, bevor sie auf ihr Anliegen zu sprechen kam, Schwester Blandina, die nichts mehr wunderte und oft schon erfahren hatte, wie spontan sich die Menschen hier entschlossen zu gehen, ohne weiteren Abschied und ohne Gepäck für einen Tag und ein Essen und eine Reise, nickte und sagte, well, well, bon, bien, very shukran, er solle kommen. Es sehe nach Regen aus, sagte Moshe darauf noch einmal, in den Bergen wird es regnen heute, sie sollen ein Zimmer nehmen, in der Wüste sei es zu gefährlich, wenn sie die Straße mit dem Flussbett verwechseln.

Sag ihm, dass er mit uns fahren kann, sagte Schwester Blandina zu ihrem Fahrer nun etwas deutlicher ein zweites Mal und versuchte es nochmals selbst in den Sprachfetzen, die sie beherrschte, um sicherzugehen. Wir sind Christen, sagte sie dann, wir sind Schwestern von einer Mission.

Moshes Zähne strahlten blendend weiß, er habe sich das schon gedacht, sagte er, er habe solche schon gesehen, leicht lagen seine Lider am Augapfel und nicht ganz geöffnet hatte er sie, er war ein schöner Mann und dass er damit spielte, entging ihr nicht, ich kann Brot backen, sagte er, ich kann das Auto reparieren. Wie heißt du?, fragte Schwester Blandina ganz langsam, während sie dem Fahrer das Geld gab, der es aus dem Fenster reichte. Mein Name ist Moshe, man sagt Musa hier, aber ich heiße Moshe, weil ein Moshe meinem Vater Gutes tat. Musa ist doch Moshe, sagte Blandina und reichte ihm zaghaft über den rauchenden Fahrer hinweg durch das Fenster die Hand und sah ihm in die Augen, ungeniert, da sie als Nonne dies tun zu dürfen glaubte, Musa ist Moshe und Moshe ist Moses, wir haben den auch, sagte Schwester Blandina, wir haben manches gemeinsam, sagte sie. Ja, Memsaab, antwortete Moshe und verstand sie nicht wirklich.

Morgen früh holst du uns ab?, fragte sie Wort für Wort betonend, do you take us tomorrow morning?, und überlegte, ob sie es richtig sagte, ich werde warten, versicherte er, ich werde mit euch gehen.

4. November 1974
Als sich Rosina und Enrico am Friedhof begegneten und Tresls Kopf unter dem Tisch zu liegen kam

Rosina hatte es sich angewöhnt, ein, zwei Tage nach Allerseelen all die Kinder zu besuchen, die früh gestorben waren, zu ihren Zeiten und zu jenen, als Großmutter Kreszenz die Hebamme gewesen war im Dorf, gestorben, weil sie nicht lebensfähig gewesen oder krank, weil sie tot geboren waren oder nach dem ersten Krieg von der Grippe dahingerafft wie die drei Geschwister des Seniorwirtes, oder viel zu früh verunglückt wie jene zwei, die auf einem Bunker Schafe hüteten und mit Handgranaten spielten. Die Großmutter hatte manchmal gesagt, es sei früher anders gewesen, da war es anders mit dem Tod, da waren die Mütter auch froh, wenn sie ein Englein im Himmel hatten, da stellten sie ihnen in diesen ersten Novembertagen Milch und Brei und Brot unter den Holunder beim Hauseingang, auf dem sich im Spätherbst die giftschwarzen heilbringenden Beeren bogen, die im Frühling blütenweiß dufteten. Fast an jeder Schwelle in diesem Dorfe stand ein Holunderbusch, eine Göttin wohne darin, dessen waren sich die Alten sicher, die die Lebenden beschützte und den Kontakt zu den Verstorbenen hielt.

Bevor sie sich zurechtmachte für ihren Spaziergang, ging sie in die Küche, rührte Roggenmehl mit Schnaps an und stellte den nicht zu trockenen Teig auf die Kredenz, damit er Zeit habe zu gären. Sauerteig war ihr immer das liebste Brot gewesen. Dann wusch sie sich die Hände, putzte sich die Zähne, nahm die Schürze ab und den neuen Mantel aus dem Schrank, den sie sich am Tag der Besichtigung der Grabeskirche in Jerusalem geleistet, sie schob die Haare zurecht, legte sich ein leichtes Tuch über den Kopf und warf die Enden locker über den

Hals nach hinten, steckte Zündhölzer in ihre Tasche, nahm noch Handschuhe und Kerzen mit und machte sich auf, hinunter ins Dorf.

Rosina hatte nie sehr viel verdient, von den ledigen Müttern hatte sie kaum etwas genommen, von den anderen so viel, wie jene ihr geben wollten. Aber weggefahren war sie öfters, die weiteste Reise ihres Lebens hatte sie ins Heilige Land geführt, mit dem Pfarrer und manchen Frauen der Umgebung.

Auch Rosenblätter befanden sich in ihrer Tasche. Den ganzen Sommer über hatte sie sie geerntet und sorgfältig auf Leinentüchern ausgebreitet zum Trocknen. Weiße Blätter mit zart rosarotem Rand. Sie kniete bei den kleinen Gräbern, kaum Platz war hier für die steife Tasche, die nach oben zu öffnen war, auseinanderzunehmen wie eine reife Feige. Dass sie die Kinder am Friedhof ruhen ließen, dass man sie nicht nach ein, zwei Dutzend Jahren aus den Gräbern nahm und sie aufschichtete wie die anderen, weil der Platz eng war und eine Erweiterung unmöglich, das hatte sie immer beruhigt. So hatten die Eltern einen Ort, an dem sie trauern konnten, auch noch Jahrzehnte danach.

Rosinas Brust hatte nie ein Kind gestillt, und doch war sie flacher geworden, die Hände waren gepflegt und weich, die Sommersprossen, die sich in ihrer Kindheit auf die Nase verirrt, saßen am Handrücken nun, am Blusenausschnitt und am Unterarm.

Enrico war gestern Abend aus seiner Heimat zurückgekehrt, sie hatte es wohl gehört vom Onkel Sepp und sich gefragt, wie dieser dazu käme, ihr immer wieder zu berichten, wo er ihn gesehen und was er erzählt habe. Der Onkel war alt geworden, als Knecht in Ruhe und Ausgedinge führte er ein beschauliches Leben und hatte manchmal Enrico mitgenommen auf die Pirsch, gemeinsam waren sie dann im Gasthaus gesessen vor dem eigens frisch angeschafften Fernsehapparat und der Finanzer hatte nicht allzu sehr getobt, als Italien in der ersten Finalrunde schon ausschied. Er hatte mit den anwesenden Männern das Spiel kommentiert und mitgeklatscht und sich mit ihnen gefreut, als Deutschland gewann.

Zu Hause, im Süden, war viel diskutiert worden, weshalb Italien so schlecht gespielt habe, und Enrico hatte Brüdern und Schwägern zugehört und sich der Frage entzogen, zu wem die Leute im Norden wohl hielten, und er hatte das Grab seiner Eltern gekehrt, und die Totenköpfe, wie sie ihm kunstvoll in Marmor gehauen von den Gruftplatten entgegenblickten, hatten ihn befremdet, obwohl er ja schon unzählige echte in Händen gehalten und ihnen durch die Augenhöhlen gegriffen hatte, um mit der anderen Hand Schädeldach und Stirnbein zu bemalen. Er hatte den Kindern und Enkeln seiner Geschwister Geschenke gebracht und mit Murmeln gespielt und Glasperlen und hatte Pfeile geschnitzt und Bogen gespannt und sich nicht mehr daheim gefühlt.

Er reiste immer um diese Jahreszeit zwei, drei Wochen mit dem Zug in den Süden, Ende Oktober konnte man meist noch baden im Meer und zu Allerheiligen brauchte es ihn hier nicht, zu Allerheiligen hatten die Toten ihre Familien.

Fast erschrak er, als er nach seiner Rückkehr Rosina an den Kindergräbern knien sah, so früh schon am Morgen, sein erster Gang hatte ihn noch vor Arbeitsantritt auf den Friedhof geführt.

Die eine oder andere Kerze räumte er weg, die auf der Erde wie ein Kuhfladen zerflossen war. Dann ging er auf Rosina zu, die still verharrte, als sei sie in Gedanken weit weg. Buon giorno, flüsterte er, und ihr Anblick rührte ihn. Die Falte der Bluse unter dem Mantel rührte ihn, der sich nach oben geöffnet hatte, weil sie am Boden kniete. Ihre ersten weißen Haare rührten ihn, die er auf ihrem Scheitel sah. Die langen Wimpern rührten ihn, die leicht gesenkt waren, ihre weichen Hände, die auf den Oberschenkeln ruhten, die Rosenblätter, die verstreut lagen, um sie herum.

Enrico war darauf nicht gefasst gewesen.

Rosina, sagte er, und hatte das Bedürfnis, sich zu räuspern, da der Schlaf noch in seiner Luftröhre steckte, aber er tat es nicht, aus Angst, es könnte unpassend sein in der unendlich dichten Stille. Ihr Blick von unten herauf ließ ihn ihre Hand nehmen, die geöffnete Tasche mit den Rosenblättern fiel um, er zog sie hoch, sie stand auf, er kehrte die verstreuten Blüten mit den Fingern vom Kies auf das Grab, und sie sah ihm zu und er reichte ihr die Tasche. Sie spürte, wie sein Blick, seine verstockte Stimme, seine Wärme sie öffneten.

Enrico gab ihr die Tasche in die eine Hand und nahm sich wieder die andere, er schaute nicht nach rechts, und nach links schaute er nicht, und er wollte nicht wissen, wer in den Laden ging und ihn sah mit Rosina, er führte sie die Außentreppe hoch in seine Zimmer und fragte nicht, ob sie einen Kaffee wünsche oder einen Tee, er zog den Vorhang wieder zu und hob sie auf den Tisch mit den Farben, auf dem er die Totenköpfe zu bemalen pflegte. Vorsichtig schob sie die Knöpfe seiner Uniform durch die Löcher, vorsichtig streifte sie ihm die Ärmel ab, ungelenk öffnete er ihren Mantel und öffnete die Bluse und strich ihr über die Schulterblätter, küsste mit zarten Lippen jedes kleine Altersmal, das sich von der Nase herunter verirrt hatte, auch die Hände küsste er und den hellen Ausschnitt. Rosina atmete tief, war überrascht und still und hoffte, dass er nicht aufhören würde. *Wenn ich mit Menschen- und mit Engelszungen redete und hätte die Liebe nicht, so wäre ich ein tönendes Erz oder eine klingende Schelle.*

Als er sie an der Taille fasste und sie umarmend wegtragen wollte in seine Kammer, stieß er am Regal an und der Kopf der letzten Mesnerbäuerin fiel zu Boden und rollte bis ans Tischbein, kinderlos waren alle vier gestorben, das Kinn brach ab und blieb liegen und der Schädel rollte ans Stuhlbein. Rosina merkte es nicht, sie hatte die Augen nur geöffnet, um Enrico zu sehen und sich führen zu lassen von ihm, mit ihm zu bleiben und zu gehen. Sie sah mit ihrer Haut und ihren Gefühlen und der Wärme, die in ihr hochstieg und fast die Luft ihr nahm. Sie schloss erst die Augen, als er ihr sachte den Kopfpolster unter den Nacken schob und sich entschuldigte, dass er das Bett heute noch nicht gerichtet hatte, und gelüftet hatte er auch nicht und seine Taschen noch nicht alle ausgepackt. Nun war sie es, die seine Nase küsste und seine Augen und seinen Mund, damit er nicht aufhörte und damit er aufhörte zu sprechen. Sie war ruhig und schwerelos und aufgeregt zugleich, und sie war glücklich, dass es geschehen sollte und fühlte sich überschwemmt von einem Gefühl des Vertrauens, das sie noch nie erfahren hatte. Erst lange Zeit später, als Enrico sich aus ihr zurückzog, hörte sie die Glocken bimmeln, es war das zweite Mal in achtzehn Jahren, dass der Finanzer Enrico Ingannamorte nicht pünktlich sein Büro aufgesperrt, seinen Diensthut unerlaubterweise ausgezogen und an den Haken gehängt und ein Blatt Papier in die Schreibmaschine gespannt hatte, weil das immer gut aussah, wenn eine weiße Seite zur Arbeit bereit in der Maschine steckte.

Nachdenklich betrachtete sie am Abend das Blut in der Unterhose, hin und her drehte sie das Wäschestück in ihren Händen. Dann schaute sie in den Spiegel, blickte in die hellen graublauen Augen und überlegte, ob sie anders aussahen, die Nachbarin war nicht müde geworden zu ihrer Mutter zu sagen, man könne am Blick erkennen, ob eine unverheiratete Frau noch eine Jungfrau war, man könne die Schande von den Augen ablesen. Magdalena Vonbun hatte dazu immer geschwiegen, weil sie nicht darüber nachdenken wollte, ob die Worte der Nachbarin gegen die Mädchen des Dorfes gerichtet waren oder gegen sie, sie hatte dazu geschwiegen, weil sie niemals einstieg auf solche Gespräche, die nur Verstimmung brachten, und sie schwieg zu solchen Aussagen, weil sie wusste, dass zwei Meinungen sich ohnehin nicht finden würden in einer einzigen. Das war es also gewesen, dachte Rosina und warme Wangen bekam sie und dieselbe Röte stieg ihr von nun an immer ins Gesicht, wenn sie bei der Sonntagsmesse am Wege zur Kommunion in der Schlange neben Enrico zu stehen kam, lange waren sie heute einfach nur liegen geblieben, bewegungslos, einander umarmend.

Als sie gegangen war, die Außentreppe hinunter, ohne nach links und rechts zu schauen und ohne zu schauen, wer in den Laden ging und aus dem Laden kam, nahm sich Enrico die Zigarre aus der Schreibtischlade, die ihm Herr Malatesta geschenkt hatte, er drehte sie zwischen den Fingern, befeuchtete sie mit den Lippen und zündete sie dann doch nicht an; er legte sie zurück und beschloss, noch einen Tag Urlaub zu nehmen, hob die Ziehharmonika aus dem Kasten und spielte wie niemals mehr danach in seinem Leben und wie nie zuvor. Er drehte sich mit ihr im Kreise und holte Töne aus dem Blasebalg, so dass das ganze Dorf Wind davon bekam, dass etwas geschehen sein musste. An seine Abberufung dachten die meisten, dass er nicht im Geringsten daran dachte zu gehen, das vermuteten sie nicht. Mit der hohlen Hand trommelte er auf seine Quetschkommode, wie er, der das k in seinem Alphabet kaum hatte, sie liebevoll zu bezeichnen versuchte, und mit den Füßen schlug er dazu im Takt, er sang mit einem Tenor, der seinem Namen Ehre machte.

Rosina aber wurde in der Nacht noch gerufen, und da es nun eine Straße gab, warf sie ihre Tasche in den VW des Wirtes, der vom Nachbarsdorf gekommen war sie zu holen, sieben gesunde Buben hatte sie ihm schon zur Welt gebracht. Es sei plötzlich losgegangen, zwei Wochen zu früh, und wohl würde es schnell sein, wie bei den anderen zuvor. Es hatte zu schneien begonnen, die Ketten musste er montieren, auch das noch, bei der Steigung gleich nach dem See, ja, das sei nicht mehr üblich heute, so viele Kinder, sagte er zwischen dem einen und dem anderen Reifen etwas zögerlich, weil er zu gern gewusst hätte, was sie davon hielt, noch nie hatte jemand Rosina entlocken können, was sie gut hieß, eine Stube voller Kinder, auch wenn kaum Zeit war für sie, oder eine Handvoll, die nicht nur mitlief vom Holz zum Vieh zum Wasser zur Küche zum Acker aufs Feld. Auch heute schwieg Rosina beharrlich, auch wenn sie sein drängendes Warten auf Antwort spürte, darüber zu urteilen, das stand ihr nicht zu. Dass es heuer schon schneit, es ist das zweite Mal schon, was wird das bedeuten, sagte sie und hielt ihr warmes Gesicht den Flocken entgegen. Ein Stoßgebet noch zum Himmel und weiter ging es über enge Kurven ins Tal hinab und wieder hinauf. Bis sie oben waren, war das Kind schon da, ein Mädchen, und es atmete prächtig, Herrgottseidank.

3. November 1980

Als sich Franz und Alrun schlugen und beste Freunde wurden

Seit Rosa Tschugguel mit Genoveva und der jüngsten Tochter und zwei Enkeln in ihrer Heimat auf Urlaub gewesen war, hatte sie das Reisen für sich entdeckt und es sich zur Angewohnheit gemacht, ihre Kinder zu besuchen und deren Familien, landauf landab, wo sie lebten. Zu Allerheiligen wollte sie heuer bei Peregrin sein und da Genoveva eine Prüfung hatte, auf die es galt, sich gründlich vorzubereiten, hatte sie den kleinen Franz mitgenommen, kurzerhand, hatten doch Peregrin und Klara eine Tochter, die nur drei Tage älter war. Alrun hieß sie und konnte mit sieben schon lesen und der Großmutter Postkarten schreiben. Peregrin würde dem Jungen, dessen Vater von einer Reise in den Süden nicht mehr zurückgekehrt war, gut tun, dachte Rosa.

Peregrin bekam den kleinen Franz kaum zu Gesicht.

Franz hing an Alrun vom ersten Augenblick an, da er sich von Rosas Hand gelöst und hochgeschaut hatte, er war ein verträumtes, schüchternes Kind. Alrun hatte ihn gleich mitgenommen, zeigte ihm ihr Versteck in der Scheune und hob ihren Hasen zum Streicheln aus der Kiste, fing ihn wieder ein, als das Tier sich so überraschend streckte, dass es Franz aus den Armen fiel, am Gatter spielten sie, wo einst schon Rosina mit ihrem Bruder Seppl gesessen, mit ihren Puppen spielten sie und jenen ihrer Schwestern und den Puppenhäusern der Mutter und Tanten, und sie saßen in langen Hemden und hochgezogenen Pyjamahosen auf den alten eiskalten Nachttöpfen und erzählten sich vieles und kicherten, und sie warfen alles aus den Optionskisten, die einst ein Mann bei ihnen abgestellt und nie mehr geholt hatte, zwei Kisten als Überbleibsel eines Lebens, von deren Verlauf niemand etwas wusste, mit Stoffen und Nachthemden, mit Briefen darin und zwei Büchern, einer Schiefertafel, ein paar Fotos, Hosenträgern und Strohhut, den man auch Kreissäge nannte, und Anzugsjacke und Weste und zwei Paaren sauber geputzten Schuhen. Sie verkleideten sich und Waschweiber waren sie und taten es den Alten nach, so wie diese getan haben mussten, früher, zum See schleppten sie die Tücher, die sie zuvor in alle möglichen selbstgebrauten Laugen gelegt hatten, bürsteten sie und schwemmten sie in dem von der Kälte schon schwerfällig gewordenen Wasser und wrangen sie aus und drehten sie zu Schläuchen, die sie sich wie einen Turban auf den Kopf setzten, und gingen mit kalten und rauen Fingern und geraden Rückens wieder heim und lachten, als der Wäscheturm zu Boden fiel, und versuchten erneut, den nassen Haufen zu balancieren, und Alrun bog ihr Hohlkreuz noch mehr durch, um jener Afrikanerin zu ähneln, von der Vaters Schwester, Tante Blandina, einmal ein Foto geschickt hatte, ein Rücken wie eine Banane, auf dem Haupt ein Paket.

Waschelnass waren sie, als sie heimkamen, und, herrje, das bei diesem Herbstwind, Rosina sah sie als erste und lief gleich um Handtücher in die Kammer und Rosa rief Peregrin und Peregrin rief Klara und die lief um Handtücher und trockene Wäsche und begegnete Rosina schon mit dem Stapel auf den Händen. Ab in die Badewanne, rief da die kräuterkundige Tante und tropfte Kampfer und Eukalyptus ins heiße Wasser, und die zwei leerten noch eine halbe Flasche Badeschaum nach und brauten Unwetter und Berge und Blasen und saßen drinnen und bauten Burgen und Türme und versenkten Ungeheuer und Alrun sprach und planschte und Franz hing an ihr und hatte himbeerrote Wangen, das würde Tränen geben beim Abschied, das sah Rosa sofort.

Wirst du mir schreiben?, fragte da Franz und Alrun sagte, ja logisch schreib ich dir, und Rosina, die gerade mit einem großen Bodentuch durch die Küche fuhr, damit Rosa später nicht ausrutschte, lachte über das logisch. Ich werde dir jeden Sonntag schreiben, sagte Alrun, und im Sommer wirst du wiederkommen und wir werden gemeinsam zum See gehen. Ich werde meiner Großmutter sagen, sie soll dir auch Badehosen stricken, sie hat eine Strickmaschine bekommen, die Magdalena, seit sie Gicht hat in den Händen, geht das mit den Nadeln schwer. Ich werde dir auch die Mühle zeigen im Wald, Franz, da oben ist es so laut, da muss man schreien, um sich zu verstehen, aber meist ist niemand mehr oben, dann können wir das Wasser umleiten und Dämme bauen und wir werden Steine verkaufen am Gatter und du musst Süßigkeiten mitbringen aus der Stadt und wir werden selbst Karamellbonbons backen, die werden wir auch verkaufen, wir werden Dämme bauen am Bach, bitte frag deine Mutter, ob du den Sommer hierbleiben kannst, den ganzen Sommer.

Es waren fünf wunderschöne Tage gewesen, die Franz bei den Tschugguels verbracht hatte. Ein Geschwisterchen geht ihm ab, sagte Rosa wiederholt zu ihrem Sohne, und Peregrin meinte, Alrun sei doch auch alleine, die Schwestern sind außer Haus und auch die Brüder schon erwachsen, Franz ist auch für Alrun ein Geschenk.

Am fünften Tag, es war der Tag vor der Abreise, da spielte Franz mit Alruns porzellanenem Puppengeschirr und sie riss es ihm aus der Hand, weil sie meinte, das sei nichts für Buben, und er ließ es sich nicht nehmen und sie zog daran und hatte den Henkel einer Tasse in ihren Händen und schlug ihm auf den Arm und er schupfte zurück und es fiel ihm ein, dass er ein Mädchen nicht schlagen durfte, dass er gar nicht schlagen sollte, und er war selbst ganz verdutzt und fing an zu weinen und fragte, ob er nun nicht mehr kommen dürfe, und als Alrun zu Klara lief, kam Rosa zu Franz und tröstete ihn und hielt ihn fest und wiegte ihn und sagte, ihr seid euch eben richtig nahegekommen, ihr zwei, Geschwister streiten viel und ihr seid fast Cousin und Cousine, natürlich darfst du wiederkommen, wenn deine Mutter es erlaubt, und ich bin mir sicher, sie wird nichts dagegen haben.

Als dann die roten Augen und die Flecken auf der Stirn und auf den Wangen wieder verblasst und die Haare gut getrocknet, schlug ihnen Rosina vor, zu den Hexenbänken zu wandern, und sie sahen hinauf zum Schrothorn, unter dessen Spitz brüchiges Geröll sich körnte, und blickten hinab übers Tal und hatten noch Sonne, als es unten düster geworden war und kalt. Und als sie sahen, wie ein fallendes Herbstblatt sich in einer Windsbraut verfing, erzählte ihnen Rosina von den Saligen, die hier in der Höhe wohnten und auf leichten Füßen tanzten, das sehe man an den Blättern, die würden sie aufwirbeln beim Drehen im Kreise.

Du wirst mir schreiben?, fragte Franz noch einmal, logisch, sagte Alrun, jeden Sonntag, und du mir auch.

11. Juli 1982

Als der Fußball mehr traf als ins Tor der einen, die je nach Blickwinkel die anderen waren

Just als Rosa begraben wurde, fand das Endspiel statt. Die Zeiten hatten sich geändert, es war nicht mehr so, dass das Dorf zu den einen hielt und Italienischlehrer und Postangestellte und Carabinieri und Staudammarbeiter und Stromangestellte und Straßenbauer und Elektriker zu den anderen. Inzwischen kassierten die Kinder der Alteingesessenen Watschen, weil sie für die squadra azzurra schrien.

Inzwischen fanden auch an Sonntagen Begräbnisse statt, in diesem Dorfe mit diesem Pfarrer, weil er selbst Sohn von Bauern war und werktags auf den Feldern viel zu tun.

Just als Rosa begraben wurde, fand das Endspiel statt. Der Wirt hatte eigens einen neuen Fernsehapparat angeschafft, den größten, den er bekam, und es war nicht Platz für Verwandtschaft und Frauen und so wurde die Totensuppe am Hof gegessen und der Apparat stand am Rande der Gaststube auf einem Tisch mit bestickter Decke, der seinerseits auf einem größeren Trumm stand, davor Stühle aufgereiht wie im Vereinshaus, es wurde geraucht und getrunken und manche hatten selbst ein Gerät daheim, aber hier war man nicht allein und die Stimmung war dichter und wenn ein Auto vorbeifuhr, dann schimpften jene, die draußen standen, weil sie den Kommentator nicht verstanden, und drinnen schimpften die, denen zu heiß war, dass jene, die im Türrahmen standen, verschwinden sollten, damit die Luft hereinziehe und hinaus, das war ja zum Ersticken, und es gab kein Durchkommen zum Klo und versifft war es bald, weil Bier ging literweise, mit Zeitungspapier hatte die Wirtin den Boden ausgelegt, dann der verpatzte Elfmeter und das Aufatmen unter den meisten und dann die Tore, ein Aufschrei jedes Mal, ein Sich-Erheben, die schwindende Hoffnung, ein Gestritt, ein Gestöhn, die anderen, die abseits standen waren plötzlich mittendrin, und wurden immer selbstbewusster, nur ein Fremder stand allein unter denen vom Dorf, der ist von der Geheimpolizei, sagte August, der seit seiner Haftentlassung im Sommer im Holz war und im Winter als Wart auf den Skipisten, der immer sonnenverbrannt war und es in keinem Raum aushielt, wenn ich schon diese dunklen Augengläser sehe, in einem Gastlokal, als würde hier die Sonne scheinen, und August glühte und nahm zwei Prisen Schnupftabak und prustete laut und fuhr sich mit einem zerknüllten Stofftaschentuch über Nasenlöcher und Gesicht. Er war nicht ungut, der August, dachten sich die Leute im Dorf, aber er war nicht mehr wirklich einer von hier, ein Häftling war ein Häftling und blieb es, hatte er es auch für das Land getan, wenn er es denn war, der es getan hatte, drei zu eins nach zweimal 45 Minuten und Pause und Nachspielzeit. Männer, die diskutierten und ins Freie gingen, endlich frische Luft, Männer, die sitzen blieben und disputierten wie nach einem Kartenspiel und sich bekräftigten und sich widersprachen, wer weiß, was die gezahlt haben dafür, das hat es schon einmal gegeben, bei dem Endspiel 1934 hatten sie derart Angst gehabt vor dem Duce, dass sie alles getan hätten, aus Furcht, er würde sie hernach erschießen, das hat einer dann selbst erzählt, die Schiedsrichter, die seien bestochen worden, die Gegner gut bezahlt, vier Jahre später dasselbe, so kommen sie zu ihren Siegen, durch Lug und Trug, in der Geschichte war es nicht anders. Als Strafe ist er dann mit dem Kopf nach unten gehangen, Recht geschah ihm. Das stimmt nicht, 1938 haben sie schneidig gekämpft, das ist überall nachzulesen, dass sie gesiegt haben aus Können, das muss man ihnen lassen, das eine Mal, ja, weil die Deutschen die Österreicher dazu bekommen haben wegen dem Anschluss, und dann mussten sie mit denen gemeinsam spielen, wie sollten sie da noch gewinnen, deshalb sind sie auch gleich ausgeschieden, sprachen die Männer des Dorfes kreuz und quer durcheinander, mit Heil Hitler haben sie vor dem Spiel gegrüßt, deswegen haben sie verloren, der Heil Hitler hat doch mit Fußball nichts zu tun und ausgepfiffen sind sie worden und deswegen haben sie verloren, was werdet ihr denn jetzt streiten deshalb, geht doch nach Hause, die Politik ist nie herauszuhalten aus dem Sport, das ist überall so, wo mischt sich die Politik nicht ein, sag mir wo, wo haben sie nicht ihre Hände im Spiel?

Da waren Männer, die sich erhitzten, und solche, die nach der Entscheidung gleich zahlten und gingen, da waren plötzlich Autos, die hupend den Stausee entlang über die Landstraße fuhren, wehende Fahnen aus den Fenstern der Wägen und August vor der Bar wutentbrannt, weil die Fiats und Alfettas und Giulias und Romeos und Fulvias und Lancias auch den Kirchplatz einzunehmen begannen und die Insassen die Scheibenwischerpumpen derart präpariert hatten, dass das Spritzwasser die Umstehenden erwischte, und mit Töpfen klapperten sie, dass der Lack absprang, vor dem Brunnen hielten sie und ins Wasser sprangen sie und die Nationalhymne sangen sie und in Fanfaren und Trillerpfeifen bliesen sie und auf Vespas kamen sie und hupten, bis sie heiser waren. Kaum mehr zu halten waren daraufhin die eingesessenen Dorfbewohner, als einer entdeckte, dass *Italia:Patate 3:1* auf dem Rathaus stand, von wegen die Deutschen, Kartoffeln, Katzlmacher seid ihr, nichts weiter, verschwindet aus dem Land, rief einer und Romedius' Sohn fragte, was ein Katzlmacher sei, und Romedius sagte, das kommt daher, weil die da unten so viele Kinder haben, wie die Katzen, aber wir haben doch auch viele Kinder, sagte der kleine Pir, da hast du schon Recht, sagte Romedius, das ist nicht allzu ernstzunehmen, vieles sagt man einfach nur so und vergisst, dass es eigentlich verletzend ist, nein doch, sagte da ein anderer, die sind falsch wie die Katzen, falsch wie die Frauen, grölte einer, von den Gatzlmachern kommt das, sagte der Wirt, das waren die Krämer, die winters vom Süden heraufwanderten, um Kessel zu flicken und Gatzln zu schnitzen, die Holzlöffel für die großen Suppentöpfe, patate für die Deutschen ist gut, die Kartoffelfresser, es stimmt ja auch, Kartoffeln sind nahrhaft, aber sie machen müde und blöd, seid doch ehrlich, sie haben sich den Sieg nicht verdient. Katzlmacher, rief da wieder August, von wegen Sport, ihr Lügenbeutel, spart euch die Tricolore. Und alle möglichen Schimpfwörter rief er den anderen hinterher und drohte mit der Faust und winkte mit erhobenem Mittelfinger, wo die nur alle herkommen mit einem Male, wie die Ratten aus den Löchern, her mit dem Gift, und einer sagte, August beruhige dich, und August höhnte, bist denn du unschuldig gesessen, hast du denn irgendeine Ahnung von irgendwas, fünfzehn Jahre, was weißt du denn, was das heißt, aber August, du bist begnadigt worden, ich will nicht begnadigt werden, ich brauche keine Gnade, Recht will ich, rief August, verdammte Herrschaftszeiten, und er hob einen Pflasterstein auf, um nach den Autos zu werfen, als der Mann mit den dunklen Brillen zu ihm trat und seinen Arm packte und ihn anfuhr, er solle das bleiben lassen, und der Pfarrer sich dazwischen drängte und sagte, lascia fare a me und den übernehm ich, und meinte, August, wir sehen uns morgen um drei zur Beichte, ich warte auf dich und wir sprechen darüber, und August sagte, nein, Herr Pfarrer, du siehst mich nicht in der Kirche, ihr lügt ja auch alle wie gedruckt, wo wart ihr, als ich im Gefängnis saß, lasst mich in Ruhe, Herrschaftszeiten, ich gehe zu keiner Beichte mehr und in keine Kirche, da kannst du lange warten, Gott gibt es nicht, zumindest nicht hier und für mich auch nicht anderswo. Und August spuckte auf die Straße und riss sich vom Polizisten in Zivil los und ging.

Vor wenigen Wochen der Onkel Sepp und jetzt die Rosa, sagte derweil Klara zu ihrem Schwager Severin, an den Toten sehen wir, wie alt wir selbst geworden sind.

6. Jänner 1990, Perathnacht

Als Magdalena befand, dass es gut sei, und ging

Es war nach dem letzten, dem dritten Umgang, dass Rosina seltsam erregt war und das unregelmäßige Schlagen des Herzens sie in der Epiphaniasnacht schlecht schlafen ließ und sie ihre Mutter sah, so jung noch mit vollem dunklen Haar, wie sie auf sie wartete am Gatter, das hatte sie oft gemacht, als Rosina noch zur Schule ging, sie sah die Mutter mit Seppl am Arm, es musste Seppl sein, den sie nie gesehen als Kleinkind, doch war es er, von dem sie träumte; sie sah Magdalena am Sterbebett der kleinen Maria und sah sie die ganze Nacht im Schein der duftenden Wachskerzen sitzen neben dem aufgebahrten Vater, die eine Hand auf seinen gefalteten Händen, in der anderen ihren gebeugten Kopf, sie sah sie, wie sie der sterbenden Kreszenz mit einem feuchten Tuch die getrockneten Tränen und den verkrusteten Speichel aus den Mundwinkeln schob, sie sah sie erhoben am Abgrund stehen, die sich ihr Lebtag im Hintergrund hielt, sie sah sie mit einem Buch an einer Lichtung und sah sie schwebend auf den bemoosten Felsen mitten im Wald, in die Menschen vor dreitausend Jahren Schalen eingegraben hatten, um Wasser und Getreide den Göttern zu opfern, in denen sie Kerben hinterlassen hatten, die Schatten warfen und ihnen Auskunft gaben über Tages- und Jahreszeiten. Da schwebte Magdalena in ihren selbstgestrickten grauen Wollstrümpfen, das eine Bein über das andere geschlagen, mit den naturgewellten Haaren, die stets locker gebunden waren und hochgesteckt und niemals straff und streng, da saß sie auf einer Nebelwolke und lächelte und ein Lichtstrahl fiel auf sie herab durch die Baumkronen und der Boden war über und über mit getrockneten Rosenblättern bedeckt.

Es war gegen ein Uhr früh nach der letzten Rauhnacht, in einer der längsten Nächte des Jahres, in denen die Natur sich zurückzieht, um in tiefer Höhle das Licht neu zu gebären, als Rosina hochschreckte und ihr Nachthemd feucht an ihrer Brust klebte und ihr fröstelte und sie sich auszog und ein frisches überstreifte und darüber einen Schlafrock und in die Pantoffeln schlüpfte und zur Mutter sah und sie ganz ruhig fand und kaum überrascht war, als sie da lag, ohne zu atmen.

Rosina holte sich einen Stuhl und eine Decke, in die sie sich wickelte, und setzte sich zu Magdalena, die ihr vertraut war wie immer, und küsste ihr Gesicht und legte die Wange an ihre Wange und sog die letzte Wärme in sich ein und den letzten Duft und sie schloss die Augen und wurde ruhig und war hellwach und schlief ein wenig und lauschte in die Dunkelheit und stand dann auf, um Klara zu wecken, deren Hof dies doch war, und gemeinsam saßen sie bis um sechs Uhr früh und schwiegen manchmal und flüsterten wie Kinder, denen das Schwätzen verboten war, und tranken ein Glas vom Eierkognak, den Magdalena wie jedes Jahr zu Advent noch zubereitet hatte, und dankten, dass die Mutter so hatte sterben dürfen.

Magdalena war vor wenigen Stunden noch mitgegangen, als letzte im Zuge, beim dritten Räuchermarsch durch Haus und Hofstatt, als letzte, da sie langsamer ging und einen Rhythmus finden musste zwischen Atem und Schritt, ging mit einer Fackel mit, als sie Wohnräume und Stall und Felder ausräucherten, so wie sie es immer getan hatten, einst noch mit Wacholder, als gar kein Geld im Haus war, und dann mit kostbaren Harzen, alle drei Mal war sie mitgegangen in der wundrigen Zeit der zwölf Schwellennächte zwischen dem Heiligabend und dem Fest der Erscheinung des Herrn, während die Sonne ihren Lauf kehrte und unmerklich höher stieg, war mitgegangen zum Reinigen, zum Ausgleichen der aufgebrochenen Kräfte, zum Aufladen mit neuem Bewusstsein.

Am ersten Lostag, drei Tage nach der Wintersonnwende, hatte Peregrin Myrrhe mit Drachenblut gemischt und sie hatten beim Türrahmen begonnen und mit den Füßen auf den Holzboden getrampelt und mit den Händen in die Ecken des Hauses geklatscht, bis alles anders klang und das Alte sich verzog, jeden Winkel räucherten sie aus und jedes Zimmer und immer linksherum gingen sie und achteten strikt darauf, gegen den Uhrzeigersinn, auch ins Ofenloch hielten sie den schwelenden Kelch und in die Autos und in den Hubraum und in die Fahrerkabine des Traktors und legten Harz nach, das kurz zischte und zu ringeln begann, das Gebundene wurde gebrochen und vertrieben, Fenster und Türen wurden aufgerissen zum Lüften, Johannas Tochter Anna war mitgegangen und hatte fotografiert, wie schön Magdalena ist im Schein der Flamme mit dem weißen Haar, siehst du, wie es flackert im Licht ihrer Fackel, als ob es leben würde, das Haar.

Anna kam jedes Jahr zu Weihnachten, zusammen mit ihrer Mutter, sie sammelte Bilder, wie jene Knöpfe zählte, und hielt fest und dokumentierte für Reisezeitschriften und Kulturmagazine Menschen und Tiere auf dem Erdball, Heimkommen, das war ihr wichtig, einmal im Jahr, aber niemals hier leben für immer.

Aufgereiht wie die Perlen eines Rosenkranzes gingen sie einer hinter dem anderen, und es gab fast niemanden mehr landstraßenauf- und abwärts, der tat, woran sie festhielten, als wären auf dem immer breiter werdenden Asphalt die Bräuche aus dem Tal geflohen, nur manchmal hielt alles inne, wenn es staute oder wenn ein Unglück geschah, dann wurden Kerzen aufgestellt und ein weiterer Bildstock. Peregrin ging voraus und mit ihm Klara und von den Kindern und Enkeln, wer da war, und Johanna und Rosina und Enrico, der seit einigen Jahren den Heiligabend mit ihnen verbrachte, und Alrun, und wer in der Christnacht fehlte, ging zu Silvester mit, so wie Franz, und seit Rosa nicht mehr war, auch Genoveva und wieder Enrico, stets brachte er Marzipanschweinchen und Glücksklee und Sekt und kein Tschugguel und kein Strumpflohner hatte je darüber ein Wort verloren, auch Johanna sprach nie mehr von seinen Hühneraugen und schwieg, seit die Verbindung ihrer Schwester offensichtlich geworden, sie gingen wie gewohnt gemeinsam auch am letzten Tag des alten Jahres in die Dämmerung hinein und beteten, ein Sprechgesang von beschwörender Dichte, sie brachten in Einklang, was vor sieben Tagen aufgerissen worden war, hörten hinein in das Flüstern der Nacht und in das Knistern der Kohle, Peregrin zog nun Achterschleifen und sie hatten wieder bei der Haustür begonnen und waren um das Haus herum zur frisch geteerten Zufahrt und von dort zum Stall und zum Garten, für Friede und Harmonie hatten sie am zweiten Lostag geräuchert, bevor es zur Mette ging und zum Beisammensitzen im Dufte von Kyphi und Sandel und Styrax und Kardamom und Zimt und Opernmusik vom alten Plattenspieler, bis weit über Mitternacht.

Weihrauch schließlich legte Peregrin am letzten Lostag auf die innen noch glühende, aushauchende Kohle und am Abend des fünften Januar schritten sie ein drittes Mal das Haus ab und den Hof und das Feld und gingen diesmal im Uhrzeigersinn und niemand lachte aus Verlegenheit, die Kinder lachten auch dann nicht, als sie herausgewachsen waren aus ihren Kitteln und Joppen und nun Hosen mit maschinengefertigten Löchern trugen und knallige Strähnen im Haar wie gelbe Birkenblätter in klarem Herbst auf Raureif.

Um den Ausgleich zu schaffen zwischen den vier Elementen, dem Feuer als Glut, der Erde als Schale, der Luft durch das Schwenken vom Rauchfass, um auch das Wasser in diese Zeremonie miteinzubeziehen, hatte Peregrin vor langer Zeit schon begonnen, die Glut auf Meeressand zu legen, und Kinder und Enkel und auch Enrico wussten, dass er diesen brauchte und brachten davon mit, wann immer sie an einem Strand waren, füllten ihn in Plastiksäckchen ab und in verschließbaren Joghurtbechern und Klara schüttete ihn in Flaschen, die sie beschriftete und zwischen die Doppelfenster in der Stube stellte, eng gedrängt standen die Gefäße dort und ergaben ein Bild, an dem Anna, die selbst die exotischsten Proben an Muschelschrot und aufgeriebenen Korallenkörnern hätte beisteuern können, sich nicht sattknipsen wollte.

Peregrin hatte das Räucherwerk von seinen Wanderungen mitgebracht, seit er nicht mehr ging, bestellte er es in der Stadt oder Johanna brachte es mit und Klara und Rosina pflückten auch manches auf ihren Spaziergängen und mörserten es und entzündeten es auch unter dem Jahr, wenn Besuch angekündigt war oder Streit in der Luft lag, holten sich die Sonne ins Haus, die auf die getrockneten Blüten und Kräuter einen Sommer lang gewirkt hatte, holten sich Erinnerungen in die Stube an den Platz bei den Lärchen, an den Flug der Vögel, an den Duft des Waldes, der Flechten und Himmelschlüssel.

Sind wir zu spät gekommen?, fragte Klara erst am hellen Morgen des Heilig-Drei-König-Tages, als sie das Kaffeepulver in die Espressokanne schöpfte, ich glaube nein, sagte Rosina, ich glaube, sie wollte alleine gehen, vielleicht wollte sie sicher sein, dass wir sie nicht aufhalten, vielleicht hat ihr der Rauch eingeflüstert loszulassen, sie hat die Nacht der Perchten und der Wunder gewählt, in ein anderes Leben zu wandeln.

24. Juni 1992

Als Franz erfuhr, dass das mit dem Begräbnis gar nicht so einfach war

Anders als Alrun wusste Franz nach der Matura nicht, was angehen. Sie hatte vor Jahren schon eröffnet, Ärztin werden zu wollen, und der Entschluss geriet nie ins Wanken. Ärztin für Frauenheilkunde, Geburtshelferin, hatte sie geschrieben, sie empfand es wie einen Auftrag. Sie würde reisen drei Monate und dann keine Zeit verlieren, er wollte auch reisen, aber war unschlüssig sonst, er wollte schreiben und Brücken bauen, er wollte Völkerkunde studieren und Tiere schützen, er wollte protestieren und seine Ruhe haben, er wollte weggehen und seiner Band treu bleiben, in der er Bassist war und für Stimmung sorgte, wenn er Allzweckhandschuhe aufpumpte wie Luftballons und sie pfeifen ließ wie einen Dudelsack, wenn er verrostete Sägen aus den Scheunen holte und mit dem Geigenbogen kratzte, bis sie sangen, wenn er mit Kanalrohren auf Standtoms trommelte und mit Alphörnern zum Trauermarsch blies, wenn er Chopin und Nirvana verknüpfte zu einem Teppich aus Klang; hoch im Norden hatte er vor zwei Jahren einen Kunstwebereikurs besucht einen Sommer lang, da ihm das Studieren im Klassenzimmer zu blass geworden war.

Franz und Alrun hatten sich stets geschrieben; als sie im Mädchenheim wohnte in der einen Stadt und er in der anderen mit seiner Mutter. Von der Kindheit hatten sie sich in ihren Briefen erzählt und von den Eltern, die sie nicht immer verstanden, vom Bedürfnis alleine zu sein und der Angst davor, von Musik und abgetragenen Hosen, die sie nicht auftragen wollten, von Verletzungen und Zangengeburten, von Bootsausflügen und Picknick im Gras mit Brot und Saft und Tomaten und Gurken und Käse, von Stimmbruch und Sich-selbst-nicht-mehr-Kennen, von ersten Küssen und Zigaretten, von Träumen und Tränen, von Mutproben und blauen Briefen, vom Kugelgleichnis und literarischen Vorlieben, von Kafkas *Verwandlung* und Camus' *Der Fremde*, sie hatten sich Zitate geschickt und Briefstellen des anderen kopiert.

Sie war stolz auf ihn und er war es auf sie, sie waren sich gegenseitig Sicherheit und Gewähr, dass da jemand war, der alles tolerierte.

Unsere Geschichten könnten auch andere sein oder die von anderen. Vielleicht wiederholen sie sich irgendwo genauso auf der Welt und wir wissen nichts davon. Vielleicht erlebt jemand unsere Geschichte und wir die seine. Das hatte er ihr einmal geschrieben und sie hatte es sich ausgeschnitten und hinter Glas gelegt und gerahmt und über den Schreibtisch gehängt. Sie war nicht immer seiner Meinung, was hier und jetzt geschah, das war allein ihr Leben, und doch schien ihr bedeutsam alles, was er sagte.

Mit Sorgfalt hatten beide stets die Briefe adressiert und mit der Zunge die Klebefalze genässt, das Schreiben war ihnen zu einer kultischen Handlung geworden, jedes Kuvert wurde mit dem Messer aufgeschnitten und jeder Brief in einer Schuhschachtel verwahrt, auf deren vordere Seite er einen afrikanischen Elefanten geklebt hatte und sie ein Foto, das sie beide auf einem Zaun sitzend zeigte, neben sich eine Schüssel mit Kürbiskernen, die sie um die Wette zu spucken pflegten. Franz konnte lachen machen, und er war nachdenklich und ernst.

Mit Alrun und Freunden in einer WG zu wohnen, das hatte er sich oft mit ihr ausgemalt, zur Uni gehen und abends gemeinsam kochen und Kino und tanzen und feiern und putzen und das mit Humor und Clownnase und nach genauem Wochenplan. Er würde sie abfragen, und sie würde ihn prüfen, das hatten sie abgemacht. Doch da war noch etwas zu tun.

Als seine Großmutter Judith starb, wenige Tage nach seiner Matura, beschloss er, seiner Mutter eine Freude zu bereiten und bot sich an, das Begräbnis und die Formalitäten zu organisieren, Genoveva möge nachkommen, wenn es soweit war.

Als er von Judiths Tod erfuhr, brach er auf mit dem alten Renault 4, den er sich nach vielen Bandauftritten und Gelegenheitsjobs erstanden, und fuhr die lange Straße und den Pass hinauf und ein Hund durchschnüffelte den Wagen nach Drogen, und er fuhr durch die Schlucht den Pass wieder hinab und er sang zur Musik in den Ohren und hatte den Schaltknüppel wie einen Revolver in der Hand und die Fenster offen und eine Freude, dass ihm die Mutter diese Aufgabe anvertraute.

Er kam an, wenn auch mit Verspätung, da der Autoschlüssel durch einen Gullideckel gefallen war, als er vor einem Imbiss parkte. Er kam an kurz vor Büroschluss, als der Leichnam aus dem Krankenhauszimmer schon fortgeschafft war und kein Arzt mehr zuständig, und hatte noch zu unterschreiben und den Tag des Begräbnisses festzusetzen und die Art, wie sie begraben werden sollte. Sie war nicht zu Hause gestorben in ihrem Zweizimmerhäuschen am Bach, sie starb im Krankenhaus, gleich nach der Einlieferung, sie hatte noch selbst die Sanitäter gerufen. Im Leichenhaus sei sie nun aufgebahrt, wenn er sich beeilte, konnte er noch einen anderen Sarg aussuchen, in hell oder dunkel, mit oder ohne Verzierung, das Bestattungsinstitut sei gleich um die Ecke, aber schließe um sechs, sagte der zuständige Beamte, das Netz innen sei nur teurer Schnickschnack, man habe sie bis zur endgültigen Sargwahl in den üblichen gebettet, die Krankenhaustruhe, so nenne man das hier, er könne aber auch diese behalten, sie koste nicht viel. Eines müsse er ihm leider gleich sagen, im Dorf, aus dem sie war, sei ein Begräbnis nicht möglich derzeit, der ganze Friedhof müsse angehoben werden, da das Moos von unten drücke und beim nächsten Unwetter die Knochen bis auf die Straße geschwemmt würden. Auch sei die Erde zu fett geworden von den vielen Toten, es gehe nicht mehr so schnell, bis ein Körper sich zersetzt, drei Jahrzehnte brauche das, die sind ja auch alle vollgepumpt mit Medikamenten heutzutage, deshalb müsste man sie exhumieren spätestens nach zwei Jahrzehnten, um wieder Platz zu machen für neue, verbrennen und erneut beisetzen, alles aufwendig, auch für die Geldtasche. Am Stadtfriedhof bekomme sie Platz inzwischen, das war so ausgemacht, später könne sie umgebettet werden, auf Kosten der Gemeinde, in einem Jahr müsste alles bereinigt sein, der Boden mit Sand gemischt, das sei günstig für eine zeitgemäßere Verwesung. Was für ein Begräbnis er sich wünsche, das möge er schnell bestellen, man sei nicht ewig hier, der Bus, der warte nicht, genauso wenig wie der Tod, und er lachte dabei, wie viele Kerzen sollten denn in der Aufbahrungshalle brennen, jene vor dem Sarg kosten nur siebzig Schilling, wenn es auch Kerzen an der Seite sein sollten, wie es einer Bürgersfrau schon angemessen sei, koste es etwas mehr, sollten auch jene hinten brennen, das wollen die Reichen so, dann käme noch ein Aufschlag dazu, und er maß ihn prüfend, aber nicht abschätzig, das komme wohl nicht in Frage, unter uns gesagt, ich finde das ist ohnehin nur Angeberei.

Franz wusste wenig von Judith, aber er wusste, dass sie bis zuletzt kein Brot weggeworfen hatte, war es hart geworden, hatte sie Brotsuppe daraus gebrüht und mit ihren dritten Zähnen daran gelutscht, Brot war ihr nie schimmlig geworden, Brot hatte man nicht weggeworfen, Brot gab sie nicht einmal den Vögeln, denen kaufte sie Körner, aus Brot kochte sie Suppe.

Nachdem Franz ohne zu zögern sich für die Armenbeleuchtung entschieden hatte, nicht um zu sparen, sondern da er dachte, dass ihr alles andere nicht recht gewesen wäre, sollte er noch Lieder auswählen, die man spielen würde, wenn die Angehörigen zum Abschied kamen. Eine Liste bekam er in die Hand gedrückt, mit Liedtiteln, die ihm nichts sagten, *Korn, das in die Erde, in den Tod versinkt*, wählte er aus, und noch eines, das er genauso wenig kannte, das aber gut klang in seinen Ohren, Wenn der Herr einst die Gefangnen ihrer Bande ledig macht. Er dachte nach, was ihr vielleicht sonst noch gefallen hätte, und hatte sie ja kaum erlebt und gesehen, und ein Lied fiel ihm ein, das ihn in der Kindheit sehr aufgeregt, Auf zum Schwur, ob das denn möglich sei. Das hätten sie nicht, sagte der Mann und Franz meinte, man könne es ja gemeinsam vom Blatt singen, warum denn singen, fragte der Mann, das gehe doch alles elektrisch, da sei eine Jukebox hinter dem Katafalk, auf dem der Sarg aufgebahrt werde, die Lieder würden automatisch eingespielt. Ob er sonst noch einen Wunsch habe, es sei schon spät, und sie legten fest, dass der 24. Juni ein guter Tag wäre, Judith zu begraben, der Johannestag.

Einen Erlagschein drückte er ihm noch in die Hand, das sei bitte umgehend zu überweisen, das da unten seien die Spesen für die Aufbewahrung der Toten im Leichenhaus und für die

Überführung ins Bestattungshaus müsse er leider auch aufkommen, in die Beerdigungsspesen inbegriffen sei der Transport zum eigentlichen Grab, er knipste das Licht der Schreibtischlampe aus und schob Franz hinaus und sagte, vielleicht haben Sie Glück und der Sargmeister ist noch da, das Bestattungsinstitut ist gleich da drüben, schauen Sie sich auf alle Fälle noch die Särge an, Sie müssen nicht den vom Krankenhaus nehmen, den kann man auch nur leihweise haben, sollten Sie sich für einen anderen entscheiden, wird der Bestattungsunternehmer den Betrag schon abziehen, den ich ihnen aufgerechnet hab, wir haben eine Vereinbarung, also die Agentur ist gleich da vorne, wo der Leichenwagen steht, ich muss jetzt wirklich, auf Wiedersehen.

Franz wollte noch Judith sehen, aber das konnte warten, Sterbende halten sich an keine Uhrzeit, das Leichenhaus im Spital war immer offen, auch wenn es läuten hieß jeweils, weil der Mann, der die Leute einließ, auch der Totenwäscher war.

So eilte Franz zum Bestattungsinstitut, das wie ein Geschäft aussah mit dem schön geschmückten Schaufenster, in dem Blumenkränze und zwei Holzsärge unterschiedlicher Größe mit Preisschild standen, er trat ein, es war tatsächlich noch geöffnet, er dachte, dass es vielleicht ein Gesteck brauche und eine Parte, aber wem diese senden, er kannte ja niemanden von denen, die Judith gekannt hatte, und einen Grabstein brauche es wohl auch, fiel ihm ein, einen, mit dem man umziehen konnte, von einem Friedhof zum anderen.

Das ist alles kein Problem, sagte der Zeremonienmeister hinter dem Ladentisch, dafür sind wir doch da, darum müssen Sie sich nicht kümmern, wir übernehmen alles für Sie, ist es denn eine Tote oder ein Toter, lassen Sie Ihrer Trauer freien Lauf, der Verstorbenen geht es nun bestimmt besser, sie ist befreit vom Leiden auf Erden, ihr Leben ist nun vollendet im Angesicht des Herrn, wir haben auch eine Trauerberatung und einen hauseigenen Psychologen, ich empfehle Ihnen, mit ihm zu sprechen, das ist immer hilfreich und gut, ach Sie sind der Enkel, mein Beileid, die haben Dienst rund um die Uhr, vierundzwanzig Stunden lang.

Franz wäre am liebsten gleich wieder hinaus aus dem Geschäft, als der Mann ihn aber einlud, sich die reiche Auswahl an Särgen zu besehen, blieb er doch, und wie in einer schwarzen Komödie fand er sich wieder vor Regalen, die sich auf Knopfdruck zu bewegen begannen und der Reihe nach Särge vorführten, mit jedem Knopfdruck drehte sich hinter der elegant verkleideten Konstruktion die Mechanik weiter und ließ einen neuen Sarg erscheinen, wie ein Schaufelrad, dachte Franz. Herr, gib ihr die ewige Ruhe, und das ewige Licht leuchte ihr, das wäre doch ein guter Satz für die Parte, wie viele er davon drucken lassen möchte, je mehr desto billiger werde es, das sei natürlich Ehrensache, dass er sich um das Aufschlagen der Nachricht in den Kästen am Friedhofseingang kümmere, und vor dem Haus des Bestatters und in dem großen Schaukasten am Rathausplatz, sagte der Mann, um die privaten Adressaten müssen Sie sich verständlicherweise selbst kümmern, ein Foto der Verstorbenen brauche ich noch und ihre genauen Lebensdaten, schwarzweiß ist eleganter, aber es kann auch in Farbe sein, das ist nur wenig teurer, das dürfte nicht ausschlaggebend sein, ja, das ist jetzt unser Prunkstück, ganz aus Massivholz, ein hochmoderner Eschensarg, das hier ist eine Buchentruhe mit Gussbeschlag und die hier ist mit Messing, bei Erdbestattungen ist die Auswahl viel größer, da findet jeder seine passende Truhe, es gibt dasselbe Modell auch in Kirschbaumfarbe, und das ist eine ganz außerordentlich schöne Mahagonitruhe, das Holz ist garantiert aus Südamerika und verformt sich nicht, das kann man auch an den geschnitzten Mustern sehen, alles Handarbeit, das Mittelamerikanische ist in der Qualität nicht so überzeugend.

Franz wollte jetzt aussteigen aus dem Film, ihn einfach abschalten wie den Fernsehapparat, und für wiederverwendbare Särge plädieren, die die Umwelt schonten, die eine Vorrichtung hätten, dass die Toten ungesehen vom Holzboden in die Grube rutschten, doch stand er da verwundert und seltsam erschlafft und angewurzelt, all die Bäume, dachte er, für nichts, wofür denn schon, um in der Tiefe zu verrotten, das mit dem Holz müsse man doch endlich ganzheitlich sehen, von den

Wurzeln hinauf bis zur Krone, Erde und Himmel, die Zukunft der Kinder. Und der Unternehmer sagte, als hätte er seine Gedanken gelesen, wir bieten, was die Kundschaft wünscht, so ein Sarg braucht ungefähr achtzehn Jahre, bis er in sich zusammenfällt, das kann man genau ausrechnen, wann das Grab absinkt, der Boden muss halt trocken sein, sonst braucht es länger. Ich dachte, die Würmer, sagte Franz kleinlaut, die Würmer, das sind doch Kindergeschichten, die Würmer sind in uns, das sind Bakterien und Mikroorganismen und Pilze, die warten in uns ab dem Tage der Geburt, dass sie uns auffressen können, und er lachte und nahm wieder Haltung an, lass sie ruhen in Frieden, ist der Schriftzug nicht schön auf diesem Sarg, deutsche Eiche, entschuldigen Sie bitte die Frage, es ist nur für unsere Statistik, haben Sie einen Priester bestellt für die Aussegnung und Verabschiedung am Grabe, oder machen Sie das selber, in diesem Falle hätte ich auch eine Textvorlage, die ich ihnen ans Herz legen würde, grad die Kopierspesen kostet sie, wir haben auch einen Vordruck im Computer, den könnte man um einen geringen Aufpreis personalisieren. Wieso denn bestellt, fragte Franz und dachte sich, zum Glück muss Genoveva das nicht erleben, das glaubt mir ja niemand, muss man den Priester bestellen?, aber ja doch, sagte der Unternehmer, wussten Sie das nicht, es ist nicht gesagt heutzutage, dass er gewünscht ist, heutzutage ist nichts mehr natürlich, fünfhundert Schilling bekommt er dafür, Sie können aber wählen, ob er eher heiter reden soll oder traurig, je nachdem, manche wollen richtig weinen, andere sind lebenszugewandter. Ich möchte mir das noch überlegen, sagte Franz und schaffte es, den Blick loszureißen von dem Film, ja, dann müssen Sie halt morgen wiederkommen, es wäre doch einfacher, das jetzt gleich über die Bühne zu bringen. Danke, sagte Franz noch einmal, ich möchte mir das überlegen, ich komme morgen vorbei, wo ist denn das Krankenhaus? Nicht weit von hier, sagte der Mann, einfach nur geradeaus, zwei Minuten, dann stehen Sie schon vor dem Haupteingang, das Leichenhaus ist den Gang geradeaus, es ist gut ausgeschildert.

Nachdem Franz bei Judith gewesen war und zurück ins Leben gefunden hatte, zwischen drei anderen Toten, nachdem er all die Einsamkeit gefühlt hatte, die auf ihr gelastet haben dürfte, aber auch die Freude, die sie wohl gehabt hatte, über ein Dasein, das sie schlussendlich selbst bestimmte, holte er sich bei den Kleinhäuslern nebenan den Schlüssel und trat in ihr Haus und wollte nichts berühren und setzte sich nur an den Küchentisch, fein säuberlich war aufgeräumt, Rätselhefte stapelten sich auf der Kredenz und einige Revuen und er überlegte, ob das der Augenblick sei, nach einem Foto zu suchen, das vielleicht den Vater seiner Mutter zeigte, er musste Judith doch ein Foto geschenkt oder einen Namen hinterlassen haben irgendwo, aber das habe auch ein anderes Mal Zeit, was mit ihren Habseligkeiten geschehe, wollte nicht er beschließen und schon gar nicht heut, er drehte das Licht wieder aus und schickte sich an zu gehen und entdeckte nun auf der sonst leeren Konsole neben der Eingangstür ein kleines schwarzweißes Passbild, auf dem Judith zu sehen war, sie lächelte am Fotografen vorbei und war wohl frisch beim Friseur gewesen und hatte eine weiße Bluse an mit gestärktem Kragen und eine Kette um den Hals und ließ erahnen, dass sie keine gewöhnliche Frau gewesen war, und er nahm es in seine Hand und sah auf die Rückseite, ob irgendetwas darauf stand, eine Bemerkung, ein Datum, er fand nichts, aber er fühlte, dass sie damit hatte etwas sagen wollen, sie war wohl eigens zum Fotografen gegangen für dieses Bild, nicht für einen Ausweis etwa, sondern für das Sterbebild in der Zeitung vielleicht oder auf der Parte und dem Grabstein, oder für die Erinnerungsecke in Genovevas Zimmer. Er nahm das Bild und sperrte die Tür wieder ab und ging in die Stadt und suchte sich ein billiges Zimmer und setzte sich dann in ein Gasthaus und bestellte Käsespätzle und Salat und Bier und zog einen Block aus der Tasche und begann zu schreiben, um sich abzulenken von der Entscheidung, die anstand.

Ich habe sie lange nicht mehr gesehen, doch Bilder habe ich. Die glatte dünne Haut auf ihren Händen, die Augenbrauen, die schwarz geblieben sind bis zuletzt, das weiße Haar, das sie sich lange taubengrau färbte, Jessashimmelundherrgott, sagte sie oft. Sie kannte keine Welt ohne Krieg. Sie ließ sich kein Sonderangebot entgehen und hatte ihren Speiseschrank stets vollgefüllt mit Mehl und Reis und Zucker, und putzte ihn regelmäßig mit Essigwasser, damit keine Motten sich auf ihre Kosten ernährten. Den Salat hat sie gezuckert, die Nudeln hat sie eine Nacht lang in Wasser eingeweicht und am Tag darauf mit Margarine abgeröstet, am Abend aß sie immer nur kalt, zwei Scheiben Brot und sechs Scheiben Wurst, die sie täglich frisch beim Fleischer kaufte, Fleischer hat sie immer gesagt, wie das schon klingt.

Wir wissen noch gar nichts, Alrun, wir wissen noch so wenig vom Leben, ich habe sogar vergessen, den Priester zu bestellen, ich dachte, das sei logisch, dass er kommt, es ist gar nichts mehr natürlich, der Tod ist abhanden gekommen. Ich weiß auch nicht, wer den Sarg tragen wird von der Kapelle zum Friedhof, ob da ein Wagen kommen wird und wir in den Abgasen hinterhergehen müssen, ob der Sarg in die Grube gelassen wird vor unseren Augen und wir Erde werfen müssen und eine Rose darauf, oder ob das in unserer Abwesenheit geschieht.

Ich habe ein Armenbegräbnis bestellt, stell dir vor, nicht aus Geiz, nicht einmal Kerzen brennen vor dem Sarg, das sind nur Lämpchen, die man auf Knopfdruck einknipst und wieder aus, das habe ich erst auf der Rechnung gesehen, man bezahlt den Strom, nicht das Wachs, und die Musik kommt aus einem Automaten, ich wollte eigentlich nur meiner Mutter eine Freude bereiten, nichts weiter, jetzt bin ich müde, aber auch wach und froh. Sie hat ein fast schon elegantes Foto auf ihrem Kästchen an der Tür bereitgelegt, sie wollte wohl, dass wir uns an ein bestimmtes Bild von ihr erinnern.

In aller Früh schon ging er am nächsten Tag zu Mann Nummer eins und bestellte alles wieder ab, Judith soll nicht hier begraben werden, und bei Mann Nummer zwei wollte er eine Überführung bestellen, dazu aber brauche es noch ein Original vom Leichenpass, erfuhr er, die Kopie reiche nicht und das einzige Original wolle er ihm nicht nehmen, das brauche er dann in der Gemeinde, sagte er, und eine Bestätigung vom Arzt braucht es, dass die Tote nicht an einer ansteckenden Krankheit gelitten hat, außerdem einen gut verlöteten Zinnsarg, mag sein, dass die Friedhofsgebühren dann höher sind, weil der mehr Zeit benötigt zum Verrotten, das ist von Fall zu Fall verschieden, es gibt aber schöne Zinnsärge mit einem Eichenbeschlag darüber und sogar einem Glasfenster, so dass die Angehörigen auch zu Hause noch einen letzten Blick auf den Verstorbenen werfen können, ich finde, das ist Geschmackssache, aber wollen Sie die sehen, die hab ich Ihnen gestern gar nicht gezeigt. Dann möchte ich sie einäschern lassen, rief da Franz, ja dann brauchen Sie einen Sarg zum Überführen und einen zweiten fürs Krematorium, da braucht es besondere Hölzer, ob denn ein Krematorium sei in der Stadt, wohin der Leichnam geführt werden sollte. Dass eines in Planung sei, das wusste Franz, aber das habe er nicht gemeint, er habe gemeint, er würde sie hier einäschern lassen, hier und jetzt, also Feuerbestattung, meinte dann der Mann und ging sachlich zu diesem Punkte über, ja, sagte Franz, der das Wort nicht nachvollziehen konnte, denn die Bestattung war dann ja noch nicht hinfällig damit, ja bitte, ob er es für ihn regeln könne, dass Judith verbrannt werde, hier bitte, wenn das hier möglich sei, oder müsse man sie dafür auch in eine andere Stadt überführen, nein, Sie haben Glück, sagte der Mann Nummer zwei, und bitte so schnell wie möglich, sagte Franz, damit ich dann mit der Urne nach Hause fahren kann und sie dort anständig begraben, das sei absolut kein Problem, sagte der Mann, das mit der Einäscherung, dazu sei er ja da, aber ob er denn wirklich nicht die Möglichkeit eines Gesprächs mit einem Trauerbegleiter in Anspruch nehmen wolle und ob er das Foto habe für die Parte, ich brauche keine Parte, sagte Franz, meine Mutter macht das telefonisch. Das mit der Verbrennung ist ohnehin besser, sagte der Mann, schließlich ist es hygienischer für die Umwelt und billiger obendrein und früher oder später muss jeder aus seiner Grabstatt heraus und hinein in die Nische, wenn die Verwandten das zahlen wollen, wenn nicht, kommen sie auf ein Gräberfeld, ohne Namen, ganz anonym, das ist dann schon so eine Sache, ein richtiger Trauerort mit permanenter Restsubstanz ist für die Trauerarbeit schon wichtig, auch noch zwanzig Jahre danach, das darf man nicht unterschätzen, schließlich will man ja für sich selbst auch die Gewissheit, dass die Nachkommen an einen denken, deshalb bekommt man ja auch Kinder, das mit dem Einäschern ist absolut kein Problem, ich muss aber nachfragen im Krematorium, können Sie einen Moment warten, da hinten ist ein Kaffeeautomat, bedienen Sie sich doch, ich muss nur kurz telefonieren, wann ein Platz frei ist.

Ich nehme mir die Zeit, sagte Franz, fest entschlossen, dem Akt beizuwohnen, wenn Judith ins Ofenloch geschoben würde. Schon kam der Agent zurück, übermorgen um neun Uhr vierzig ist der Ofen frei, das dauert dann alles in allem siebzig Minuten, das ist also geklärt, was aber nicht geht, dass er die Urne einfach so mitnimmt, das ist nicht erlaubt, man wird sie ihm mit dem Paketdienst schicken, das dauert dann ungefähr eine Woche, das ist nun einmal die Vorschrift, er wird benachrichtigt, sobald sie da ist, und kann die Bestattung dann offiziell vornehmen, natürlich darf er sich davon nichts besonderes erwarten, das ist natürlich etwas anderes, wenn man da so steht mit der Urne anstatt vor dem Sarg, da wird sie halt in so ein Loculi hineingeschoben, das zugemauert wird, da hat man nicht viel mitzureden, da gibt's dann eben keinen persönlichen Grabstein. Und wenn ich die Asche im Garten verstreuen möchte oder auf den Bergen?, fragte Franz, das ist hier nicht gestattet, und bei Ihnen übrigens auch nicht, dazu müssen wir die Urne in ein Land senden, in denen die Bestimmungen es erlauben, dort können Sie sie dann abholen und geheim über die Grenze bringen, nicht weit weg von hier gibt es im Gebirge übrigens einen Naturfriedhof, da darf man die Urne unter die Grasnarbe legen und die Natur übernimmt die Pflege, diese Möglichkeit gibt's auch. Franz gefiel die Idee, Judiths Urne hinterherzureisen und sie mitzunehmen in seinem Renault 4 über Autobahnen und Landstraßen und Grenzen, doch zweifelte er daran, dass dies seiner Mutter gefiel. Bitte schicken Sie uns die Urne, sagte er schließlich, und überlegte, wie das Paket ausschauen würde, und sah es schon vor sich mit einer roten Schleife. Er freute sich, dass Genoveva endlich ihre Mutter hatte.

Er verließ kurz vor Mittag das Bestattungsunternehmen und suchte das Postamt, um die Zahlungen zu erledigen und die Mutter anzurufen, und fragte, ob das in Ordnung sei, dass Judith als Asche nach Hause käme, er würde solange warten und dann kommen und zu Hause die letzten Formalitäten erledigen, und Genoveva war zunächst still am anderen Ende der Leitung und bedankte sich dann, das hast du wunderbar gemacht, Franz, ich danke dir so, aber werden sie sie hier bei uns denn nehmen, sie war doch nicht von hier. Das hab ich jetzt nicht gefragt, Mutter, das kann der Herr hier doch gar nicht wissen, sagte Franz, es ist doch nur ein Häufchen Asche, man wird doch Platz haben für deine Mutter und wenn nicht, dann bringen wir sie zum namenlosen Fremden. Alrun sagte, in ihrem Dorf ist Platz für jedermann, ein Mann wurde dort in Kriegszeiten begraben, von dem man gar nichts wusste, außer dass er am Ufer des Sees starb.

Nachdem Franz nochmals in des Großmutters Haus gegangen war und verstohlen gestöbert hatte, als wäre sie da und als würde sie ihn beobachten, als er nichts fand, was auf seinen Großvater wies, den Soldaten, als er nur ein noch viel älteres Foto fand, aus der Jahrhundertwende mochte es stammen, das Bild eines alten Mannes mit einem Kleinkind am Schoß, ob es die Mutter der Großmutter war, wer weiß, ein alter Mann mit einem Kleinkind am Schoß in einer Veranda mit Zinnsoldaten, Kolonialtruppe, Splittertruppe, Kavallerie und Infanterie, Italiener, Japaner, Engländer, Franzosen, Deutsche, Österreicher, als er nur einige Briefe seiner Mutter an Judith fand, die er in seine Tasche räumte, ohne sie zu lesen, und Fotos von ihm als Wonneproppen und die Hochzeitsanzeige seiner Eltern, Wir trauen uns, Antonino und Genoveva, und Kinderzeichnungen, die er selbst der Großmutter geschickt, als er gerührt war ob der Tatsache, dass die wenigen Habseligkeiten, die Judith besaß, Tonstatuetten und Puppen und Engel und geschnitzte Souvenirs, von kleinen Plastiktüten überzogen waren, damit sie nicht verstaubten, und als Judith verbrannt und ihre Asche gesammelt und im Paketausgang war, beschloss er, auf den Friedhof zu gehen, an dem Judith nicht hatte bestattet werden können, weil er angehoben werden musste und seine Erde mit Sand ausgetauscht. Einen Spaziergang wollte er noch machen, bevor er nach Hause fuhr.

Zwischen aufgewühlter Erde und zerbrochenen Grabsteinen und zwei Baggern ging er die Reihen ab, die intakt waren, und suchte nach Stadlwiesers, niemals hatte Judith von Verwandten gesprochen, ihr Vater hat sie nicht anerkannt, ihre Mutter war auch früh schon gestorben, er suchte nach Stadlwieser, um zu wissen, ob es denn noch andere solche gab, und stand mit einem Male vor einem Grabstein, ganz einfach nur, eine Porphyrplatte und eine Schale für geweihtes Wasser, und darauf stand in matten Lettern, Judith Stadlwieser, 1917– ...

6. Februar 1993

Als Franz abhob, um sich zu finden

Der Chauffeur des Klosters holte ihn ab, keine Nonne, wie sie besprochen hatten am Telefon. Franz stand am Flughafen und wusste nicht, nach wem er hätte Ausschau halten sollen, er war Schwester Blandina nie begegnet. Er kannte nur das Foto, das Rosa auf der Kredenz neben der hohen Ehebettstatt stehen hatte, ein hinter Glas gerahmtes Bild zwischen Hochzeits- und Todes- und Geburtsanzeigen, ihre jüngste Tochter Gertrud im Kreise einiger Geschwister, zurückhaltend und fast zerbrechlich neben Severin, dem Bauern, kurz bevor sie in die Mission ging. An die Ordenstracht erinnerte er sich, das Gesicht hatte sich über die Jahre hinweg verloren. Are you Franz? Die Frage weckte ihn, obwohl er hellwach war. Er zögerte kurz, bevor er nickte und bejahte, has sister Blandina sent you?, sagte er etwas lauter als gewollt, ein Flugzeug war gerade beim Abheben. I'm Moshe, sagte der Mann, und er drückte ihm mit der Rechten dreimal die Hand, während er mit der Linken den Ellbogen hielt, the sister has no time, er sei hier ihn abzuholen und in die Missionsstation zu bringen. Schnell fuhr Moshe, auf das Gaspedal drückte er, dass die Scheiben des Wagens schepperten und Franz sich am Griff über dem Fenster hielt.

Schweigend fuhren sie, nur manchmal lächelte ihn Moshe aufmunternd an und sah lange zu ihm hin und von der Fahrbahn weg, deutete auf die Ginger-Flasche, die er vorne, auf dem Mittelsitz, zwischen Einkaufstaschen und einer Nähmaschine festgeklemmt hatte. Früher sei man zu Fuß gewandert, sagte er, mit dem Vieh, heute wandere man mit den Autos. Einmal, nur ein einziges Mal möchte er mit einem Flugzeug fliegen, was it nice?, fragte er. Ja, schön ist das Fliegen, sagte Franz. Er hatte die zwölf Stunden lang geschlafen.

Franz blickte hinaus in die Dämmerung, die einbrach, als hätte einer das Licht abgedreht. Einige Stunden Teerstraße mit Schlaglöchern, mit Ziegen, die auf der Fahrbahn stehen blieben und erst nach einigem Hupen hinter dornigen Halbbäumen verschwanden. Dann Sandstraße und Staub im Gaumen. Etwas getrocknetes Fleisch reichte ihm Moshe und Franz aß es gerne. Der Himmel dunkelblau und wolkenverhangen, die Farben entlang der Hügel strahlten. Erster Stopp in einem Kinderheim, das ein Missionar seines Landes gebaut hatte, den Papst trug er auf der Schirmmütze, eine Frau kehrte den Hof, an ihren Röcken zwei Kinder, die nicht schwarz waren und nicht weiß, die halb Mutter waren und halb Vater. Eine Stunde lang, vielleicht zwei, vielleicht drei, das Gefühl für Zeit hatte Franz verloren. Gebannt sah er in die Dunkelheit. Sehen konnte er nichts mehr. Einige Stunden später erzählte ihm Schwester Blandina, dass Moshe gar nicht lesen könne. Und dass er die so verwirrend beschilderten Straßen durch die Hauptstadt, den Weg zum Flughafen bei einer einzigen, der ersten Fahrt, habe auswendig gelernt. Dass ihm jedes Verkehrsschild, jeder Name zu einem Bild wird, das eine Reaktion verlangt. Das wäre schon der vierte Ort, an den er sie begleitete, auch er sei hier ein Fremder.

Der Mond begann sich zu erheben, statt dem a ein gebeugtes z, allmählich erstrahlten die Umrisse einer Landschaft, die Franz erst morgen sehen würde.

Von Rose hörte er schon das Lachen, als der Motor noch lief und Moshe das verrostete Gattertor nach oben hob, um es auf die Seite zu schieben. Auf der kleinen Terrasse ihres Hauses stand sie und lachte, weil Moshe so umständlich das Drahtgitter geöffnet hatte, das dem Zweck diente, zwei Bäumchen zu retten. Kein grünes Blatt war vor den vielen verwilderten Ziegen sicher, das sollte Franz bald lernen, ein Rosewetter gab es, wenn er vergaß, den Draht wieder festzuzurren, nachdem er in die Umgebung hinausgetreten war, wo kein Halm wuchs, nichts, nur Lehm und Stein.

Er hörte ihr Lachen und als es verebbte, ein Knistern zwischen ihren Fingern, die tagein tagaus getrocknete Blätter brachen und zur Nase führten. Die Mission lag fünfzehn Minuten entfernt, die Schwestern hatten draußen schon mit den Hunden gewartet, besorgt, wo Franz und Moshe blieben, hatten ihn der Reihe nach umarmt, geküsst und gemeint, im Dorf wäre er wohl glücklicher als im Kloster, und sie hatten ihn hierher begleitet, zu Rose. Granny kannst du mich nennen, sagte sie gleich zu Franz, Granny ist mir lieber als Rose. Sie sprach gutes Englisch und er erfuhr, dass sie keine von hier war, sie kam aus einem anderen Teil des Landes, war hierhergekommen, da ihr Mann ein Ingenieur war für Strom. Man hatte ihm hier ein Stückchen Grund geschenkt und so war er da geblieben und da gestorben. Ich hatte schon eine Großmutter, die Rosa hieß, fast so wie du, sie war auch nicht meine richtige Großmutter, so wenig wie du, mit dir habe ich vier, sagte Franz und merkte, dass sie ihn nicht verstand und es war auch gar nicht so wichtig.

Franz ist ein schöner Name, hatte Schwester Blandina bei der Begrüßung gesagt, du gleichst sehr deiner Mutter, warum ist sie nicht mitgekommen, sie hat immer versprochen, mich zu besuchen. Ich hab ein Geschenk von ihr für dich, sagte Franz, es ist ganz unten im Koffer, darf ich es dir morgen geben? Deine Haare sind dunkler, aber dein Gesicht ist ganz das ihre, pass auf, Franz, mit der weißen Polenta, sie macht dick, aber es gibt hier kein anderes Getreide, morgen Vormittag komm ich vorbei, schlaf dich aus.

Schwester Blandina hatte ihn nicht anders, nicht herzlicher und nicht mürrischer als die drei Schwestern begrüßt, die unter sich Gaeilge sprachen, das war ihm nicht neu, das hatte er schon gehört, damals, als er gelernt hatte, Teppiche zu weben.

Granny war in der Stadt aufgewachsen und hatte in der Schule Englisch gelernt, und auch Schreiben, was hier nur Kinder konnten, die bei den Schwestern zur Schule gingen. Ihre Hautfarbe war nicht so dunkel, vom Stamme des Präsidenten sei sie, sie war fremd geblieben, und sie scheute sich nicht, einem jungen Manne Platz zu schaffen in ihrem Haus, das rosa angestrichen war, an der Außenwand ein Plastiktank, da könne er sich Wasser einschöpfen und unten dann am Hahn drehen und duschen. Die Leiter liege auf den Ziegeln unter dem Dach. Und eigens für ihn hatte Schwester Blandina eine Toilette errichten lassen, der Container im Garten, weit entfernt vom Haus, war wohl doch nichts für den Gast. Am Ende des Ganges befand sich das Klo, eine weiße WC-Schüssel mit Deckel, ein Vorhang davor, zum Wasserspülen gab es einen Eimer. Der muss dann immer gleich nachgefüllt werden, draußen im Garten, am besten machst du das gleich, Franz, nicht, dass du einmal ohne bleibst, hatte Blandina im stets selben Tonfall erklärt. Es wäre ihr lieber, Franz würde die Hände vom Brunnen lassen, meinte Rose, die Pumpe wird immer so schnell kaputt, Moshe kann ihm jeden Morgen Wasser hochpumpen, gleich mehrere Kübel, das wird für einen Tag reichen.

Rose war eine der wenigen hier, die eine eigene Wasserpumpe besaßen, die Menschen aus dem Dorf, das kein Dorf war, sondern eine Landschaft mit verstreuten Häusern, mussten weit gehen, zum Kloster oder zum Fluss, um Wasser zu holen. An ihren Brunnen durfte niemand, nur sie selbst und Moshe und die Erzieherin vom Kindergarten nebenan. Das sei auch ihr Hab und Grund, auf dem die Schwestern die zwei Blechhütten errichtet hatten, damit die Mütter wieder lernen könnten, Äcker zu bestellen und Gemüse anzupflanzen. Haben sie es denn verlernt, rief Franz Rose nach, als sie sich die Röcke hochraffend im Dunkeln verschwand, wie kann man es verlernen, Saatgut zu streuen?

Sie antwortete nicht und rief stattdessen von der Blechhäuschentoilette aus, ob sie ihm einen Skorpion mitbringen solle. Als Klopapier dienten ihr Zeitungen.

Sich annähern im Mondlicht, in dem alles vergrößert erschien, der Himmel weiter, die Grillen lauter, die Sterne näher. Ob es denn drinnen im Flugzeug nicht grässlich laut sei, fragte Rose dann, wenn sie schon von unten die Flugzeuge so laut höre. Ob sie ihm nochmals die Namen der vier Nonnen aufzählen könne, fragte Franz, es ging alles so schnell.

Wie sie dann gelacht hatte, ein Glucksen tief aus dem Bauch, kein verächtliches, ein warmes, als drei, vier Zentimeter lange dunkle Kakerlaken wie englische Taxis über den Küchenboden sausten und die Wände senkrecht hinauf und wieder hinunter, wohl aufgeschreckt vom schwachen Lichtschein der stark riechenden Paraffinlampe, oder einfach erwacht in der Dunkelheit. What's that, hatte Franz gerufen, der mit Granny beim Nachtessen saß, der Abend schon lang vorüber, weiße Polenta mit Bohnen. What's that, rief er und hob eilig die Füße vom Boden hoch. Gelacht hat sie und gegluckst. Cockroaches, sie verschluckte sich fast dabei, es schüttelte sie. Big African Cockroaches.

Es schien alles an ihr zu lachen; das Lachen schien alles an ihr zu schütteln, die weichen Hände mit den hellen Handflächen, die vielen unzähligen Schürzen und Wolldecken, die sie um den Bauch gebunden hatte, um gewichtiger zu sein, die Pantoffeln, die viel zu klein waren und ihn an Tapper von daheim erinnerten, die dicken Augengläser, die auf- und abwippten wie auf einem großen bunten Sitzballon.

Lange musste Franz im Wörterbuch suchen, Kakrochers hatte er verstanden, erst nach Minuten fand er das Wort, Cockroaches, Schaben. Leckerbissen für Hühner, erklärte Granny, deswegen hätten ihre Hühner ein dunkles Fleisch, weil es hier besonders viele dieser Viecher gab.

Sie war stolz darauf, das sagte sie ihm noch, dass er bei ihr zu Gast war. Und Franz wollte antworten, dass doch er zu

Dank verpflichtet sei, dass sie ihn hier wohnen lasse. Aber er sagte es nicht, vielleicht würde dann ein Gespräch entstehen, das ihm alles noch unverständlicher machte.

Granny erinnerte ihn an die alten Frauen der Gegend, in der seine Mutter aufgewachsen war: Leicht vornübergebeugt ging sie und beim Sprechen hielt sie sich die Hand vor den Mund, damit man die Zähne nicht sah.

Sie sprach unentwegt, und die Worte purzelten aus ihr heraus wie das Vollkorn aus den Säcken, wenn der Verkäufer sie hochhebt und kippt und kiloweise in Tüten füllt. Sie sei stolz darauf, heller als die anderen zu sein, heller und vor allem dicker. Wessen Wort Gewicht haben will, der muss einen Bauch besitzen. Wer den Bauch nicht hat, der wickelt sich fünf dicke Wolldecken um den Leib, wenn er sich das leisten kann. Es ist nicht heiß, man sitzt ja im Schatten.

Granny hieß Rose Sechogo Nobengaze. Sechogo hieße auch der König hier, reiner Zufall, aber die Ahnen seien die gleichen, sagte sie, auf die komme es an, und kurz hielt sie inne und fragte, ob er vielleicht Tabletten gegen Kopfweh hätte. Das Paraffin, die Luft, der erste Herbstwind. Tabletten waren für Granny das Schönste und Beste, was ihr passieren konnte.

Sie hatte ihm ein Schaff Wasser ins Zimmer gestellt und dieses mit einem anderen Schaff zugedeckt. Eine Köpercreme in Großfamilienpackung lag auf dem aufgetürmten Bett. Aloe vera. Was sie sich wohl von Menschen wie ihm dachte. Der Preis klebte noch auf der dunkelroten Flasche. In seinem Kopf begann das Multiplizieren.

Franz erwog, sich immer im Plastikzuber zu waschen, mit einer Seife, die das Wasser milchig färbt, die ihn an die Sommerferien erinnerte, früher, mit Alrun auf der Alm, wenn das Stück Kernseife den Händen entschlüpfte wie ein Fisch. Unter dieser Tonne zu stehen, für die Moshe das Wasser pumpen musste, eigens für ihn, und sich vor aller Augen zu duschen, während die Frauen der Siedlung mit dem Eimer auf dem Kopf zum Flusse wanderten, das war ihm unangenehm. Um akzeptiert zu werden, hatte ihm Schwester Blandina im Voraus geschrieben, müsse er eine Grenze ziehen zwischen sich und den Leuten hier, den Respekt muss man fordern, sonst bekommt man ihn nicht. Franz hatte das damals nicht verstanden, er verstand es jetzt noch weniger.

Durch die Wand hörte er Rose beten. Sie hustete und klopfte auf die unverputzten Ziegel, die nach oben hin im Leeren endeten, im schwebenden Wellblech. Franz konnte lange nicht einschlafen, und er schlief auch noch nicht, als die Eintagskerze längst schon abgebrannt war. Granny hatte wohl Strom, aber sie hatte Angst vor der Stromrechnung.

Er hörte Grillen zirpen, Katzen heulen, Esel schreien und das Gebell der Hunde in der Nacht, das er auch von den Höfen kannte, er hoffte, dass es wirklich nur Grillen waren, die sich dort oben aufhielten, zwischen Ziegeln und Wellblech über dem Bett. Er hörte Knirschen und Knacken. Good night, sleep well, rief Rose noch einmal durch die Wand hindurch. Und Franz wünschte ihr dasselbe, im Halbdunkel die erste Seite seines Tagebuches schreibend, einer Jahresagenda, wie sie die Banken verschenken, mehr kritzelnd als schreibend, da er kaum sehen konnte, eng legte er die Zeilen übereinander, weil ihm das so richtig schien in einer Gegend, wo Papier Luxus war. Bedächtig und sparsam, ja respektvoll hatte Granny ein Doppelblatt aus einer Zeitung entnommen und ihm vielsagenden Blickes überreicht, für die Toilette. Eine Zeitschrift aus Übersee, das Wochenmagazin Times, ihr vermacht von den Nonnen.

Irgendwann merkte er, dass das Husten nebenan verstummt war. Und in der Stille hörte er wieder das Wellblech, das sich unter der feuchten Herbstnacht zusammenzog, und die Grillen und das Knistern, das Scharren und Wandern über ihm, wieder schreiende Esel, bellende Hunde. Und jetzt erst merkte er, wie müde er war, und er überlegte, ob er beten und bitten sollte, dass es gut geht, ob man beten darf, dass alles gut geht, wenn man sonst nicht betet. Und er stand nochmals auf, schüttelte die Schuhe, bevor er hineinschlüpfte, der Boden knarrte, obwohl nicht aus Holz, und die Tür knarrte ebenfalls. Draußen streckte er den Kopf weit in den Himmel, zog die Schuhe wieder aus und zündete sich eine Zigarette an.

Das muss ich mir notieren, das Gefühl, dass mein Kopf endlich auf meinem Nacken sitzt und der Hals erstmals am Körper. Was für ein Gefühl der Schwere in den Füßen, schwer und warm, als würd ich in Fruchtwasser stehen, ich möchte sie gar nicht lösen, die Sohlen, der Boden ist ein Magnet, die Füße sind Öl, die Knie felsenschwer. Eigentlich wollte Mama immer hierherfahren. Irgendwann soll sie mich besuchen kommen. Das muss ich ihr schreiben. Und anrufen muss ich morgen, dass ich gut gelandet bin.

3. März 1993

Als Alruns Brief ankam, in dem sie ihren Vater suchte

Nur wenige Tage nach Franzens Abreise war Peregrin gestorben, Alruns Zeilen erreichten ihn knappe drei Wochen später, es war das erste Kuvert überhaupt, das Schwester Blandina ihm überbrachte, über das Telefon hatten sie die Nachricht schon gehört, Peregrin war ihr zweitältester Bruder gewesen, sechzehn Jahre war er vor ihr geboren, gemeinsame Erinnerungen hatten sie kaum. Er hat ein schönes Leben gehabt, sagte sie, er hat den Krieg überlebt, und er hat Kinder, so hat er drei Leben gehabt und wenn man die Enkel dazuzählt, hatte er vier, es wird nicht leicht sein für Klara, ich kenne kein zweites Ehepaar, das so liebevoll miteinander umging, wir werden Pater Patrick O'Faolain bitten, ihm eine Messe zu lesen.

Lieber Franz, heute war ich bei meiner ältesten Schwester Lena und bat sie, mir von meinem Vater zu erzählen. Dass ich mich kaum erinnern konnte an ihn, dass ich nur wenig von ihm wusste, das hat mich in den letzten Tagen so traurig gestimmt und ratlos. Wer ist mein Vater gewesen und warum hat er nicht gekämpft? Oder hat er doch gekämpft und die Krankheit war stärker? Wir haben nie über den Tod gesprochen, das kann ich mir jetzt nicht verzeihen. Er saß ganz zusammengefallen, zum Schluss, immer dünner war er geworden, in den Kleidern hat er sich verflüchtigt. Es war wohl eine Krankheit, bei der man weiß, dass man irgendwann stirbt, weil sie selten und nicht heilbar ist, aber das Ende war nicht absehbar, und wenn, dann nicht so schnell. Vielleicht haben wir deshalb nicht darüber geredet, weil wir es nicht glaubten oder glauben konnten, oder weil ich es nicht glaubte und glauben konnte, und weil meine Mutter es nicht glaubte und glauben konnte und meine Geschwister auch nicht. Er ist da gesessen eines Mittags mit den Hosenträgern und ich sagte, sie stehen dir so gut, die Hosenträger, ich hab mir immer gewünscht, du würdest welche tragen, ich finde sie fesch, solche Hosenträger. Da sagte er, ich solle doch den Fotoapparat holen und ihn fotografieren für die Sterbenachricht in der Zeitung. Die Mutter ist daraufhin in die Küche gelaufen und ich hab mich zu ihm gesetzt und gemeint, aber nein doch, du wirst wieder gesund.

Der Tod ist uns fremd geworden. Dass sogar meine Eltern davon nicht sprachen.

Die Leute mögen auch das mit den bemalten Totenköpfen nicht mehr, sie haben eine Mauer aufgestellt mit Nischen für die Gebeine, eine Betonmauer auf der einen Seite des Friedhofes, sie wird mit der Zeit schon verwachsen mit Efeu, jetzt schaut es kalt aus.

Heute war ich bei Lena, ich bin doch schon so lange fort von daheim, Mama ist eine so starke Frau, ich hoffe, mehr von ihr zu wissen als von meinem Vater, sollte sie vor mir sterben. Ich möchte nicht zu spät kommen bei ihr, ich wünschte, sollte ich einst Kinder haben, dass sie nicht zu spät kommen bei mir.

Die letzten Tage war er im Krankenhaus. Nicht weil er hätte sterben sollen. Er war dort, weil sie Wege suchten, ihm zu helfen weiterzuatmen, weil ihm die Luft ausging. Ich war bei ihm am letzten Abend, als ein Seelsorger vorbeikam und mein Vater sagte, er möge ihm doch eine Kommunion bringen morgen. Ich sagte, gut dann, bis morgen, morgen komm ich wieder. Morgen war mein Vater schon tot. Meine Mutter war bei ihm. Sie hat mir seinen Verlobungsring geschenkt.

Ich hab meine Schwester auf Band aufgenommen, heute, als sie erzählte, was sie noch weiß, ich hab die Kassette im

Auto gleich ins Deck geschoben und das Band hat sich aufgespult und verwickelt und ist gerissen, ich hab es geklebt, aber ein Stück ist verloren wie der Großteil meiner Kindheit, von der ich nur Fetzen weiß und fast nur Dinge, die mit dir zu tun haben, unser Kürbiskernspucken, das Bad in der Küche.

Ich hab so viele Bilder von dir, mein Vater, wie ich dich herausgefordert habe mit pubertären Briefen aus der Stadt, wie du im letzten Sommer auf wackeligen Beinen im Garten gestanden bist und die Herzjesufeuer betrachtet hast auf den Bergen, wie du den Abhang hinuntergestürzt bist und ich nicht wusste, wie dich wieder hinaufbekommen und Seppl mir dann geholfen hat, wie du mir Dinge erlaubt hast, sobald Mama außer Haus war, wie du Schnapsidee gesagt hast und mich Kalbl genannt hast und mich gewähren hast lassen, wie du von deinen Wanderungen erzählt hast und wie schön es ist, sich zu bewegen von einem Ort zum anderen, wie du die Schallplatten auf den Teller gelegt hast, wie du aufgehört hast zu rauchen, als ich anfing, wie du getobt hast, als ich zu einer anderen Fußballmannschaft hielt als du, wie du mit Mama zu meinem ersten Ball gekommen bist, als ich als Heimschülerin den Tanzkurs besuchte, tatsächlich heruntergefahren den Berg und in die Stadt gekommen, extra beim Friseur warst du, hatte Mama erzählt, wie du mich aufgefordert hast zu einer Polka, weil es sich so gehörte für einen Vater, und ich abgelehnt habe, da es mir peinlich war, wie du eine Rede geschwungen hast bei meiner Matura nach etwas zu viel Wein, wie du geflucht hast über schlechte Autofahrer mit Hut, wie gern du gesungen hast und gelacht und wie beliebt du warst, und wie du nicht mehr die Karten halten konntest und ich neben dir saß in den letzten Weihnachtsferien und sie für dich hielt und du spieltest, wie Mama dich einmal allein lassen musste in deinem letzten Jahr und ich versprochen hatte, pünktlich zu kommen, und mich verratscht hatte im Dorf und Rosina auch weg war und einfach alle weg waren in dem Moment, dem wohl einzigen Moment, in dem du mich gebraucht hättest, wirklich gebraucht. Ich hab so viele Bilder von dir, aber das Leben, das fehlt dazwischen und das kann doch nicht weg sein, das kann doch nicht einfach verschwunden sein.

Und einmal, da war ich noch sehr klein, bist du nach der Abendmesse nach Hause und hattest Hunger und hast den neu erworbenen Schnellkochtopf mit Gewalt geöffnet und die Kartoffeln sind auf den Plafond geschossen und Mutter hat alle Heiligen herbeigerufen, dieses moderne Topfzeug, hat sie geschimpft, und du hast ihr am nächsten Montag die Küche geweißelt.

Wie du dich gleich hinten im Auto platziert und dich kutschieren hast lassen, sobald ich den Führerschein hatte, und wie stolz ich darüber war.

Ich glaube, Franz, er hat nicht gekämpft, weil er dem Tod freien Lauf lassen wollte, ich glaube, das war seine Entscheidung, dass er starb, er ist bewusst gegangen, weil er all diese Schläuche nicht wollte, weil er nicht eingreifen wollte ins Schicksal. Er hat sich einfach das Recht genommen zu gehen. Er fehlt mir so, und du fehlst mir auch, Franz. Ich werde die Kassette mit Lenas Erzählungen nicht mehr anhören, ich werde sie ihr schenken, es sind nicht meine Bilder. Gell, du schreibst mir, Franz.

9. April 1993

Als Primrose Franz von ihrer Sehnsucht nach Wasser erzählte

Franz hatte es sich zur Angewohnheit gemacht, vor der Haustür seinen Tee zu trinken, English Breakfast, mit wenig Milchpulver, so schien ihm das Getränk in der Früh vertrauter als das pure Gemisch aus Wasser und Teebeutel. Am Morgen nach seiner Ankunft, als er hinausgetreten war, um die Landschaft abzutasten, die zarten Wellen am Horizont, da standen glucksende und lachende Kinder hinter dem Maschendrahtzaun, die Finger im Rost verkrallt, und musterten ihn genau. In den Garten herein trauten sie sich nicht, anders als die Frauen, die den Vormittag gekommen waren, zu zweit, zu dritt, um ihn zu sehen, zu grüßen, die linke Hand legten sie sich dabei unter den

Ellebogen, und mit der rechten drückten sie die seine dreimal, waagrecht, senkrecht, waagrecht, einen Knicks machten sie und eine Verbeugung. Dann erst setzten sie sich, legten die Hände in den Schoß und begannen zu lachen. Bunt gekleidet waren sie und unzählig die Möglichkeiten, das Kopftuch zu binden.

Granny lief schnell alle Türen absperren, bei so viel Besuch wisse man nie. Dann war sie Übersetzerin, Übersetzerin für ein Lachen, das von tief unten kam und von hoch oben, das gluckste und kicherte wie ein Bergquell, das herausbrach wie das Wasser aus den großen Dämmen, melodisches Lachen in allen Tonhöhen und harmonisch im gemeinsamen Fluss. Wir lachen zu wenig, schrieb er Alrun.

Heute stand hier niemand, Franz war nicht mehr neu.

Wo er an diesem Morgen auf die Toilette gehen sollte, wusste er nicht. Granny hatte den Vorhang beiseite geschoben und robbte auf ihren Knien den Gang entlang, klagte, dass die Knie entsetzlich schmerzten und sie von ihm Tabletten brauche, massierte den Boden mit einer roten Paste, die aussah und roch wie fette Schuhcreme.

Bis er glatt ist, bis man rutscht. Bis man jeden Schritt darauf sieht.

A visitor is like death, you must be always ready for it, das sagte Rose sehr oft, man müsse stets bereit sein für Gäste, sie kommen wie der Tod, jederzeit und unerwartet.

In der Ferne hörte er das rhythmische Schlagen auf eine Trommel, aus dem Nachbarhaus kam Primrose gelaufen und deutete auf eine Münze. So eine Münze solle er ihr bringen, sie hatte einen Bruder bekommen, Jephtas wird er heißen, und es wäre so üblich, die Mutter zu besuchen und ihr eine jener Münzen auf die Decke zu legen, eine jener großen müsse es sein, aus Zeiten, als die Weißen noch an der Herrschaft waren, eine große müsse es sein, keine neue kleine, eine Starthilfe für das Kind.

Primroses Schwestern und ihre Mutter Gemina waren die einzigen Nachbarn, die nahe wohnten, sie waren Mieter von Grannys Boden, ihr Haus, ein Ziegelrahmen, geschützt an den Seiten, nach oben hin offen, nur eine kleine Kammer war überdacht, übereinandergelegtes Wellblech, mit aufgeschnittenen Containerteilen geflickt, eine Patchworkdecke aus Blech und Plastik. Der Vater arbeitete in einem Bergwerk weit weg, Franz hatte ihn noch nie gesehen und Rose meinte, dass nicht alle Kinder die seinen sein konnten. Jedes Jahr war Gemina schwanger, von den zehn Geborenen lebten vier, auch Primroses vierzehnjährige Schwester hatte schon ein Baby.

Die Reise für den Vater ist weit und sie kostet ihn den Lohn eines Monats, die Kinder kommen und gehen, sie werden geboren und sterben, die Mütter weinen drei Tage und geben alles Geld für ein gutes Begräbnis vor Morgengrauen, und wenn die Sonne am Himmel steht, essen sie und lachen wieder und sind abends bereit für die Aufnahme des nächsten.

Am Fluss entlang ging Franz hinauf zur Mission. Es hatte viel geregnet, ein Rainmaker sei er, sagten sie, einer, den der Herrgott schickte. Der Fluss hatte gestern den Höchststand erreicht und war heute schon wieder schmäler, wo er die Landschaft überschwemmt hatte, roch es nach Fäulnis. Tropfen, das hatte er inzwischen verstanden, taten hier nur die Dachrinnen, nach einer Himmelsdusche. Der Regen kam, als würde man den Wasserhahn aufdrehen und dann wieder zu. Wenn es regnete, flossen Ströme, wenn es regnete, wurde Erde weggeschwemmt und neue Flussbetten entstanden und jedes Flussbett wurde ein Weg. Wenn es regnete, spritzte es durch das Wellblechdach aufs Bett. In dem Matsch, so schrieb er Alrun, hätten sie als Kinder herrlich bauen können.

Primrose ging den Weg zum Fluss fünf- oder sechsmal am Tag, da sie nicht so viel Wasser auf einmal schleppen konnte, aber es fiel kaum auf und sie wurde nicht gehänselt deshalb. Grannys Pumpe durften sie nicht benutzen, auch wenn sie Mieter ihres Bodens waren; sie könnten die Pumpe nicht richtig bedienen, sagte Granny, wer käme dann für die Kosten auf.

Sie glauben an verschiedene Götter und sie glauben auch an Hexen, sie glauben an das Alte Testament und sie waren es, zweifelsohne, die nur eine Stunde von hier entfernt vor wenigen Monaten eine Nonne überfielen und ihr das Herz aus dem Körper rissen, um es zu essen, um es zu verwenden beim

Herstellen von Pasten und Medizin, auch Abraham habe seinen Sohn Isaak geopfert, das ist Muti, das sind Ritualmorde, erklärte Granny und lockerte sich die Decken um ihren Bauch. In bestimmten Körperteilen stecke eine besondere Kraft, Muti ist auch Medizin, Muti heißt Heilung.

Das stimme schon, hatte ihm Schwester Blandina bestätigt. Und er schrieb es in das Tagebuch, schrieb jeden Abend, aber immer weniger, weil er Morgen für Morgen mehr ins Trommeln versank und ins Studium der einfachen, aus Holz und Bast gefertigten Instrumente, weil ihm Morgen für Morgen das Leben alltäglicher wurde.

Unzählige Kirchen gibt es hier, die katholische ist gut besucht, während der Messe geht man zwischen den Bänken spazieren, man betet mit verschränkten Armen, taucht die Kommunion vor dem Genuss in süßen Wein. Man reicht nicht nur dem Banknachbarn die Hand zum Gruß. Es ist wie ein Tanz, man geht durch die Kirche und begrüßt jeden, man spricht auch und lacht und klopft sich auf den Oberarm und verbeugt sich und singt falsch und singt aus Leibeskräften. Und auch Pater Patrick kommt herunter von seinem Altar und quer durch die Menschen, die gemächlich und zäh im Kreise ziehen, wie der gärende Brotteig im Bottich, den Rosa rührte, bis er sich an den Seiten löste. Moshe geht nie in die Kirche, aber er steht vor dem Eingang und grüßt alle freundlich, als wäre er der Hausmeister hier, er geht nicht hinein, aber wenn Sonntag ist, steht er da, um die Menschen zu grüßen.

Nicht unweit des Hauses trafen sich bei Sonnenuntergang jeden Donnerstag Menschen mit langen blauen Kleidern. Wenn sie sangen, hörte Franz zu und machte sich Notizen, wenn es ihm zu viel wurde, schob er sich die kleinen Kopfhörer in die Ohren, hörte seine Musik, schaute zu. Einen halben Meter hoch hüpften sie aus dem Stand, und das über lange Minuten, Halleluja sangen sie und kreischten und schnalzten mit der Zunge.

Die ledigen Frauen müssen grüne Hüte tragen und dem Obersten erzählen, wovon sie in der vergangenen Nacht geträumt. War es ein Traum, der nicht hätte geträumt werden dürfen, so sticht er ihnen mit einem Nagel die Beine blutig. Rose wurde nie müde, Franz vor allem Schauerliches zu erzählen. Das sei doch unmöglich, sagte sie immer wieder, es gibt nur einen einzigen, der richten kann, und das ist Gott selbst.

Mädchen, auch das wurde Rose Sechogo Nobengaze nie müde zu erzählen, sind wertvoller als Söhne, umsonst gibt es keine Braut. Mädchen bleiben als Arbeitskraft dem Vater, bis der Bräutigam zahlt, und haben sie auch schon Kinder. Mädchen kann man verkaufen.

Primrose begleitete Franz auf seinem täglichen Abendspaziergang zum Fluss, mit den zwei Hunden des Klosters, die viel zu dick geworden waren, er hatte das Gefühl, auf Plateauschuhen zu gehen, schwerer Lehm haftete im tiefen Profil seiner Schuhe. Etwas Englisch sprach sie, sie hatte es bei Schwester Kathleen gelernt. Die Hand gab sie ihm wie einem Vater, durch den Schlamm führte sie ihn wie einen Alten und sie war noch ein Kind, aber Kind war man hier nicht lange, und er überlegte, was ihm daheim nie in den Sinn gekommen wäre, ob es in Ordnung war, ihre Hand zu halten.

Primroses Großmutter war eine Sangoma. Von weither kamen Frauen zu ihr, und sie hieß sie den Inhalt eines Säckchens auf den aus Kuhdung gepressten weichen Fußboden werfen und deutete, was wie zu liegen kam. Steine und kleine Knochen, Wurzeln und bunte Plastikperlen. Sie wurde auch gerufen, wenn eine Frau Hilfe brauchte bei der Geburt eines Kindes, sie legte ihr die Hände auf den Bauch, die mit gespreizten Beinen am Boden hockte, sie entzündete weißen Salbei und Weihrauch, sie sang und schrie mit ihr.

Jeden Nachmittag sammelte Primrose frischen Kuhdung mit bloßen Händen und knetete ihn zu Kugeln, das war Arbeit der Kinder. Auf dem Boden wurde er verstrichen, darauf schlief man, darauf konnte man tanzen, darin versickerte jede Lacke der Kleinen.

Primrose war zehn und kaum Kind; sie begleitete die Großmutter bei der Suche nach Kräutern und wusste viel über deren heilende Wirkung, sie fertigte Puppen aus Reisig und Stoff und sah zu, wie die Alte ihnen kunstvoll fremde Haare einflocht. Die Großmutter konnte Gedanken lesen, sie konnte sich mit den Ahnen in Verbindung setzen und erfahren, was ihr Gegenüber quälte. Sie sprach mit deren Geistern und wusste, was die Zukunft brachte, sie stimmte sich ein auf Menschen.

Das Wasser zum Trinken wird aus dem Fluss geholt, die Plastikkanister sind vergilbt und porös. Das Wasser ist braun und steht lange am Ufer, Petroleum kringelt sich an der Oberfläche und schimmert in allen Farben, Mücken surren knapp darüber, Autos fahren durch, die Wäsche wird darin gewaschen, Ziegen und Kühe trinken davon, es abzukochen, dafür fehlt es an Holz. Und bis zum Kloster, zum großen Brunnen zu gehen, ist weit.

Da drückte Primrose Franz fest am Arm und deutete auf den Hügel, come with me, sagte sie, und sie gingen hoch und sie zeigte ihm den Friedhof des Dorfes. Allerlei Teller lagen hier kreuz und quer, der runde Boden aufgeschnittener Plastikflaschen, zerbrochenes Besteck und Papierreste, leere Dosen und Einkaufstaschen.

Ihre Großmutter, erzählte Primrose, komme jeden Abend herauf und bringe den Verstorbenen zu essen, anders sei es nicht möglich, die Ancestors bei guter Laune zu halten. Ohne den Rat ihrer Ahnen könnte sie keine Sangoma sein.

Primrose hustete viel und besonders, wenn die Luft sandig war und trocken. Franz fragte sich, warum die Großmutter dagegen nichts unternahm.

Er kramte ein Daumenklavier aus der grünen linnenen Umhängetasche und zupfte daran und summte dazu und vermisste erstmals seine Gitarre, er holte eine Mango hervor, schälte sie und reichte eine Scheibe dem Mädchen. Gelbe Finger hatte er, Primrose deutete darauf und lachte, er sei auch coloured wie sie. Dann musste sie nach Hause, es werde gleich dunkel und der Spaziergang habe sie angestrengt, skalang, sagte sie, wenn sie groß sei, wolle sie weit weg von hier, weg von dem Blech und dem Staub, wiederholte sie nochmals beim

Gatter, an das die Ziegen stießen, immer wieder, Franz konnte und wollte gar nicht zusehen, wie sie Kopf und Hörner ins Maschengitter rammten.

Wenn sie die Möglichkeit hat, wird sie weggehen, weit über das Meer in ein Land, in dem es regnet und Wiesen dampfen und Honig für alle fließt, eine Schwester hat ihr einst ein Glas geschenkt für den Husten, mit warmer Ziegenmilch sei das gut, ihre Mutter würde für sie nicht viel bekommen, das Atmen ist Primroses Mühsal, wenn sie die Eimer trägt, hat sie keine Luft.

15. August 1994

Als Johanna starb und Rosina und Enrico sich darin fanden, was zu tun und worüber zu schweigen war

Enrico hatte nie damit aufgehört, zu den Familien zu gehen, die einen Todesfall zu beklagen hatten. Als er das Sterbeglöckchen hörte und erfuhr, dass Rosinas Schwester gestorben war in der fernen Stadt, stieg er ins Auto, warf seine Jacke auf den Rücksitz und fuhr auf Rosinas Hof, um sie zu holen, der Schwester Lebewohl zu sagen. Rosina hätte alleine nicht fahren wollen. Und so stieg sie ein und er scherzte noch, dass er erst vor Tagen den Führerschein verlängert hatte. Sie sah Enrico an, der immer noch gut aussah, auch ohne Uniform, mit seinen Brillengläsern. Postkartenfotos hatte er ihr gezeigt von seiner Heimat, wenn sie bei ihm zu Abend aß, Orangen mit Zimt und Kapern und Olivenöl, Tempel sah sie und strahlend blaues Meer, einen Vulkan und bunte Treppen inmitten einer Stadt, sie hatte sie wohl bemerkt, die Männer auf den Bildern und keine einzige Frau, wie sie saßen mit Stock und Zigaretten auf den Stühlen eines Cafés im Schattenspiel der von Kletterpflanzen bewachsenen Pergolen, der Bastsonnenschirme und Arkadengänge, direkt auf der Straße, ungestört von Abgasen und Verkehr, und sie hatte überlegt, was aus ihm geworden wäre, dort unten. Hast du den Deinen je Ansichtskarten von hier gezeigt, wenn du auf Besuch warst?, fragte sie ihn unvermittelt. Und er dachte, dass es gut war, nicht gleich von Johanna zu sprechen. Ich habe ihnen immer wieder Fotos hinuntergeschickt und wenn ich unten war, hab ich ihnen Prospekte gezeigt und auch Bücher. Mein Vater, so fügte Enrico nach einer Pause hinzu, mein Vater war hier stationiert im ersten Krieg, er kannte die Gegend. Damals war noch vieles anders, er hat es sicher nicht leicht gehabt, dein Vater, sagte Rosina. Er hat nie davon erzählt, sagte Enrico, als ich hierherkam, wusste ich gar nicht, dass die Menschen hier eine andere Sprache sprechen, und als ich es wusste und wissen wollte, wie es denn gewesen war für ihn und was er erlebt hatte, wo genau er gewesen war und bei wem, da hat er dann gar nichts mehr erzählt und gesagt, er könne sich nicht mehr erinnern, vielleicht wollte er es auch nicht, meine Mamma wollte es nicht, dass er von jener Zeit sprach.

Rosina hatte Enrico seit mehreren Tagen schon nicht gesehen. Sie hatte es sich zur Gewohnheit gemacht, den Gottesdienst am Samstagabend im Nachbardorf zu besuchen. Die Frühmesse war hier am Sonntag gestrichen worden, der Pfarrer war alt und hatte auch andere Dörfer zu betreuen, und das gemeinsame Mittagessen am Sonntag, das war Brauch geworden, und die Nichten und Neffen und deren Kinder, die von weither kamen, erwarteten es. Sie wusste nie, wer aller kam, sie kochte auf und gemeinsam wurde gegessen. Das Mittagessen bei Hofe am Sonntag war ihre Sache geworden, Klara durfte nicht helfen, sie bereitete es mit Kräutern, die sie sommers sammelte, und die Kleinsten deckten den Tisch.

Früher hatte dies immer Anna getan und jedem eine Blume auf den Teller gelegt. Anna war ihr besonders ans Herz gewachsen, jahrelang hatte sie hier jeden Sommer die Schulferien verbracht, mit Ausnahme von ein, zwei Wochen im August, als im Laden in der Stadt wenig los war und Johanna ans Meer fuhr mit der einzigen Tochter. Oft hatte Anna die ganze Nacht bei ihr im Bett geschlafen und Rosina liebte es, den Körper des Kindes zucken zu spüren und die Sorgen und Ängste loslassen, wenn es in tiefen Traum fiel, oft begleitete sie auch Klaras Kinder hinauf in das zugige Zimmer unter Dach und erzählte

Geschichten und massierte ihnen den Rücken und hielt ihre Hände, bis sie das regelmäßige Atmen vernahm. Inzwischen kam Anna nur mehr in den Weihnachtsferien, doch schickte sie Karten von überall her und Rosina hatte einen Atlas gekauft, um nachzusehen, woher die Grüße kamen. Weihnachten war auch nach Peregrins Tod ein Fest von ihnen allen geblieben, es kam, wer kam, sie räucherten und musizierten, sie saßen lange in der Stube und die Nichte erzählte Rosina mehr als der Mutter. Nur dir glaube ich, dass da drinnen keine Maiglöckchen sind, pflegte Anna zu sagen, wenn Rosina Bärlauch servierte, nur deine Pilze esse ich, und wenn Johanna zugegen war, wechselte Rosina schnell das Thema.

Enrico hatte nie aufgehört, zu den Familien zu gehen, die einen Todesfall zu beklagen hatten. Das Dorf hatte sich daran gewöhnt und je älter die Menschen wurden und je einsamer, desto mehr freute man sich über seinen Besuch. Enrico hatte gelernt, Schnaps zu trinken ohne zu husten, und das Ziehharmonika-Spiel beherrschte er, Polkas und Walzer, als sei er Kind dieser Gegend. Freilich, es war anstrengend geworden und er spielte immer leiser und nicht mehr so oft.

Enrico warf einen Blick von der Straße weg zu Rosina, die neben ihm saß mit der immer noch gleichen altmodischen Handtasche auf dem Schoß und die Hände unter dem Henkel gefaltet, gelassen, entspannt. Sie saßen im Wagen und fuhren durch die Landschaft wie ein vertrautes Ehepaar. Manchmal war sie nachts bei ihm geblieben und es war immer vertraut gewesen und nie wie stets, nie wieder war ein Totenkopf vom Regal gefallen, Enrico hatte alles Werkzeug und Pinsel, Terpentinöl und Reinigungsmittel, Öl- und Aquarellfarben, Schleifpapier und Knochen und Gebeine ins Widum gebracht, in einen nun eigens dafür bestimmten Raum.

Es hatte gewittert heute und die Wolken rissen und schlossen sich wieder, der Himmel tiefdunkel, die Landschaft, die Berge goldrot beleuchtet, als würden sie von einem Scheinwerfer bestrahlt. Ein Schaf, ein Hund, Engelsflügel, hoch oben zogen sie über die Weiten und verzogen sich und verschwanden und entstanden neu.

Wie lange ist es her, Seppl, seit wir in der Wiese gelegen sind. Zuerst du, dann Großmutter und Maria, Vater, Mutter, Onkel Sepp, Peregrin und jetzt Johanna. Wolkentränen, Wolkenströme, Wolkenmeere. Du hast geirrt, Seppl, Wolken sind nicht nur Lämmer und Schiffe und Städte und Ungeheuer und Kuchen und Freiheit, Wolken sind Engel, ich sehe sie manchmal ganz genau, Seppl, ihre Kleider und ihre Flügel, und abends und morgens höre ich sie rauschen.

Ich würde gerne wissen, was für ein Wetter war, als Maria starb, sagte Rosina genauso unvermittelt wie sie ihn vorhin nach den Postkarten gefragt hatte, und Enrico schien der Klang ihrer Stimme, als sei sie nach langem Fluge gelandet, an dem Tage, an dem mein Bruder Seppl in den Krieg ging, da hat es auch geregnet, als ob die Wolken weinen würden. Enrico sagte nichts und versuchte gar nicht, eine Antwort zu finden, er fühlte, dass sie keine suchte. Als Kind hab ich immer Wolten gesagt statt Wolken, ich habe t statt k gesagt, Tuh statt Kuh, mutta statt mucca. Da oben muss es ja stürmen, sprach sie dann weiter, schlechtes Wetter haben sie für morgen angesagt, aber der Wind wird die Wolken wohl vertreiben. Und sie dachte, unten wie abgeschnitten und nach oben dampfen sie sich auf. Sie hatte es am Zug gehört, der zwischen dem brüllenden See und den Häusern vorbeifuhr, dass das Wetter umschlagen wird. Wenn das Wetter umschlägt, wenn es schlecht wird, sprach sie wieder, hört man das Quietschen und Pfeifen und Rattern der Eisenbahn bis in die Stube hinein.

Er sah Magdalena Vonbun vor sich, auch wenn es nun schon vier Jahre her war, so friedlich und gelassen, Enkel- und Urenkelkinder hatten ihr Blumen auf die Brust und die zum Gebet verschränkten Hände gelegt, Rosina hatte ihr einen Rosenkranz durch die Finger gezogen und Rouge auf die Wangen getupft und sie sah aus, als würde sie schlafen. Im Dorf hatte man sich bereits zu wundern begonnen, dass die Alte noch aufgebahrt wurde zu Hause, dass man die kleinen Kinder hineinließ zur Toten ins Zimmer. Früher war alles anders, sagte da Rosina, als hätte sie gespürt, was er dachte. Solche Begräbnisse werden rar, Enrico, wie jenes meiner Mutter, der Tod hat mit den Menschen nichts mehr zu tun. Früher war das anders, wir sind jetzt auch alt geworden.

Auf dem Weg zur Aufbahrungshalle im städtischen Krankenhaus kamen ihnen ferngesteuerte Wägelchen entgegen, vollbeladen mit schmutziger Wäsche, der Gang dorthin schien nie enden zu wollen, Türen links und rechts, steril und einander gleich, bis auf die Nummern. Enrico erkundigte sich zweimal auf Bitten Rosinas, ob es hier entlangginge zum Leichenhaus. Dann führte der Gang ins Freie, vorbei an der Wäscherei, vorbei an den Klimaanlageinstallationen und lautem Getöse. Ein Rundbau fast neben der Straße, ein Mann öffnete auf ihr Klingeln mit hochgekrempelten Ärmeln, die Hände trocknete er sich in einem Handtuch. Prego, sagte er, als würde er nicht wissen, was die Herrschaften wollten, avanti, qua a sinistra. Nach links deutete er und ging in das rechte Zimmer, seine Arbeit weiter zu verrichten.

Johanna lag wie zusammengefaltet in einem schlichten Holzsarg, ein Netz über ihrem Körper, die Haare trug sie schon lange kurzgeschnitten, weil sie nicht mehr die Gelenkigkeit hatte, sie zu binden und hochzustecken, jetzt aber war sie fast kahlgeschoren und aufgeschwemmt, eine Plastikkrause hatte sie unter dem Kinn, damit es nicht hinunterfiel, eine rote Wunde am Kopf, noch waren die Mundwinkel nicht gütig geworden, Johanna war starr und ernst und Rosina erkannte sie kaum. Schnell war alles gegangen, die Einlieferung, die erste Versorgung, und doch war es zu spät, das Blutgerinnsel ein über die Ufer tretender Fluss.

Ich kann nicht glauben, dass du mich nicht erkannt hast, Johanna, als ich vor einer Woche bei dir war, du hast mir in die Augen geschaut, ich kann das nicht glauben, auch wenn die Ärzte es sagen. Du hast mich gesehen, ganz sicher, wie wollen die Ärzte sagen können, dass es so nicht war.

Sie hätte morgen nochmals operiert werden müssen, hat mir Anna heute am Telefon gesagt, murmelte Rosina und versuchte, eine Stelle im Netz zu finden, unter der sie ihre rechte Hand durchschieben und jene Johannas ergreifen konnte, deswegen hat sie auch so viele Antibiotika bekommen, damit die Entzündung weggehe und das Wasser aus dem Kopf, damit man sie nochmals operieren könne, die Ärzte waren selbst überrascht, hat Anna gesagt, dass sie starb. Die Ärzte meinten wohl, sie hätte ohne Pflege nie mehr sein können, sie hätte wohl auch nie mehr reden können oder etwas verstehen. Ich kann nicht glauben, dass sie mich nicht erkannt hat. Das wäre ihr schrecklich gewesen, jemandem zur Last zu fallen, da sie ja auch nur Anna hatte, die doch nie da ist, und Peregrins Nichten sind im Geschäft rund um die Uhr und haben selbst Familie, Johanna wollte nie jemandem zur Last fallen, ich weiß nicht, ob sie glücklich war, damals, als sie zur Lehre in die Stadt ging, ich habe sie nicht gehen lassen wollen, weil ich Angst hatte, sie würde nicht wiederkehren wie mein Bruder, aber sie war ja die älteste von uns Schwestern und für die Eltern war es eine Entlastung, ein Esser weniger, vor allem eine Tochter ganz gewiss gut versorgt, sie hat ihre Arbeit geliebt und hat auch gearbeitet, als sie Anna stillte, Johanna war bis zuletzt jeden Nachmittag im Geschäft, ist mit dem Taxi hingefahren und mit dem Taxi wieder heim, beim Knöpfe-Nachzählen ist ihr ja schlecht geworden, sie wäre nie in Pension gegangen. Ich glaube, sie hatte ein schönes Leben, ich bin so froh, dass Anna es geschafft hat, sie noch lebend zu sehen.

Enrico schwieg lange, wann kann man sagen, dass einer ein schönes Leben hatte, fragte er, erst wenn er tot ist, davor nicht? War dein Leben nicht schön?, fragte Rosina zurück. Ich möchte kein anderes haben, sagte Enrico.

Sonntag früh war es und Johanna lag nicht alleine da, sechs andere waren am Wochenende gestorben und sollten am Montag geholt werden, hinuntergebracht werden in die Aufbahrungskapelle am städtischen Friedhof und von dort zur Aussegnungskapelle und zur Grabstatt, oder überführt, wohin auch immer. Ob sie sich Anna gegenüber jemals geäußert habe, wo man sie begraben solle, fragte Enrico. Bei uns ist es eng und sie ist seit langem nicht mehr im Dorf gemeldet, aber ein Platz findet sich bestimmt, bei uns findet ein jeder einen Platz, der will, und sie ist ja dort geboren worden, ich kann nicht glauben, dass Anna sie in der Stadt haben will, in der neuen Abteilung ohne Gras und ohne Bäume, sagte Rosina, der Pfarrer hat heut Früh das Sterbeglöckchen läuten lassen, als ich ihn anrief, und er hat nicht einen Moment gezögert. Auch bei uns wird das einmal enden mit den Totenköpfen, Enrico, wenn man die Menschen verbrennt, hast du je darüber nachgedacht, wo du einmal begraben sein möchtest? Entschuldige diese Frage bitte, ich bin etwas verwirrt, entschuldige bitte, Enrico. Sie hatte ja einen Mann, Rosina, vielleicht liegt er in einer Gruft oder in einem Familiengrab, vielleicht will sie ja bei ihrem Mann liegen, Rosina, ist das so abwegig?

Sie waren die einzigen Trauernden im Raum und waren froh, dass sonst niemand da war. Da das Netz am Sarg vernagelt war, versuchte sie, an den Klammern zu ziehen, um sich einen Zugang zu Johanna zu schaffen, aber die kleinen Löcher rissen leicht ein, vor allem dort, wo der Schleier festgemacht war, und so ließ sie es bleiben. Es erinnerte sie an ein Fischernetz und ihr fiel ein, dass sie ihr Lebtag das Meer nicht gesehen hatte.

Früher hat der Sargmeister die Bahre auf seinem Rücken hinaufgetragen, zu jeder Jahreszeit, als es noch keine Straßen gab. In meiner Kindheit, so sagte Rosina auch noch, gab es immer so viel Schnee, dass wir ein Iglu bauten vor unserem Haus, ganze Gänge aus Schnee haben wir gebaut. Dann verstummte sie und strich sich mit dem Handrücken über Augenbrauen und Stirn. Was ich heute nur zusammenrede, dachte sie. Bei uns gab es fast nie Schnee, sagte Enrico, da blühen sogar zu Weihnachten kleine weiße Blumen.

Ein Kind wusch der Mann im Zimmer nebenan. Hohes Fieber hatte es gehabt und war gestorben in den Armen der Eltern, wenige Stunden vorher hatte der Vater mit ihm noch gespielt. Gehirnhautentzündung, den Verdacht hatte man auch kurz bei Maria geäußert, damals. Diese Krankheit war geblieben, war in diesem Land geblieben, nur eine Stunde südwärts oder nordwärts kannte man sie so tödlich kaum. Als sie ging mit Enrico, stand der Vater des Kindes draußen und die Großmutter trommelte mit den Fäusten dem Vater auf die Brust. Früher starben oft mehr Kinder in einer Familie, als am Leben blieben, sagte Rosina. Ob sie den Kreißsaal anschauen möchte, fragte Enrico, vielleicht wäre er gerade frei und er habe gehört, man könne kommen, ihn sich anzusehen, er sei ganz modern, mit einem Becken für Wassergeburten und unzähligen Lämpchen an der Decke, die das Gefühl verliehen, als sei man unter einem Sternenhimmel. Nein, sagte Rosina, sie wolle nach Hause, nur einen Kaffee und ein Glas Wasser noch nahmen sie an der Bar und sie spielte mit dem Zuckertütchen, auf dem die Silhouette eines Mohren abgebildet war, und legte es erst auf die Untertasse, als es brüchig wurde und die Finger begannen zu kleben.

Anna hat heute am Telefon erzählt, das sagte sie Enrico, während sie zum Auto gingen und sie sich bei ihm unterhakte, die Krankenschwester habe sie aus dem Zimmer geworfen gestern, na ja, nicht gerade geworfen, aber Anna hatte lange in einer Druckerei zu tun gehabt, zumal sie nun schon da war wegen der Mutter, und sei erst spät abends gekommen und die Schwester habe sie an die Besuchszeiten erinnert und ihr gesagt, sie solle jetzt gehen, die Patientin brauche Ruhe, und die Bettnachbarn bräuchten Ruhe, sie seien schließlich zu viert im Zimmer. Ist sie ganz alleine gestorben?, fragte Enrico. Der Tod hält sich nicht an Besuchszeiten, auch das war anders früher, Enrico. Aber sie konnte ja nicht wissen, dass sie stirbt, versuchte er sie zu versöhnen, wenn ihr Tod sogar die Ärzte überraschte. Hast du Angst?, fragte er nach einer kurzen Pause, ich meine, entschuldige, Rosina. Nein, ich habe keine Angst.

Wird sie noch gedacht haben, gehört, gesehen, bewusst gelebt zum Schluss? Wird sie es gemerkt haben, als der Pfarrer mit der letzten Ölung kam? Ist der überhaupt gekommen, wenn sie so unerwartet starb, muss der in so einem Falle die Tochter fragen, ob es gestattet ist? Ob Anna gläubig war und je zur Kirche ging, außer um zu fotografieren? Dass Johanna und ihr Mann jeden Sonntagmorgen gestritten hätten, weil er pünktlich bei der Heiligen Messe sein wollte und sie, als das Zusammenläuten schon erklang, sich anschickte, die Betten zu richten, hatte Anna mehrmals schmunzelnd erzählt. Hier ging sie immer mit, aber es war ja auch Weihnachten und es waren die Messen für Vater und Mutter, wenn Johanna kam.

Sie hätte so gern Enkelkinder gehabt wie Klara, sagte Rosina im Auto zu Enrico, Mütter lassen sich heute Zeit, Johanna hatte sie ja auch, sie war schon zweiundvierzig, als Anna kam, eine kleine Sensation war das damals, heute ist es anders. Wir müssen noch bei einer Tankstelle halten, Schokolade kaufen für die Kinder, die warten darauf, dass ich ihnen etwas mitbringe, bitte lass mich das Benzin zahlen. Und sie unterbrach sich und sagte dann, verzeih Enrico, bitte verzeih, ich rede und denke heute so viel Wirres.

Enrico Ingannamorte, dachte sie und sagte langsam seinen Nachnamen, als würde sie ihn das erste Mal sagen, dann war sie wieder still, haben wir etwas versäumt, überlegte sie und knüpfte an einen Gedanken an, den sie vor zwei Stunden begonnen, früher war man immer dabei gewesen, wenn einer starb, da rief man auch die Kinder herein und sie standen um das Bett und den Sterbenden herum, hatten Zeit, sich die Hand zu reichen, sich Gutes zu sagen. Einfach da sein, die Großmutter, den Vater, die Mutter hinüberbegleiten. Heute stirbt man alleine, und man verschickt die Kinder, damit sie den Tod nicht sehen, ist das nicht trostlos, Enrico.

Minuten vergingen, eine Stunde verstrich und es war stockdunkel, als er sein Auto vor dem Hof parkte und den Motor abstellte, was ihr eigentlich unangenehm war, denn das hatten ihre Nichten und Neffen getan, um sich zu verabschieden, und stundenlang saßen sie dann dort und fühlten sich unbeobachtet und waren es auch, aber jeder hatte im Haus gehört, dass ein Auto gekommen, aber nicht mehr gefahren war. *Nun aber bleiben Glaube, Hoffnung, Liebe, diese drei; aber die Liebe ist die Größte unter ihnen.* Wenn Johanna hier begraben werden darf, hier auf unserem Friedhof, und natürlich nur, wenn Anna es von sich aus ausdrücklich wünscht, dann wollen wir sie zuerst aufbahren, in der Stube, in dem offenen Sarg aufbahren, auch wenn sie so anders aussieht, wir binden ihr einfach einen schönen Schal um den Kopf, da kann ein jeder sich mit ihr versöhnen, da können auch die Kinder sie berühren und von ihrer Großtante Abschied nehmen, sonst wird niemand wissen, dass sie gestorben ist, sonst kommt die Stofftante, die so selten da war, einfach gar nicht mehr aus der Stadt hierher. Mir war das jetzt auch zu kurz dort, in dieser Halle, ich möchte noch einmal alleine sein mit ihr, ihre Stirn küssen, ihre Hände berühren, ich möchte das Netz öffnen, wenn Anna es erlaubt.

Man wird sagen, dass man sie so in Erinnerung behalten will, wie sie war, sagte daraufhin Enrico. Wer nicht will, der muss ja nicht kommen, Enrico, und Anna muss einverstanden sein, fügte sie hinzu, da hast du schon recht, und sie verstummte und hob unvermittelt wieder an, gibt es Krebse dort, wo du geboren bist? Wo meine Eltern geboren sind und begraben, sagte er langsam, und die Stimme war gebrochen, als hätte er lange nichts gesagt, wo meine Eltern geboren sind und begraben, gibt es keine Krebse mehr in den Flüssen. Aber am Meer gibt es Krebse, und das Meer ist nicht weit, wen kümmert es, Rosina, sagte er und nahm seinen ganzen Mut zusammen, wen kümmert es, wenn du endlich einmal an dich denkst und vielleicht ein wenig an mich und uns und mit mir fährst, manchmal muss man loslassen und manchmal zulassen, Rosina, die Frauen brauchen dich nicht mehr, die Kinder werden in Krankenhäusern geboren. Ist sie denn solch ein Geheimnis, die Geburt, dass es daheim nicht mehr gutgeht?, fragte sie und es war, als würde alles zusammenbrechen, wofür sie gelebt hatte, haben nicht immer schon Frauen ihre Kinder zur Welt gebracht, auch ohne Krankenhaus, sagte sie und war froh, dass er ihre Hände ergriff und küsste. Die Zeiten ändern sich, Rosina, sagte er, wir werden uns bemühen, deine Schwester hier zu begraben, hier darf sie sicher bleiben, Rosina, aber vielleicht will Anna die Mutter lieber zum Vater legen, Rosina, mach dir doch nicht Sorgen für alle. Ob das Kinderkriegen denn ein Risiko geworden sei, wollte sie noch fragen, aber sie sagte, ja, ich möchte die Krebse sehen am Meer, ich möchte Johanna ein paar Muscheln aufs Grab legen, sie ist manchmal dort gewesen im Sommer, als Anna klein war.

Wir fahren am 15. September, sagte er, da ist das Wasser noch warm, früher bin ich auch im November schwimmen gegangen, einsam sind da die Strände, die Ufer verschluckt vom ersten Nebel, wir sind nicht mehr die Jüngsten, Rosina, im Winter sind die Wellen rau, wir fahren am 15. September und wenn du willst, sind wir zu Allerheiligen zurück. Mit einem Mut sagte er das, der ihn selbst überraschte, die Schädel können warten, dachte er, es ist gut, dass Schwestern und Brüder sich umsonst umgeschaut hatten nach einer Verlobten für einen Mann, von dem man inzwischen auch im Süden wusste, dass er sich nicht für Fußball interessierte, es aber liebte, sich auf dem Friedhof zu ergehen. Seine Geschwister, jene, die noch lebten, die würden Augen machen.

Und wir werden endlich am Strand sitzen, dort, wo ich so oft alleine saß, und in die Weite schauen. Vielleicht wird es regnen, es wird uns nichts ausmachen, jeder Tropfen auf dem Sand ergibt eine kleine Höhle, eine runde Aufwölbung in der Form einer Muschel, zeichnet einen Kreis, der sich schließt. Ich liebe das Meer, wenn es regnet, es wird so schön sein wie nie zuvor, ich hab dir so viel zu zeigen, du wirst sehen.

Johanna ist unsere Generation, sagte Rosina. Aber wir haben noch Zeit, sagte Enrico. Und wie er sie ansah im Dunklen, sah er nur die Schatten ihres Gesichtes und er sah das Bild auf dem Friedhof, von dem jungen Manne, der Rosinas Nachnamen trug. War Seppl Strumpflohner dein Bruder?, fragte er, dessen Name und Bild an der Kirchenmauer zu finden ist, unter den Gefallenen, die irgendwo begraben sind, es gibt so viele Strumpflohners, ist dieser Seppl dein Bruder, der mit den dunklen Haaren und dunklen warmen Augen? Den Seppl Strumpflohner auf dem Kenotaph meinst du?, fragte sie langsam, ja, das war mein Bruder, du hast dir das Bild gut angeschaut, ich glaube nicht, dass ich ihm sehr gleiche, ja, er war mein Bruder, ich hab ihn immer lieber gehabt als meine Schwestern, oder vielleicht hab ich mir das auch nur eingebildet, weil ich ihn so bewundert hab und weil er als erster starb, und weil er ein bisschen anders war, von so viel Sehnsucht getrieben, wir haben in den Himmel hinaufgeschaut und die Wolken gezählt und Tiere geraten. Mein Vater hatte einen Sohn hier, Rosina, sagte Enrico, dein Bruder sieht aus wie mein Vater. Meine Mutter hatte einen Mann aus der Gegend, aus der du stammst, Enrico, mein Vater war nicht der Vater meines Bruders, aber ich möchte daran nicht rühren. Wir fahren, Rosina? Ja, wir fahren. Sie blieb regungslos sitzen, Seppl ist in Tunis gefallen, er wollte fliegen, er wollte nach Afrika. Wir fahren auch nach Tunis, sagte er, wir werden fliegen. Das geht zu schnell, Enrico. Dann fahren wir mit dem Schiff, sagte er. Und sie zog die Autotürverriegelung hoch, die sie mit dem Ellbogen unabsichtlich hinuntergedrückt hatte, wir fahren gleich nach dem Begräbnis, Enrico, wir warten nicht bis September, ich muss hinein jetzt, Klara wartet sicher, vielleicht hat auch Anna angerufen. Bitte verzeih, Rosina, dass ich deine Sprache nie wirklich erlernt habe, du hast es doch versucht, Enrico, ich kann deine doch auch nicht viel besser, danke dir für heute, beeil dich und komm gut heim, es beginnt gleich wieder zu regnen.

12. September 2001

Als der Meereswind Primroses bisheriges Leben verblies

Der Wind schlug die langen Locken hin und her und es schmerzte fast am Haaransatz, sie stand ganz außen an der Reling, obwohl das streng verboten war. In die Weite schaute sie, bis es dunkel war und sie nichts mehr erkennen konnte. Auch gestern Abend schon war sie hier gestanden. Ein Passagier hatte heute zu rufen begonnen und hinauf zum Himmel gezeigt und alle hatten die Köpfe gereckt, da war ein Strom von Schwalben hoch oben, ihren Weg kreuzten sie und in den Süden zogen die Vögel, wie ein Sternschnuppenheer bohrten sie sich in den wolkenlosen Himmel. Vom Frühling fuhr Primrose in den Herbst, ein Jahr ohne Sommer, sie fuhr der Kälte entgegen, das Leben wird anders sein dort, und arbeiten wird sie und Geld verdienen und ihre Familie wird sie ernähren und Jephtas ein Studium bezahlen, nachdem der Vater im Bergwerk gestorben war, da er der einzige Bub war neben vier Schwestern und die Mutter hoffte, er würde es schaffen. Sie würde es leicht haben und in einer Bar servieren oder einer Diskothek, und Essen würde sie haben und fließendes Wasser und eine Heizung und Kleider und eine Wohnung und Schmuck und Freunde, haben sie gesagt. Sie hatte genickt dazu, wenn sie aufgeregt war, sprach sie lieber nicht, dann verlor der Atem an Rhythmus und es reizte sie zum Husten, das machte ihr Angst und niemand sollte davon wissen. Wenn sie gut arbeiten würde und die falschen Papiere und die Fahrkarte abbezahlt habe, würde er sie vielleicht heiraten, sagte der Mann, der zweimal nachts in das Zimmer gekommen war in der Stadt, in dem sie wartete, tagelang, auf dass alles beisammen war und sie fahren konnte, einer Zukunft entgegen, von der sie sich seit Jahren schon Bilder gemalt hatte in ihrem Kopf.

Angesprochen hatte man sie an der Kreuzung, wo die Sandpiste in die Hauptstraße mündet und das Sammeltaxi hält, wo Wege sich trennen und Primrose vor der Entscheidung stand, zu gehen oder zu bleiben. Einmal hatte es dort eine Schießerei gegeben, alle siebzehn Autos des Dorfes waren verbrannt. Die von den Sammeltaxis sind es gewesen, hat man gesagt, weil die mit den Autos ihnen den Lohn wegnahmen und die Arbeit, weil sie die Menschen mitfahren ließen, die ihnen winkten. Nur Moshe hatte sein Auto nicht verloren, es stand im Klosterhof der Schwestern, da hatte man sich nicht hineingewagt. Einmal aber waren alle Hühner gestohlen worden, und die dicken Klosterhunde hatten nicht gebellt, alle 297 Hühner, die die Frauen als Küken bekommen hatten und großgezogen, um sie vor Ostern zu verkaufen. Eigens Wärmelampen hatte Schwester Blandina angeschafft und Drahtgitter gegen wilde Tiere.

Ihr könnt nicht einfach so mit den Männern schlafen, hatten die Nonnen bei der Feldarbeit zu den ledigen Frauen gesagt, ihr werdet schwanger, wenn ihr mit ihnen schläft, ihr könnt nicht jedem Manne in die Augen schauen, es gibt auch anderes, und abends, wenn es dunkel wird, geht nicht alleine zum Fluss. Wartet auf den Mann, der für euch bezahlen wird und euch mit sich nimmt in seinen Kraal, ihr seid selbst noch Kinder und Aids wird durch Sex übertragen. Und unter sich hatten die Schwestern besprochen, dass die Männer hier, die wenigen, die hier waren, zu gar nichts taugten, als den Mädchen den Kopf zu verdrehen. Inzwischen waren sie weitergezogen und das Kloster war unbewohnt und vieles vergessen, inzwischen hatte es wieder geregnet und wieder war der Fluss über die Ufer getreten wie damals, als Franz im Dorfe weilte, und das Wasser hatte die Straßen ausgewaschen und die Bäume mitgerissen und Gras und Blumen gezeugt, das Wasser war Primroses Wiege und Hoffnung geworden auf dem unendlichen Weg vom Süden in den Norden.

Die Stadt war groß gewesen, in der Primrose auf Papiere wartete, die notwendig waren für die Fahrt über das Meer. In einem Zimmer hieß man sie warten, in einem zweistöckigen Haus, da rüttelte kein Wind nachts am Strohdach und Blech, laut war es und die Autos hupten und alle paar Minuten verdichtete eine Sirene Gehende und Sitzende und Stehende, Autos und Karren und Räder zu einem einzigen Brei, keine Kinder und Enkel mehr hatten die Frauen hier an der Hand, mit Taschen waren sie links und rechts beladen und der Kopf war bar oder mit einer Schirmmütze bedeckt, die Menschen waren allein untereinander, was sie in der Not zusammengehalten hatte, hatte sich aufgelöst, was sie neu verbinden hätte können, mussten sie erst finden.

Stundenlang waren sie hierhergefahren, das Auto mit den zwei Männern und Primrose am Rücksitz. Mit Rap und Ragga und Kwaito aus dem Radio, dass die Scheiben dröhnten und Primrose das Fenster halten musste, neben dem sie saß, sie drückte dagegen mit der hohlen linken Hand, obwohl das Gelenk bald zu schmerzen begann, weil sie in Panik geriet vor dem Luftstrom, der das Auto seitlich zu erfassen und von der Fahrspur zu fegen drohte.

Vorbei an Grasbüscheln und brennendem Müll, an kleinen Dörfern und Ziegen, die auf der Straße standen, an Menschen, die winkten und die der Fahrer nicht beachtete, vorbei an ersten Köcherbäumen, weiter drüben im Westen, da würden sie in Wäldern wachsen. Sie soll das Zimmer nicht verlassen, befahl der Mann, der zweimal zu ihr kam in der Nacht, und auch auf dem Schiff war er irgendwo, der sie ermahnt hatte, ihn auf der langen Reise nicht zu grüßen und nicht zu sehen. Primrose war Tage in der Stadt am Fensterbrett gestanden und hatte sich hinausgelehnt, das Herz hatte gepocht in Erwartung, wann es endlich weggehen würde, von hier war der Kampf einst losgebrochen, der den Menschen die Befreiung brachte, am Friedhof waren sie vorbeigefahren mit dem Auto, sie am Rücksitz mit den zwei Männern, vor wenigen Jahrzehnten war da noch ödes Land gewesen, jetzt reihte sich Grab an Grab, jedes eingerahmt mit weißem Gartenzaun, Grabstätten wie Gitterbetten aus Metall, junge Männer und Kinder im Hagel der Kugeln gestorben, junge Frauen und Männer und Kinder mit HIV infiziert, der Friedhof soweit das Auge reichte, kein Baum, kein Gras, auf roter Erde, deren oberste Schicht sich wie paniert der Sonne ergab, unendlich groß, größer als jede Stadt, die sie bisher gesehen hatte, entstanden in so wenigen Jahren.

Sie war gerne im Haus geblieben, wie man ihr geheißen, an das Leben auf der Straße musste sie sich gewöhnen, sie nahm sicheren Abschied von der Heimat, fasste sich für das neue Leben, sah zu, wie die Menschen unten sich verliefen.

Von hier war sie dann weggebracht worden, war Tage mit dem Zug gefahren und in einem Kleintransporter mit Menschen, die reisten wie sie, zwei Pausen täglich auf weitem Gelände, um sich vom Druck in der Blase zu befreien, kein Baum, kein Sichtschutz, Tage über Teerstraßen und Pisten, im fensterlosen Laderaum auf Kisten und Pappkartons, zunehmend eng und bar jeder Luft, die Männer in der Fahrerkabine bewaffnet, zwei Frauen vergewaltigten sie eines Nachts und drohten, sie zu ersticken. Erst am Hafen hatte sie den Mann wiedergesehen, der zweimal bei ihr gewesen war und mit ihr ging auf den anderen Kontinent, scharf hatte er sie angesehen, sie sei nicht die einzige, die seine Hilfe brauche. Man hatte sie beneidet, zu Hause, als sie ausgewählt worden war von einem

Fremden, für die Ferne. Der Mutter hatte er einen Vorschuss überreicht von dem Geld, das sie ihm hatte nach und nach zurückzugeben, das habe Zeit, hatte er gesagt. Skalang, hatte die Mutter zum Abschied gemurmelt, Dank you, und die Großmutter hatte in ihrem Hof hinter dem Zaun von Dornen und Sträuchern ein Fell ausgebreitet und Knochen geworfen und Wurzeln und Rinden und Würfel und ein leeres Schneckenhaus, hatte viele Menschen gesehen und Pfade kreuz und quer und hatte tags darauf die Sangoma aus der Familie des Königs gebeten, nochmals mit ihr gemeinsam zu trommeln und zu tanzen und in die Zukunft zu schauen. Dass Primrose husten musste, weil die Ahnen verärgert waren, das hatte die Großmutter oft gesagt, eine Hexe mochte wohl das Kind befallen haben, das früh schon anfing mit dem Atemziehen, als Mutters Brust es noch nährte. Dass sie etwas gutmachen konnte, wo auch immer, das versprach, ihr Heilung zu bringen, das Husten konnte auch eine Folge sein eines Streites, der vor Generationen den Stamm zerrissen hatte.

Ein nussgroßes Stück Weihrauch hatte die Großmutter in der letzten Nacht zerteilt und mit verschiedensten Kräutern in allen Ecken des Zimmers verbrannt, so dass der Duft das ganze Haus erfüllte und in jede Ritze drang. Weihrauch war ihr Mittel zur Eindämmung der Entzündung, die in Primroses Brust sich bäumte, Weihrauch konnte den Tag betäuben und das Dunkel erleuchten. Vergiss das Träumen nicht, sagte die Großmutter, die Primrose jede Nacht um vier Uhr geschüttelt hatte, damit jene das Lebenswesentliche nicht verschlief und vergaß. Durch die Träume sprechen die Ahnen zu dir, wenn du verstehen willst, was sie dir sagen, so musst du zuhören lernen.

Am Nachmittag vor der Abfahrt hatte sie Muti zubereitet. Stundenlang hatte sie am offenen Feuer im Topf gerührt, hatte Kräuter zerbröselt und Ziegenfett dazugemischt, Erde hineingetan und Schädelknochen einer halb verwesten Ziege, sie hatte Primroses Gesicht in weiße Farbe getaucht, sich selbst die Augen weiß umrandet und den Hals hatte sie sich angemalt bis hinauf zum Ansatz des Kinns, wie die Nonne hatte sie ausgesehen, deren Foto einst im Salon der Schwestern hing, die Muttergründerin, nur Augen und Wangen und Kinn sichtbar. Das Band mit den Straußenfedern trug die Großmutter auf der Stirn und die vielen Ketten um die Oberarme und um den Hals, die sie auszeichneten als das, was sie war, eine Frau, die mit den Ahnen sprach und mit Kräutern heilte. Am Tag der Abfahrt hatte sie ihr mit dem Sud den Körper gesalbt, und hatte sich nach kurzem Gruß in den Schatten des Hauses gelegt, den Blick zur Mauer, die Brust hing herab bis zum Bauch. Muti nahm Leben und gab es.

Nur kurz hatte Primrose zurückgeblickt zum letzten Dorfbaum, dann war sie zu Moshe gegangen, begleitet von Geschwistern und Kindern, die trommelten und in die Hände klatschten und leere Cola-Dosen aufeinanderschlugen. Primrose trug ihre Tasche auf dem Kopf, um die Hände frei zu haben für die Kleinsten, die an den Armen zogen und sich wünschten, dass sie sie fliegen lasse, über Staub und Sand, sie hätte sich gerne den Segen der Schwestern geholt, aber nachdem Brunnen gebaut waren und Äcker angelegt, nachdem die Frauen hier wieder gelernt hatten, Gemüse anzupflanzen und mehr zu kochen als weißen Mais, waren sie abberufen worden nach irgendwo, da aidskranke Menschen sie brauchten und Kinder der Straße. Die Klostertür war verschlossen, manche Fenster hinter den Gittern zerschlagen, im gut umzäunten Garten hielt Moshe seine Ziegen.

Moshe hatte von der Ferne gesehen, dass ihr das Bündel am Kopfe schwer geworden war, und war ihr entgegengeeilt und hatte es ihr abgenommen, was so dort nicht üblich war, dass ein Mann einer Frau die Lasten trug, er hatte sie an die Kreuzung gebracht, an der das Sammeltaxi zu warten pflegte, dort stand sie lange und stieg dann in ein graues Auto. Möchtest du immer noch fliegen?, hatte ihn Primrose beim Abschied gefragt, da alle wussten, dass Moshe fliegen wollte, jedem Flugzeug hatte er stets hinterhergeschaut, das hoch oben zu erspähen war, ich kann dir das Geld leihen, Moshe, und du kannst mich besuchen kommen, vielleicht kannst du da arbeiten, wo ich bin, und mir das Geld wiedergeben, wenn ich die Männer frage, die mich holen, so geben sie mir bestimmt das Geld für dich.

Moshe schaute in die Ferne und sah am Himmel zwei Kranichen nach, die blau waren wie der leicht bedeckte Himmel. Ich gehöre nicht hierher, sagte er, und ich gehöre noch weniger hierher, seit die Schwestern in die Stadt gegangen sind und Sister Blandina mich nicht mehr braucht, ich gehöre auch nicht dorthin, wo du hingehst, Primrose, ich werde die Ziegen verkaufen und nach Hause ziehen, ich werde meine Familie suchen, du gehst weg und ich gehe dahin, wo ich herkam. Aber ihr seid doch Nomaden, wie die Vögel am Himmel, hatte da Primrose gesagt, wir sind Bauern am Rande der Dünen, meine Familie hat das Umherziehen aufgegeben, ich werde sie finden, irgendeinen von ihnen, auch wenn meine Eltern tot sind, hatte Moshe geantwortet. Aber du wolltest doch immer fliegen, hatte Primrose noch gesagt, ich bin alt geworden, sprach da Moshe, ich möchte mir meinen Traum behalten.

Dann ertönte eine Hupe, die Männer waren gekommen.

14. und 15. August 2004, Mariä Himmelfahrt
Als Franz zu Ferragosto Antonino suchte

Mit einem Billigflug war Franz direkt von Übersee gekommen, war einmal umgestiegen und stand auf einem kleinen Flughafen nun und wartete auf den Bus und wartete lange, während ihm warme Luft ins Gesicht strömte, als käme sie aus einem Haartrockner, Zikaden zirpten in der Hitze. Das Warten machte ihm nichts aus, er hatte sich nichts vorgenommen für die nächste Woche, er musste nichts sehen, nicht am Strand liegen, er wollte nur seinen Vater treffen und freute sich darauf und machte sich nicht Gedanken und überlegte nicht, ob er ihn Vater nennen würde oder Antonino, ein bisschen Kindheit wollte er haben, ein wenig Kindheit, die ihm fast verloren war, wären da nicht die Picknicks mit seiner Mutter gewesen und ihr warmer Atem in seinem Haar und Alrun und ihre Tauchgänge im Badewasserschaum und das Wäschewaschen im See und das Träumen und Pläneschmieden und die ersten Zigaretten.

Antonino hatte gewartet auf ihn, bis spät in den Abend hinein war er reglos gesessen und hatte gewartet wie einst Rose Sechogo Nobengaze auf den jungen Gast, und nun saßen sie bei schwerem Rotwein auf ausgemusterten Kinosesseln, deren Sitze hochklappten, sobald man aufstand, den Blick geradeaus. Unter einer Pergola saßen sie, aus Erdbeertrauben, das Laub war dicht und knisterte im leichten Wind, zwischen den zwei Stangen zum Süden hin flatterte eine Fahne, schon leicht zerrissen und erblasst, PACE stand auf dem regenbogenfarbenen Rot, Orange, Gelb und Grün und Blauweiß und Türkis und Azur, Antoninos Reaktion auf den jüngsten Krieg, die Menschen lernen einfach nicht, was soll das bringen außer Leid und Toten und Trauer unter dem Volk, beide sahen geradeaus hinaus aufs Meer, in den Westen, wo die Sonne tagtäglich versinkt, sie sahen sich nur im Profil aus den Augenwinkeln, blickten auf den Ausschnitt einer Landschaft wie auf einen Breitwandfilm, unten flankiert von den Ausläufern einer Terrasse, die ungebremst in den Abgrund und ins Meer brach, nur einige Geranientöpfe standen da, und mittendrin, aber schon zurückversetzt, der quadratische Tisch mit einer Decke aus bunten Stickereien. Der Blick fiel frei, hie und da erreichte sie ein beißender Geruch von verwesendem oder verbranntem Fleisch, in naher Entfernung bellten Hunde, die hält der Nachbar, sagte Antonino, die bellen das ganze Jahr, die hält er hier im Käfig und macht sie böse und scharf, und wenn die Jagd losgeht, dann lässt er sie frei, sie hetzen das Wild zu Tode. Alle Fenster des Hauses standen offen, es lag auf einer Klippe oberhalb des Meeres, Wellblech über den Türen, damit es nicht hineinregnete, bewegliche Kettenvorhänge aus Plastik in allen Farben, die nachgaben und rauschten und klapperten, wenn man durchging. Ich wollte dich kennenlernen, Vater, sagte Franz, meine Mutter hat ihren Vater nie gesehen, ein Foto fand ich von ihm erst, als wir das Haus aufgaben, ein Jahr nachdem meine Großmutter gestorben war, Theodor, stand auf der Rückseite geschrieben in Tinte, zum bleibenden treuen Angedenken von Ihrem Theodor, und er stand da in Uniform an eine Ziegelmauer gelehnt, 1943, stand noch dort mit Bleistift vermerkt, ich hab es Genoveva nicht erzählt, ich weiß nicht, ob sie das Foto je gesehen hatte, und wenn nicht, so hätte es sie verletzt, dass ihre Mutter es ihr nie gezeigt hatte, was hilft es schon, was macht man mit einem Vornamen.

Du kannst eine Nacht hierbleiben, sagte Antonino und befestigte mit Kluppen Noten am Ständer, damit sie der Wind nicht verblätterte, sogar ein Mikrophon war hier aufgebaut. Du singst?, fragte Franz, mein Sohn singt, sagte Antonino, er verdient kein schlechtes Geld auf den Sagras und Festen und Kirchtagen der Umgebung, er singt und fährt mit seinem Piano straßenauf- und abwärts, hier singt er auch Arien, auf den Piazzas unter bunten Plastikfähnchen und Glühbirnen singt er, was das Publikum wünscht, früher mit dem Klavier wäre so etwas nie möglich gewesen, heute geht alles. Für diese Nacht hat dir Gina ein Bett gerichtet, in unserem Wohnwagen im Garten, mir wäre lieber, dass du hernach in der Trattoria schläfst, da haben sie ein Zimmer frei und du kannst gehen und kommen, wann du willst, ich hab mit dem Wirt gesprochen, es geht natürlich auf meine Kosten, sie hat jahrelang gewartet auf die Hochzeit und auf die Scheidung, ich lebe nun mal hier mit ihr.

Was ändert das, fragte Franz, dass ich jetzt hier bin, keine Sorge, ich bin ja schon fast wieder weg.

Ich habe mich verändert, dort oben, das ist eh schon schwierig genug manchmal, sagte Antonino und reichte ihm das Olivenöl, damit Franz noch etwas auf den Teller schütten konnte, um das weiße Brot zu tunken, pane e olio, bitte versteh mich nicht falsch, ich habe immer gehofft, dass du einmal kommen würdest, ich selbst hätte den Schritt nicht gewagt, aber für Gina ist das gar nicht so leicht, ich hätte mir das so nicht erwartet. Vermisst du hier das Brot?, fragte Franz, ich meine das dunkle Brot mit dem vollen Korn. Ich habe dieses Brot oben vermisst, sagte Antonino und brach ein Stückchen ab und putzte damit die Schale, in der sich Oliven und getrocknete Tomaten in Zitronenöl befunden hatten, ich kannte es wohl nur von den Ferien, aber ich hab es vermisst und meine Mutter hat es so gut nie gebacken, aber seit ich hier bin, vermisse ich das Brot, das es oben gab, das dunkle gewürzte Brot, die große Auswahl, du wolltest mich kennenlernen Franz, das ist schön und ich freue mich sehr, dich zu sehen, ich habe immer viel an dich gedacht, aber das wird nichts ändern Franz, ich werde nicht mehr hinaufkommen, auch nicht auf Besuch, ich lebe hier, hier ist meine Familie. Ich weiß das, sagte Franz, ich bin doch nicht gekommen, um dich zu holen, was würde das nützen, ich bin mal da, mal dort, ich bin doch auch nie daheim und meine Mutter hätte das nie gewollt, vielleicht gewollt schon eine Zeitlang, aber sie hat das nie verlangt, sie hat nicht ein böses Wort je über dich verloren, wie hätte sie dich halten sollen, du hast ihr nicht dich weggenommen, du nahmst ihr nur den Traum, dass es hätte was werden können, ich glaube, sie hat an euch geglaubt, sie hat nie ein böses Wort über dich gesagt, sie hat mir mein Bild von meinem Vater gelassen. Ich möchte nicht davon reden, Franz, das ist alles lange her, es gibt nichts, das dir nicht auch deine Mutter sagen könnte.

Jetzt kam Gina auf die Terrasse mit einer großen Schüssel Spaghetti in leicht zerdrückten Kirschtomaten und Mozzarella, sie nahm die Plastikblumen vom Tisch und stellte den Nudeltopf in die Mitte und verscheuchte eine Mücke vor ihrem Gesicht, es schien Franz, als wolle sie Sorgen und Angst und Mühsal vertreiben, als wäre die Mücke nur Vorwand gewesen für eine Geste, die ihrer Erregung entsprang, Antonino hatte vor einer halben Stunde eine grüne Räucherspirale auf einen kleinen Apparat gelegt, der sich mit Strom erwärmte, es roch danach, es verdarb den Geruch des Essens, aber es duftete zugleich nach Sommer und Meer und Erinnerung.

Ich habe an dich keine Erinnerung, sagte er, ich bin hier, um Erinnerung zu finden, einen Teil meines Lebens, der auch deiner ist, Antonino, und er verstand, dass es besser war, ihn Antonino zu nennen als Vater, du meinst, es gäbe nichts, was mir meine Mutter nicht sagen könnte, aber es geht nicht darum, von ihr zu hören, was damals geschah, wie ich auch nicht hier bin, um es von dir zu hören, eure Trennung ist eure Geschichte, nicht meine, ich bin hier, um dich kennenzulernen, ich bin hier, um meine Geschichte zu finden, vielleicht um auch eine mit dir zu haben.

Die Tomaten liegen seit dem Morgen schon im Basilikumöl, so entfaltet es den richtigen Geschmack, sagte Antonino, am Dorfende befindet sich der Friedhof, dort sind deine Großeltern begraben, in einer Nische gleich links, du wirst beeindruckt sein von den Gräbern, der Friedhof ist wie eine Stadt aus weißen Häusern und Statuen, die aneinandergebaut sind, um Kühle zu spenden, er ist eine andere Stadt, die Nischen sind wie die Fenster und Türen in den Straßenzügen, sogar im Sommer, wenn die Sonne hoch steht, findet man Schatten.

Du bist einfach gegangen, sagte Franz. Ich habe meine Mutter besucht und bin geblieben, antwortete Antonino. Weil sie alleine war, sagte Franz fast spöttisch. Weil sie alleine war, wiederholte sein Vater und verzog keine Miene.

Franz drehte die Spaghetti auf die Gabel und fragte, wie seine Halbgeschwister hießen und ob denn auch Touristen kämen in seine Bar an der Piazza, und Antonino erzählte ihm von der Jukebox, die inzwischen schon ein Museumsstück sei und immer noch funktioniere, und vom Aquarium seiner Mutter und davon, dass er geglaubt hatte, den Tod seines Bruders rächen zu müssen, aber irgendwann habe er an nichts mehr geglaubt und sei nun hier und habe auch nie mehr eine Waffe in die Hand genommen. Gina brachte jetzt Limoncello und schenkte ihrem Mann etwas weniger ein als Franz, zu viel tut nicht gut, sagte Antonino, ich trinke nur selten. Franz war müde vom Wein, nicht wegen der Zeitverschiebung, es war noch gar nicht spät auf seiner Uhr, aber er sah, dass Antoninos Augen wässrig wurden, und erkundigte sich, wo die Toilette sei und ob er die Tür offen lassen könne im Wohnwagen, und lobte Gina für das Essen und entschuldigte sich für die Umstände und sie fragte, ob er denn noch einen Kaffee wolle und er verneinte und stand auf, weil er merkte, dass man ihn nicht alleine wollte hier sitzen lassen und nur mehr anstandshalber blieb, und er ging ins Bad und dann zum Caravan, auf dem noch zerfressene Blätter vom Vorherbst lagen und in dessen Innerem ein vergilbtes, billig gerahmtes Foto von Frauen an einem Bach hing, die Wäsche schwemmten. Sonnengebräunte Frauen mit blendend weißen Zähnen. Als im Hause alles dunkel war, setzte er sich wieder auf die Terrasse und blickte hinaus aufs Meer.

Am nächsten Morgen stand Franz früh auf und doch war er spät, der Vater war schon am Strand, Franz sah ihn von den Kinostühlen aus mit einem Rechen die hundert Meter säubern, die unter dem Felsen seines Hauses lagen, Franz beobachtete ihn lange, Antonino hatte einen Müllsack, einen großen schwarzen, einen von jenen, die an sich schon penetrant riechen, und er trug Handschuhe und kehrte und säuberte gegen die Wellen und gegen die Zeit, zerfetzte Bojenteile, Plastikflaschen und Kanister, Nylonsäcke und Deckel von Sonnencremen, weit draußen ein Kahn, weiter vorn, wo das Land eine Zunge ins Meer streckte, ein Schlot und Rauch, auf der Straße drüben eine schwarzgekleidete alte Frau, die hinunterschaute auf den gebeugten Mann mit dem Strohhut, vergeudete Zeit, dachte die Alte, mit der nächsten Flut wäre der Unrat wieder weggewesen, und mit dem nächsten Sturm kommt neuer.

Nach einer viertel Stunde, vielleicht nach einer halben, ging Franz ins Haus und rief und als niemand antwortete, ging er zögernd in die Küche, da stand eine Espressomaschine am Herd und ein Zettel lag daneben, dass Kaffee und Wasser schon pronto seien, il pane va zuppato nel latte, las er, das harte Brot möge er in die Milch tauchen, aber das mochte er nicht, er ging aus dem Haus und betrat die Trattoria neben der Bar an der Piazza und bestellte einen Cappuccino und wusste, dass der Kaffee im Gasthaus nie so gut schmecken konnte wie in der Bar des Vaters und seiner Söhne, die Maschine war auch noch kalt und musste erst angeworfen werden. Er nahm sich ein Brioche mit Vanillecreme aus dem Kuchenschaukasten und ging hinunter zum Strand, wo der Vater nun stand vor dem Haufen Dreck, und er begrüßte ihn und reichte ihm die Hand und sagte, heute ist doch Feiertag, was tust du hier, und bat ihn, ihn zum Friedhof zu begleiten. In einer Woche werde ich wieder da sein, es wäre schön, wenn du mich dann zum Flughafen begleiten würdest, Antonino, ich war auf allen Kontinenten, aber hier war ich noch nie, sagte er, man fährt dahin und dorthin, weil es schön ist, aber an Orte wie diesen kommt man nicht, ich bin dir dankbar, dass ich gestern hier sein durfte.

Bleib doch, sagte der Vater, ich habe begonnen, mich an den Gedanken zu gewöhnen, dass du hier bist, Gina muss es recht sein. Ich möchte nicht, dass du dich entschuldigst, sagte Franz, so geschah es damals, es war einfach so, ich möchte nicht, dass du dich entschuldigst, sagte er noch einmal und dachte, wie alt sein Vater wirkte, obwohl er noch jung war, und wie jung seine Mutter, die fast gleich alt war. Ich möchte aber, dass du mir versprichst, dass deine Kinder oder Gina mich benachrichtigen, solltest du einmal krank werden oder nicht mehr sein.

Das Meer war spiegelglatt und man sah die Fische springen, am Himmel hingen Schleierwolken. Das hat nichts zu bedeuten, sagte der Vater, das Wetter bleibt schön die ganze Woche lang, auch das hat sich verändert im Vergleich zu früher, die Prognosen stimmen, pass auf deine Geldtasche auf, es ist viel los in diesen Tagen, in allen Dörfern wird gefeiert, das wird dir gefallen, du kannst mein Auto haben, fährt man denn rechts oder links in Amerika? Man fährt rechts, Antonino, wie hier, das weißt du doch, brauchst du das Auto denn nicht?, fragte Franz, der nicht gerne mit fremden Autos fuhr, der aber des Vaters Angebot nicht ausschlagen wollte, das Gefühl hatte er, dass der Vater ihm etwas sagen wollte damit, etwas gutmachen vielleicht, ihm einfach etwas geben. Ich gehe schnell Gina grüßen und deine Kinder, und du begleitest mich noch auf den Friedhof. Deine Nonna sieht auf dem Emailbild strenger aus, als sie war, sagte Antonino, sie hatte schwarze dicke Augenbrauen bis zuletzt, das machte sie streng, zusammen mit den immer spärlicher werdenden weißen Haaren, sie hat wenig gelacht, weil ihr danach nicht war und weil sie meinte, davon würde man nur Falten bekommen, aber glaub mir, deine Nonna war keine schlechte Frau.

13. Dezember 2005

Als Primrose keine Wut auf das Leben hatte und stets Wege und Türen fand

Warum sie denn nicht arbeiten gehe, fragte die alte Frau und kramte in ihrer Geldbörse betont umständlich nach ein paar Cent. Primrose hustete und zuckte mit den Schultern und sah sie an. Mit offener Hand wartete sie vor der Bäckerei, tagein tagaus, hier und weit weg war der Blick und doch auch freundlich, blass war sie unter ihrer Haut und ihre Augen glänzten wie zwei verletzte Sterne, das Weiße im Auge war von feinen Blutadern gezeichnet, die Wangen schimmerten feucht, die Stirn schien warm.

Sie nahm den Zug um achtzehn Uhr sechs, wie gewöhnlich, um dorthin zu fahren, wo sie ein Zimmer gefunden hatte, seit man sie von der Straße geholt hatte, um noch ein Leben beginnen zu können. Die Stadt war ihr verboten, die Gefahr war zu groß, dass sie hier jemand erkannte, dass die Männer sie sahen, die sie verpfiffen hatte und denen sie noch Geld für die Fahrt schuldig war. Manchmal glaubte sie, den einen oder anderen zu erkennen, von denen sie Geld genommen hatte. Aber es war meist im Dunkeln gewesen, im Auto oder auf dem Parkplatz bei der Seilbahn, die ab zwanzig Uhr nicht mehr fuhr, oder in einem der Caravans, die ihresgleichen abgestellt hatten für kühle Zeiten, sie hatte fast immer die Augen geschlossen gehabt und sich konzentriert auf ihren Atem, um nichts zu spüren, um nicht zu husten.

Die Stadt war ihr verboten, aber Primrose hatte in das Bündel, das sie von zu Hause mitgenommen hatte, so klein und spärlich es auch war, eine Puppe gepackt, Erinnerung an Kindheitstage, in denen noch nichts Vergangenheit war, in denen sie berauscht war vom Gedanken, irgendwo neu anzufangen, ein gutes Leben, in denen sie es nicht mehr hatte erwarten können, unter Menschen zu kommen, nicht nur ihr Kraal und die ewig gleichen zwanzig Gesichter und Frauen, die da saßen und lachten und Kuhdreck rollten, die paar Schulfreunde und die Jungs, die sie vom Weg drängten und immer nur dasselbe wollten hinter den Sträuchern und am Ufer des Flusses, die stets sagten, danach machen wir etwas anderes, danach begleite ich dich zum Wasserholen, zuerst aber machen wir das. Diese Puppe gab ihr die Kraft auch, in die Stadt zu fahren, da zu stehen, nicht zu hocken vor der Bäckerei, das war nicht aus Not und nicht aus gebrochenem Stolz, das war ein Auftrag, den sie zu erfüllen hatte; sie hatte den Männern bei guten und schlechten Geistern schwören müssen, sie nie zu verraten; sie hatte sie verraten, weil sie gelogen hatten, sie wollte ihrer Mutter nun Geld schicken, vielleicht der Großmutter auch, wenn sie noch lebte, damit jene die Ancestors befrieden konnten und Primrose endlich die Angst verlor, die Angst, keine Luft mehr zu bekommen, die Angst vor den Ahnen der Männer, denen sie gelobt hatte zu gehorchen.

Und Primrose war auch gern unter Menschen, es gab manche, die sie inzwischen schon kannten und die das Wechselgeld, das sie in der Bäckerei erhielten, nicht in der Geldtasche verstauten, die es ihr gaben beim Hinausgehen, nicht mehr zuwarfen wie ein Stück Knochen einem Hund, um ihn springen zu machen, die es ihr in die Hand legten. Primrose hatte auch gute Menschen kennengelernt, so wie es schlechte und gute überall gibt, letztlich gut war auch jener Kunde gewesen, der gemeldet hatte, dass sie ihm nicht freiwillig der nächtlichen Arbeit nachzugehen schien, freilich, am Anfang war sie nur zögerlich mitgegangen mit der Frau und dem Manne, die sie einluden in ein warmes Kaffeehaus. Gut waren auch die Frauen, die sich um sie kümmerten, Freundinnen durfte sie jene nennen, die mit ihr auf der Straße gestanden waren und damals mit ihr gewohnt hatten und heute mit ihr wohnten. Am Sonntag, wenn sie nicht den Zug in die Stadt nahm, fuhr sie mit einer Seilbahn hinauf, nie mit jener, an deren Talstation sie sich verkauft hatte, und blickte von der Terrasse der Bergstation aus oder vom Gasthaus Bellavista, vom Hotel Abendglühen, vom Panorama oder vom Schönblick über Talkessel und Hügel und Wiesen.

Sie war keine Bettlerin mit tief in die Stirn gezogener Mütze, Primrose war nie hoffnungslos, sie hatte die Haare immer hochfrisiert und war gepflegt und leutselig und hatte etwas Hübsches an sich, Blicke, die sie zunächst abschätzig streiften, blieben auch nachdenklich ruhen.

Man sorgte für sie, damit sie erzählte, was sie wusste, sie hätte nicht betteln müssen, sie tat es eben doch, das Taschengeld war nicht hoch. Ob ihre Briefe je ankamen, wusste sie nicht, für die Mutter wäre es zu teuer gewesen, sie anzurufen vom Postamt aus, die Postadresse hatte ihr Primrose genauso wenig mitgeteilt wie die Handynummer, aus Gründen der Sicherheit lebte sie unter falschem Namen, Maggie hieß sie, Maggies gab es überall.

Eine Frau und ein Mann kamen ins Abteil, Mariales Haare waren fettig wie das Ausgebackene, das sie auf einigen Servietten und einer Zeitung über ihren Knien ausbreitete. Der Raum war gleich erfüllt vom Geruch nach abgestandenem Öl, sie bot ihr an zu essen, Primrose schüttelte den Kopf, nur Wortfetzen verstand die eine von der anderen. Ein Knieküchl, das zweite, das dritte, die Frau mit den fettigen Haaren aß und schob und schien von Krapfen zu Krapfen erleichtert, dass er weg war, und nahm nach einer kurzen Pause doch noch einen und bot ihr immer wieder an, und Primrose hustete und schüttelte den Kopf und holte sich einen Lippenstift aus ihrem Köfferchen, Mariale aß laut und maß jeden Bissen, bevor sie ihn mit den Zähnen nahm und im Mund zerdrückte. Die Augen lachten, die Krapfen schienen Primrose immer fetter und gelber und gestockter, je eisiger draußen der Schnee auf das Zugfenster klopfte. Als sie die erste Krapfenschicht fertiggegessen hatte, stand sie auf mit gespreizten glänzenden Fingern und die Wangen noch von den letzten Bissen ausgebeult, murmelte Entschuldigung und öffnete mit Hüften und Gesäß die Schiebetür und schob sie mit dem Fuß ganz auf und nahm den Weg durch den Zuggang Richtung Klo. Als sie nach Seife duftend zurückkehrte und versuchte, dem Mann und Primrose nicht auf die Zehen zu treten, schlug er ihr mit seinen kurzen, bis zu den Nägeln behaarten Fingern lachend auf den Hintern und sah sie so zärtlich an, dass sie ihn auf die Nase küsste. Ob sie denn nicht Hunger habe, fragte die Frau erneut, sie war nach vielen Jahrzehnten in ihrem Heimatdorf gewesen und hätte so viel Kuchen bekommen und Ausgebackenes, das könnten sie zu zweit ja gar nicht essen, und wieder schüttelte Primrose den Kopf. Wohin sie denn fahre, fragte die Frau, nicht weit, antwortete Primrose, nur dreißig Minuten Richtung Norden. Wir fahren heute wieder nach Hause, sagte die Frau, über die Grenze, so sind wir noch ein Stückchen beisammen, wenn Sie doch noch etwas essen wollen, so melden Sie sich nur ohne Scham, nur zu, keine Scheu, mein Mann und ich haben genug, ich bin ohnehin zu dick, Sie können ein paar Gramm mehr durchaus gebrauchen. Primrose dankte und holte sich Pfefferminzbonbons aus der Tasche und ein Atemspray und versuchte das Blatt zu studieren, das sich in der Verpackung befand, obwohl sie es schon zehnmal gelesen, die Luft war stickig und der Fettgeruch im Abteil schnürte ihr die Kehle.

Mariale und der Mann begannen, über ihren Ausflug zu sprechen, von diesem Entweder-oder hast du mir so gar nie erzählt, warum du eigentlich über die Grenze gekommen bist, obwohl ihr es doch im Süden viel schöner habt, dass du deinen Vater jahrelang nicht gesehen hast, sagte er. Er ist erst zwei Jahre nach Kriegsende heimgekehrt, er ist damals gleich eingezogen worden und hat sich nie mehr erholt, drei Jahre nach seiner Heimkehr ist er gestorben, wir hätten zu Hause bleiben können, hat er immer gesagt, die Lebensmittelkarten hättet ihr zu Hause auch bekommen, hat er immer zu meiner Mutter gesagt, da wären wir wenigstens auf unserem Hof geblieben, auf einem Grund, der uns gehörte, die Mauern hätten wir schon wieder aufderbaut. Dann war auch das verloren, sie hat uns ernährt während des Krieges, meine Mutter, und meine Tante auch, wir haben in einem für die Umsiedler erbauten Viertel gewohnt, da war man nicht allein, das war nicht so schlecht, da hatten wir halt keinen Ausblick, nur die Fensterreihen der Auswanderer gegenüber, da konnten wir uns gegenseitig helfen, bis wir ausgebombt wurden. Sie haben in einer Fabrik gearbeitet, die Mutter und die Tante, freilich war es damit vorbei nach dem Frieden, dann sind die Männer wieder ans Fließband und die Frauen hatten ausgedient und konnten schauen, wie sich ihr Geld verdienen. Du hast mir nie davon erzählt, sagte der Mann. Es war ja damals schon so lange her, als wir uns kennenlernten, ich dachte nicht, dass es dich interessiert, es war ja auch nicht alles schlecht, mein Bruder hätte die Sattlerlehre sonst nie gemacht, über den Bergen wäre er bloß Knecht geblieben, bei Verwandten vielleicht, und heute hat er dreißig Angestellte, das war schon ein Thema damals, die Entscheidung zum Gehen, wir waren unter den ersten, leicht war es nicht, aber meiner Mutter war ohnehin alles einerlei, nachdem mein Bruder ertrunken war.

Seid ihr denn nie wieder zurückgekehrt, fragte der Mann, auch nicht auf Besuch? Nein, nie mehr, meine Mutter wollte nicht mehr zurück, auch nicht auf Besuch, war auch besser so, sie hätte sich gegrämt, wenn sie erfahren hätte, dass es das Grab vom kleinen Luis nicht mehr gibt, das Bildstöckel am See, wo er ertrank, das steht noch, wir sind vorbeispaziert, als du oben geblieben bist zum Rasten, auch wenn der Verputz sich löst wie die Rinde von einem Baum, aber sein Grab gibt es nicht mehr, da hat sich niemand darum gekümmert und so hat man es entfernt, hat der Mesner gesagt, die Eltern hätten ihn dort beerdigen sollen, wo er starb, da werden die Kindergräber nie entfernt, da gibt's noch welche aus dem ersten Krieg, die an der spanischen Grippe starben, da ist sicher nichts mehr übrig von den Körpern, aber die Grabsteine stehen nach wie vor. Auch für fremde Menschen ist Platz, hat mir Rosina gesagt, das ist die mit den schönen grauen Haaren und den hellen Augen und dem festen Gunggel im Nacken, obwohl der Friedhof klein ist und eng wie kein zweiter, am brüllenden See, dort wo der kleine Luis ertrunken ist, hat man im letzten Kriegsjahr einen Fremden gefunden und hat ihn dort begraben, ohne zu wissen, wie er hieß und woher er stammte, ob es ein Katholik war, vielleicht war es ja auch ein Jude oder ein Orthodoxer oder sonst ein Gläubiger oder gar kein Gläubiger, zwei Jahrzehnte hat man sein Grab gepflegt und jetzt liegt sein Schädel zwischen all den anderen im Beinhaus, das hat mir Rosina erzählt, sie war meine beste Freundin damals, bevor wir gingen, mein Vater war der Vetter von ihrem.

Der Mann nickte, als hätte er verstanden, und stellte nun keine Frage mehr, er war so vielen Menschen begegnet in den vergangenen Tagen, er hatte so viel Ausgebackenes und Speck und Knödel und Geschlachtetes gegessen, dass er nur ein Bedürfnis hatte, die Lider zu schließen und sich der bleiernen Müdigkeit zu ergeben, die sich über ihn gesenkt hatte. Du kannst ruhig weitererzählen, sagte er, ich mach nur die Augen zu, weil das Licht so blendet.

Ist das nicht unglaublich, sagte Mariale zu der Frau, die in ihrem Abteil saß und ihre Krapfen nicht mochte, ist das nicht unglaublich, zu sterben und niemand weiß, woher man kommt und wie man heißt, und auch Verwandte gibt es nicht, die man verständigen könnte, sind Sie denn allein hier in Europa oder haben Sie Verwandte hier? Primrose hatte nicht alles verstanden, schüchtern bat sie, ihr das mit dem Friedhof und dem See noch einmal zu erklären. Woher sie denn komme, fragte Mariale die Frau, Afrika ist groß. Aus einem Dorf, einem kleinen, ganz im Süden, antwortete Primrose, die Häuser stehen da nicht so eng beieinander wie hier, und in der Landschaft gibt es keine Zäune, und sie verstummte und fragte sich, ob sie die Mutter jemals noch sehen würde, was alles geschehen sein mochte seit damals, ob Bruder Jephtas wohl brav lernte und wie viele Kinder ihre Schwestern inzwischen hatten, ob immer noch so viele junge Menschen auf der Straße starben und all die Witchdoctors der Gegend denn keine Antwort gefunden hatten, was man machen konnte dagegen. Wo denn der Friedhof sei, von dem die Frau gesprochen hatte, fragte sie nochmals. In der Stadt müsse sie umsteigen, erklärte dann Mariale Strumpflohner, und in die andere Richtung fahren, Richtung Grenze nach Osten, es sei ganz leicht zu finden, der Zug fahre zuvor an einem ganz eigenartigen dunklen See entlang, der würde brüllen manchmal, im Sommer, wenn sich ein Gewitter zusammenbraut und die Luft sich auflädt, gleich nach dem See komme dann auch schon der Bahnhof, aber nicht alle Züge hielten hier. Ein kleines Dorf nur sei es und der Friedhof eng, aber man habe hier Platz für jedermann, das sei schon ein Wunder, oder eine Ausnahme, wo doch niemand mehr Platz habe auf den Friedhöfen und die Menschen aus den Gräbern müssten, bevor sie verwest sind, und in kleine betonierte Schächte, wo Allahgläubige den Verdienst eines Monats aufwandten, um ihre Toten zurückzuschicken mit dem Flugzeug, damit sie dort ruhen bleiben konnten bis zum Ende der Tage. Auch in diesem Dorfe könnten die Toten nicht ewig in der Erde ruhen, aber in der Grablege würden sie aufeinandergeschichtet und wären beieinander und nicht einsam gemörtelt in eine Wand, ich finde das faszinierend, sagte die Frau und schupfte ein wenig den Mann, der jetzt schnarchte, ich finde das spannend, die Köpfe aufeinandergetürmt und im Regal darunter die Knochen, ich hab es mit dem Handy fotografiert, schauen Sie, die haben alles Mögliche auf den Köpfen, manches hat mit den Verstorbenen zu tun, also mit ihrem Beruf, der zum Beispiel hat ein Gewehr auf dem Kopf, weil er Jäger war, aber sonst hängt das von der Laune des Bemalers ab, das zum Beispiel ist eine Nabelschnur, ein bisschen Phantasie braucht es schon, das war die alte Hebamme des Dorfes, die hab ich selbst noch gekannt, die meisten haben einfach nur Blätter und Blumen auf der Stirn. Sie selbst habe nur eine Zeitlang dort gewohnt, erzählte sie weiter, während sie das Handy wieder in die Tasche steckte, als ein Brand ihre Familie zwang, die Heimat zu verlassen. Alles ist abgebrannt, nur ein paar Mauern sind noch übriggeblieben, der ganze Dachstuhl ist herabgestürzt, sagte sie. Man sei dann gegangen, über die Grenze, sowas sei nie leicht, geht doch wieder heim, wir brauchen euch nicht, habe man ihnen gesagt, das sage man heute auch noch zu den Ausländern, die die Teller waschen und die Klos auf den Autobahnen putzen, sie aber mache keine Unterschiede, solange sie sich benehmen wie zivilisierte Menschen eben, vor Gott sind wir alle gleich. Wie heißt denn das Dorf, fragte Primrose noch einmal, kurz bevor sie ausstieg, sie holte einen Bleistift und ein Stück Papier aus der Tasche und bat die Frau, es genau zu buchstabieren, und nahm das Blatt wieder dankend entgegen und versuchte es zu entziffern und fragte, ob sie es richtig gelesen habe, und nahm zum Abschied einen fetten Krapfen, damit die Frau sich freute, und war dankbar und gerührt, als der Mann die schwere Waggontür zum Aufschnappen brachte und ihr die Hand gab zum Abschied.

10. Juni 2006

Als Franz und Elin sich anschickten, an Familie zu denken

Leicht nur öffnete sie die Augen und sah, dass es draußen schon hell war. Lange mussten sie gelegen sein, der Nacken schmerzte und sie hatte das unbedingte Bedürfnis, den Kopf ganz sachte nur hin und her zu drehen, wie Korn für Korn in einer Sanduhr fällt, es wollte ihr nicht gelingen, was ihr einen Druck in den Ohren erzeugte und in der Magengegend. So ließ sie es bleiben und blinzelte auf die Decke, über die sich eine geschnörkelte Stuckatur zog und deren Ecken sich grau abhoben von jahrelangem Heizen. Als sie hörte, dass er sich zu rekeln begann, schloss sie die Augen wieder, sie wollte länger schlafen als er, es sollte an ihm sein, sich zu ihr zu drehen. Franz aber hatte die Augen noch immer geschlossen, streckte sich nur, die Arme nach oben und nach vorn und auf die Seite, und erwischte dabei unabsichtlich ihr Ohr. Da richtete Elin Eliscasis sich auf und küsste ihn kurz auf die Wange und rutschte Richtung Bettrand und fuhr sich mit der Zunge über die klebrigen Zähne, das Gepäck war nicht angekommen gestern und die Zahnbürste aus dem Handgepäck hatte sie in der Toilette des Flugzeuges wohl liegengelassen. Es ist stets so eng in diesen Kabinen, wenn man auf der Kloschale sitzt oder besser darüberhockt und hofft, dass das Flugzeug nicht holpert, dass die Brille nicht versehentlich die Haut erwischt, so eng, dass die Knie die Tür berühren, und wenn man sich waschen will, wird man am Bauch nass vom Wasser, das der Vorgänger am Becken verspritzt hat, da ist es so eng, dass man nur wieder raus will, und so hatte sie die zusammenklappbare Zahnbürste wohl in der Eile vergessen.

Elin war noch nie in Europa gewesen, überhaupt noch in keinem anderen Kontinent als in Amerika. Mit dem Zug ging es heute weiter in den Süden Richtung Berge, im Handgepäck die Urne mit Genovevas Asche, das Gepäck würde man nachschicken, sie müssten nicht warten am Flughafen, ein, zwei Tage könnte es dauern.

Vorsichtig nur küsste sie Franz auf den Mund und stand auf, sich die Zähne mit Fingern und Wasser zu ribbeln, auch wenn ich mit dir dreißig Jahre zusammen bin, so dachte sie sich, ich werde dich nicht küssen mit ungeputzten Zähnen. Bitte geh nicht, murmelte er, bitte bleib noch einen Moment liegen, sagte er dann sehr klar, als hätte er gar nicht geschlafen. Das eine hat mit dem anderen nichts zu tun und vielleicht doch, Elin, ich möchte ein Kind, ich liebe dich und möchte ein Kind mit dir und nicht nur eines, ich möchte viele Kinder, denk nicht, dass das eine mit dem anderen zu tun hat, ihr Tod mit dem Wunsch nach Leben, obwohl es zusammenhängt, ich wollte Kinder gleich von Anfang an, als ich dich sah, ein Kind, das da entsteht, wo meine Mutter großgeworden ist, es waren gute Menschen, Elin, du hast Mama ja gekannt, es sind nie immer alle gut, da hast du Recht, sagte er, als sie ihn fragend musterte, aber sie hat Wärme erfahren und Lebensfreude, sie war schon krank und geschwächt, als du sie kennenlerntest, aber sie hatte so viele Ideen, so viel Mut und Kraft, stell dir vor, in der Zeit, als ich geboren wurde, besaß sie eine Katze, die Woodstock hieß.

Ein antikes Schreibpult stand im Zimmer und ein Lehnstuhl mit Ohren, am liebsten hätte sie ihn mitgenommen. Ich weiß, was du sagen willst, Franz, du musst das nicht erklären, unser Zug geht in eineinhalb Stunden, vielleicht ist das Gepäck inzwischen gekommen, könnte ja sein, ich möchte noch Zähne putzen, Franz, in der Rezeption haben sie sicher Wegwerfzahnbürsten, das eine hat mit dem anderen zu tun, aber mach dir doch nicht Sorgen deshalb, manchmal muss etwas geschehen, um Platz zu machen für etwas anderes, du musst das nicht erklären, Franz, wie könnte ich dir böse sein, wie sollte ich bös sein, wenn du dir ein Kind wünschst, und sie überlegte, warum sie nicht den Mut gehabt hatte zu sagen, manchmal muss ein Mensch sterben, um einem anderen Platz zu machen, und sie freute sich am Gedanken, Mutter zu sein von Franzens Kindern, aber sprechen wollte sie darüber nicht, es machte sie verlegen. Und sie küsste ihn doch, ohne die Zähne geputzt zu haben, und sie standen dann auf, um zusammenzupacken und frühstücken zu gehen, bevor sie in die Gegend aufbrachen, wo Franz in seiner frühesten Kindheit die Ferien verbracht hatte, bevor er nur mehr zu Alrun wollte. In einer Stunde müssen wir zum Bahnhof, sagte sie.

Ich hatte drei Großmütter, sagte er ihr im Speisesaal, in dem fast nur Geschäftsleute saßen, in dem das Licht gedämpft war und ein großes Buffet aufgebaut, zu schade, dass wir so wenig Zeit haben, hatte Elin beim Anblick der vielen Müslisorten und Trockenfrüchte gesagt, da war die Mutter meines Vaters, an sie habe ich keine Erinnerung, sie ist bald fortgezogen nach meiner Geburt, Angiolina hieß sie, und ich glaube, sie hatte ein trauriges Leben, auf dem Emailbild an ihrer Grabnische sieht sie verbissen aus, und da war die Mutter meiner Mutter, auch sie hab ich nicht oft gesehen, sie hieß Judith, wir sind immer stundenlang mit dem Bus gefahren oder mit dem Auto, manchmal die halbe Familie, um sie zu besuchen, ganz arm war sie gewesen und hat gearbeitet ihr Lebtag, hat sich ein Häuschen gekauft an einem Bach, der ist manchmal übergegangen, und eine Mure verschüttete einst den Keller, sie hat immer eingekauft, wenn etwas verbilligt angeboten wurde, weil es schon abgelaufen war oder die Verpackung beschädigt, dann hat sie eingekauft und gehortet, den Krieg hat sie nie verwunden, sie ist Sanitätsschwester gewesen im Krieg und wenn sie die Asche aus dem Ofen holte, da ist ihr stets schwindelig geworden, den Ascheregen bekommt man nie mehr aus dem Kopf, hat sie gesagt, jahrelang kamen in der Nacht die Toten wieder, hat sie meiner Mutter erzählt, doch ich glaube, sie hatte ein schönes Leben, sie nahm es, wie es kam, und machte daraus das Beste, Genoveva war genauso, sie hat nicht gehadert, sie hat jeden Tag begrüßt. Ja, das hat sie, bestätigte Elin, trotz aller Schmerzen, bitte, Franz, reich mir noch eine Semmel, ich weiß so wenig von meiner Familie, bitte auch die Butter, sie kam aus Österreich und aus Ungarn, ich weiß gar nicht, ob aus dem Norden oder Süden, sie haben alles zurückgelassen, ich kannte sie gar nicht wirklich, meine

Großeltern, und jetzt sind sie beide tot, sagte Elin nachdenklich, während sie sich nach einer Scheibe Käse streckte, sie haben die Vergangenheit abgeschnitten wie einen Baum, den man fällt, die Wurzeln blieben dort und nur Setzlinge nahmen sie mit, ich habe sie nie gefragt, meine Großmutter hat immer selbst Marmelade eingekocht, das weiß ich noch, das ganze Haus hat geduftet, das möchte ich auch wieder tun, Obst einkochen, diese Marmeladen hier schmecken auch wie selbst gekocht, Rumtopf stand auf einem Schild unter einem dieser Töpfchen, sagte sie und sah ihn fragend an. Das sind in Rum eingelegte Früchte, sagte er, das macht man hier für die Winterzeit, wenn es kalt ist, das ganze Jahr über legt man Früchte in Zucker und Rum, jeweils, wenn sie reif sind, legt man sie ein und zu den anderen dazu, man beginnt mit Walderdbeeren und Sauerkirschen, mit Marillen und Pfirsichen, dann kommen die Zwetschgen, die Stachelbeeren, was man so hat und im Garten findet, wir könnten sie einmal suchen gehen, die Vorfahren deiner Familie, vielleicht gibt es noch Eliscasis irgendwo, wenn du willst Elin, wir könnten ausforschen, woher sie kamen, wenn du möchtest. Ja, vielleicht, sagte sie, ich weiß gar nicht, ob ich das möchte, das kann auch belastend sein. Es kann wie ein Geschichtenlesen sein im Märchenbuch, es können meine Geschichten sein, aber müssen auch nicht meine sein, es kann auch das Leben eines anderen sein, Elin, es kann auch erklären. Vielleicht irgendwann einmal, ich werde meine Eltern fragen, was sie wissen, antwortete sie.

Meine dritte Großmutter war Rosa, sie hatte wunderbare lange Wimpern, ich konnte mich nicht sattsehen daran, sie waren auch noch weich und dunkel, als ihr Haar grau war, und ein gütiges Gesicht hatte sie, da ist Genoveva aufgewachsen, wo wir heute hinfahren, Rosa ist schon Jahre tot, aber den Hof, den gibt es noch, den führt ein Urenkel von ihr, dem Bauern hat ein Traktor das Bein zerquetscht, manche Wiesen sind so steil, dass wir sie kaum zu Fuß abschreiten können, Romedius' Söhne hab ich auch nur einmal bei Rosas Begräbnis gesehen, ich glaube Pir hieß der älteste, wie Rosas Mann, aber ich kann mich auch täuschen, es ist so viel Leben dort, das man noch greifen kann, die erste Heumahd ist im Juni und in wenigen Tagen Fronleichnam, da ziehen Prozessionen durchs Land, da gehen Frauen mit Kränzen aus Wachsperlen so zart wie Blütenknospen, und Mädchen in Erstkommunionskleidern, das Blutsfest wird es auch genannt, als Kind fand ich das schauerlich, ich war Ministrant in der Kirche, da war ich neun oder zehn, hab ich dir das schon einmal erzählt? Und Franz sah Elin an und fragte still, rede ich zu viel? Nein, erzähl weiter, sagte sie, aber vergiss auf das Essen nicht, wir sind heute lang unterwegs. Viele von Rosas Brüdern sind auch ausgewandert, sagte er nun und die Stimme klang etwas tiefer, so wie deine Ahnen, um Glück zu suchen, sie sind in ihrer Kindheit jenseits der Berge, das war damals noch ein einziges Land und nicht geteilt, sie sind in ihrer Kindheit jenseits der Berge manchmal in der Stube gesessen, alle um den Tisch herum, und hielten sich an den Händen, bis der Vater das Brot in entsprechend viele Teile geschnitten hatte, sie haben sich einen einzigen Laib Brot geteilt, und sie haben steinharte Mehlknödel gegessen, hat Rosa mir einmal erzählt, und während des Essens haben sie gebetet, damit die Zeit den Hunger stillte, das war noch vor dem ersten Krieg, und die Buben sind in Mädchenkitteln umhergelaufen, weil sie nicht das Geld für Hosen hatten, aber das wäre das Schlimmste gar nicht gewesen, sie konnten hockend ihr Geschäft verrichten, ohne dass die anderen es merkten, und in die Kittel haben sie sich auch geschnäuzt, Taschentücher hatten sie ohnehin nicht und fast immer Schnupfen, und wenn sie weinten vor Hunger, weinte die Mutter mit ihnen, sie sind am Bahnhof gestanden und haben sich umarmt im Wissen, dass sie sich wohl nie wiedersehen, einer der Brüder hat meiner Großmutter manchmal geschrieben, auf Englisch hat er geschrieben und man hat es ihr vorlesen müssen und übersetzen, vielleicht hatte er in seiner Muttersprache nie schreiben gelernt, vielleicht hatte er ganz neu anfangen wollen, vielleicht hatte er sie einfach vergessen.

Wenn wir einmal Kinder haben, Elin, viele Kinder, dann werde ich deutsch mit ihnen reden und du englisch, ich wäre auch fast zweisprachig aufgewachsen, mein Vater ist gegangen, bevor ich sprechen lernte, aber der Klang ist mir geblieben, der Rhythmus, er tut sich auffallend leicht mit Italienisch, hatte immer die Lehrerin beim Sprechtag gesagt, er lernt schnell und versteht alles, und du hast immer geschwiegen, Mutter, du hast dir wohl deinen Teil gedacht, aber immer geschwiegen. Dass du zu uns gekommen bist zum Sterben. Ich hoffe, wir werden es richtig machen, danke Mama, Mamma.

Haben sie sich wirklich nie wiedergesehen?, fragte Elin. Ich glaube nicht, antwortete Franz. Da haben wir es einfacher heute, sagte Elin. Meine vierte Großmutter war Rose Sechogo Nobengaze, die hätte ich fast vergessen. Oh my dear, wie viele denn noch?, fragte Elin dazwischen, vergiss das Frühstück nicht. Sie war meine Granny in der Mission, so unerschütterlich, auch wenn sie andauernd über Beschwerden klagte, ich weiß nicht, ob sie noch lebt, sie hat mir versprochen zu schreiben und hat es nie getan, Elin, dass alles einfacher ist heute, das ist auch relativ, damals hatten sie keine Möglichkeit zu entscheiden, heute haben wir sie, aber wollen wir sie auch? Da bleib ich jetzt, von da gehe ich nicht mehr fort, möchte ich das auch sagen können? Die Unfreiheit hat manche Fragen gar nicht erst aufgeworfen, wir stellen sie uns fast tagtäglich, ich bin nach Amerika gekommen wegen des Stipendiums, und wollte eigentlich gleich wieder weg, mir ist stets alles schnell zu eng geworden. Aber du bist geblieben, weil du wusstest, dass du mich kennenlernen würdest, sagte Elin, um sein Reden wieder auf den Boden zu bringen. Da du nicht kamst, musste ich dich suchen, antwortete er und sah sie erwartungsvoll an. Schluss, sagte sie, die keine Rührseligkeiten mochte, schon gar nicht, wenn sie sich dabei ertappte, sie selbst zu provozieren, wir müssen uns langsam auf die Beine machen, die U-Bahn kommt auch nicht jede Minute. Die Großbäckereien werfen das Brot, das sie nicht verkaufen, auf den Müll, sagte er und bestrich ungerührt die vierte halbe Semmel mit Butter und Honig, mit dem Brot von gestern, das jeden Tag in einer Großstadt weggeworfen wird, könnte man ganze Ortschaften ernähren. Wir werden Genovevas Asche in den Wind werfen und Romedius bitten, ihren Namen anzubringen unter den Arkaden am neuen Friedhof. Er springt von einem Thema zum anderen heute, dachte sie und sagte, ich werde mir eure seltsamen Namen nicht alle merken. Alrun hast du ja schon kennengelernt, sagte er darauf, ihr Vater hieß Peregrin, er war Romedius' Onkel, Romedius war Genovevas Bruder irgendwie und ist fast gleich alt wie sie und war ganz still, als ich von ihrem Tod erzählte, ich dachte erst, die Verbindung sei unterbrochen, das ist der mit dem zerquetschten Bein, der uns eingeladen hat, endlich zu kommen, Tschugguel heißen sie. Du hast eine sehr große Verwandtschaft, Franz. Sie werden alle kommen und dich sehen wollen, scherzte er, meine Braut aus Amerika. Hör doch schon auf damit, Franz, sagte sie.

Dreizehn Kinder hatte die Rosa und noch viel mehr Enkelkinder und Urenkelkinder, ich kenn viele von ihnen, aber genauso viele auch nicht, sagte er, die werden alle kommen, und auch Alrun wird da sein, und er sah sie forschend an wie schon zuvor. Bitte Franz, lass das jetzt, sagte sie leise und wischte verlegen die Brotbrösel von der Tischdecke in die linke hohle Hand, sie wollte jetzt nicht hören, dass Alrun Frauenärztin war, wollte nicht darüber reden, und um schnell abzulenken, fragte sie, von welcher Großmutter er seinen Namen habe. Von der Mutter meiner Mutter, sagte er, Stadlwieser, so heißt ein Weiler dort, wo sie lebte, der Stadl, die Scheune, die Wiese, da haben viele so geheißen, vielleicht haben wir Zeit und fahren dorthin, wenn du möchtest, dort ist es feucht und die Bäume tragen Bärte, oft ist es trüb und zugig, als Kind sah ich in den vom Wind zerstobenen Blättern Erdwesen, die über die Straße sprangen, Mama war sich stets sicher, dass es sie gibt. Wirst du mir den Roman deiner Mutter übersetzen, wenn du ihn findest?, fragte ihn Elin nach einer kurzen Pause. Er liegt auf dem Schreibtisch, hat sie mir gesagt, natürlich werde ich ihn dir vorlesen, Elin, und übersetzen, vielleicht können wir ihn drucken lassen, viele haben sie gekannt, sie hat fast vierzig Jahre lang unterrichtet. Was wirst du mit ihrer Wohnung tun, Franz? Ich weiß es nicht, Elin, darüber habe ich nicht nachgedacht. Werde ich je deinen Vater sehen? Das ist eine andere Reise, antwortete er, ich werde ihm schreiben, dass du ihn treffen willst, wenn du möchtest, ich werde seiner Frau schreiben, dass wir auch sie treffen wollen, vielleicht im Sommer, oder zur Hochzeitsreise. Jetzt mach doch einen Punkt, sagte sie, wir werden nie heiraten, haben wir gesagt, was ist denn los mit dir heute, du bist so, du bist so anders heut. Dann nutz es doch aus, wenn ich schon so bin. Komm jetzt, es ist spät, sagte sie und sprang vom Stuhl hoch, dass die Serviette zu Boden fiel, wir müssen ein Taxi rufen, wenn wir es noch schaffen wollen, und sie lief voraus an die Rezeption, den Portier darum zu bitten.

Möchtest du wieder einmal zurückkehren?, fragte sie dann am Rücksitz des Wagens, auf den sie nur kurz gewartet hatten, zurückkehren für immer, meine ich. Auch darüber hab ich nie nachgedacht, Elin, heute sind wir hier, du und ich, wer weiß, wo wir morgen sind, das kann man nicht so kurzfristig sagen, und ich möchte es gemeinsam entscheiden, mit dir. Auf alle Fälle sage ich ja zur Hochzeitsreise, meinte sie und blickte ihn übermütig an und warf dem Taxifahrer einen Blick durch den Mittelspiegel zu, als wären sie Verbündete und sie hätte soeben aus einem Glückstopf den Hauptgewinn gezogen, ich möchte deinen Vater kennenlernen, Franz, alle, die dir viel bedeuten. Er sah sie an und nahm ihre Hand und überlegte, wozu sie ja gesagt hatte, zur Hochzeit oder zur Reise, und er ließ die Hand nicht los, bis sie ausstiegen. Das Gepäck war nicht gekommen, aber sie würden es nachschicken, zum Bahnhof im Dorf in den Bergen.

13. Dezember 2006

Als Primrose das neue Leben an das alte fügte

Sie nehmen uns die Arbeit weg, sagte der Mann, der aus der Bäckerei kam und sich entfernend das letzte Kleingeld in seiner Börse verstaute, sie nehmen den Einheimischen die Arbeit weg, sagte er und ging. Primrose vor der Bäckerei zuckte mit den Schultern und sah ihm nach. Sie hatte eine Wollmütze tief ins Gesicht gezogen, hier und weit weg war der Blick und müde, danke, flüsterte sie und, grazie, wenn ihr jemand eine Münze auf die helle Innenhand legte, noch weniger sprach sie, jedes Wort reizte sie zum Husten, das Weiße in den Augen war rot und gelb und erloschen.

Sie war zu einem Bild geworden für die Stadt, eine Zeitlang, wie sie so stand, fast jeden Tag neben der Bäckerei, obwohl es nur wenige Schritte von hier ein Kloster gab, in dem Brot verteilt wurde für Arme, Brot, Joghurt und Saft. Das Brot konnte sie nicht gut nach Afrika schicken, aber das Geld, das konnten sie brauchen, für sich nahm sie keines. Nie saß sie vor der Bäckerei, nie hockte sie und nie kniete sie bettelnd, sie stand und das Gewicht drückte ihr ins Hohlkreuz, auch die Mutter war immer gestanden im Schatten des Baumes und die Großmutter stand und sie haben gewartet auf das Nichts, sie sind gestanden und manchmal gesessen, denn liegend wäre nicht Platz gewesen unter dem einzigen großen Baum, nachdem man jedes Gestrüpp gefällt hatte, um damit Feuer zu machen für weiße Polenta, das täglich Brot, das feiner war und nicht gelb wie hier in diesem Land. Primrose musste nicht eine Sangoma sein und in die Zukunft blicken oder pendeln und Karten ziehen und legen wie hierzulande manche Männer und Frauen, um zu wissen, dass sie in dieser Welt nicht mehr lange würde sein können. Primrose war schwach, körperlich schwach, und sie wollte auch nicht mehr und sie hatte Angst vor dem, was sie erwartete, irgendwann keine Luft mehr zu haben, irgendwo, wo sie sich nicht wehren, wo sie nicht selbst entscheiden konnte.

Die Männer, sie kauerten, die Frauen, sie standen, und wer das Geld hatte, hatte eine Decke um den Bauch gewickelt und vielleicht auch zwei oder drei, wer Fülle hatte, der hatte Ansehen, und wer viele Kinder hatte, der hatte auch Milch für die anderen, und unter den vielen war vielleicht eines, das überlebte und sich kümmerte um einen, wenn man nicht mehr stehen konnte, nur mehr liegen im Halbschatten, zu müde, um die Fliegen zu verscheuchen und den Schweiß abzutupfen, der auf der Stirn sich verkrustete. Alles ist so weit weg und so einerlei, dachte Primrose, sie hatte die Ahnen nicht befriedet, hatte nicht ergründet, was der Anlass ihrer Wut war und die Wurzel des Hustens, das hatte auch die Sangoma nicht erkannt, die so oft mit ihrer Großmutter im Schein des Feuers zum Rhythmus der Trommeln zu tanzen pflegte, bis ihr Geist austrat und Platz machte einer Eingebung aus dem Reich des Lichts. Ob ich in fünfzig Jahren schon fünfzig Jahre tot bin oder erst zehn, wen kümmert das, fragte sich Primrose und überlegte, ob sie den Zug schon um sechzehn Uhr nehmen sollte, achtzehn Uhr sechs schien ihr heute spät.

Warum habe ich es zugelassen, dass ich mich an dieses Leben gewöhne. Habe ich es zugelassen?

Da schaute ihr eine Frau in die Augen, direkt und forschend, Primrose zuckte zusammen und erstarrte, als sie ihren Namen hörte, Primrose, bist du es, sagte die Frau unter dem Nonnenschleier. Primrose, das hatte sie nie hier auf der Straße gehört, die Schwarze war sie gewesen, die Immigrantin, Primrose war sie nur dort, wo sie herkam. Sister Blandina, sagte Primrose in der Sprache, in der sie schon lange nur mehr träumte. Ich bin auf Urlaub hier, Primrose, alle vier Jahre habe ich Urlaub für ein, zwei Wochen, die verbringe ich stets bei meinen Geschwistern und deren Familien, nur eine Stunde mit dem Zug Richtung Westen, beim Enkel meines Bruders wohne ich, am Hof meiner Eltern, ich musste zum Bischof heute und kam in die Stadt, was für ein Zufall, Primrose, was machst du hier, seit wann bist du in Europa? Ich wusste nicht, dass Sie hier daheim sind, sagte Primrose. Komm mit mir, du frierst ja, ich seh dich kaum unter der Mütze, komm auf einen Tee ins Kloster, ich kenne die Schwestern hier, und sie umarmte sie ungelenk und lange und zog Primrose mit sich, die zu husten anfing und kaum merkte, wie die Menschen auf die Seite drängten, als sie nach Luft ringend die enge Gasse querte, es war ihr nicht fremd. Was machst du hier, Primrose, wie geht es dir, kann ich dir helfen? Mir geht es gut, sagte Primrose und schämte sich für ihr Aussehen und überlegte, wie lügen und was, sollte die Schwester sie danach fragen, ich bin gut aufgehoben in einem

Heim, Sister, wirklich Sister, danke. Dein Asthma, Primrose, hat sich nicht verbessert, du bist blass und nur Haut und Knochen, ich möchte dir helfen, sagte Schwester Blandina, komm mit mir zu meinem Hausarzt, er sieht so viel auf nur einen Blick, wie bist du hierhergekommen, in dieses Land, hat dir Franz geschrieben, hat er dich hergeholt? Ich wusste nicht, dass Sie von hier stammen, Sister, haben Sie Nachricht von meiner Mutter, waren Sie je wieder dort? Die Frauen haben große Gärten nun, auch deine Mutter hat Salat angepflanzt und Kürbis und Spinat, es geht ihr gut, wäre dem nicht so, hätte mir Jephtas geschrieben, dein Bruder ist Berater des Königs geworden und er kümmert sich um die Brunnen und Gärten und Projekte und manchmal schreibt er, wenn er eine Frage hat. Du kannst stolz auf ihn sein, sogar ein Geschäft haben sie dort aufgebaut und deine Schwestern verdienen sich etwas mit den Nähmaschinen, die Näherei ist im Kloster untergebracht, es geht ihnen besser als früher, hast du denn nie mehr von ihnen gehört?, ich werde ihnen schreiben, Primrose, wenn du möchtest können wir ihnen gemeinsam schreiben. Ist Franz auch hier?, fragte da Primrose. Franz ist in Amerika, er hat eine Tochter und eine Frau, Undine heißt die Kleine, das ist ein Wassergeist, das Wasser hat es ihm angetan, seit ihr ihn den Rainmaker getauft habt, hat dir denn Jephtas nie geschrieben? Sie haben wohl meine Adresse verloren, sagte Primrose und spürte, wie die Wangen heiß wurden, da sie log, das heißt, er hat gut gelernt?, fragte sie Schwester Blandina. Er hat eine höhere Schule besucht, er war fleißig, sagte diese. Ich muss gehen, Sister, ich darf den Zug nicht versäumen, ich muss zu einer bestimmten Uhrzeit wieder zurück sein. Bitte melde dich, wenn ich etwas tun kann für dich, wiederholte Schwester Blandina und drückte ihr einen Geldschein in die Hand und sagte noch, kauf dir Orangen und Kiwis, das ist die Adresse, wo ich jetzt lebe, und das ist die Telefonnummer, wo du mich in den nächsten zehn Tagen noch erreichen kannst, Primrose, was haben dir die Männer gesagt, hattest du keine Chance dich zu wehren? Wovon reden Sie, Sister, sagte Primrose, ich wollte gesund werden, ich wollte neu leben, da gibt es keine Fragen und auch keine

Wahl. Was haben sie dir getan?, fragte die Schwester. Wollen Sie das wirklich wissen, Sister? Sie haben mir die Reise gezahlt, ich war alleine hier und kannte die Sprache nicht und kannte niemanden und ich habe geschworen, sie nie zu verraten, ich habe es ihnen vor den Geistern geschworen und habe es doch getan, ich werde nicht mehr gesund deshalb, Sister, deswegen wird der Husten immer stärker. Du gehst nicht mehr zu den Männern zurück?, fragte Blandina, nein, sagte Primrose, man hat mich befreit, und der Mann, das dachte sie, aber sie sprach es nicht aus, der Mann, der mich geholt hatte und zweimal bei mir gewesen war, den habe ich nach meiner Ankunft noch einmal und dann nie wiedergesehen. Nein, wiederholte sie, ich gehe nicht mehr zurück, auch nicht nach Hause, Sister, ich stehe unter dem Schutz der Polizei. Das mit dem Husten ist nicht so, wie du meinst, sagte Schwester Blandina, das hat mit den Geistern nichts zu tun, das ist hier anders, du kannst ihn heilen, zumindest lindern kannst du ihn. Ich habe mich daran gewöhnt, Sister, es ist nicht so schlimm, ich war nur krank und bin noch etwas geschwächt, die Post kommt unten also an?, fragte sie und dachte, sie musste angekommen sein, wenn Jephtas die Schule besuchte. Sie kommt an, mach dir keine Sorgen, Primrose, Motisana, liebes Mädchen, ich werde ihnen auch schreiben, dass ich dich traf, sagte die Schwester. Motisana, liebes Mädchen, es war Jahre her, dass Primrose dieses Wort vernommen hatte. Bitte schreiben Sie, dass es mir gut geht, Sister, schreiben Sie nur das. Ich schreibe nur das, Primrose, pass auf dich auf. Ich werde mich melden, Sister, danke für den Tee, ich muss gehen jetzt, skalang, Sister Blandina. Schnell umarmten sie sich und Primrose lief hinaus, ehe die Tränen ihr in die Augen stiegen.

Moshe ist überfahren worden, als er am Straßenrand stand, rief ihr die Schwester noch nach, Primrose, du musst dich nicht schämen für das, was geschah, dann müssten wir alle uns schämen, dass so etwas passieren kann. Primrose hörte sie nicht mehr, sie eilte, so es ging, zum Bahnhof und träumte im Zug von einer verlöschenden Kerze.

10. August 2007

Als Enrico Ingannamorte den Wunsch verspürte, es achtzig Jahre nach den Eltern frischordentlich zu machen

Primrose hatte sich genau an jenem Tag vor den Zug geworfen, an dem vor dem Friedhofseingang ein Automat montiert wurde, der für ein paar Münzen Kerzen spuckte. Enrico stand etwas abseits und beobachtete die Monteure und dachte an eine Jukebox, die Musik spielte für Geld. Er schaute zu und war voller Bewunderung für die Technik und die Möglichkeit, auch nach Ladenschluss Licht auf den Friedhof zu bringen, und war voller Empörung gegenüber jenen, die den Akt zu einem beliebigen machten, den Friedhofsbesuch zu einem Zufallsspiel, eine Grableuchte hatte man immer daheim zu haben, für die bewusste Handlung. Er war altmodisch geworden, das wusste er, aber er hatte die Selbstsicherheit des Alters gewonnen und damit die Freiheit, schrulliger zu sein, als er war. Just in dem Moment, als die Monteure abschließend das Funktionieren des Automaten überprüften, läutete das Zügenglöcklein und die Nachricht verbreitete sich, dass sich eine Migrantin das Leben genommen hatte, hier, am brüllenden See. Sie hatte einen kleinen Rucksack neben den Geleisen abgelegt, zwischen dem Wasser und den Schienen, einen Ausweis hatte man darin gefunden und einen Brief an eine Schwester Blandina, die Adresse fein säuberlich geschrieben. Das muss Gertrud sein, Peregrins Schwester, entfuhr es Rosina, als sie es hörte. Und noch ein Brieflein ohne Kuvert ward in ihrem Bündel gefunden, Liebe Gemeinde, stand da, ich bitte, hier begraben zu werden, ich weiß, dass ihr der Toten gedenkt, ich habe keine Verwandten, ich danke euch, Primrose Maisela Mpankulu. Die Hoffnung hatte sie über das Meer getragen, das Kentern war unausweichlich geschehen.

Primrose ist heute beigesetzt worden. Männer von auswärts waren gekommen, die Leichenteile einzusammeln, sie hatten dieselbe Hautfarbe wie die Tote, verstreut lag ihr Körper und über allem der Leichengeruch, die eilig gerufenen Sanitäter konnten nichts mehr tun und gingen wieder; die Unfallstelle abgeriegelt, Menschen hinter den phosphoreszierenden Bändern, die sich fragten, was einen Menschen soweit treibt, sich das Leben zu nehmen, die überlegten, wie der Lokführer damit leben würde, der niemals hätte rechtzeitig bremsen können. Eine Obduktion hatte man noch angeordnet, um Fremdeinwirkung sicher auszuschließen, man hatte noch telefoniert mit der Leiterin des Hauses, in dem man sie vermisste, dann hatte man ihre Leiche frei gegeben für die Erdbestattung, dort, wo sie es sich gewünscht hatte, der Pfarrgemeinderat hatte nichts dagegen gehabt. Man ging auch für dieses Begräbnis von der Kirche aus zum See und die Straße wieder zurück zum schmalen Gatter, durch das man vom Hauptplatz mit dem nun gelb gestrichenen Rathaus zu Friedhof und Hauptportal gelangte, und achtete nicht mehr darauf, welche Fahnen dort wehten, das Totengeleit war dem Dorf Tradition geblieben, an der man nicht rütteln wollte. Vorsichtig wie eh und je wurde der Sarg von Männern auf den Schultern getragen, einige Frauen hatten sich zusammengetan und waren wie einst die Kirchheißerinnen von Haus zu Haus gezogen, um Spenden zu sammeln, wie eh und je hatte ein Voraus den Leichenzug angeführt, Korn und Eier und Brot hatte man mitgetragen, da das Leben neben dem Tod Bestand hat und weitergeht.

Am Abend saßen Rosina und Enrico auf der neu verglasten Terrasse des Gasthofes, Restauration war da noch zu lesen von früher, und blickten in den Himmel, es war Laurentiusnacht und lange hell, Wolken zogen in weiter Ferne über die Gipfel, die ersten Sterne begannen zu leuchten. Wer wird den Rosenkranz beten in zwanzig Jahren?, fragte Enrico, die Jungen können es alle nicht mehr. Es wird immer einen geben, der es kann, sagte darauf Rosina. Und werden die Menschen wissen, was sie darauf sagen sollen?, fragte er weiter, es wird immer jemanden geben, Enrico, einen wird es immer geben, der es weiß, und immer wird es die anderen geben, die mitreden und nachreden und sich selbst gar nicht hören. Der Pfarrer hat jetzt schon sechs Fraktionen zu betreuen, irgendwann wird er es nicht mehr schaffen vor lauter Begräbnissen, sagte Enrico, vielleicht wird man ihn bald auch gar nicht mehr laden.

Was machst du dir denn heute für Sorgen, fragte Rosina, meist bin doch ich es, die sich Sorgen macht, die Zeiten ändern sich, man wird schon etwas finden, etwas wird man erfinden müssen. Je älter ich werde, desto mehr nimmt mich so ein Begräbnis mit, sagte dann Enrico. Mich auch, sagte Rosina und dachte daran, dass sie heute während der ganzen Feier nie auf den Boden geschaut hatte, immer nur hoch hinauf in den Himmel, damit ihr die Augen nicht übergingen, blickte sie hoch, so hielten sich die Tränen an den Wimpern. Es war ihr stets ungehörig vorgekommen zu weinen, wenn der Tote nur ein entfernter Bekannter war, es war ihr unerhört fast vorgekommen, auch heute, es war nicht ihre Geschichte, zu klagen war nicht ihr Recht; sobald der Pfarrer zu sprechen anfing, der Weihrauch das Kircheninnere in Dunst und mystische Ferne legte, da konnte sie sich nicht halten, da hatte sie sich noch nie halten gekonnt, auch heute nicht, obwohl sie von der Toten gar nichts wusste außer dem Namen und mit ihr ein Leben zu Grabe getragen wurde, von dem niemand etwas ahnte, nur dass es wohl nicht mehr hatte sein wollen. Dass diese Frau Schwester Blandina kannte, was für eine Geschichte, sagte Enrico in diesem Moment. Vielleicht ist sie ihretwegen hierhergekommen, vielleicht war es Zufall, sagte Rosina, vielleicht hat sie Hilfe gesucht. In zwanzig Jahren wird ihr Schädel genauso weiß sein wie der Schädel aller anderen hier, sagte Enrico, vielleicht ist er dann sogar mit einem Enzian verziert, nur werde nicht ich es sein, der ihn malt, eigentlich schade.

Ein Rabe zog einen Kreis in der Ferne, allein war er und wie verirrt. Meine Mutter hat mir einmal erzählt, sagte Rosina, dass Raben zu zweit leben, und wenn einer stirbt, dann stirbt bald auch der andere. Es fehlt nur die Elster, dann sind die Totenlacher unter sich, sagte Enrico und Rosina wunderte sich, woher er das hatte, dann wird bald der nächste geholt. Meinst du, dass du auch irgendwann so sein möchtest wie wir hier, Enrico, ist es das, was du sagen wolltest, als du meintest, ihr Schädel wäre irgendwann gleich wie alle anderen?, fragte Rosina dann, ich habe nie daran gedacht, dass es dich vielleicht schmerzen könnte, dass du keiner von uns bist, ich meine, nicht hier geboren, du gehörst doch hierher, genauso wie du bist und nicht anders, du bist von hier nicht mehr wegzudenken, Enrico, und du weißt das genau. Du bist ja lang schon hier zu Hause und wirst doch nicht mehr gehen?, fragte sie nun, da er schwieg, und verunsichert war sie mit einem Male, denn an die Möglichkeit, dass er gehen würde, hatte sie nie gedacht. Es ist schon sonderbar, dass es hier keine Familiengräber gibt, meinte daraufhin Enrico, ein Mann liegt hier selten neben seiner Frau, jeder ruht alleine. Aber später, später im Beinhaus sind doch alle beisammen, sagte Rosina. Ich möchte dich heiraten, Rosina, bitte heirate mich!, rief da Enrico und ergriff ihre Hände und kümmerte sich nicht darum, dass er laut geworden war und sich die Gäste nach ihnen umsahen. Ich schaue jetzt nicht in den Himmel, dachte Rosina, sonst fällt noch eine Sternschnuppe herab, und sie fühlte eine Hitze ihren Kopf hochsteigen. Ein Wanderhändler betrat in diesem Moment das Lokal und ergriff die Gelegenheit und kam zu ihnen mit einem Strauß roter Rosen. Enrico war wie im Rausch, er kaufte sie alle und fiel vor Rosina auf die Knie, schneller als es seinem Alter zuträglich war, aber den Schmerz im Rücken beachtete er nicht, er schaute nicht nach links und nicht nach rechts wie damals nach Allerheiligen, als er sie erstmals mit in sein Zimmer nahm. Bitte werde meine Frau, wiederholte er laut und lyrisch. Sie beugte sich hinunter und streichelte ihm über den Kopf und als sie merkte, dass diese Geste eine mütterliche war und nicht dem entsprach, was sie empfand, kniete auch sie sich auf den Boden und umarmte ihn und lachte und sagte, ja, Enrico, ja, ich möchte deine Frau sein, warum hast du damit so lange gewartet? Und er dachte, es war ein Gnadenstrahl, das Licht im Kirchendunst, das mich traf am Tag meiner Ankunft, und die Vorstellung ergriff ihn und ließ ihn noch lauter werden, und er spürte, dass die Gäste sich nach ihnen umsahen, und auch der Kellner wandte sich ihnen zu und der Blumenverkäufer blieb stehen. Und er sagte, mit zwei Trauzeugen und allem drum und dran, Bürgermeister und Gesetz und Unterschriften, und sie wunderte sich und meinte beschwichtigend, natürlich, Enrico Ingannamorte, mit zwei Trauzeugen und allem drum und dran, Bürgermeister und Gesetz und Unterschriften. Er sagte, nun eine Spur leiser, wir können nicht in vierzig Jahren nochmals heiraten, das geht sich nicht aus, Umhimmelswillen, Rosina Strumpflohner, per l'amore di Dio, wir müssen es jetzt schon richtig machen. Sie verstand nicht, was er meinte, und sagte, ja, Enrico, mein Opernsänger, jetzt beginnen wir unser Märchen noch einmal.

Astrid Kofler

Lebenskörner

Ostermontag im Jahr 1927. Giuseppina und Giuseppe Ingannamorte verlassen im Morgengrauen ihr Heimatdorf, um sich gegen den Willen des Vaters trauen zu lassen. Als Rosina Strumpflohner knapp siebzig Jahre später mit dem Auto ins Tal hinabbraust, ist die Welt eine andere. Sie sind nur drei jener Menschen, deren Leben Astrid Kofler vor dem Hintergrund der politischen Umwälzungen im Südtirol des 20. Jahrhunderts auffaltet. Behutsam schildert sie Schicksale aus alter und neuer Zeit, die sie zur bewegten Geschichte eines Dorfes verwebt. Der Alltag der Dorfbewohner rückt in den Mittelpunkt, das tägliche Miteinander, aber auch der Umgang mit den wichtigen Dingen des Lebens: Geburt und Tod, Arbeit und Liebe, Glaube und tägliches Brot. Kofler hat ein Buch vom Gehen- Wollen und Gehen-Müssen geschrieben, vom Sein und Bleiben, vom Ziehen und Sesshaftwerden, von moderner Migration. Den Blick stets auf den Menschen gerichtet, zeichnet sie geschichtliche Entwicklungslinien nach und nimmt den Leser mit auf eine bewegende Reise vom Damals ins Heute.

Astrid Kofler, geboren 1965 in Bozen. Studium der Germanistik und Theaterwissenschaft in Wien sowie Journalistenausbildung an der Burda-Journalistenschule in München, London und Berlin. Seit 1998 freie Journalistin, Filmemacherin und Autorin; Mutter von drei Kindern. Bei Haymon: *Graffiti in Tirol.* Ein Text- und Fotodokument über die Sprühkunst in Tirol (gemeinsam mit Hans Karl Peterlini, 2000).